Joseph Spillmann

Tapfer und Treu

Joseph Spillmann

Tapfer und Treu

Verlag Petra Kehl
Künzell 2017

Geringfügig gekürzte und sprachlich behutsam modernisierte Ausgabe.

Rhönstraße 3, 36093 Künzell
E-Mail: info@verlag-kehl.de
www.verlag-kehl.de
Bearbeitung: Alexandra Kehl
Umschlaggestaltung: Ulrike Christ, www.christ-communication.de

Printed in the EU

ISBN 978-3-930883-90-5

Inhalt

Erinnerungen 9

Erstes Buch: Zurlaubenhof

Der Schreiber 11
Im Frauenstein 12
Im Zurlaubenhof 19
Der Entschluss 23
Abschied 31
Nach Paris 36

Zweites Buch: Versailles und Trianon

Der erste Abend in Paris 43
Auf dem Turm von Notre Dame 51
Versailles 56
Trianon 61
Die große Prozession 71
Im Wäldchen von Meudon 78

Drittes Buch: Die Bastille und Schloss Valdouleur

Im Militärgefängnis 90
Adjutant! 99
In die Bastille 106
Der Sturm 116
Ein Zug in die Provinz 123
Valdouleur 128
Die „Menschenrechte“ 136
Prophezeiungen 142

Viertes Buch: Courbevoie

Große Aussichten 150
Das Ende von Versailles 158
Auf eigene Faust 166
Der Wechsel 171
Das Kriegsgericht 178

Fünftes Buch: Vorstädte und Marsfeld

Die Flucht 187
Im Helvetischen Klub und bei den Jakobinern 194
Ein alter Bekannter 201
Das Bundesfest 207
Bei Santerre 211

Sechstes Buch: Hôtel de Malte

Genugtuung 217
Redings Erlebnisse 222
Die Soiree im Hôtel Diesbach 228
Eine Verlobung 233
Die Flucht nach Varennes 241
Folgen 250
Auf Urlaub 257
Bei der Mutter 265

Siebtes Buch: Die Tuilerien

Die Katastrophe naht 271
Noch ein Fluchtplan 278
Der Ehevertrag 283
Die nächsten Tage 288
In die Tuilerien! 296

Der Entscheidungskampf 302
Zwischen Himmel und Erde 310

Achtes Buch: Abtei Saint-Germain

Zwei verschiedene Schwestern 321
Eine stille Hochzeit 326
Ungebetene Gäste 331
In der Rue de Bussi 337
In der Abtei 342
Wieder in der Heimat 352

Geschichtliche Anmerkungen

Diesem Roman liegen die Arbeiten von A. von Gonzenbach im „Berner Taschenbuch für 1866“ und Wolfgang Friedrich von Mülinens „Das französische Schweizer-Garderegiment am 10. August 1792“, Luzern 1882, zugrunde, soweit sie die Schicksale des Schweizer Garderegiments betrifft. Adolf Freys „J. Gaudenz von Salis-Seewis“, Frauenfeld 1889, lieferte manche Ergänzung. Für die allgemeine Geschichte der französischen Revolution wurden herangezogen: J. B. v. Weiß „Weltgeschichte“ Bd. 3, die „Histoire de la Révolution française“ von Louis Blanc und „Histoire de Marie Antoinette“ von Maxime de la Rocheterie, 2 Bde. Paris 1890.

Die Gestalt des Damian Muos ist frei erfunden. Die übrigen Personen - Baron von Zurlauben, Major von Bachmann, Rudolf von Reding, Gaudenz von Salis-Seewis, Großrichter Markus Fidel Keyser und andere sind dagegen historisch.

Erinnerungen

Da liegt es wiederum vor mir, das *Denkbuch zur Geschichte der französischen Revolution*! Als einen lieben alten Bekannten begrüße ich es und betrachte fast mit Scheu die etwas vergilbten Blätter, die vor einem halben Jahrhundert meine Kinderhände kaum zu berühren wagten. Wie prägten sich die Bilder darin meiner kindlichen Fantasie ein: der Sturm auf die Bastille mit den Kanonieren im Vordergrund und den Wolken von Pulverdampf, die wilden Straßenszenen, die Feste und Aufzüge, besonders aber das Bild, das die von blutigem Kampf umtobten Tuilerien zeigt! „Da sind viele hundert tapfere Schweizer ums Leben gekommen, weil sie dem König von Frankreich den Eid der Treue bewahrten", erzählte mein Großvater. „Sie standen einer gegen hundert, und hatten schließlich weder Pulver noch Blei. So sind rühmlich fast alle gefallen; nur wenige haben sich retten können. Von den Zugern, die dabei waren, lebt jetzt nur mehr der Brunnerli."

Der „Brunnerli" oder Brunner war ein alter Soldat, der alle Feldzüge Bonapartes mitgemacht hatte und mit ihm bis nach Moskau gekommen war. Ich erinnere mich noch sehr gut an sein verrunzeltes Gesicht mit den immer lustig unter den buschigen Augenbrauen hervorblickenden Äuglein. Gar zu gern hätte ich ihn über seine Erlebnisse bei den Tuilerien befragt; aber ich war damals noch ein kleiner Knabe und wagte es nicht, den sonderbaren alten Kauz auf der Straße anzusprechen.

Da ich also keine Quellenstudien beim „Brunnerli" machen konnte, so machte ich sie bei mir selbst. Stundenlang saß ich an regnerischen Tagen über den Bildern und fantasierte mir die kuriosesten Geschichten dazu.

Als ich später in die Lateinschule ging, nahm mich die Mutter selig zur Belohnung für gute Leistungen mit nach Luzern, um den berühmten Faschingszug des „Fritschi" zu sehen. Sie führte mich zuerst zu dem Löwendenkmal, das zu Ehren der am

10. August 1792 in den Tuilerien gefallenen Schweizer errichtet worden war. Mit heiliger Scheu betrachtete ich den gewaltigen Löwen, der in die Felswand gemeißelt ist, und hörte die Erklärung, die uns die Mutter gab, dass nämlich die Schweizer wie die Löwen gekämpft und von den hundert Mal stärkeren Feinden wohl erschlagen, aber nicht besiegt worden seien.

So hat der Todeskampf der Schweizer in den Tuilerien von Kindheit an meinen Geist viel beschäftigt, und mit einer gewissen Vorliebe habe ich gerade diese Episode der französischen Revolution verfolgt. Als ich ein halbes Jahrhundert später nach Paris kam, suchte ich wiederholt die Stätte des blutigen Entscheidungskampfes auf. Da kam aus meinen Jugendtagen die alte Lust zu fabulieren wieder über mich! Es lockte mich den Zusammenbruch der alten Königsherrlichkeit und den Todeskampf der Schweizer in einer Erzählung zu schildern. Aber noch verzagte ich vor der Größe der Aufgabe.

Da sah ich letzten Herbst auf einer Reise durch die Heimat die Bildnisse einiger Männer, die diesen Kampf mitgekämpft haben, darunter das Bild Rudolfs von Reding und Keysers von Frauenstein. Sie blickten mich so ernst aus ihren Rahmen an, als ob sie mich auffordern wollten, von den Tagen des Schreckens zu erzählen, die sie durchlebten. Und nun wollte es ein freundlicher Zufall, dass dasselbe *Denkbuch* meines Großvaters wieder in meine Hand kam, dessen Bilder einst den Knaben schon zum Fabulieren reizten. Da war mein Entschluss gefasst. Jetzt liegt es vor mir aufgeschlagen, und noch einmal will ich versuchen, die Reihe seiner Bilder zu deuten, und was ich über sie seither gelesen und gehört zu einer Schilderung zu verschmelzen, deren Titel der Wahlspruch des Löwendenkmals von Luzern sein soll:

Der Schweizer Treu und Tapferkeit.

Erstes Buch: Zurlaubenhof

Der Schreiber

So will denn mein lieber Götti, der Generalleutnant Zurlauben, dass ich meine Erlebnisse in Paris von 1789 bis 1792 zu Papier bringe; sie sollten eine Fortsetzung seiner achtbändigen *Histoire militaire des Suisses aux Services de la France* bilden, die ihm verdienten Ruhm und einen Ehrenplatz in der königlichen Akademie der Wissenschaften einbrachte. In der Tat wäre der Todeskampf unseres Garderegimentes wohl wert, den Abschluss und die Krone seiner Militärgeschichte der Schweizer im Dienste Frankreichs zu bilden. Ich gab mir auch redlich Mühe, das Schema, das er mir vorzeichnete, in allen seinen Teilen und Unterteilen, Kapiteln und Paragraphen in gutem Französisch auszuführen. Aber es wollte mir nicht zur Zufriedenheit meines Götti gelingen.

Glaub's gern! Es fehlt mir zu einem richtigen Geschichtsschreiber, wie es Baron Zurlauben ist, fast alles, und so konnte mir die Fortsetzung seiner Militärgeschichte natürlich nicht gelingen. Der langen Rede meines guten Götti hätte es gar nicht bedurft, um mich von seinem Schlusssatz zu überzeugen: *Oleum et operam perdidisti*: „Du hast Zeit und Mühe, Tinte und Papier umsonst gebraucht."

Nachdem er dieses Todesurteil über meinen Versuch als Geschichtsschreiber gesprochen hatte, forderte er mich auf, nun wenigstens in der leichten Weise der Memoiren aufzuzeichnen, was ich erlebte.

Nun, ich will es also noch einmal versuchen, aber diesmal in deutscher Sprache und ohne die Fesseln von regelrechten Teilen und Paragraphen. Frisch von der Leber weg will ich schreiben, was mir in Paris zustieß und wie wir tapfer und treu aushielten bis zum letzten Mann. Und nicht nur der äußere Sturm, der uns alle umtobte, sondern auch meine persönlichen Erlebnisse, wie meine Brust in Liebe und Sehnsucht wogte, in bitterem Schmerz klagte und zagte und in Glück und Freude jubelte - das alles möchte ich niederschreiben.

Und so setze ich mich denn in der kleinen traulichen Arbeitsstube meines Götti an den Tisch. Sie ist noch gerade so wie an jenem Abend, mit dem ich beginnen will, als der Götti mich aufforderte, als Offizier nach Paris zu gehen. Ringsum stehen an den Wänden die schön geschnitzten Schränke aus tiefbraunem Eichenholz und von der kassettierten Decke blinken abwechselnd die Lilien der Bourbonen und der Lindenzweig der Zurlauben hernieder. Damals freilich leuchteten sie stolz und hoffnungsfroh. Ach, man merkt ihrem Goldglanz auch heute noch nicht an, dass der Sturm die Lilien wie den Lindenzweig knickte und entblätterte!

Aber bevor mich Zurlauben an jenem Abend in dieses Stübchen beschied, hatte ich eine andere Szene erlebt, die ich zuerst erzählen will.

Im Frauenstein

Es war im März 1789, in der Woche nach Oculi*. Da frühzeitig mildes Frühlingswetter eingetreten war, hatte ich am Abend die neue Büchse unter den Arm genommen und war über den „Tschuopis" den Waldsaum entlang gegangen, der sich am Zugerberg hinzieht. Denn die Schnepfen tummelten sich da lustig in der Abenddämmerung bei dem linden Föhn. Und es gelang mir auch, sechs von ihnen zu erlegen, was gewiss für einen Abend ein seltenes Jagdglück war, da sonst nach dem Jägerspruch ein Pfund Schrot auf eine Schnepfe kommt. Gar guter Dinge trat ich also den Heimweg an und pflückte unterwegs unter einem alten Birnbaum, den ich kannte, ein Sträußchen süß duftender Veilchen. „Fürs Vreneli", sagte ich mir, „und der alten Tante will ich ein paar von den Schnepfen in die Küche geben."

In solchen Gedanken lief ich fröhlich den Berg hinab und

* 3. Fastensonntag; 15. März 1789

machte den kleinen Umweg über den Frauenstein, dessen herrschaftliches Gut an unseren Zurlaubenhof grenzt. Die Keyser von Frauenstein, ein hoch angesehenes Geschlecht, die auch auf dem Hauptplatz im Städtchen ein stattliches Haus besitzen, sind die Eigentümer dieses Gutes. Der Stammherr, Markus Fidel Keyser, Ritter französischer und päpstlicher Orden, weilte damals als Großrichter des Garderegiments in Paris, und auch sein Sohn Karl Franz stand bereits als Offizier in französischen Diensten. Das Töchterchen Verena aber war vor noch nicht langer Zeit aus einem Kloster der Visitation zu Freiburg im Üchtland nach Zug zurückgekommen und wohnte nun mit der „Tante Marianne" im Frauenstein. Diese Tante war ein frommes und stilles Wesen und zog das ruhige Landhaus mit dem großen ummauerten Garten, wo sie fast wie in einem Kloster beten konnte, dem Stadthaus vor, obschon Platz und Gassen in Zug, wenn nicht gerade Markttag war, nicht viel störenden Lärm verursachten.

Nun will ich gleich eingestehen, dass ich dem Vreneli Keyser von meinem Knabenalter an ein lieber Spielgefährte war. Solange ihr Bruder, Karl Franz, noch zu Hause war, verging selten ein Tag, an dem er nicht mit seinem Schwesterchen zu uns in den Zurlaubenhof hinüberkam, oder ich zu ihnen in den Frauenstein lief. Dann kam freilich die Zeit, da der Bruder als Kadett zu seinem Herrn Vater nach Paris ging und das Vreneli zu den Visitantinnen geschickt wurde, um dort die französische Sprache und feine Manieren zu lernen, wie sie einem jungen Fräulein wohl anstehen. Als sie vor etlichen Monaten nach Hause kam, und ich die alte Gespielin zum ersten Mal fein frisiert und gepudert erblickte, bin ich ob ihrer Schönheit fast erschrocken und habe mich nicht getraut, sie mit „du" anzureden. Sie aber schaute mich aus ihren großen blauen Augen zuerst verwundert an. Dann lachte sie schelmisch, wobei sich zwei niedliche Grübchen in ihren roten Backen zeigten und sagte: „Du dummer Bub! Bin ich denn eine Prinzessin, und nicht das Vreneli, dein alter Spielkamerad?"

Es war nur gut, dass dies weder mein Götti noch ihre Tante, meine Gotte, bemerkten; denn beide hielten sehr auf Anstand und hätten sie gewiss wegen dieser Zutraulichkeit arg gescholten. Waren wir doch nun beide keine Kinder mehr, sondern fast erwachsene Leute. Sie hatte ihren achtzehnten Geburtstag soeben begangen, und ich sollte meinen zwanzigsten noch vor Ostern feiern. Aber mir konnte es schon recht sein, und ich traf mit ihr die Verabredung, dass wir uns *entre nous** „duzen", in Gesellschaft jedoch, wo übrigens meistens Französisch gesprochen wurde, „Ihren" wollten. Wie vor fünf Jahren miteinander in Feld und Garten herumtollen, konnten wir freilich nicht mehr - es hätte sich auch in dem modischen Reifrock, den sie jetzt trug, nicht sonderlich gut machen lassen.

Dafür begleiteten wir den Götti und die Gotte, die als gute Nachbarn bei freundlichem Wetter manchen gemeinsamen Spaziergang machten, sittsam nebeneinander sechs Schritte vor ihnen her gehend. Auch hatten wir bei schlechtem Wetter im Frauenstein fast jeden Abend zusammen französische Lesung, natürlich immer im Beisein der Tante und gewöhnlich auch des alten Zurlauben.

So also stand es um Verena Keyser und mich an jenem lauen Märzabend, da ich auf der Schnepfenjagd so viel Glück gehabt hatte. Der Abend, der so glücklich begonnen, sollte aber nicht so glücklich enden.

Als ich den Frauenstein mit meiner Beute erreichte, war es dunkel. Anstatt die Schelle zu ziehen, rappelte ich mit dem Klopfer; denn dieses Zeichen verstand Vreneli. Wirklich wurde die Tür sehr rasch geöffnet, und ich stürmte in den dunklen Hausflur hinein, in der Meinung, sie sei es selber.

„Da, Vreneli", rief ich, und hielt der Gestalt den Veilchenstrauß entgegen, „Riech, wie süß die Märzvieli duften."

„Jo, jo, sie schmöcke** ganz guet", gab die alte Magd, die zufällig im Flur gestanden hatte, etwas knurrig zur Antwort, und steckte ihre plumpe Nase in den Strauß. „Aber es ischt nit die Rächt; 's ischt nit 's Vreneli, 's ischt nur die alt Chatri."

* „unter uns"
** riechen

„Kathri!“, rief ich. „‘s ist gut, dass Ihr da seid. Für Euch habe ich auch etwas, d. h. für die Küche. Seht da, ein paar Schnepfen. Die schmecken noch besser als die ‚Vieli‘, wenn sie einmal in der Pfanne schmoren.“

„Schnäpfe! Hend Ihr ‘s g’schosse?“, rief sie so laut, dass man ihre Stimme droben hörte und dass bald darauf von der Treppe her Vreneli fragte, wer da sei, und mit Licht herabkam, als sie mich erkannte. Ich gab ihr also die Veilchen und ließ sie von den Vögeln die beiden schwersten aussuchen, was nicht ohne viel Gerede und Gekicher abging. Endlich hatte sie sich für zwei entschieden. Dann sagte sie plötzlich, ich solle noch zwei dazulegen; sie wolle die Tante bitten, dass sie meinen Götti und mich auf Laetare* zu einem Imbiss einlade. Darüber waren wir noch in der Küche am Reden, als die Haustür abermals aufging und Tante Marianne eintrat. Sie hatte nach ihrer Gewohnheit noch in St. Oswald gebetet und wird darüber etwas eingenickt sein, sodass sie sich verspätete und das Oberwilertor schon geschlossen fand, als sie den Heimweg antrat. Das kostete sie einen halben Batzen** und brachte sie in eine kleine Aufregung.

„Man sollte meinen, wir wären in Kriegszeiten“, schalt sie, „dass unsere gestrengen Herren vom Rat die Stadttore so zeitig schließen lassen. Man kann ja nicht einmal in der heiligen Fastenzeit mit Ruhe seine Andacht machen! Ah, du bist da, Damian“, sagte sie zu mir, den schwarzen Kirchenmantel mit der Kapuze ablegend, sodass die weiße Krausenhaube zum Vorschein kam, die ihr freundliches altes Gesicht mit den immer feuchten, wasserblauen Augen umrahmte. Sie gab mir die Hand, bewunderte und beklagte die armen Schnepfen, die doch keinem Menschen etwas zuleide getan hätten, und war auf Zureden ihrer Nichte gleich bereit, den Götti und mich auf den nächsten Sonntag zum Essen einzuladen. Schließlich bat sie mich, mit in die Stube hinaufzukommen und ihr noch ein andächtiges Kapitel aus den *Lettres spirituelles* de Sacys vorzulesen.

* 4. Fastensonntag
** kleine Silbermünze

Es war zwar keiner unserer gewohnten Leseabende; doch ich ging selbstverständlich mit Freuden auf die Bitte ein, die mir eine gemütliche Stunde versprach. Bald saßen Vreneli und ich nebeneinander hinter dem Tisch bei der Lampe, und die gute Tante hatte mit ihrem Strickstrumpf in dem bequemen Lehnstuhl Platz genommen. Abwechselnd lasen wir je einen Satz aus dem gewiss sehr geistreichen, aber wie uns jungen Leuten scheinen wollte, sehr langweiligen Buch mit etwas gezogenem, gleichmäßigem Tonfall, und hatten noch keine Seite gelesen, als die Nase der lieben Tante immer tiefer hinabsank. Sie raffte sich zwar mit einem jähen Ruck ein- oder zweimal auf und seufzte sogar: „Ach, wie schön!" Aber bevor die zweite Seite zu Ende war, entfiel ihr der Strumpf, und sie begleitete unsere Lesung mit einem zwar leisen, aber ganz zweifellosen Schnarchen.

Vreneli, die sie scharf beobachtet hatte, gab mir mit dem Ellenbogen einen Stoß, und schon hatte ich, während sie weiter las, *Paul und Virginie*, ein kleines Bändchen, hervorgezogen, das sich leicht hinter dem schwerfälligen Quartanten* verbergen ließ. Wir hatten es - von ähnlichen Gelegenheiten her - beinahe zu Ende und standen jetzt an dem traurigen Kapitel, in dem Virginie beim Schiffbruch so elendiglich ums Leben kommt. Das Schicksal des lieben Mädchens ist von Bernardin de Saint-Pierre, wie jedermann weiß, ergreifend geschildert worden. So kam es, dass ich beim Lesen wahrscheinlich aus der ruhigeren Tonart in eine bewegtere überging und dass auch Verena, von dem Gegenstand ganz gefesselt und tief ergriffen, es unterließ, die Tante zu beobachten. Unwillkürlich hatte Vreneli einen lauten Seufzer ausgestoßen, als die Wogen Virginie verschlangen, und aufblickend sah ich ein paar Tränen unter ihren langen Wimpern hervor über die Wangen fließen. Ich wollte sie mahnen, dass sie die Tante nicht aus dem Auge lasse, aber es war schon zu spät!

Du lieber Himmel, was gab das für einen Auftritt! Sie musste schon eine Zeitlang aufgewacht sein und hatte offenbar die ersten Sätze nicht ganz verstanden. Aber jetzt war es ihr klar,

* Buch im Quartformat

dass ihr frommer Sacy diese Schilderung des Schiffbruchs nicht geschrieben hatte.

„Was lest ihr denn da?", rief sie plötzlich. „Ist diese Virginie eine Heilige und steht ihre Geschichte in den *Lettres spirituelles*?"

Ich wollte uns mit einer kleinen Notlüge aus der Patsche ziehen. „Ja, Gotte, diese Virginie ist eine heilige Jungfrau und hat aus Schamhaftigkeit ihr Leben verloren."

„Zeigt her!" Mit einem so entschiedenen Griff, wie ich es ihren zittrigen Händen gar nicht zugetraut hätte, fasste sie Vrenelis Hand und entrang ihr das Büchlein. Dann öffnete sie das Bändchen und las den Titel: *Paul et Virginie* - Paris 1788, und warf einen Blick auf den Kupferstich, der das jugendliche Liebespaar unter Palmen und Bananen zeigte, und die gute alte Frau wurde ganz blass vor Erregung.

„So, so", sagte sie endlich, gar nicht besonders heftig, aber mit einer bewegten und fast zitternden Stimme, zunächst zu Verena. „Muss ich das an dir erleben! So belügst und betrügst du deine alte Tante, ja dich selber und den lieben Gott! Vorgebend, du lesest ein frommes Buch, schämst du dich nicht, eine eitle und sündige Liebesgeschichte zu lesen, du ungeratenes, nichtsnutziges, schamloses Ding du!"

In heiligem Zorn wandte sie sich jetzt mir zu: „In den Boden solltest du versinken vor Scham, du loser Bueb du! Dass du es gewagt hast, hinter meinem Rücken ein solches Buch dem Vreneli zuzustecken! Die Unschuld dieses Kindes, die ich so treu zu hüten meinte, hast du mit derartigen Liebesgeschichten vergiftet. Du sollst mir nicht mehr über die Schwelle meines Hauses kommen. Fort mit dir! Da hat der Zimmermann die Tür gemacht!"

Ich wollte zwar ein Wort der Entschuldigung anbringen, doch Vreneli winkte mir ab und sagte, die Tante werde morgen schon einsehen, dass sie jetzt ungerecht sei; ich möge also in Gottes Namen gehen.

So machte ich denn der Gotte meine Verbeugung, stolperte die Treppe hinab und fand mich plötzlich im Dunkel vor der Tür, ohne zu wissen, wo mir der Kopf stand. Wie ich die Hofmatt hinauf nach Hause kam, weiß ich nicht.

Der alte Suter, Zurlaubens Diener, der mir die Tür öffnete, leuchtete mir mit der Laterne ins Gesicht und fragte, ob mir etwa ein Gespenst begegnet sei, dass ich so verstört aussehe. Ich schüttelte den Kopf und wollte stillschweigend an dem Alten vorüber zu meiner Kammer. Er aber forschte erstaunt, wo ich denn das Gewehr und die Jagdtasche habe; denn dass ich keine Schnepfen mitbringe, sei weniger zum Verwundern. Da griff ich mir an den Kopf und sagte: „Wohl habe ich Schnepfen geschossen, ein ganzes halbes Dutzend! Und ich habe sie mitsamt der Tasche und dem Gewehr im Frauenstein vergessen."

„Ei, ei", lachte der Alte. „Im Frauenstein! Bei der Gotte oder bei dem Fräulein? Ihr habt doch nicht gar an einem ‚Korb' so schwer zu tragen gehabt, dass Ihr die Jagdtasche zurücklassen musstet?"

Ärgerlich befahl ich ihm zu schweigen und wollte die Wendeltreppe hinauf in mein Zimmer. Doch er hielt mich zurück und sagte: „Nur nicht so hitzig; 's ist nicht bös gemeint. Ich gönne Euch das Fräulein Verena von Herzen und will sie gern als Herrin auf dem Zurlaubenhof bedienen. Nun aber sollt Ihr unverzüglich zum Herrn General. Es sind heute Abend Briefe aus Paris gekommen, die ihn nicht in eine besonders gute Laune versetzt haben. Er erwartet Euch in seinem Kabinett."

Mit Hilfe Suters ordnete ich schnell meine Frisur und ließ mir sogar etwas Puder darüber stäuben, nachdem ich die Jagdkleidung mit einem hellblauen Rock vertauscht hatte. Dann schritt ich zur Eckstube im zweiten Stock, die sich mein Götti zu einem ebenso schönen wie behaglichen Arbeitszimmer hatte einrichten lassen.

Der Diener öffnete mir die Tür und meldete mich. Dann trat ich ein.

Im Zurlaubenhof

Die Stube war hell erleuchtet, wie mein Götti es liebte. An den mit dunklem Eichenholz getäfelten Wänden brannten auf den silbernen Armen wenigstens ein halbes Dutzend Wachskerzen, und die hinter ihnen angebrachten Spiegel warfen eine Fülle von Licht in den nicht großen Raum. Der Götti saß in einem Lehnstuhl und hatte seinen mächtigen Kopf in die Hand gestützt. Er blickte mich aus seinen großen Augen zerstreut an und rieb sich erst die breite Stirn, ehe er meinen Gruß erwiderte. Die Perücke war ihm etwas auf die Seite gerutscht, und das bedeutete fast immer, dass er irgendeinen Ärger hatte.

„Endlich da", begann er. „Aber, was ist das wieder für eine nachlässige Haltung! Brust raus! Aufrecht! Nun, groß genug gewachsen ist er für einen Gardeleutnant. Habe zwar bis jetzt einen Gelehrten aus dir machen wollen; aber da fehlt es an Fleiß und Ausdauer. So wird denn nichts anderes übrig bleiben, als dass wir dich nach Paris schicken und einen Gardeoffizier aus dir machen. Du denkst vielleicht, du brauchst kein Brot zu verdienen, da ich dich, wenn du dich brav hältst, an Sohnes statt annehmen und als meinen Erben einsetzen will. Gib wohl Acht, dass du die Rechnung nicht ohne den Wirt machst! Setz dich auf den Stuhl da! Ich will dir ohne Umschweife meine jetzige Lage erklären."

Er nahm aus seiner goldenen Dose, auf deren Deckel das Zurlaubenwappen kunstreich eingraviert war, eine Prise und schob sie, die starken Augenbrauen hoch in die Stirn ziehend, in seine Nase. Dann sagte er sich räuspernd: „Das Vermögen der Zurlauben ist nie sehr groß gewesen, und wir haben es auch nicht sonderlich geschickt verwaltet. Unsere Haupteinnahmen waren immer die großen französischen Pensionsgelder, die uns der Hof von Versailles für unsere geleisteten Dienste - und nicht kärglich! - bezahlte. So brauchte ich auch nicht knickerig zu sein, solange mir Frankreich regelmäßig meine Pension von 11 000 Livres bezahlte.

Doch diese schwebt jetzt in Gefahr, und ich kann sie nicht missen. So siehst du mich mit meinen 70 Jahren in einer keineswegs angenehmen Lage. Mein alter Freund, der Maréchal de Camp d'Hervilly, schreibt mir aus Versailles, dass die Auszahlung der Pensionen auf große Schwierigkeiten stoße. Glaub's gern! Die Kriege Ludwigs XV. haben den Staatssäckel unverschämt mitgenommen. Turgot[1] konnte das Übel nicht heilen, die Notabelnversammlung wollte nicht. Nun hat Necker[2] den König beredet, dass er die Reichsstände einberufe. Die sollen dem Staatsbankrott vorbeugen. D'Hervilly glaubt aber, dass sie vorher mit den Privilegien des Adels aufräumen und namentlich auch die vielen Millionen von Pensionsgeldern streichen werden, mit denen bisher der König seine treuen Diener belohnt hat. Ja, d'Hervilly fürchtet, man werde das ganze alte Regime über den Haufen werfen und eine neue Ordnung aufzurichten versuchen nach den Lehren Voltaires und Rousseaus und Montesquieus und Diderots und wie sie alle heißen, die so genannten ‚Philosophen', die schon seit mehr als einer Generation die Grundlage unserer Staaten, das Christentum, auf Tod und Leben bekämpfen. Zu den Voltairianern gehört ein großer Teil des Adels. Und diese könnten anlässlich dieser Versammlung der Reichsstände einen Putsch wagen. Sie haben an dem liederlichen Herzog von Orléans einen gefährlichen Führer, und d'Hervilly hat recht, wenn er wünscht, dass das Garderegiment der Schweizer möglichst stark und vollzählig sei, da man sich auf die Treue der französischen Truppen nicht durchweg verlassen könne. Weiß Gott, wenn ich nur zehn Jahre jünger wäre, ich eilte selbst nach Frankreich, um noch einmal meinen Degen für den edlen und gütigen Ludwig XVI. zu ziehen!"

Der Baron war in großer Bewegung aufgestanden, und auch ich hatte mich erhoben. „Wenn ein Tropfen Soldatenblut in dir wäre", rief er, „so würdest du schon lange gebeten haben, in die Schweizergarde einzutreten."

1 Anne Robert Jacques Turgot, 1727-1781, franz. Staatsmann und Ökonom

2 Jacques Necker, 1732-1804, Schweizer Bankier und franz. Finanzminister

„Ich bin auch gern bereit, auf Euren Wunsch nach Paris zu gehen, obschon Ihr wisst, dass ich für den Kriegsdienst unter fremden Fahnen sonst nicht begeistert bin. Für die Heimat werde ich stets mit Freuden …"

„Was ‚unter fremden Fahnen'?", unterbrach er mich zornig. „Haben wir nicht auch in französischen Diensten unter unseren eigenen Fahnen gestanden? Kämpften wir nicht auch dort für die Ehre und den Ruhm der Schweiz, die nun einmal die Militärverträge mit Frankreich geschlossen hat, und wahrlich nicht zum Nachteil unseres armen Landes."

„Ja, ja, Götti, ich weiß. Die Schweiz hat schon manche Million Livres für das Blut ihrer Söhne von den französischen Königen bezogen. Das Geld ist zum größten Teil den adeligen Geschlechtern, vor allem den Freiburgern und Bernern, zugeflossen; das Land aber hat wenig Nutzen davon gehabt."

Es war gewiss sehr unklug von mir, so zu meinem väterlichen Wohltäter zu sprechen. Doch Klugheit und Überlegung waren nun einmal nicht meine starke Seite, und ich glaubte, meine Überzeugung immer frisch von der Leber weg sagen zu müssen.

„Bin erstaunt in dir einen so hohen und klugen Politikus zu entdecken, der alle Weisheiten der schweizerischen Regierungen der letzten zwei Jahrhunderte in den Schatten stellt! Wahrscheinlich bist du auch der Meinung, dass es ganz gut wäre, wenn in Frankreich, und wohl auch bei uns, das *ancien régime*, die alte bewährte Staatsform, nach den hirnverbrannten und gottlosen Lehren Rousseaus umgemodelt würde?"

„Nun, Götti, dass in Frankreich viele himmelschreiende Missstände abzuändern wären, werdet Ihr nicht in Abrede stellen. Ebenso könnte auch bei uns in der freien Schweiz gewiss etwas mehr Freiheit und Gleichheit ..."

„Freiheit und Gleichheit!", brach der Baron jetzt los. „Nun habe ich es satt. Das sind die tollen und umstürzlerischen Ideen, die der Genfer Narr aufs Tapet gebracht hat. Die Regierung von Genf hat gut daran getan, seine Bücher durch den Henker verbrennen zu lassen, und noch besser wäre es gewesen, sie hätte ihn rechtzeitig verbrannt. Seit ich dich jüngst beim Lesen seines *Emile* fand, dachte ich auch, du seiest von seinem Gift angesteckt. Jetzt kommt es heraus. Aber das sage ich dir: Einen politischen Schwarmgeist und neuerungssüchtigen Umstürzler werde ich nie als meinen Sohn ansehen! Wer einst den Zurlaubenhof bewohnen soll, muss sich auch zu den alten gesunden Grundsätzen der Zurlauben bekennen. Das überlege dir bis morgen. Und jetzt auf dein Zimmer! Gute Nacht sage ich dir heute nicht!"

Auch ich wagte es nicht, ihm Gute Nacht zu wünschen, und verließ mit einer stummen Verbeugung aufs höchste bestürzt das Zimmer.

An der Treppe erwartete mich der alte Suter und übergab mir Gewehr und Jagdtasche. „Die Kathri hat sie gebracht zusammen mit den sechs Schnepfen," sagte er. „Ihr müsst der Frau Säckelmeisterin auf die Hühneraugen getreten sein; denn die Kathri hat ganz schnippisch beigefügt, der junge Herr Muos möge die Vögel nur selber essen, da ihre Herrin keinen sonderlichen Appetit darauf verspüre - nach den traurigen Erfahrungen, die sie heute mit dem Jägersmann erlebt habe. Was das für Erfahrungen seien, hat sie mir freilich nicht sagen wollen, da sie eine verschwiegene Person sei. Nun, nun, nehmt's Euch nicht zu Herzen! Weiberlaunen und Aprilwetter, 's wird schon wieder besser. Und Glück auf der Jagd habt Ihr gehabt - sechs Schnepfen ist viel!"

„Ja", sagte ich zu mir selber, die Wendeltreppe zu meiner Kammer hinaufsteigend, „sechs Schnepfen an einem Tag ist viel - und dann hinterdrein am selben Abend des Götti und der Gotte Gunst verlieren ist auch viel."

Mit dem Abendgebet wollte es nicht recht gehen und mit dem Einschlafen auch nicht. Aber schließlich schlief ich doch ein und erwachte erst, als der Tag anbrach.

Der Entschluss

Als ich das Fenster meiner Schlafkammer öffnete - es ist das oberste unter dem Giebel gegen Süden -, strahlten mir die Eisgipfel des Berner Oberlandes, die man über die schönen Unterwaldner Berge hinweg erblickt, vom roten Frühlicht verklärt, entgegen. Auch die zerklüfteten Spitzen des Pilatus und den Kulm des Rigi, von denen der Winterschnee noch nicht abgeschmolzen war, streiften die ersten Sonnenstrahlen. Der Zugerberg aber und der See und die Hügelreihen im Westen lagen noch im dämmrigen Zwielicht. In dem noch blattlosen Gezweig der Bäume schmetterten die Finken ihr frisches Morgenlied.

Ich fühlte mich viel ruhiger als am vergangenen Abend. Und ich beschloss, einen Gang durch den Garten die Matte hinauf zur nahen Pfarrkirche St. Michael zu machen, die von der Bergeshöhe friedlich auf Stadt und Land zu ihren Füßen hinabschaut. Auf dem Friedhof, den ich durchschritt, betete ich ein Vater unser am Grab meines Vaters, und da es bei den Klosterfrauen gerade zur heiligen Messe läutete, ging ich hinüber und hörte sie in der Absicht, dass mir der liebe Gott einen guten Gedanken eingebe. Und es war nicht vergebens; denn siehe da, als ich das Kirchlein verließ, traf ich mit dem Kapuziner zusammen, der die Messe gelesen hatte.

Es war Pater Secundus, aus der Familie Loretan. Der sprach mich an und sagte, er werde heute mit dem Pater Guardian auf dem Zurlaubenhof zu Besuch kommen. Er sei nämlich ausersehen, demnächst als Almosenier oder Feldpater des Schweizerregiments ins französische Babylon zu gehen. „Wahrscheinlich, weil ich als Walliser gleich ‚gut' Deutsch und Französisch spreche", meinte er lachend und strich sich den krausen grauen Bart. „Sonst hätte mir unser Kapitel in meinem Alter wohl einen ruhigeren Posten geben dürfen."

Ich hatte den guten, alten Pater, dem die reine Unschuld, mit einem Stück Schalk vermischt, aus den Augen sah, herzlich gern und kannte ihn gut. So trug ich ihm unterwegs meinen Fall vor, wie ich tags zuvor um die Gunst meiner Gotte und meines Götti gekommen war. Er hörte alles ruhig an und fragte mich scharf aus; aber ich konnte ihm in alle Aufrichtigkeit versichern, es sei mir auch im Traum nicht eingefallen, das Vreneli zu etwas Bösem zu verleiten, und wir hätten zusammen noch keine Silbe von Liebe oder dergleichen geredet, obschon wir uns von Herzen gern hätten. Ob das eine Sünde sei, fragte ich ihn, wenn wir doch heiraten wollten?

Er schüttelte den Kopf und sagte, an sich gewiss nicht; denn die heilige Ehe sei von Gott eingesetzt und in der Kirche ein gnadenreiches Sakrament. Aber es sei ein gefährliches Ding und daher nicht erlaubt, eine Liebschaft anzufangen, wo von einer baldigen Ehe keine Rede sein könne. Das hieße mit dem Feuer spielen. Und das Vreneli sei ja noch viel zu jung, ja ich selber noch nicht in dem Alter und in der Lage, einen christlichen Ehestand zu gründen. Die Gotte habe also ganz recht, dass sie von derartigen Tändeleien jetzt nichts wissen wolle und mir das Haus verboten habe. Dann zog er eine mächtige Schnupftabaksdose aus Birkenrinde aus seinem Ärmel hervor, nahm bedächtig eine Prise und sagte: „Es wäre am besten, wenn Ihr einige Jahre von Zug fortkämet. Wenn die Jungfer Keyserin um ein halbes Dutzend Jahre älter ist und Ihr inzwischen auch an Weisheit, was zwar bei einem Zuger nicht leicht hält, und schier eine contradictio in adiecto* ist“, - sagte er mit einem neckischen Seitenblick auf mich - „wenn Ihr also inzwischen ebenfalls an Weisheit und Alter zugenommen habt und etwa gar zu Stand, Rang, Amt, Würden und Ansehen gekommen seid, so werden die Frau Säckelmeisterin und der Herr Großrichter gewiss nichts dagegen haben, Euch das Töchterchen zu einer christlichen Ehe zu geben. Immer vorausgesetzt, dass inzwischen nicht die Jungfer Verena oder Ihr, oder alle beide andern Sinnes geworden sind. Ihr werdet zwar den Fall nicht zugeben wollen - umso besser, so nehmt Ihr das Vertrauen auf ihre Treue im Herzen mit, und das wird Euch vielleicht über manche Versuchung siegen helfen.

* lat. Widerspruch im Beiwort

Die gute Frau Säckelmeisterin will ich bei meinem Abschiedsbesuch schon wieder versöhnlicher stimmen, ihr auch die *Lettres spirituelles* de Sacys abnehmen und ins Feuer stecken. Das ist ja einer der Haupt-Jansenisten*! Aber da braucht nur auf dem Titel der Name einer Nonne zu stehen, so meint auch die gute Frau Säckelmeisterin schon, es sei gewiss etwas Heiliges. Saubere Heilige - diese Nonnen von Port-Royal! Was nun den Streit mit dem Herrn Baron angeht", fuhr P. Secundus nach einer Pause fort, „so habt Ihr eigentlich in manchen Punkten recht. Die auswärtigen Kriegsdienste haben zwar der Schweiz Ehre und Reputation gebracht, und man schätzt uns in allen Ländern als treue und tapfere Krieger. Sonst ist aber der Nutzen für unser Land nicht groß. Zugleich mit dem französischen Geld ist viel französische Liederlichkeit und Gottlosigkeit in unsere Berge gekommen. Unsere Junker haben als Offiziere am Hof Ludwigs XV. nichts Gutes gelernt und sind meistens als Voltairianer heimgekehrt. Da macht Euer Herr Pate, der Baron Zurlauben, eine rühmliche Ausnahme. Allen Respekt! Ein tüchtiger Mann von altem Schrot und Korn. - Nun, ich meine, Ihr könntet doch seinem Willen nachkommen. Ich glaube, es steht ein Kampf bevor, der sich nicht nur gegen den Thron, sondern auch gegen den Altar wenden wird, und die Verhältnisse liegen jetzt so, dass, wer Ludwig XVI. verteidigt, zugleich für unsere heilige Kirche kämpft. Das tröstet auch mich bei der Aufgabe, die mir aufgetragen ist. Und so meine ich, das könnte auch Euch veranlassen, auf den Wunsch des Herrn Barons einzugehen. Überlegt es Euch!"

Dann schüttelte er mir herzlich die Hand, sagte Auf Wiedersehen! und bat mich lachend, einen guten, schwarzen Kaffee für den Guardian und ihn in der Schlossküche zu bestellen. Er ging den Berg hinauf nach St. Verena, wo er den kranken Waldbruder besuchen wollte, und ich wandte meine Schritte abwärts, dem Häuschen meiner lieben Mutter zu. Die Worte des guten Kapuziners hatten mich ganz beruhigt; ich war mir nun völlig klar

* Jansenisten lehrten die Rechtfertigung allein aus der Gnade und ohne Mitwirkung des menschlichen Willens, ähnlich wie die Protestanten.

und beschloss ohne längeres Nachdenken, seinen Rat zu befolgen.

Die liebe Mutter wohnte mit einer alten Magd, der Vronek, in unserem alten Häuschen oberhalb der schönen St. Oswald Kirche am Bachsteg. Sie war seit einiger Zeit kränklich und bettlägerig und konnte ihre fast gelähmten Füße kaum gebrauchen. Ich habe sie aber darum niemals traurig gesehen. „Wie Gott will!“, sagte sie immer, und dass ihr der schöne Spruch aus dem Herzen kam, bewies ihr stets freundliches und gottergebenes Wesen. Sie hatte das Bett, auf dem sie fast immer liegen musste, in dem freundlichen Kämmerlein so stellen lassen, dass sie auf das Chorfenster von St. Oswald sehen konnte. Der Gedanke, dass Gott, der zwar überall gegenwärtig ist, dort aus besonderer Liebe in seiner zweiten Person unter den eucharistischen Gestalten auch der menschlichen Natur nach in wunderbarer Weise gegenwärtig war und alle ihre Nöten und Schmerzen kannte - dieser Gedanke war bei Tag und Nacht ihr Trost. In der Nacht schaute sie zum Ewiglicht, dessen Widerschein das Chorfenster matt erleuchtete, wenn sie oft lange Stunden schlaflos in Schmerzen daliegen musste.

Sie hatte wieder keine gute Nacht gehabt, wie ich an ihren lieben übernächtigten Augen erkannte. Aber sie streckte mir ganz munter ihre abgezehrten Hände entgegen und sagte: „Das ist schön, Damian, dass du mich besuchst. Hat dir Zurlauben einen Vakanztag* gegeben, dass du so früh hereinkommst? Es muss dir doch schrecklich langweilig sein, armer Junge, diese alten Akten abzuschreiben, zu ordnen und zu numerieren!“

„Nun, Mutter, der Götti will mir bald ständige Vakanz geben!“, rief ich.

„Will er endlich deinen Wunsch erfüllen und dich Maler werden lassen?“, fragte sie.

„Nein. Du weißt, er hält nicht viel von meinem Malertalent. Etwas ganz anderes hat er vor. Und ehe ich ihm Antwort gebe,

* freier Tag

wollte ich deine Meinung darüber hören. Gardeleutnant will er, dass ich werde, Gardeleutnant in Paris!“

„Offizier in Paris!“, rief sie und schaute mich erst ganz erschrocken an. Als ich ihr aber alles erzählte, auch was sich im Frauenstein zugetragen und was der P. Secundus gesagt hatte, schwieg sie erst einige Augenblicke mit geschlossenen Augen. Dann blickte sie voll Liebe zu mir auf und sagte: „Der P. Secundus hat recht. Es ist besser, dass du für einige Jahre von hier fortkommst. Paris ist zwar ein gefährlicher Ort für junge Leute, und auch unter den Schweizeroffizieren wirst du mehr als einen treffen, der an Glaube und Sitten Schiffbruch erlitten hat. Aber du bist bis jetzt, Gott sei Dank, so brav geblieben, dass es mit seiner Gnade wohl gehen wird. Der heilige Schutzengel begleite dich. Auch ist es mir ein Trost, dass der gute P. Secundus mitgeht. Erfülle also in Gottes Namen den Wunsch deines Götti. Wir sind ihm zu großem Dank verpflichtet. Seit dein Vater starb, verwaltet er unser kleines Vermögen und setzt wohl auch von dem seinigen bei, ohne mich etwas merken zu lassen. Dich hat er studieren lassen, und auch für deine beiden Schwestern im Kloster zu Wattwil bezahlt er das Kostgeld. Denn dass unsere Zinsen so weit reichen, glaube ich nimmermehr. Endlich hat er dich so gut wie an Sohnes statt angenommen. Es ist also eine Pflicht der Dankbarkeit, dass du ihn wie einen Vater ehrst und seinen Wunsch erfüllst. Geh also, mein Sohn, mit Gottes Segen! Mein Segen und mein Gebet begleiten dich!“

„Und dich soll ich ganz allein hier lassen?“

„Ich bin nie allein. Gott ist immer bei mir, und ich kann mich ganz gut mit ihm unterhalten. Außerdem ist ja noch die alte treue Vronek da, die mir manches erzählt und mich in ihrer Weise aufmuntert. Und jetzt kommen auch schon wieder die schönen Tage, und dann kann ich stundenlang unter dem Kirschbaum sitzen und den Vögeln zusehen, wie sie ihr fröhliches Spiel treiben. Nein, nein, um mich brauchst du dir keine Sorgen zu machen, Damian! Geh also mutig nach Paris! Aber bitte den heiligen Schutzengel, dass er dich begleite! Und wenn es dir einmal schlimm ergeht und du in Gefahren des Leibes und der Seele dich befindest, so denke: Die Mutter betet zu Hause für mich. Ich kann ja nichts anderes tun."

Ihre lieben Augen hatten sich mit Tränen gefüllt; aber sie lächelte mich ganz freundlich an und sagte: „Geh jetzt und melde Zurlauben deinen Entschluss!"

Ich fand den Götti im Garten, und schon die Art und Weise, wie er das spanische Rohr trug, verrieten mir, dass er in bester Laune war. Ein Grund dafür war gerade der leichtsinnige Streich, den Vreneli und ich am Abend zuvor der Tante gespielt hatten, wie ich bald erfuhr. Die zweite Ursache der fröhlichen Stimmung bildete ein neuer Brief von d'Hervilly. Er erzählte von der Königin Marie Antoinette und wie sie die Anfeindungen und Verleumdungen, deren Zielscheibe sie in den letzten Jahren infolge der berüchtigten Halsbandgeschichte unschuldigerweise geworden war, in den ländlichen Freuden ihres lieben Trianon zu vergessen suche. Sie habe gerade ihren Hameau, d. h. Weiler mit Mühle, Bauernhof, Käserei und einer ganzen Anzahl allerliebster Hütten, vollendet und vergnüge sich nun mit Madame Elisabeth, der Schwester des Königs, der Frau von Polignac und einigen wenigen vertrauten Damen des Hofes in dem zauberhaft schönen Park durch unschuldige Spielereien, ja bereite sogar eigenhändig in der eben vollendeten Sennhütte Butter und Käse für die königliche Tafel. Es hätten ihr denn auch einige Offiziere aus Freiburg eine tadellos schöne Schweizerkuh zum Geschenk gemacht, und dieses Präsent sei von Marie Antoinette huldvoll für ihren Meierhof angenommen worden. Diese Nachricht schloss mit dem Wink, ob Zurlauben nicht etwa einige besonders schöne Ziegen schicken könnte, da Ziegen sowohl in den Eklogen[1] des Vergilius als auch in den Idyllen aller seiner Nachahmer, namentlich des berühmten Salomon Geßner[2], beliebte Figuren seien. Er zweifle nicht im Mindesten, dass, wie die Kuh aus Gruyère, so auch die Ziegen aus Zug in Trianon willkommen wären.

1 Sammelwerk von Hirtengedichten des römischen Dichters Vergil.

2 Schweizer Idyllendichter, Maler und Grafiker, lebte 1730-1788.

„Geißen für die Königin von Frankreich!“, rief ich lachend. „Haltet Ihr das für einen Scherz Eures Freundes, des Marschalls d'Hervilly?“

„Durchaus nicht“, gab Zurlauben zur Antwort.

„So weiß ich ein paar der schönsten Geißen, die ich in meinem Leben gesehen habe“, rief ich, und erzählte dem Götti, wie ich neulich auf der Jagd in der Haselmatt, einem einsamen, vom Wald umschlossenen Heimwesen beim Lorzentobel, ein Paar große, milchweiße Ziegen mit zwei Zicklein gesehen habe. Sofort gab mir Zurlauben den Auftrag, in die Haselmatt zu gehen und die Tiere zu kaufen, was ich auch am selben Nachmittag noch tat.

Die Kinder des Bergbauern weinten, als ihr Vater die schönen Geißen verkaufte; er selber aber schmunzelte, als ich ihm die blanken Krontaler auf den Tisch legte; denn ich hatte ihm das Doppelte gegeben, was sonst eine gute Geiß kostet. Als er jedoch hörte, dass ich die Tiere für die Königin von Frankreich gekauft habe, machte er ein böses Gesicht und meinte, wenn er das vorher gewusst hätte, so hätte er doch noch mehr gefordert.

In der Stube, wo wir den Handel abschlossen, arbeitete der Schuhmacher Klaus Wyß „auf der Stör“*, und er hatte den Hans Jerg Brunner, einen fünfzehnjährigen Burschen, den ich gut kannte, als Lehrjungen bei sich. Als ich nun sagte, die Geißen seien für die Königin von Frankreich gekauft, streckte der Wyß seinen langen Hals und seine lange Nase von dem Schuh, den er flickte, in die Höhe und fragte, wie ich denn die Tiere bis Paris bringen wolle. Ich musste gestehen, dass ich darüber noch nicht nachgedacht hätte. Da rief der Brunnerli: „O Herr Muos, ich will sie Euch bis nach Paris hineintreiben! Nehmt mich mit! Denn der Meister Wyß sagt mir wohl alle Tage ein Dutzend Mal, es würde doch niemals ein rechter Schuhmacher aus mir, da ich kein Sitzleder hätte, und ich solle in Gottes Namen Soldat werden.“

„Wahr ist's, du Schlingel“, sagte der Meister Klaus und langte dem Brunnerli mit dem Knieriemen eins über den Buckel.

* auf Tagelohn

„Du verdienst das Salz in der Suppe nicht, und ich habe den größten Schaden an dir! Für hundert Gulden hast du mir schon Leder verdorben. Aber sie werden dich halbgewachsenen Tunichtgut beim Militär auch nicht brauchen können."

„Doch, doch! Jetzt als Trommler und später als Grenadier. Sie nehmen schon zehnjährige Buben als Trommler an. Wenn mir nur der Herr General Zurlauben eine Empfehlung mit nach Paris geben wollte, so würden sie auch mich annehmen, und dann wäret Ihr mich und ich Euch los, Meister Klaus", sagte der Lehrjunge und blickte mich bittend an.

„Nun, du könntest mir wenigstens vorläufig die Geißen nach Zug hinabtreiben für einen alten Batzen Trinkgeld, und dann wollen wir sehen, ob wir dich wirklich als königlichen Geißbuben nach Paris und schließlich in die Garde bringen können", antwortete ich lachend, „wenn nämlich der Meister Klaus dich wirklich entlassen will."

„Mit Vergnügen" rief der. „Lieber heut' als morgen! Aber nehmt Euch in Acht mit dem Taugenichts; er hat den Kopf voll toller Streiche."

Hei, wie da der Brunnerli vor Freude aufsprang und im Hui seine mit Pech beschmierte Schürze in die Ecke warf! „Ade, Meister!", rief er. „Wenn ich einst als General oder Marschall wiederkomme, so lass ich meine Stiefel bei niemandem sohlen als bei Euch, Meister!"

Damit sprang er aus der Stube und schnitt sich eine Haselrute, um die Ziegen des Weges zu treiben. Er stellte sich dabei auch ganz geschickt an und wusste spaßig von den Leiden seiner Lehrlingszeit zu erzählen, sodass ich den munteren Burschen lieb gewann.

Noch vor Nacht erreichten wir den Zurlaubenhof. Dem Götti gefielen die Geißen, und da ich ihm die Geschichte des Treibers erzählte, war er gleich bereit, ihm zur Erfüllung seines Wunsches zu verhelfen.

„Wir werden die Tiere in einen Käfig tun und hinten auf das Bauernwägelein setzen zusammen mit dem künftigen Tambour und Grenadier. In dem Coupé nimmst dann du mit dem P. Secundus Platz, der mir wirklich seinen Abschiedsbesuch gemacht hat. Und es wird am besten sein, wenn ihr in Gottes Namen am nächsten Montag die Reise miteinander antretet. So könnt ihr noch vor Palmsonntag bequem in Paris und beim Regiment sein. Am Sonntag ist sowieso Laetare oder Herren-Fastnacht - da wollen wir dann mit etlichen Freunden ein kleines Abschiedsmahl halten. Dabei sollen deine sechs Schnepfen zu Ehren kommen.“

So sagte der Götti, und so geschah es.

Abschied

Die folgenden Tage bis Laetare gingen wie in einem Wirbel vorüber. Ich nahm von allen Verwandten und Bekannten im Städtchen Abschied, und es war ein großes Gerede über mich und hinter meinem Rücken ein noch größeres Gekicher über meine Geißen, und sie nannten mich den „Geißenhauptmann“.

Das kümmerte mich wenig. Hätte ich nur das Vreneli unter vier Augen sprechen können! Aber so eifrig ich auch um den Garten herum spionierte, konnte ich doch keine günstige Gelegenheit finden. Einmal sah ich sie an einem Fenster mit verweinten Augen; ich wollte ihr durch Zeichen deuten, sie möge doch in das Sommerhäuschen herabkommen, das in einer Ecke der Gartenmauer stand. Doch sofort erschien die weiße Haube meiner Gotte und verscheuchte mich. Jetzt bezwang ich meinen Stolz so weit, dass ich die Hausglocke zog und bescheiden um die Erlaubnis bat, meiner Gotte einen Abschiedsbesuch machen zu dürfen, wobei ich mir vornahm, sie um Verzeihung zu bitten. Aber die alte Kathri behauptete so unverschämt, die Frau Säckelmeisterin sei nicht zu Hause, dass ich in hellem Zorn mit den Worten, wenn die Frau Säckelmeisterin nächstens wieder ausgehe, so möge sie auch den Kopf mitnehmen, dem alten Drachen den Rücken zudrehte.

Der Sonntag kam endlich. Ich hatte am Morgen auf Mahnung meiner lieben Mutter bei den Kapuzinern meine Beichte abgelegt; vor einer solchen Reise und einem solch gefährlichen Unternehmen war es geraten, seine Rechnung mit Gott ins Reine zu bringen. Als ich nach dem Gottesdienst nach Hause kam, rief mich der Götti in sein Kabinett, und war so gut und väterlich zu mir wie noch nie. Er zeigte mir sein Testament, das mich als seinen Erben einsetzte, und sagte: „Führe dich so auf, dass ich es nicht vernichten muss. ‚Tapfer und treu' war mein Wahlspruch und soll auch der deine sein. Treu gegen Gott und den Taufbund, den du ihm geschworen; treu gegen den König, dem du den Fahneneid schwören wirst. Lass dich nicht von schönen Phrasen irre machen; sobald sie etwas gegen die Treue verlangen, so sage entschieden ‚nein', wie bestechend die Worte auch lauten mögen. Lieber den Tod als Treubruch! Merk dir das; du magst vielleicht in schlimme Lagen kommen. Zur Tapferkeit brauche ich dich nicht zu ermahnen: Du bist ein Schweizer!"

Wir drückten uns die Hand und ich gelobte ihm, seine väterliche Mahnung nie zu vergessen.

Inzwischen rückte die Zeit des Mittagsmahls heran, und die eingeladenen Gäste trafen ein. Der Götti hatte die Generalsuniform angelegt und trug das breite Band des Ludwigsordens mit dem Stern der Kommandeure und andere hohe Orden. Ich hatte ihn nie so als großen Herrn gesehen; doch empfing er die Gäste recht leutselig. Bald waren diese versammelt: Der würdige Herr Stadtpfarrer Bossard, ein gelehrter und freundlicher Herr, mit dem Präfekten Keyser, der Pater Guardian mit dem P. Secundus, der Landammann Kolin, der Salzherr Landtwing, der Säckelmeister Hediger und sonst noch einige Vettern und Basen, alle in ihren Staatskleidern und geziemend gepudert. Und als wir schon zu Tisch gehen wollten, meldete der Suter, Frau Säckelmeisterin Keyser sei mit ihrer Nichte draußen und wünsche den Herrn Baron und mich erst einen Augenblick allein zu sehen.

Wie ich später hörte, hatte Zurlauben die Gotte zu diesem Schritt der Versöhnung überreden lassen. Er schmunzelte und führte mich zu ihr hinaus, mich mit einer Verbeugung als reuigen Sünder vorstellend. Sie blickte mich fragend an und sagte, sie sei von meiner vollkommenen Reue doch noch nicht so ganz überzeugt. Verzeihen sei aber christlich und da sie erfahren habe, wie mich die Kathri so unhöflich abgewiesen habe, als ich gewiss um Verzeihung habe bitten wollen, sei es ihre Christenpflicht, mir die Hand zur Versöhnung zu reichen, namentlich am Vorabend meiner Abreise.

Die gute Frau würde sicherlich noch lange gepredigt haben, hätte Zurlauben sie gelassen; aber er reichte ihr den Arm und führte sie mit der Bemerkung, wir dürften den Herrn Stadtpfarrer und die übrigen Gäste nicht länger warten lassen, in die Stube. Was konnte ich anderes tun, als Vreneli, die halb verlegen neben ihrer Tante gestanden hatte, ebenfalls meinen Arm zu bieten.

Suter meldete jetzt, die Tafel sei gedeckt, und nach den üblichen Verbeugungen setzte sich der Zug zum großen Saal in Bewegung, an der Spitze der Götti mit der Gotte, und den Schluss bildeten Vreneli und ich. Die Gotte, die zwischen dem Stadtpfarrer und dem P. Guardian an der Spitze der Tafel zu sitzen kam, konnte Vreneli und mich, die ganz unten ihre Plätze hatten, wenig beobachten. Unsere Tischnachbarn, alte und gesetzte Herren, waren abwechselnd in ihre Teller und in politische Gespräche und Prophezeiungen vertieft. So konnten wir ungestört leise miteinander plaudern, und ich hörte mit großer innerer Freude ihre Klagen über meine Abreise nach dem gefährlichen Paris; denn ihre Angst um mich verriet, wie lieb ich ihr war. Ich suchte sie also zu trösten, dass ich voll Hoffnung sei, nach etlichen Jahren als angesehener Mann wiederzukommen.

„Nur eine Furcht habe ich“, sagte ich leise, „wie ich mein Vreneli dann wiedersehen werde -, ob ich sie als eine würdige, verheiratete Matrone… „

„O Damian!“, unterbrach sie mich mit einem vollen Aufschlag ihrer sonst sittsam gesenkten Lider.

„…treffen werde“, fuhr ich fort, „oder ob sie so lange Geduld hat und dann bereit ist, Frau Hauptmann Muos zu werden.“

Sie drückte meine Hand und flüsterte: „Ich bleibe dir treu, Damian, wenn du mir nur treu bleibst in dem bösen Paris, wo es so viele Damen gibt, die viel schöner und geistreicher sind als das arme Vreneli Keyser.“

„Aber keine, die ein so liebes und gutes Herz hat und die mir von Kindheit an so teuer war wie du“, gab ich fast etwas zu laut zur Antwort. „Ich bleib dir treu!“

Sie sagte keine Silbe; aber ihre Augen und der feste Druck ihrer Hand besiegelten unseren Bund beredter als alle Worte. Doch bat sie mich, recht oft zu schreiben - der Gotte natürlich! Aber ich solle recht kleine Buchstaben machen; einmal gehe so viel mehr in den Brief hinein, und dann könne die Tante kleine Schrift auch mit der Brille nur schlecht entziffern. So werde sie ihr die Briefe vorlesen müssen. Und wenn sie dann etwa ein Wörtlein darin finde, was ans Vreneli und nicht an die Gotte gerichtet sei, werde sie das Wörtlein schon zu überhupfen wissen. - So sagte die schlaue Evastochter, und ich versprach, ihre Weisung nicht zu vergessen.

Es war übrigens gut, dass wir die Gelegenheit, uns auszusprechen, benutzt hatten. Die Schnepfen wurden jetzt aufgetragen, und der Götti brachte die Rede auf den glücklichen Schützen. So wurde ich in das allgemeine Tischgespräch hineingezogen, und auch nach Schluss der Tafel hätte ich mich mit Vreneli nicht mehr allein unterhalten können.

Was sonst bei Tisch geredet wurde, ist mir nur dunkel im Gedächtnis; die Worte mit Vreneli verdrängten alles. Ich weiß nur noch, dass der Götti eine ziemlich lange Rede hielt über die Eidgenossenschaft, deren Gründung und Geschichte in Bildern und Sprüchen ringsum die Wände des Saales zierten, und über ihren Bund mit den Königen von Frankreich, deren Porträts in langer Reihe über den Schweizerbildern angebracht waren, und über die fröhlichen Amoretten, die in hunderterlei Gestalt von der Decke herabschauten - und wie der Götti das alles in seiner Rede zusammenreimte, das ist mir gänzlich entfallen. Ich dachte nur eins: „Vreneli und ich, wir bleiben uns treu!“

Den ganzen Abend wollte ich der lieben Mutter widmen. So ging ich gleich nach der Vesper von St. Oswald zu ihr hinüber. Sie saß im Sonnenschein auf dem Bänklein an der Ringmauer, das später der Holunderbusch beschattet. Es ist ein allerliebstes Plätzchen; die Vögel sangen munter und einige Schmetterlinge sonnten sich auf den Schlüsselblumen am Bach. Ja sogar die Immen summten und suchten an den Kätzchen der Weidenbüsche die erste Tracht. Wie ich es als kleiner Knabe getan hatte, sammelte ich Veilchen und Anemonen und legte sie der Mutter auf den Schoss, dass sie sie zu kleinen Sträußchen binde für das Vesperbild ihres Hausaltars.

Als die Sonne endlich niedersank, trug ich das Mütterlein auf den Armen ins Haus, damit ihr die Abendkühle nicht schade. Und wir nahmen zusammen und mit der alten Vronek einen kleinen Imbiss. Zum Nachtisch wurde mein Lieblingsgericht aufgetragen, ein mit zerstampften Dörrbirnen gefüllter Brotkuchen, eine „Birewegge". Ja schließlich wurde noch ein Gläschen alter Rieslinger, der vom Vater selig her im Keller lag, mir zu Ehren eingeschenkt. Und wir gaben uns alle drei redlich Mühe, lustig und guter Dinge zu sein. Aber es wollte je länger je weniger gelingen. Die Vronek hatte sich schon mit einem „B'hüti Gott!" davongeschlichen, und ich wollte etwas Munteres sagen, aber es würgte mich im Hals.

Da sagte die Mutter: „Damian, was wollen wir uns den Abschied schwer machen! Komm, ich geb' dir einen Kuss auf den Mund, und ein Kreuzlein auf die Stirn, und dann geh! Fürchte Gott und halte sein Gebot! Verlass Gott nicht, und er wird dich nicht verlassen! Hier, nimm als Andenken meinen Rosenkranz mit. Kein Soldat braucht sich seiner zu schämen; große Feldherren haben ihn täglich gebetet. Und jetzt geh in Gottes Namen, und mit seinem Segen, und sein heiliger Engel möge dich mir gut und gesund wiederbringen! Auf Wiedersehen, Damian!"

In aller Frühe am nächsten Morgen verließ ich mit Pater Secundus das liebe Zug. Mein guter alter Götti gab mir ans Seeufer das Geleit. Der Kapuziner war schon im Schiff, als wir das Ufer erreichten. Da drängte mich Zurlauben, rasch einzusteigen, schüttelte mir die Hand und rief: „Denk immer an den Wahlspruch: Tapfer und Treu!" Und während der Schiffer den Nachen abstieß, hatte er schon kehrt gemacht und schritt in strammer Haltung ohne sich umzublicken heimwärts.

Zu Luzern trafen wir im „Schwanen“ den Brunnerli, den wir mit dem Bernerwägelchen und den Geißen vorausgeschickt hatten. Der sagte uns, der Hauptmann von Reding aus Schwyz, der ebenfalls nach Paris reise, habe sein Pferd hier im Stall stehen. Wir fragten also nach ihm und machten dem Herrn unsere Aufwartung.

Rudolf Reding, ein Spross des berühmten Geschlechts der Reding von Biberegg, war ein noch junger Mann Ende der Zwanzig. Sein Gesicht war männlich schön, und namentlich nahm der herzliche, etwas schwermütige Blick seiner großen braunen Augen mich sofort für ihn ein. Es war, als ob sein späteres trauriges Geschick im Voraus einen Schatten auf seine edlen, ernsten Züge geworfen habe. Als ich mich als einen Verwandten und Schützling Zurlaubens vorstellte und meine Absicht mitteilte, im Garderegiment dienen zu wollen, begrüßte er mich wie einen alten Freund und Waffengefährten und zeigte sich gleich bereit, mich als Fähnrich in seine Kompagnie aufzunehmen. Er war schon seit sieben Jahren Hauptmann, trug bereits das Kreuz des Ludwigsordens und hatte Oberstenrang. Es gab wenige so angesehene Offiziere wie ihn im Regiment. Sowohl ich als P. Secundus waren also sehr erfreut, dass er sich uns als Reisegefährte anschloss.

Nachdem wir noch zusammen bei der Familie des Hauptmanns von Dürler, deren von Hertenstein, Pfyffer und von Zimmermann, die Söhne und Vettern als Offiziere in Paris hatten, unsere Aufwartung gemacht hatten, reisten wir den selben Nachmittag aus Luzern ab. Reding hatte mir ein gutes Reitpferd verschafft, und wir trabten bald vor, bald neben dem Wägelchen, auf dem der Kapuziner mit dem Brunnerli (und hintendrauf die Geißen im Käfig) fuhr. Aus der Ehrfurcht, womit Reding den Ordensmann behandelte, und aus den ernsten Gesprächen über Glaube und Religion erkannte ich zu meiner Freude, dass er ein Feind der faden Glaubensspötter war, deren Evangelium die gottlosen Schriften Voltaires sind. In anderen Sachen freilich schien er mir, wie mein Götti, gar zu starr am Alten zu hängen. Wir hatten schon unterwegs manchen Strauß[1] miteinander, wobei es mich ärgerte, dass P. Secundus meist dem Hauptmann Reding recht gab. Nein, er war mir doch etwas zu altfränkisch und aristokratisch in seinen Ansichten, und auch abgesehen vom Rangunterschied, passten wir nicht so ganz als Freunde zusammen.

In Nancy stand damals das Schweizerregiment Châteauvieux. Wir wollten Verenas Bruder besuchen, der als Offizier in diesem Regiment diente, erfuhren aber, dass er auf Urlaub bei seinem Vater, dem Großrichter, in Paris weile. Wir hörten in der schönen Hauptstadt Lothringens nichts Gutes über die Moral der dortigen Garnison. Die Offiziere klagten, dass auch in den Schweizerregimentern der militärische Gehorsam und die Subordination[2] von Tag zu Tag mehr dahinschwänden. Die Leute würden von Emissären[3] aufgehetzt, die allem Anschein nach von Paris ihre Weisung und Geldmittel hätten. Bei dieser Nachricht zog Reding die Stirn in ernste Falten und riet, den ersten einzelnen Fall exemplarisch zu bestrafen und wenn möglich auch die Emissäre den Gerichten zu übergeben. Man zuckte die Achseln und sagte, diese hätten zu einflussreiche Beschützer, und es wurde dabei ganz im Vertrauen der Name des Herzogs von Orléans genannt.

Reding seufzte und sagte: „Es ist gerade so wie in Paris. Wir gehen einem Sturm entgegen, der die alte schweizerische Treue und Tapferkeit unserer Truppen auf die Probe stellen wird. Gut, dass wir in Paris einen Major wie unseren von Bachmann an der Spitze haben. Für ihn gehen Offiziere und Soldaten durchs Feuer.“

Der Eindruck, den wir von Nancy mitnahmen, war infolge dieser Unterredung kein erfreulicher, und es dauerte lange, bis Reding in eine bessere Stimmung kam.

1 Kampf, Streit
2 Unterordnung
3 Abgesandter mit Geheimauftrag

„Militärischer Gehorsam und Subordination sind die Seele eines Regiments“, sagte er zu mir. „Die tollen Freiheitsideen, die jetzt die Luft durchschwirren, sind zersetzendes Gift in einem Heer!“

„Ach was!“, erwiderte ich. „Ihr seht zu schwarz, Herr Hauptmann. Unsere Altvorderen, die Schweizer von Morgarten, Sempach und Murten, waren freie Männer und doch gute Soldaten.“

„Sie waren aber vor dem Feind unter Todesstrafe ihren Hauptleuten zu Gehorsam verpflichtet. Zudem hing damals der Sieg vielmehr von der Tapferkeit des Einzelnen als von der Führung ab, während jetzt der blinde Gehorsam, womit der Soldat dem Kommando nachkommt, den Sieg bedingt. Muos, lasst Euren Freiheitsschwindel aus der Kompagnie fort, wenn wir gute Freunde bleiben sollen.“

„Ganz recht, Gehorsam muss sein“, bestätigte P. Secundus, uns eine Prise anbietend. „Das könnt Ihr von uns Kapuzinern lernen. Wir sind die größten Demokraten der Welt und wählen im Kapitel alle unsere Oberen vom Provinzial angefangen und teilen jedem seinen Posten zu bis zum letzten Bruder Pförtner. Aber sind die Wahlen einmal geschehen, dann wehe demjenigen, der nicht gehorchen wollte und seinem Guardian sagte: Ich bin ein freier Schweizer und tue, was ich will! Nein, nein, da hat der Herr Reding schon recht. Gehorsam muss sein, bei den Kapuzinern und bei den Soldaten und überall, wo Ordnung sein soll.“

„Ach was, Ordnung muss freilich sein, aber keine Tyrannei!“, rief ich ärgerlich. „Das ist auch bei den Soldaten nicht nötig. Der Mensch ist schließlich denn doch frei geboren!“

„Frei geboren!“, erwiderte P. Secundus. „Das ist auch wieder eins von den neuen Schlagwörtern, die einem Körnchen Wahrheit in einem Sack voll Spreu gleichen. Soll das heißen, der Mensch ist als sein eigener Herr geboren? Dann ist es grundfalsch: Denn der Mensch ist als ein Diener Gottes und als ein Kind seiner Eltern und als ein Bürger des Gemeinwesens geboren und hat nach allen Seiten eine ganze Menge von Pflichten und Gehorsam und Unterwerfung zu leisten, wenn er der von seinem Schöpfer ihm vorgezeichneten Bestimmung entsprechen will. Der Mensch ist frei geboren! Ja, er kann Gott und den Eltern und der Obrigkeit den Gehorsam aufkündigen, wie das der Lucifer und sein Anhang und unsere Stammeltern im Paradies getan haben - das kann er; denn er ist frei. Aber auch so gelingt es ihm nicht, das Joch Gottes abzuwerfen, und er wird seinen Frevel mit dem ersten Empörer und dessen Sippe die ganze Ewigkeit zu büßen haben. - So, da bin ich in eine richtige Kapuzinerpredigt hineingekommen und muss dafür um gnädige Nachsicht bitten."

Unter solchen bald ernsten, bald heiteren Gesprächen setzten wir unsere Reise fort und erreichten am Samstag vor dem Palmsonntag endlich das große Paris. Als wir an den Hügeln von Chaumont, wo große Steinbrüche sind, den Kanal St. Martin erreichten und ich auf ihm so große Schiffe sah, wie ich sie bis dahin noch niemals gesehen hatte, meinte ich, es sei die Seine. Dann ging es die lange Vorstadt zwischen Häusern und Gärten hinein, bis wir endlich an der Porte St. Martin anlangten. Ich wunderte mich sehr, weder Wall noch Graben, noch Ringmauern oder Türme zu finden. Stattdessen war das Tor nach Art eines römischen Triumphbogens erbaut und mit Kriegstrophäen und marmornen Figuren des Ruhmes und Sieges geschmückt. Reding erklärte mir, Ludwig XIV. habe die alten Mauern niederlegen und die Gräben ausfüllen und an ihrer Stelle breite, mit vierfachen Baumreihen bepflanzte Straßen - Boulevards genannt - herstellen lassen, die an Stelle der früheren Bollwerke die Nordseite von Paris umgeben. Und anstatt der Festungstore habe er diese Triumphbögen erbaut, um dadurch den stolzen Gedanken auszudrücken, seine Hauptstadt werde nie von einem Feind bedroht werden und nur dem eigenen Heer im Triumph durch ihre Tore Einlass gewähren.

Wir hatten Zeit genug, die vorzüglich in Marmor gemeißelten Allegorien des Tores zu betrachten; denn auf dem Boulevard war um diese Abendstunde ein solches Gedränge von Wagen und Fußgängern. Das war ein Leben, wie ich es in unserem stillen Schweizerstädtchen nie für möglich gehalten hätte. Dieser

Lärm! Das Schreien der Kutscher. Und dazwischen das Reden und Lachen der bunten Menge, die in einem Doppelstrom hin und her wogte. Geschmückte Damen mit abenteuerlichen Frisuren, Herren in nicht minder bunten Röcken, daneben Bettler, Savoyarden mit Murmeltieren in der Hand; kostümierte Hunde und Affen, Bediente in goldstrotzenden Livreen. Und dann die ungezählten Gefährte, eines abenteuerlicher als das andere. Und über diesem bunten, lärmenden Strom von Menschen, Pferden, Wagen hinweg ein Meer von hoch aufragenden Häusern, Dächern, Schornsteinen - das also war Paris!

Endlich gelang es uns, den Boulevarde zu überqueren, und wir waren nun bald in der Rue Sainte Apolline, wo der Großrichter Markus Fidel Keyser, der Vater meines lieben Vreneli, ein kleines Haus mit einem freundlichen Garten gemietet hatte. Wir hatten uns auf den Tag angekündigt und wurden erwartet. Kaum hielt der Wagen in der verhältnismäßig stillen Gasse vor der Tür, als Verenas Bruder, Karli-Franz, der kaum ein oder zwei Jahre älter war als ich, uns entgegen stürzte und zuerst mit militärischem Gruß den Hauptmann Reding, dann aber mit lauter Freude die lieben Zuger begrüßte. Im Hausgang stand eine ältere, wohlbeleibte Frau, die Haushälterin des Großrichters, und ihr gemütliches rotbackiges Gesicht, das mit fast mütterlichem Wohlwollen unter dem blendend weißen Häubchen hervorblickte, flößte mir gleich Zutrauen ein. Sie begrüßte mich mit freundlichem Lächeln, den Hauptmann Reding, den sie schon kannte, mit einem leichten und den Kapuziner mit einem sehr ehrfurchtsvollen Knix, und rief einem Mann, der im Hofraum Brennholz klein machte, zu, er möge nach den Pferden sehen und sie im nahen Wirtshaus zur Goldenen Traube unterbringen.

Jetzt trat uns auch der Herr Großrichter, etwas feierlich und förmlich, zur Begrüßung entgegen. An seinem blauen Tuchrock mit großen Knöpfen und mächtigen Aufschlägen, wie es die Mode wollte, trug er die Bänder des päpstlichen Ordens vom Goldenen Schwert und des französischen vom hl. Ludwig, deren Ritter er war. Sein feines, etwas blasses Gesicht, aus dem ein paar kluge Augen fest und bestimmt hervorschauten, war gealtert, seit ich ihn zuletzt gesehen hatte; auch die Gestalt schien mir ein klein wenig gebeugt und flößte mir jetzt, da ich in ihm Verenas Vater sah, noch mehr ehrfurchtsvolle Scheu ein, denn als ich als Knabe zu dem vornehmen und angesehenen Mann bewundernd empor gesehen hatte. Der Herr Großrichter grüßte zuerst den Kapuziner, der sich bescheiden im Hintergrund hielt, dann den Baron Reding, und schließlich schüttelte er auch mir die Hand.

Er geleitete uns in einen hellen Gartensaal, in dem für uns gedeckt war. Nach den ersten Begrüßungen und nachdem ich die Briefe von Verena, von der Gotte, von Zurlauben und anderen zugerischen Freunden und Verwandten abgegeben hatte, wollten wir uns eben zur Abendmahlzeit setzen, als die Haushälterin eintrat und fragte, was mit den wunderschönen Ziegen und mit dem Burschen anzufangen sei, der sie bewache. Von den Ziegen und dem jungen Brunner hatten wir dem erstaunt uns anblickenden Großrichter nichts mitgeteilt und sowohl die Tiere als auch ihren Hirten für den Augenblick ganz vergessen. Ich holte also das Versäumte nach und berichtete von dem Brief des Marschalls d'Hervilly und dem Auftrag Zurlaubens.

Da machte Herr Keyser große Augen, nahm bedächtig eine Prise, die vergoldete Tabatiere uns der Reihe nach anbietend, und sagte: „Nicht übel. Hm, das böte vielleicht die erwünschte Gelegenheit, nach der ich schon länger suche, Seiner Majestät durch die Königin eine sehr wichtige Sache vorzulegen. Wir werden später noch darüber reden, wenn der Herr Major von Bachmann kommt, der sich zu einem Glas Wein zum Nachtisch eingeladen hat." Dann sagte er auf Französisch zur Haushälterin: „Bringt die Tiere einstweilen in Eurem kleinen Holzschuppen unter ..."

„Aber Herr Großrichter, halten zu Gnaden! Das geht nicht - die Tiere sind zwar schön, ja himmlisch schön, wenn man das mit Ihrer Erlaubnis von Tieren sagen darf. Aber pardon - der Bock - pardon encore une fois*! -, riecht, um sich so auszudrücken", und sie hielt sich den weißen Schürzenzipfel vor die Nase. „Und dann

* bitte nochmals um Vergebung

meckern die Tiere so laut, dass der Herr Großrichter bei seinen sehr wichtigen Arbeiten keine Ruhe mehr im Hause hätte. Auch würden alle Kinder der Nachbarschaft herbeilaufen - jetzt schon steht die ganze Straße voll. Und endlich haben wir keinen Platz für den Hirten im Haus, der überdies kein Französisch versteht."

„Genug, genug, Rosalie!", rief Keyser. „Wenn Ihr die Schleusen Eurer Beredsamkeit öffnet, muss sich jeder Advokat des Châtelet* besiegt erklären. Also Ihr wollt die Ziegen nicht hier im Hause - gut! Aber wo sollen sie denn hin?"

„Mein Gott, Herr Großrichter, wie Sie nur so reden können? Ich wolle nicht! Was will ich denn anders als Ihre Ruhe und Bequemlichkeit hier im Hause? Aber da ist ja im Faubourg Saint-Martin draußen mein Schwiegersohn und in dessen Häuschen und Gärtchen könnten die Tiere und der junge Mensch gut untergebracht werden. Mein Schwiegersohn ist ja ein Schweizer und kann also mit dem jungen Menschen, der kein Französisch versteht, reden, und meine Tochter, die mit Gemüse handelt, kann die Tiere mit dem Abfall des Krams füttern."

So wurde die Sache mit Brunner geordnet, und nachdem er sich in der Küche an einem kräftigen Imbiss gelabt hatte, war er ganz bereit, dem inzwischen herbeigerufenen Schwiegersohn Rosaliens mit den Ziegen, deren Käfig auf einen Handwagen gesetzt wurde, in die Vorstadt hinaus zu folgen.

Jetzt wollten wir uns zu Tisch setzen. Aber der gute P. Secundus war nicht zu bewegen, die Abendmahlzeit mit uns einzunehmen. Es sei jetzt hohe Zeit für ihn, sagte er, sein Kloster noch vor Einbruch der Nacht aufzusuchen und die heilige Fastenzeit, die durch die Reise ohnehin schon arg gelitten habe, zum Schluss noch einmal etwas ernster einzuhalten. So begleitete ihn, nachdem er eine kleine Stärkung zu sich genommen hatte, auf einen Wink seines Vaters Leutnant Keyser zu dem großen Kloster der Kapuziner, das damals noch in der Nähe der Madeleine-Kirche stand. Reding und ich setzten uns also mit dem Großrichter allein zum Abendessen.

* Gerichtshof

Zweites Buch: Versailles und Trianon

Der erste Abend in Paris

Die Schüsseln waren eben abgetragen, und der Großrichter füllte unsere Gläser mit rotem Burgunder, als die Glocke von der nahen St. Martinskirche herüber acht Uhr schlug und pünktlich wie ihr Schlagwerk Major von Bachmann erschien.

Der Major war ein großer breitschultriger Mann von strammer, militärischer Haltung. Dass er jetzt ein Sechziger war und schon volle 40 Jahre in französischen Diensten stand, merkte man dem elastischen Schritt nicht an, mit dem er, militärisch grüßend, eintrat. In vielen Schlachten hatte er sich ausgezeichnet, war Kommandeur des Ludwigsordens geworden und hatte den Rang eines Maréchal de Camp* erhalten. Mehr aber als Titel und Ordenssterne gereichte ihm zum Ruhm, dass er mitten im Zeitalter Voltaires und am liederlichen Hof Ludwigs XV. seinen angestammten katholischen Glauben stets offen bekannte und seinen Namen von jedem Makel der Unsittlichkeit rein bewahrte. Die Lauterkeit seiner Seele leuchtete ihm aus den großen blauen Augen, die unter buschigen Brauen hervorblitzten. Mut und Offenheit, aber auch etwas soldatische Derbheit sprachen aus den kräftigen, männlich schönen Zügen.

Er schüttelte dem Großrichter, der ihm entgegeneilte, und Reding kräftig die Hand. Dann wurde ich ihm vorgestellt. Er schaute mir durchdringend in die Augen, dass ich fühlte, wie mir die Röte ins Gesicht stieg, schien aber mit seiner Prüfung nicht unzufrieden. „Es steht noch gut", sagte er freundlich nickend, „dem schlimmsten Feind der Jugend ist noch nicht kapituliert. Sonst würde ich sagen - augenblicklich fort aus Paris! Wer den Feind in der Zitadelle oder auch nur eine Bresche im Hauptwall hat, ist hier unrettbar verloren." Dann trat er einen Schritt zurück und maß meine Gestalt mit dem Auge. „Nicht übel", sagte er.

* Feldmarschall

„Fast sechs Schuh, und ziemlich breit in den Schultern. Na, das würde auch ohne meines Freundes Zurlauben Empfehlung einen ganz netten Gardeoffizier geben. Melden Sie sich morgen 10 Uhr bei mir, Hôtel Chatoulet, Rue de Cléry. Dann können Sie sich gleich beim Regimentsschneider die Uniform bestellen und einstweilen in der Kompagnie Reding als Volontär* dienen - der Herr Hauptmann wird sich gerne Ihrer besonders annehmen -, bis Sie das Offiziersexamen gemacht haben. So, nun wollen wir ein Glas auf das Wohl unseres lieben neuen Landsmannes trinken, der uns und dem Vaterland gewiss Ehre machen wird."

„Er ist auch ein entfernter Vetter von mir", bemerkte Keyser. „Meine selige Großmutter war eine Anna Maria Muos, ich glaube seine Großtante oder Urgroßtante. Die Muos sind eine gute Familie, wenn sie auch mehr Künstler als Krieger geliefert haben."

„Es bedarf keiner weiteren Empfehlung. Der junge Mann empfiehlt sich selber", erklärte der Major und stieß mit mir und den anderen auf eine ehrenvolle militärische Laufbahn an.

Dann setzten wir uns, und der Herr Großrichter brachte sofort die Rede auf die Ziegen, die Zurlauben für Trianon geschickt habe. Bachmann lachte und sagte: „Die Lorbeeren der Freiburger lassen die Zuger nicht schlafen."

„Nun, die Königin soll jenes Geschenk ja ganz huldvoll angenommen haben", sagte Keyser.

„Weiß ich, weiß ich", nickte der Major. „Marie Antoinette hat nun einmal diese Passion für ihr allerliebstes Trianon oder Klein-Wien, wie Lästermäuler das reizende Dörfchen nennen, das sie sich dort erbaut hat. Es schreit überhaupt zum Himmel, wie man der Königin jede Freude zu vergällen sucht und alles, was sie tut oder lässt, ihr zum Verbrechen macht. Soll da auch wieder diese unschuldige Spielerei eine sinnlose Verschwendung sein. Lächerlich! Ganz Trianon hat nicht so viel gekostet wie ein einziges der Hoffeste, die Ludwig XV. in Versailles oder Marly gab. Und namentlich der Herzog von Orléans mit seinem

* Auszubildender, der nicht oder nur geringfügig bezahlt wird

Park von Monceaux, seinen sybaritischen[1] Gelagen, seinen nächtlichen Orgien in der neuerbauten „Folie“[2] und seinem Schwarm von Ballettänzerinnen - pfui! - sollte schweigen !“

„Es ist geradezu unbegreiflich, was man seit Jahren alles getan hat, um die Königin verhasst zu machen, und noch mehr, wie es geglückt ist“, sagte Reding. „Von einem Ende Frankreichs zum andern lästert man die ‚Österreicherin'. Wir hatten auf unserer Reise Gelegenheit, das zu beobachten. Namentlich auch in Nancy, wo in der Garnison ein schlimmer Geist mehr und mehr um sich greift. Werde darüber noch eine spezielle Meldung zu erstatten haben.“

„Weiß alles“, rief der Major. „Kenne auch die Quelle, aus der dieser Geist stammt - das Palais Royal[3]!“

Der Großrichter nickte zustimmend und sagte: „Ganz richtig - der Herzog von Orléans. Aber hinter ihm stehen die Brüder der Logen[4], die sich im Palais Royal versammeln. Die Königin, gegen die gehetzt wird, ist nur ein Vorwand, um die Volksmasssen aufzuregen, bei denen der König noch beliebt ist. Auf den König ist der Schlag berechnet. Thron und Altar will man stürzen. Voltaire und Rousseau sollen in Frankreich zur Herrschaft kommen. Das ist der Plan der Loge; wir haben Beweise dafür.“

„Ich hörte meinen Götti Zurlauben sagen“, wagte ich zu bemerken, „Lavater habe ihm mitgeteilt, die Logen hätten nur den Zweck, Aufklärung zu verbreiten und Wohltaten zu spenden.“

„Aufklärung verbreiten!“, rief der Major und seine Augen funkelten. „Jawohl - im Sinne Voltaires, der sich noch ein paar Tage vor seinem grässlichen Tod nach dem neuen lächerlichen Ritus abermals in die Loge der ‚Neun Schwestern' aufnehmen ließ, und der durch diese Aufklärung Jesus Christus, das wahre Licht der Welt, und seine heilige Kirche ausrotten will. *Ecrasez*

1 genusssüchtig, schwelgerisch

2 Parkanlage, 1733-78 angelegt

3 Stadtpalast. Rund um den Palastgarten standen 60 Häuser mit Läden, Gastronomiebetrieben und Vergnügungseinrichtungen

4 Die Logen der Freimaurer

l'infame!* Wohltaten spenden! Eine Leimrute für den Gimpelfang! Statt christlicher Liebe ein bisschen Humanitätsschwindel. Der hl. Vincenz von Paul und hunderttausend Helden christlicher Liebe haben in der Kraft Christi ihren leidenden Brüdern ganz andere Wohltaten erwiesen. Und dieser fadenscheinige Vorhang soll dann die eigentlichen Zwecke verhüllen. So haben sie Prinzen und Prinzessinnen von Geblüt in ihre Netze gelockt. Die Prinzessin Lamballe ist ja Großmeisterin der Frauenloge. Neulich führte sie eine Mutter von 19 Kindern vor, die zu ihren zehn noch lebenden eine Waise an Kindes statt annahm. Sie setzte sie auf einen prächtigen Thron. Dann setzte ihr eine Gräfin die Bürgerkrone auf, und eine Marquise überreichte ihr feierlich eine mit Gold gefüllte Börse, und die Loge versprach, die Waise auf ihre Kosten erziehen zu wollen. Und ähnliche Faxen! Und dann wurde bei einem lukullischen Mahl mehr Geld verprasst, als die Erziehung von zehn Waisen kostet. Was aber diese Maurer in Wirklichkeit einreißen und was sie aufbauen wollen, davon hat die Prinzessin Lamballe freilich keine blasse Idee. Der Herzog von Orléans, der Großmeister der Logen Frankreichs, wird etwas mehr wissen. Ob auch die tiefsten Pläne? - Schwerlich. Die verborgenen Leiter halten ihm die Königskrone als Preis seines Verrates vor die Nase, und er ist schlecht genug, seine Hand darnach auszustrecken. Dafür habe ich Beweise."

„Das wäre ja offener Hochverrat", sagte Reding. „Da müsste man handeln, solange es Zeit ist."

„Ganz meine Ansicht", antwortete der Großrichter.

„Und um Ihnen zu zeigen, wie wichtig es ist, dass rechtzeitig gehandelt wird, will ich kurz den Plan der Verschwörer mitteilen", sagte der Major zu Reding. „Es wird von Nutzen sein, dass Sie nach der Rückkehr aus dem halbjährigen Urlaub möglichst gut unterrichtet werden; auch unsern jungen Landsmann hier wird klare Kenntnis der Lage vor Missgriffen schützen." Er übersah den Blick des Großrichters, der ihn offenbar erinnern

* Zermalmt die Infame (d. i. die Kirche)

wollte, dass es nicht klug sei, vor mir, dem unerprobten Neuling, diesen Plan zu enthüllen. Ich verstand den Blick und fühlte mich durch das Misstrauen Keysers gekränkt. Umso höher schätzte ich das Vertrauen Bachmanns, der mit soldatischer Offenheit fortfuhr: „Ich weiß sicher, dass ganz Frankreich mit einem Netz von Logen überspannt ist, die genau nach den Winken handeln, die ihnen die Hauptloge in Paris gibt. Die Freimaurer sind die einzige organisierte Partei. Gut. Es liegt also auf der Hand, dass sie bei der Wahl der Reichsstände, die der König auf den Rat Neckers (auch eines Logenbruders!) jetzt einberuft, die große Mehrzahl für sich haben werden"

„Die Mehrzahl beim dritten Stand allenfalls", sagte Reding, „aber sicherlich nicht die Mehrzahl des Adels und der Geistlichkeit. Und so werden die Abgeordneten des dritten Standes mit ihren Umsturzplänen nicht durchdringen."

Der Major schüttelte den Kopf und sagte: „Sie werden aber nicht wie bisher nach Ständen, sondern nach Köpfen abstimmen, und dann ist ihnen die Mehrheit sicher. Nicht umsonst hat Necker es durchgesetzt, dass der dritte Stand so viele Abgeordnete zählt wie beide andere Stände zusammen. Und sowohl aus dem Adel, in dem die Zahl der Philosophen groß ist, als auch aus dem Klerus, der leider viele Jansenisten und verkommene Glieder in seinen Reihen zählt, werden manche mit dem dritten Stand stimmen."

„So steht es hier!", sagte Reding. „Ich ahnte etwas Ähnliches. Aber solche Reichsstände mit einer sicheren Majorität von Voltairianern würden alle göttlichen und menschlichen Rechte auf den Kopf stellen und entsetzliches Unheil über Frankreich bringen. Der König muss sie auflösen, sobald sie sich in dieser Weise gestalten."

„Sie werden sich nicht auflösen lassen", fuhr der Major fort. „Sie werden dem König Trotz bieten, und er wird nicht wagen, sie mit Gewalt aufzulösen. Die ungeheure Staatsschuld, die die Kriege und die Verschwendungen der beiden letzten Könige aufhäuften, kann nur mit ihrer Hilfe gedeckt werden. Sie wissen das. Sie wissen, dass dem Staatsbankrott vorgebeugt werden muss, der ganz Frankreich mit Schande und Ungezählte mit dem Verlust des Vermögens bedroht. Es wäre übrigens auch eine gewagte Sache, die Abgeordneten mit Gewalt in ihre Heimat zu schicken; das hieße den Brand der Revolution über ganz Frankreich verbreiten."

„Aber wenn man sie nicht auflöst, werden sie Frankreich eine Verfassung geben, die kein christlicher König annehmen darf", sagte Reding.

„Weiß ich, weiß ich", nickte der Major.

„Und dann wird man ihn beseitigen, durch Absetzung vielleicht, oder durch den Dolch eines Meuchelmörders, oder Frankreich wird das Schauspiel sich wiederholen sehen, das in England unter Karl I. und Cromwell* aufgeführt wurde", sagte der Großrichter.

„Der gute und fromme Ludwig XVI. auf dem Schafott!", rief Reding ungläubig. „Man sagt mir nach, ich sei ein Schwarzseher; aber ein solch ungeheuerlicher Gedanke ist mir auch im Traum nicht eingefallen."

„Und sein Heer?", fragte ich. „Kann sich der König denn nicht auf seine Truppen verlassen?"

„Es wird schwer werden, den milden Ludwig XVI. zu bewegen, die Soldaten gegen die Abgeordneten oder gegen das Volk vorgehen zu lassen. Leider. Statt eines Rebellen, der den Tod verdient, werden so wahrscheinlich zehn oder hundert oder noch mehr Unschuldige geopfert. Und dann wird es mit jedem Tag fraglicher, inwieweit man sich auf die Treue der Truppen verlassen kann. Ja, auf unser Garderegiment und sonst noch ein paar Regimenter, die ich an den Fingern aufzählen wollte! Wir Schweizer müssen bereit sein, für unsern Fahneneid zu sterben, und wir sind es. ‚Tapfer und treu' bis in den Tod ist unsere Losung; selbst wenn unser Tod den König nicht retten sollte. - Herr Muos, ich denke, Sie haben sich das überlegt, bevor Sie hierher kamen?"

* 1599-1658; Lordprotektor von England, betrieb die Hinrichtung von König Karl I. von England.

„‚Tapfer und treu' ist das Losungswort, das mir auch mein Götti Zurlauben mit auf den Weg gab“, antwortete ich bewegt.

„Bravo, die Hand darauf!“ Und der Major gab mir einen so kräftigen schweizerischen Händedruck, dass ich laut hätte aufschreien mögen.

„Aber die auswärtigen Mächte“, wandte Reding ein, „werden sie ruhig zusehen? Wird Kaiser Leopold es ungestraft hingehen lassen, dass man seinem Schwager die Krone vom Kopf reißt?“

Der Major zuckte die Achsel und entgegnete: „Man hat sich in Wien nie übereilt. Man wird mit der Hilfe vermutlich zaudern, bis es zu spät ist. Zudem hat die Loge sich schon unter Maria Theresia in Wien eingenistet und ist unter Joseph II., der Freund der ‚Aufklärung', stark geworden. Ich sehe nur einen Ausweg: Der König muss Orléans und dessen Hauptmitverschworene ergreifen und ihnen den Prozess machen, bevor die Reichsstände zusammentreffen und sie als deren Mitglieder eine Art Unverletzlichkeit erhalten. In die Bastille mit ihnen! Ich bin bereit, mit einer Kompagnie meines Regiments sie alle beim Kopf zu nehmen, sobald ich den Verhaftungsbefehl des Königs in der Hand habe. Der Schlag muss wie ein Blitz aus heiterem Himmel auf sie niederfahren.“

„Am besten in der Nacht vor der Eröffnung der Reichsstände“, bemerkte der Großrichter. „Dann könnte der König die Abgeordneten mit der Nachricht von der Entdeckung einer Verschwörung überraschen und die Mitschuldigen durch die Verhaftung ihrer Führer in Verwirrung bringen und heilsam erschrecken.“

„Der Plan ist kühn“, sagte Reding. „Kennen Sie die Namen der Rädelsführer?“

„Habe sie mir notiert“, antwortete Bachmann und zog seine Brieftasche hervor. Dann las er eine ganze Reihe von Namen vor, die ich nicht alle behalten habe.

„Das sind zu viele!“, sagte Reding. „Und darunter zu beliebte Namen. Lafayette ist seit dem nordamerikanischen Krieg ein Abgott der Pariser. Das wird der König nicht erlauben. Danton, Desmoulins, Brissot und diese Advokaten allenfalls.“

„Nun, wenn mir der König diese und Sieyes und vor allem Orléans in die Bastille zu bringen erlaubt, so mag Lafayette für diesmal entschlüpfen. Aber den Herzog und einige Rädelsführer muss ich fassen - oder dann gar nichts. Halbe Mittel wären hier viel schlimmer als gar keine."

„Ganz recht. Aber ich zweifle, ob man Seine Majestät zu diesem Schritt bewegen kann. Versucht muss es werden, denn der Plan gibt wenigstens einen schwachen Hoffnungsstrahl. Haben Sie noch keinen Versuch gemacht, den König von der Notwendigkeit zu überzeugen?"

„Wie den Plan dem König unterbreiten? Das war die Schwierigkeit, über die wir bisher nicht hinauskamen", sagte Keyser.

„Durch die Königin?!", antwortete Reding. „Sie hat Energie und ist eine persönliche Feindin Orléans."

„Auch unsere Meinung", nickte der Großrichter. „Durch die Königin! Zu ihr wird uns ganz unerwartet ein Weg geöffnet, von dem ich gleich zu Beginn unseres Gespräches reden wollte. Zurlaubens Geschenk für Trianon kann zu einer ganz unauffälligen Zusammenkunft mit der Königin führen. Unser junger Freund hier gibt seinen Empfehlungsbrief an d'Hervilly ab, der zum Hofhalt der Königin gehört, und kann leicht von ihm einen Wink bekommen, wann er die Ziegen nach Trianon zu bringen habe, um - zufällig - mit ihr zusammenzutreffen. Dann hängt es von seiner Geschicklichkeit ab, das Promemoria*, das fertig geschrieben in meinem Pult liegt, mit der Bitte zu übergeben, es rasch und ohne Zeugen zu lesen. Es muss natürlich in den Augen des Gefolges aussehen, als sei es eine gewöhnliche Bittschrift, und mein Vetter wird gut daran tun, die begleitenden Worte in deutscher Sprache zu sagen."

„Gut! Vortrefflich! Ich beglückwünsche meinen Freund Keyser zu diesem diplomatischen Plan", rief der Major. „Und Sie, mein junger Freund, können gleich bei Ihrer Ankunft Ihr Glück machen und vielleicht unsägliches Elend verhindern."

Ich verbeugte mich. Offengestanden, das alles schmeichelte

* Denkschrift

mir nicht wenig. Doch war ich vernünftig genug, diese heikle und verantwortungsvolle Sache nicht auf mich allein zu nehmen, und bat, mir Unerfahrenem Reding mitzugeben, wenn nicht der Herr Großrichter selbst oder dessen Sohn mich begleiten wolle. Wie ich sofort bemerkte, brachte mir dieser Vorschlag beim Vater meiner Verena einen Stein ins Brett. So wurde beschlossen, Reding und Karl Franz Keyser sollten mich nach Trianon begleiten, und mit einem letzten Glas, das der Major auf das glückliche Gelingen unseres Vorhabens leerte, trennten wir uns.

Auf dem Turm von Notre-Dame

Es war spät, da ich am anderen Morgen endlich wach wurde, und geschwind kleidete ich mich an. Als ich aber bei meinem Nachbarn Karli-Franz anklopfte, fand ich ihn noch im Bett. Er lachte mich aus und sagte, wir würden noch früh genug zum Hochamt nach Notre-Dame kommen.

Ich ging also allein nach unten. Da kam der Großrichter die Treppe herab, begrüßte mich und führte mich in das kleine, sorgsam gepflegte Gärtchen hinter das Haus. Vor den Tulpen, die er selbst gesetzt hatte, blieb er plötzlich stehen und sagte in einem ruhigen Ton, er habe aus dem Brief seiner Schwester erfahren, welche Flausen ich seinem Töchterchen in den Kopf gesetzt habe. Er wolle mir das gern verzeihen, erkläre mir aber unumwunden, dass er die Hand seiner Tochter nur einem Mann von Stand und Rang geben werde, der zudem ein ausreichendes Einkommen besitze. Ein liebendes Paar in einer Hütte lese sich in einem Roman ganz schön, sei aber in der Wirklichkeit eine traurige Erscheinung.

Diese nüchternen Worte ärgerten mich. Ich fühlte, wie mir das Blut in den Kopf stieg, und sagte, es sei auch gar nicht meine Absicht, um Verenas Hand zu werben, bevor ich ihr eine geachtete Stellung und ein sicheres Auskommen anbieten könne. Da lenkte er ein und sagte, das sei recht und wir verstünden uns.

Rosalie rief jetzt zum Frühstück. Nachher begab sich der Großrichter in die nahe Kirche St. Martin zum Gottesdienst; sein Sohn und ich gingen nach Notre Dame.

Gerne würde ich dort gebetet haben, hätte mich das leichtfertige Benehmen der vielen Besucher nicht gestört. Während im hohen Chor der Erzbischof, umgeben von einer Schar von Geistlichen und Dienern, die Palmweihe schon begonnen hatte, schwätzte und kicherte man rings um mich her, sodass ich mich nicht enthalten konnte, halblaut eine Bemerkung zu machen, die mir von meinem Gefährten einen Rippenstoß und von einem Nachbarn die Bezeichnung „Helote* aus der Provinz“ eintrug.

Nach dem Gottesdienst bestieg ich mit Karli-Franz einen der Türme von Notre-Dame. Da öffnete sich vor meinem Auge das Rundbild von Paris. Wie staunte ich! Dieses Meer von Dächern und Kaminen, durchschnitten von zahllosen Gassen und Straßen und mit Bäumen bepflanzten Alleen! Diese Unzahl von Türmen und Kuppeln, Kirchen und ragenden Palästen, die aus dem Häusergewirr wie Inseln aus der Flut auftauchten. Karli-Franz erklärte mir, was ich dort sah, und lenkte dann meine Aufmerksamkeit auf ein besonderes Gebäude. „Das ist der Riesenpalast, den der Herzog von Orléans in den letzten Jahren aufführte, das Palais Royal. Es gilt als die Hauptstadt der Hauptstadt Frankreichs. Wir müssen es mal besichtigen, bevor uns der Besuch verboten wird. Major Bachmann wollte das Verbot für alle Offiziere und das ganze Garderegiment schon erlassen, wenn Oberst d'Affry, der ein Freund von Orléans ist, seine Zustimmung nicht verweigert hätte. Bachmann fürchtet, wir könnten dort alle ich weiß nicht in was für Verschwörungen verwickelt werden. Auch meinem Vater dürfen wir nichts davon sagen, wenn wir einmal das Palais Royal besuchen. Ich glaube, er jagt uns aus dem Haus; denn das will ich dir zu deiner Warnung sagen: Er ist spinnefeind gegen alles, was nach neuen Ideen riecht, und lässt darin nicht mit sich spaßen!“

* Staatssklave im antiken Sparta; später Bezeichnung für Ausgebeutete und Unterdrückte

„O weh, dann werden wir kaum gute Freunde bleiben, und das hätte ich doch so nötig!“, klagte ich.

„Still, da kommt jemand die Treppe herauf!“

Wir drehten uns um, und ich erblickte einen schlanken jungen Mann mit Hauptmannsepauletten[1]. Es war aber nicht die mir bekannte rote Uniform unseres Garderegimentes. Der Mann, der soeben die Plattform erstiegen hatte, hatte ein bleiches, für einen Soldaten fast zu schönes Gesicht mit fein geschnittenen edlen Zügen. Aus den großen Augen schimmerte etwas eigenartig Träumerisches und verlieh dem Antlitz einen ganz charakteristischen Ausdruck. „Landsleute“, rief er und streckte uns die Hand entgegen. „Ich höre die rauen und meinem Ohr doch so wohlklingenden Laute der Heimat auf euern Lippen. Seid mir gegrüßt!“

„O - Herr von Salis!“, rief mein Begleiter. „Wer Sie einmal gesehen hat, wird Sie immer kennen. An mich werden Sie sich freilich nicht erinnern. Ich war damals erst Kadett, als Sie meinen Vater, den Großrichter Keyser, besuchten.“

„Keyser von Frauenstein!“, antwortete er, „ich erinnere mich. Ich bin zwar damals nicht ganz im Frieden von Ihrem Herrn Vater geschieden; aber das soll kein Grund sein, den Sohn nicht zu lieben. Und hier! Wer ist dieser blühende Jüngling, dem die Kraft der Berge aus den markigen Gliedern und die treue Schweizerseele aus dem blauen Auge strahlt?“

„Ein lieber Vetter aus Zug, Herr Muos, Protegé[2] des berühmten Zurlauben, eben im Begriff, in unser Garderegiment einzutreten“, stellte mich Keyser vor und nannte mir den Herrn „Gaudenz von Salis-Seewis, Hauptmann im Regiment Salis-Samaden.“

„O der berühmte Dichter!“, rief ich. „Der Sänger des traurigen Liedes: ‚Das Grab ist tief und stille’, das Vreneli so gefühlvoll singt. Mir gefällt freilich das herrliche Herbstlied: ‚Bunt sind schon die Wälder’ viel besser; denn das schließt doch nicht so schrecklich melancholisch mit Kirchhof und Grabhügel, Abendrot und Mondschein.“

1 Schulterstücke
2 Schützling

„Da hätten wir ja gleich einen Bewunderer und Kritiker gefunden“, lächelte Salis und schüttelte mir freundlich die Hand. „Schade, dass das Herbstlied auch mit dem ‚Abendrot und Mondschein’ schließt“, fügte er scherzend hinzu.

„Jawohl, - aber es wird dabei von Winzerinnen zu Geige und Flöte ein fröhlicher Ringeltanz aufgeführt. Das lass’ ich mir gefallen!“

„Sieh da, den munteren Zuger!“, rief er. „Wir müssen näher bekannt werden. Sie müssen mich in meinem Quartier, Rue Vaugirard, aufsuchen; wenn Sie aber heim Herrn Großrichter wohnen - Pardon, Herr Leutnant! -, muss ich mir leider das Vergnügen versagen, die Besuche zu erwidern. Mein Regiment ist jetzt in Passy konsigniert*. Also auf Wiedersehen, nicht wahr? Unser erstes Zusammentreffen auf dem Turm von Notre-Dame wird mir in lieber Erinnerung bleiben.“ Damit reichte er nochmals die Hand, verbeugte sich vor Keyser und begab sich auf die andere Seite der Plattform.

Auf dem Heimweg erzählte mir Keyser, weshalb Salis mit seinem Vater auf keinem freundschaftlichen Fuß stand, und riet mir, kein engeres Band mit dem Dichter zu schließen; ich würde sonst ganz bestimmt auch in Ungnade fallen. „Salis ist eben ein Poet, schwärmt für Freiheit, Brüderlichkeit, Völkerglück und ich weiß nicht was. Auch spricht er von einem bevorstehenden Völkerfrühling und von einer neuen Zeit, die alle alten Missbräuche, Vorrechte und Standesunterschiede u.s.w. beseitigen soll. Und solche Tollheiten mehr. Kurz, meinem Vater war das zu starker Tabak, er sagte dem Herrn von Salis seine Meinung, und sie gingen als Feinde auseinander.“

Sonst ist an jenem Palmsonntag nichts besonders Wichtiges vorgefallen. Auch an den folgenden Tagen nicht. Am Montag stellte ich mich in der Rue de Clery dem Major vor und erhielt meine Bestallung als Fähnrich, nachdem ich ein nicht sehr strenges Examen ordentlich bestanden hatte. Dann nahm der Regi-

* mit Ausgangssperre belegt

mentsschneider das Maß zu meiner nagelneuen Uniform, wobei mir der redselige Bursche manches Kompliment über meinen Wuchs machte. In zwei Tagen sollte sie fertig sein, und ich freute mich wie ein Kind darauf, in der prächtigen Uniform einherzustolzieren. Auch der kleine Brunner, dem es bei der Gärtnerfamilie ganz gut ging, wurde als Tambour angenommen; sobald die Ziegen in Trianon wären, sollte er zum Regiment.

Ich besuchte ihn wiederholt und wurde dabei mit dem Schwiegersohn unserer guten Haushälterin und namentlich mit dessen altem Vater bekannt. Es war ein gewisser Huwiler aus dem „freien Amt", also ein Nachbar und Untertan von Zug, ein sehr gesetzter Mann, der kein Wort zu viel redete, was auch nicht nötig war, da seine Schwiegertochter in dem Punkt schon ein übriges tat. Sein Sohn, den ich selten sah, hatte seine sieben Jahre in der Garde gedient, sich dabei ein schönes Stück Geld hinterlegt und schließlich mit Hilfe von Keyser Haus und Garten in der Vorstadt St. Martin gepachtet, wo er mit Fleiß und Geschick Blumenkohl, Zuckererbsen, Karotten und anderes Gemüse pflanzte. Der Vater war zu ihm nach Paris gezogen. Noch eine andere sehr ergiebige Einnahmequelle, die sich der schlaue Gärtner zu eröffnen gewusst hatte, erfuhr ich erst später.

Wenn ich des Abends den alten Mann besuchte, saß er gewöhnlich auf einer Gartenbank hinter dem Haus und las die „Petites Affiches"*, denn er war ein großer, aber stiller Politiker. Erst nach mehreren Besuchen taute er mir gegenüber etwas auf und teilte mir schließlich seine Meinung mit, dass der Hof und die Aristokraten in Frankreich ausgespielt hätten.

„Vom König und von der Königin rede ich nicht", sagte er, „aber sonst ist alles faul und wurmstichig da oben. Seht, Herr, wenn ich einen Baum sehe, von dem ich weiß, dass es so um seinen Stamm steht, dann weiß ich auch, dass er beim nächsten Sturm stürzt, und zwar umso sicherer, je höher und größer seine Krone gewachsen ist. So wird's hier auch gehen." Dann paffte er eine Zeitlang ruhig weiter und sagte endlich: „Ich würde Euch

* Tageszeitung 1751-1790

raten, lieber nach Zug heimzukehren, als jetzt ins Garderegiment einzutreten. Wenn der große Baum stürzt, wird es den Leuten schlimm ergehen, die sich in seinem Schatten befinden."

Das war die längste Rede, die ich jemals von den Lippen des alten Mannes hörte. Natürlich erschütterten sie meinen Entschluss nicht.

Morgens am Mittwoch in der Karwoche brachte der Schneider endlich meine Uniform. Mit welchem Hochgefühl legte ich sie an! Die Schnallenschuhe, die milchweißen Gamaschen, die blendend weißen Kniehosen mit silbernen Knöpfen, die ebenfalls weiße Weste mit kurzen Schößen und darüber das goldbestickte Porte-Epée - wie das alles saß! Und nun in den roten Waffenrock mit dem gestickten, aufstehenden Kragen, den blauen Aufschlägen und den blitzenden Knöpfen! In der allerbesten Laune schnallte ich meinen mit blaugoldener Quaste verzierten Degen an das Gehenk und setzte mir den silberbordierten Dreispitz mit ebensolcher Quaste auf das frisch gepuderte Haar. Dann bewunderte ich mich in dem großen Rokokospiegel über dem Kaminsims des Empfangszimmers und ließ mich auch von Rosalie bewundern. Dabei fuhr mir der Gedanke durch den Kopf: „Wenn mich doch Vreneli und meine Mutter so sehen könnten!"

Noch hatte sich Rosaliens Bewunderung in Worten nicht erschöpft, als der Großrichter mit einem Brief eintrat und sagte: „Ah, gut, dass Ihr bereit seid! Von d'Hervilly! Die nächste Woche werdet Ihr in Trianon erwartet. Tag und Stunde sollen noch mitgeteilt werden!"

Versailles

Am selben Nachmittag fuhr ich noch in einem der Karabas, die von der Avenue der Königin in den Champs-Elisées aus mit Versailles verkehren, zur königlichen Residenz. Diese Karabas sind entsetzlich schwerfällige Wagen mit achtzehn bis zwanzig Sitzen, und bei jeder Steigung müssen die Passagiere das langsame Gefährt verlassen. Doch besitzen sie und die kleinen Pot-au-fleurs, die nur 4 Sitze haben, durch königliches Privileg allein das Recht, Passagiere von Paris nach Versailles zu befördern, und man musste sie also wohl oder übel benutzen, wenn man kein Reitpferd hatte oder nicht zu Fuß gehen wollte. Ersteres hatte ich nicht, und letzteres wollte ich nicht, schon um meine neue Uniform zu schonen.

In Versailles angekommen, suchte ich sofort Major von Bachmann auf und meinen Hauptmann Reding. Sie stellten mich am selben Abend noch den meisten Offizieren vor. Durchwegs wurde ich sehr gut aufgenommen, von den Luzernern und Ländlern doch herzlicher als von den Berner und Freiburger Patriziern, die gar viel auf ihren Adel hielten.

Nur einer empfing mich in einer Weise, dass es in mir kochte und dass es gleich beim ersten Abend zu offenem Streit gekommen wäre - ein näherer Landsmann, ja sogar ein Schulkamerad von mir! Ich will ihn nicht mit seinem ehrlichen Familiennamen, sondern mit dem Spitznamen nennen, den er sich schon auf der Schulbank durch sein protziges Wesen erworben hatte. Wir hießen ihn nur „Schellenkönig". Es ist ja wahr, dass seine Familie viel reicher und vornehmer war, als es die Muos jemals waren. Aber er brauchte mir doch nicht vor allen Kameraden unsere Armut mit nur zu deutlichen Anspielungen vorzuhalten, als ich ihm, meine Abneigung gegen den hochfahrenden und heimtückischen Gesellen überwindend, freundlich die Hand zum Gruß bot; Reding, der dabei stand, verhinderte einen Streit, fertigte ihn aber so ab, dass er erbleichte und sich mit einem bösen Blick zur Seite schlich.

Am folgenden Morgen, dem Gründonnerstag, wohnte ich einer Feier bei, die ich nie vergessen werde. Nach alter Sitte wusch nämlich an diesem Tag der König zwölf armen Greisen die Füße, nachdem er mit seiner Gemahlin in der Schlosskapelle die Osterkommunion empfangen hatte. Reding wusste es so einzurichten, dass ich der Ehrenwache zugeteilt wurde, die bei der Fußwaschung den Dienst hatte.

Wie staunte ich, als wir die Place d'Armes erreichten, und

das ungeheure Schloss im Strahl der Morgensonne vor uns lag! Größere Pracht hat nie ein Monarch entfaltet als Ludwig XIV. in diesem wahrhaft königlichen Palast. Die riesige Ausdehnung seiner Front, der ungeheure hufeisenförmige Mittelbau mit den beiden nach Nord und Süd fast endlos sich erstreckenden Doppelflügeln, der Reichtum und Schmuck der Säulen und Pilaster, die zwischen der Doppelreihe der Riesenfenster bis zu den Marmorbalustraden aufragen, die mit Statuen verziert das hohe Dach umkränzen - das alles übte schon einen überwältigenden Eindruck auf mich. Und erst als wir den Palast betraten, die breiten Marmortreppen hinauf stiegen, durch reich geschmückte Galerien schritten und endlich in einem der zahllosen Säle Aufstellung nahmen, war ich betäubt durch all die Pracht und Herrlichkeit. Ich konnte mein Auge von den kostbaren Tapeten, von den schwervergoldeten Stuckarbeiten und dem herrlichen Deckengemälde, das die Arbeiten und den Triumph des Herkules schilderte, kaum abwenden.

Wir hatten uns an der einen Seite des Saales aufgestellt, auf der entgegengesetzten, standen französische Garden in ihren hellblauen Uniformen, während die Rückwand entlang Herren vom Hof in goldstrotzenden Gewändern standen. Vor ihnen waren zwölf einfache Stühle aufgestellt, auf denen bald die Greise, ganz neu in schwarz gekleidet, von einem Zeremonienmeister hereingeführt, Platz nahmen. Königliche Diener halfen ihnen die Füße zu entkleiden, und kaum war das geschehen, so öffneten sich die Flügeltüren und gewährten einen Blick durch eine Reihe von Prachtsälen, in denen Höflinge bis zu den Gemächern des Königs Spalier bildeten. „Platz für den König!“, hieß es; alles verstummte und verneigte sich; die Soldaten präsentierten.

Ludwig XVI. kam mit großem Gefolge, Zeremonienmeister in alter spanischer Tracht mit Elfenbeinstäben voraus. Er selbst war ganz einfach gekleidet; doch zierten die Großen Sterne des Ludwigs- und Heilig-Geist-Ordens seine Brust. Der König hatte ein volles, etwas bleiches Gesicht und einen ernsten, doch freundlichen Blick. Sein Hofkaplan las das Evangelium von der Fußwaschung vor, und niemals hat dessen erhabene Lehre von der christlichen Demut mich so ergriffen wie hier, wo ich das Beispiel des Königs des Himmels und der Erde von dem Fürsten eines so großen Reiches befolgt sah. Als das Evangelium verlesen war, ging der König mit seinen beiden Brüdern, den Grafen von Provence und von Artois, zu den Greisen. Der Graf von Provence goss aus einem prachtvollen goldenen Gefäß über die Füße etwas Wasser, das ein Kammerdiener in einem großen goldenen Becken auffing; der Graf von Artois reichte dem König das Handtuch, und dieser trocknete, auf ein Kissen niederkniend, das ihm ein Page hinschob, eigenhändig den dargebotenen Fuß. Mir schossen die Tränen in die Augen, als ich diese Handlung tiefer Demut inmitten des königlichen Prunkes sah, womit Ludwig XIV. den Thron Frankreichs und seine fast vergötterte Person umgeben wollte. -

Am selben Abend noch schrieb ich darüber an meine liebe Mutter; denn ich weiß, dass so etwas Frommes ihr große Freude macht. Nein, so hatte ich mir mein erstes Zusammentreffen mit dem Königtum nicht vorgestellt!

Die nächsten Tage hatte ich genug zu tun, mich in meine dienstlichen Pflichten etwas einzuleben. Auch hatten wir bei den kirchlichen Feierlichkeiten oft in der Kapelle und im Schloss Dienst.

Am Abend des Ostertages, als die Sonne sank, war ich frei und betrachtete die Wasserkünste, die anlässlich des Festes im Park sprangen. Ihr Spiel soll jedes Mal 20000 Livres kosten. Ich hatte gerade die Höhe des Schlossbaues erreicht, als ich mich beim Namen nennen hörte und unerwartet Salis-Seewis vor mir stehen sah.

Er war von Passy herübergekommen, um einen Abendspaziergang durch den Park zu machen, und bot sich mir als Begleiter an. „Hier nach Süden liegt die große Orangerie“, sagte er, „und darüber hinaus der Teich der Schweizer, den das Regiment der Garde einmal in der Nacht ausgrub, als Ludwig XIV. zufällig den Gedanken geäußert hatte, da sollte ein Teich sein. Knechtliches Eingehen auf eine Herrscherlaune, die uns Schweizern nicht zur Ehre gereicht! Gehen wir nach Westen, da liegt der eigentliche große Park.“ Wir drehten also dem Schloss den Rücken und schritten zwischen zwei länglich gestreckten Bassins, an deren Ufer Tritonen und andere Meergötter lagern, an die breite Treppe vor, die vom Plateau des Schlossgartens in den weiten, mit herrlichem Hochwald bestandenen Park hinabführte.

„Wir wollen nicht die Treppe, wir wollen die Rampe hinabsteigen und die herrlichen Marmorbilder betrachten, die zu beiden Seiten bis hinab an den großen Teich den Waldsaum entlang stehen“, sagte Salis. Alle Götter und Göttinnen Griechenlands und Roms, alle Helden Homers und Vergils standen da überlebensgroß von Künstlerhand aus weißem Marmor gemeißelt vor der dunklen Taxuswand, die den Wald abschließt.

„Hat denn die Geschichte Frankreichs keine Helden und keine Könige, die diese alten Heiden ersetzen könnten?“, fragte ich. „Und wären denn eine hl. Genoveva oder ein hl. Ludwig, ein hl. Martin oder Wilhelm von Orange nicht ebenso würdig, in Marmor geformt zu werden, wie diese Fabelwesen der alten Götterlehre? Und zudem sind manche darunter so schamlos dargestellt, dass man sie kaum ansehen darf.“

Salis sagte: „Junger Freund, der Gedanke ist wahr und ehrt Sie; aber hüten Sie sich, ihn andern gegenüber auszusprechen! Man würde Sie wegen Ihrer Unschuld und Naivität verhöhnen. Es ist hier seit einem Jahrhundert schon alles Unnatur und Ziererei geworden; das Christentum ist gründlich erstorben; ein irdischer Olymp, worin der Herrscher wie ein Vater Zeus leben wollte - das war Versailles bis auf diesen König. Und Ludwig XVI. kann nicht ändern, was seine Vorgänger verdorben haben. Es ist alles morsch um ihn her und bricht zusammen.“

Und dann fing er an, von den einfachen Freuden der Natur zu schwärmen, während hier im Park alles künstlich sei. „Die Natur ist überall vergewaltigt worden. Der Puder in den Haaren, die bauschigen Perücken, die Schminke auf den Wangen, alles das ist Unnatur wie diese verschnörkelten Buchsfiguren! Und es gibt kein anderes Mittel als Rückkehr zur Einfachheit, zur Natürlichkeit, zur Freiheit. Das Volk sehnt sich danach. Ich hoffe, die Abgeordneten, die in wenigen Tagen aus ganz Frankreich hier zusammentreten, werden dem Volk den Weg zur Natur und zur Freiheit zeigen. Der König ist gut. Er sieht es ein, dass nur die Himmelsgabe der Freiheit sein Volk zum Glück führen kann. Er hat den Leibeigenen auf allen königlichen Domänen die Freiheit geschenkt. Aber der hohe Adel ist zum großen Teil noch auf seine höchst ungerechten Privilegien versessen; ohne Kampf wird er sie nicht aufgeben; und wir, mein Freund, wir, die Söhne Winkelrieds*, sind berufen, der Freiheit auch in diesem Land eine Gasse zu öffnen!“

Trianon

In meiner Wohnung fand ich ein Billet von d'Hervilly mit der Nachricht, dass ich am Donnerstagmorgen zwischen 9 und 10 Uhr in Klein-Trianon mit meiner Begleitung erwartet werde. Nun, wir hatten Brunner mit den Ziegen schon nach Versailles kommen lassen und waren also bereit. Am bezeichneten Tag verließen Reding, Keyser und ich frühzeitig Versailles - natürlich in unseren schönsten Uniformen - und nahmen den Weg durch den Park. Brunner sollte die Ziegen mit Hilfe von zwei Soldaten, auf die wir uns verlassen konnten, Schlag 9 Uhr an das Gittertor bringen; denn wir hatten begreiflicherweise keine Lust, die Tiere selbst zu eskortieren.

Da waren wir nun in Klein-Trianon! Das Haus der Königin ist wirklich nicht größer als ein gewöhnliches Landhaus, im Stil der italienischen Villen erbaut.

Auf unsere Meldung führte man uns gleich in den englischen Garten, den Marie Antoinette in den letzten Jahren hatte anlegen lassen. Statt der Terrassen mit ihren Blumenbeeten und Wasserkünsten, glatt geschnittenen Taxushecken und Buchspyramiden,

* Der Legende nach opferte er sich und öffnete dadurch bei der Schlacht von Sempach eine Bresche und sicherte damit den Eidgenossen den Sieg.

geradlinigen Alleen und Kanälen waren Felsen, Grotten, Wasserfälle, ein über Kiesel sprudelnder Bach, ein See, Wald und Buschwerk, malerische Baumgruppen, von Wald umsäumte Wiesen entstanden, und der „Weiler“ (le hameau) hatte die poesievolle Schöpfung Marie Antoinettes vollendet. Erst im Jahr zuvor (1788) war der letzte Bau, das Milchhaus (la laiterie) mit dem Turm Marlboroughs daneben entstanden.

Der Diener führte uns auf einem Nebenweg durch Gebüsch zum Parktor, das sich in der Nähe der Meierei befand. Wir hörten draußen die Ziegen meckern und die Stimme Brunnerlis; sie waren also rechtzeitig da. Der Torwart, ein brummiger Invalide, öffnete eben das Gitter, und vom Bauernhaus kam Valy, der Freiburger Senn mit seinen Enkelkindern Jeanetton, einem hübschen, blühenden Mädchen, und Wendel, dem kleinen Hirtenbuben, herbeigelaufen, um die Ziegen in Empfang zu nehmen.

„Do sind sie!“, jubelte Wendel. „Lueg Aetti, wie groß sie sind und was für Hörner sie händ! Lueg, was d’Gaiß für es Uter[1] het! Und wie’s Böckli und s’Gitzi[2] springit! Ist der Bock au stößig?“

„Probier’s!“, rief der Brunnerli dem kleinen Landsmann zu. „Er wird di gschwünd über de Huffe ha!“[3]

Und richtig! Ehe wir es verhindern konnten, senkte Wendel seinen Kopf gegen den Bock, was dieser als eine Aufforderung zum Kampf betrachtete und den Knaben ziemlich unsanft auf den Rasen warf. Lachend sprang ihm Jeanetton zu Hilfe, während Brunnerli das Tier bei den Hörnern fasste und mit Hilfe des langen Sergeanten Stoffel nicht ohne Mühe von weiteren Kampfspielen abhielt.

Dem Torhüter, der inzwischen das Eisengitter geschlossen hatte, gefiel dieser wilde Auftritt keineswegs. „Hoho!“, rief er; „man ist hier nicht auf einem gemeinen Bauernhof, sondern in den Gärten Ihrer Majestät. Man hat sich feinordentlich auf den Wegen zu halten. Wer auch nur eine dieser Hyazinthen knickt,

1 Euter
2 Zicklein
3 über den Haufen rennen

deren Zwiebeln die Königin und Madame Royale[1] eigenhändig zu setzen geruhten, hat seinen Kopf verwirkt oder kommt doch wenigstens zeitlebens in die Bastille, so wahr ich Bercy heiße und Wächter dieser königlichen Gärten bin!"

„Gut, dass Sie zum Wächter und nicht zum Richter bestellt sind, mein guter, alter, treuer Bercy", sagte eine Frau, die während dieser Strafrede des Invaliden hinter uns aus dem Wäldchen hervorgetreten war, das sich zwischen die Farm und die übrigen Gebäude des Weilers schob.

Die Frau trug einen sehr einfachen Anzug aus weißem Perkal; ein breites Spitzentuch legte sich, kreuzweise über die Brust gebunden, um Hals und Schultern, und ein einfacher, breitrandiger Strohhut bedeckte das blonde Haar. Aber seltene Hoheit, jetzt von freundlicher Huld gemildert, leuchtete aus ihren Augen, während bei dem Blick auf die Gruppe, die sich um die Ziegen gebildet hatte, ein Lächeln die feingezeichneten Lippen umspielte. Sie führte an der Hand einen kleinen, etwa vierjährigen Knaben. Schüchtern schmiegte er sich, als er die fremden Leute erblickte, an das Kleid der Frau und schaute doch voll Neugierde nach den Ziegen, deren muntere Sprünge und helle Glöcklein ihm offenbar Freude machten. Auf der andern Seite der Frau stand ein wohl zehnjähriges Mädchen von engelgleicher Schönheit, ebenso einfach gekleidet wie die Mutter. In kurzer Entfernung folgten mehrere Personen.

Als die Frau den Torwart ansprach, drehten er und wir alle uns um und Reding rief halblaut: „Die Königin!" - Alles verneigte sich tief. Der Invalide war so verwirrt, dass ihm vor lauter Verlegenheit ein alter Soldatenfluch entschlüpfte. Dann sagte er, mit der Hand über den Mund fahrend: „Halten zu Gnaden, Majestät! Aber wenn man diesen Schweizern nicht mit Rad und Galgen droht, benehmen sie sich in den königlichen Gärten wie in ihren, salva venia[2], Kuhställen -"

„Nun, Bercy, machen Sie die Sache nicht schlimmer, indem

1 Titel der ältesten Tochter oder der Schwester des Königs
2 lat. mit Verlaub

Sie Ihre gar nicht liebenswürdige Laune an Leuten auslassen, die von weither gekommen sind, um meinen Kindern und mir eine Freude zu machen. - Herr von Hervilly", wandte sie sich an einen älteren Herrn des kleinen Gefolges, „Sie erzählten mir ja von dem liebenswürdigen Plan Ihres alten Freundes, des Generals Zurlauben, an den ich mich sehr wohl erinnere, und der mir für meine Farm ein paar besonders schöne Ziegen schicken wolle. Wenn mich nicht alles täuscht, ist dieser Plan vor unsern Augen verwirklicht. Das sind wohl die jungen Freunde Zurlaubens, von denen Sie mir sprachen?"

„Ganz recht, Ihr Gedächtnis ist so treu wie mein Herz", antwortete d'Hervilly. Und nun wurden wir von ihm mit Lobsprüchen auf die Familien Reding von Biberegg und Keyser von Frauenstein - von meiner Familie wusste er wenig, doch nannte er sie „alt und berühmt" - mit einer Feierlichkeit vorgestellt, die dem alten Hofmann alle Ehre machte, die aber besser in einen Salon als in die etwas komische Umgebung passte. Die Königin lächelte denn auch ein wenig belustigt, reichte uns aber huldvoll die Hand zum Kuss und sagte: „Ich bin überzeugt, dass Sie dem König, meinen Kindern und mir Ihre Hingabe noch durch ganz andere Beweise dartun werden als durch das liebenswürdige Geschenk, das Sie mir aus Ihrer schönen Heimat überbringen. Die Zeiten werden von Tag zu Tag ernster. Man versichert mir, dass eine gefährliche Gärung sich immer weiter über unser liebes Frankreich ausbreitet. Die Treue und Tapferkeit der Schweizer ist sprichwörtlich. Wenn es wirklich, was ich nicht glauben will, zu Unruhen kommen sollte, so zählen wir auf sie."

„Blut und Leben für den König, dem wir Treue geschworen!", sagte Reding begeistert.

„Blut und Leben für die Königin!", stimmte Keyser ein.

„Und für ihre erhabenen Kinder!", fügte ich mit Wärme bei.

Mit sichtlichem Wohlgefallen blickte Marie Antoinette auf uns und sagte: „Ich danke Ihnen. Ich weiß, dass ich auf Sie vertrauen kann, auf Sie und Ihre Kameraden. Sagen Sie ihnen das. Doch jetzt genug des Ernstes. Mein Trianon ist nicht der Platz für die Sorgen einer Krone, die oft schwerer drückt, als das Volk es sich träumt. Hier bin ich nicht Königin, sondern Gärtnerin, Hirtin und vor allem Mutter meiner Kinder. Mein alter Freund, Herr von Hervilly, wird Ihnen mein kleines Feenreich zeigen, in dem ich die lieblichen Idyllen zu leben versuche, die Ihr Landsmann Salomon Geßner mit Feder und Pinsel so reizend darzustellen versteht."

Dann wandte sich Marie Antoinette der Gruppe zu, welche die Ziegen umstand. Der Bock, immer noch von Brunner an den Hörnern gehalten, war inzwischen zu den Ziegen zurückgekehrt. Da stieg mir von seinem Fell plötzlich ein sonderbarer Duft in die Nase, und ich fragte den Burschen auf Deutsch, was er denn mit dem Tier gemacht habe.

„Ei", antwortete dieser, „puderet hani e es bitzeli und für en halbe Batze Rosewasser ihm agsprützt. Es het ebe überlut böckelet. Und do hani dänkt, die fine Nose am Hof chöntet's dem armen Tüfel übel düte. So hani e es bitzeli pumadisiert."

Keyser platze laut heraus, Reding stand betreten da, und ich hätte vor Scham in den Boden versinken mögen. Ich glaube zwar nicht, dass die Königin jedes Wort von Brunnerlis Zuger Deutsch verstanden hat; aber dass er das Tier gepudert und pomadisiert habe, um es in würdiger Weise ihr vorzustellen, das wird sie wohl verstanden haben. Zu meiner großen Erleichterung nahm Marie Antoinette das alles als eine köstliche Naivität des Hirtenbuben auf und rief die Damen ihrer Begleitung herbei, um ihnen dessen Einfall zu erklären. Darüber erhob sich ein großes Gekicher, und ich bin überzeugt, dass man über unseren „pomadisierten Geißbock" bei Hof noch viel geredet und gelacht hat.

Die Königin wandte sich jetzt unmittelbar an Brunnerli, der mit seiner Hirtentasche großspurig neben dem Bock stand, und fragte ihn, ob er in Trianon ihr Ziegenhirte werden wolle; er antwortete aber, Grenadier wünsche er zu werden und einstweilen Tambour. Da nickte sie freundlich und ließ ihm durch einen Diener einen Louisdor* Trinkgeld geben.

* Goldmünze

Die Königin wollte sich jetzt mit einer leichten Neigung des Kopfes zurückziehen. Da flüsterte mir Reding zu, es sei jetzt die letzte Gelegenheit, Keysers Promemoria zu übergeben. Ich hatte es wahrhaftig in meiner Aufregung vergessen. So trat ich denn zu ihr hin und übergab, linkisch genug, das umfangreiche Schreiben, sie halblaut und in deutscher Sprache bittend, dasselbe möglichst bald und allein zu lesen, da sein Inhalt für den König und Frankreich von höchster Wichtigkeit sei. Sie stutzte und sah mich betroffen an; dann aber nahm sie das Schreiben doch entgegen und schob es in das Spitzentuch, das über ihrer Brust geknotet war. Hierauf gab sie d'Hervilly die Weisung, uns die Herrlichkeiten von Trianon zu zeigen, und entfernte sich mit den Kindern und dem kleinen Gefolge auf einem der sorgfältig gepflegten Waldwege.

Der alte Marschall führte uns zunächst zur nahen Meierei. Diese bildet mit dem Häuschen des Torwarts und des Gärtners samt den dazugehörigen kleinen Stallungen und Schuppen eine reizende kleine Gruppe. Wie alle Gebäude des Weilers, waren sie von Robert, dem Hofmaler der Königin, gezeichnet und überaus malerisch ausgeführt - fast hätte ich gesagt, „in Szene gesetzt". Denn sie erinnern unwillkürlich an die Versatzstücke einer idyllischen Theaterszene. Obschon sie damals kaum vollendet waren, hätte man doch schwören mögen, sie stünden schon ein Jahrhundert, wie vom Zufall zusammengewürfelt, zwischen den hochstämmigen Bäumen der einsamen Waldwiese, die doch nur wenige Schritte vom Getriebe des glänzendsten Hofhalts trennten. Die Strohdächer schienen verwittert und waren von einer dichten grünen Moosschicht überwachsen; die Ziegelmauern zeigten Risse; wilde Rosen umrahmten die kleinen altmodischen Bleifenster, und das zu Tage tretende Balkenwerk schien altersmorsch. So hatte man künstlich alles aufgeboten, um den Eindruck baufälliger Hütten hervorzurufen, als ob die Zeit das Spielzeug der Königin nicht rasch genug zerstöre!

Wir folgten zuerst Valy zum Stall, wo eben Brunner seine Ziegen unterbrachte, und bewunderten dort die schöne Freiburger Kuh. „Es ist die schönste auf der Welt!", sagte stolz der alte

Kuhhirte. Dann zeigte uns Jeanetton den Hühnerhof. „Die großen schwarzen Hühner sind Spanier und die braunen mit den langen zottigen Hosen sind Chinesen", erklärte sie. „Die legen fast so große Eier wie die Gänse. Madame Royale kommt beinahe täglich, um die Hühner zu füttern. Und dann sagen sie immer, die Königin sei stolz! Sie ist hier gar nicht stolz; sie arbeitet mit mir im Milchhaus fast wie eine Bäuerin. Wollt Ihr die laiterie sehen?"

Damit führte uns das flinke Mädchen die paar Schritte über die Wiese zur Sennhütte und der Milchkammer. Die strohgedeckte Hütte, die so ärmlich und doch so malerisch unter überhängendes Gezweig am Ufer des Sees sich schmiegt, zeigte im Innern eine Einrichtung, die freilich zu ihrem äußeren Gewand wenig passte. Boden und Mauern waren mit Marmorplatten belegt; in offenen Marmorkanälen floss kühlendes Wasser, und die Tische waren ebenfalls aus weißem Marmor von Künstlerhand gemeißelt. In kostbaren Porzellanschalen von Sèvres stand die Milch zum Rahmabscheiden und Jeanetton erklärte, wie das die Königin oft eigenhändig tue und wie sie den Schwengel des Butterfasses gestern noch fast eine Viertelstunde gehandhabt habe. Ich nahm mir vor, Vreneli das zu schreiben, damit sie lerne, dass Arbeit auch eine Königin nicht entehre.

Wir verließen Jeanetton und bestiegen den Turm Marlboroughs, der sich unmittelbar neben der Sennhütte am Seeufer erhebt. Es ist ein phantastischer Bau, um den sich an der Außenseite eine spiralförmige Treppe zieht. „Den Namen verdankt der Turm einem Wiegenliedchen der Frau Poitrine, der Amme des Dauphin. Sie kennen es: ‚Marlborough s'en va-t-en guerre?'", erklärte d'Hervilly, und Keyser und ich stimmten sofort ein, und als wir den Vers sangen: Madame a la tour monte, so hatten wir die Plattform auch schon erstiegen, und unser Führer sagte: „Nun, wenn der wirkliche Turm Marlboroughs nicht höher war als dieser hier, so brauchte seine Frau nicht sehr hoch zu steigen. Dennoch haben wir von hier aus den besten Rundblick über das kleine Feenreich Marie Antoinettes."

Begeistert stimmten wir d'Hervilly bei, und ich bedauerte

nur, nicht Papier und Stift zur Hand zu haben, um sofort eine Skizze des malerischen Bildes zu entwerfen. Als wir gerade den Turm verließen, um die Grotte und den Wasserfall aufzusuchen, kam ein königlicher Diener und befahl die schweizerischen Offiziere zur Königin. D'Hervilly horchte auf und fragte, ob er nicht mit zur Audienz gebeten sei; der Diener aber entgegnete, Ihre Majestät habe ausdrücklich nur die drei schweizerischen Offiziere befohlen. Da verbeugte sich der Marschall gegen uns und sagte: „Ich gratuliere den Herren zu dieser beispiellosen Auszeichnung. Es ist gegen alle Etiquette, dass die Königin solche geheimen Audienzen gibt, und ich bitte Sie, diese hohe Ehre niemandem zu verraten. Wenn es bekannt würde, wäre Ihre Majestät gewiss wieder Zielscheibe der niederträchtigsten Verleumdungen. Ich werde da drüben beim Tempel Amors auf Sie warten."

Wir folgten dem Diener. Er führte uns über die von Sphinxen bewachte Brücke auf eine Insel und zeigte auf einen zierlichen achteckigen Bau, der die höchste Stelle des Eilandes krönte. „Sie werden Ihre Majestät dort im Belvedere finden", sagte der Mann und blieb als Wache auf der Brücke stehen.

Mit klopfendem Herzen legte ich die wenigen Schritte zurück. Reding trat zuerst ein und Keyser und ich folgten. Wir fanden die Königin in dem hellen Gartensaal, der durch hohe Fenster und Glastüren nach allen Seiten Ausblick gewährte. Allein saß sie an einem Tisch, das Promemoria des Großrichters vor sich.

Sie grüßte mit einem Neigen ihres schönen Kopfes, und wies auf drei zierlich geschnitzte und vergoldete Sessel, die für uns bereit gestellt waren. Dann begann sie sehr ernst, aber ruhig über die Angelegenheit zu reden. Sie bediente sich der deutschen Sprache, der sie doch nicht mehr ganz mächtig war, so dass sie manchmal französische Sätze und Wendungen einfließen ließ. Nach einem herzlichen Dank für die Verfasser und Überbringer der Warnungsschrift sagte sie, Ähnliches habe ihr freilich von Seiten Orléans' geschwant; aber dass dieser mit einer solch ausgedehnten Verschwörung im Bunde sei, und dass die Logen, die man ihr als ganz harmlos geschildert habe, einen solchen allgemeinen Umsturz planten, hätte sie nicht gedacht. Sie könne es auch noch nicht recht glauben, trotz der angeführten schweren Verdachtsgründe. Sie werde jedenfalls, bevor sie Seiner Majestät ein Wort von der Angelegenheit sage, über einige Punkte Erkundigungen einziehen. Wenn sie dann wirklich überzeugt sei, dass sich Major v. Bachmann nicht getäuscht habe, so werde sie sehen, zu welchen Schritten der König zu bewegen sei, um das Unheil von sich und Frankreich abzuwenden.

Mit diesen Worten und der Versicherung ihrer Dankbarkeit wollte sie uns huldvoll entlassen. Aber Reding legte ihr in eindringlichen Worten die Notwendigkeit ans Herz, ohne Zuziehung von anderen Beratern mit aller Heimlichkeit und Entschiedenheit zu handeln, bevor die Reichsstände zusammenträten.

Die Königin schüttelte den Kopf und sagte: „Ohne Hinzuziehung seiner Räte wird Seine Majestät in einer so wichtigen Sache niemals handeln. Das dürfte ich ihm gar nicht zumuten. Zweifel in deren Treue und Verschwiegenheit setzen, hieße sie übrigens beleidigen. Bedenken Sie, was Sie fordern: Verhaftung eines Mannes von dem Einfluss des Herzogs von Orléans und Anklage auf Hochverrat!“

„Die Beweise sind erdrückend“, wagte Reding weiter zu bemerken. „Und wie in dem ergebenst vorgelegten Promemoria ausgeführt ist, gibt es keinen anderen Weg zur Rettung als diese energische Tat. Eure Majestät werden den König dazu bewegen und so ihn und Frankreich retten. Überlassen Sie die Ausführung Ihren treuen schweizerischen Truppen. Majestät, verschaffen Sie uns eine *lettre de cachet** und freie Hand im Falle einer Revolte, und wir stehen Ihnen dafür, dass Thron und Altar gerettet werden.“

Reding hatte hei aller Ehrfurcht mit großer Überzeugung gesprochen. Die Königin hörte ihn ruhig zu Ende. Dann sagte sie: „Ich zweifle nicht an Eurer Ergebenheit. Ich wünschte, der König hätte Sie gehört. Vielleicht ist Ihr Rat gut. Dennoch bezwei-

* Haftbefehl

fle ich seine Durchführbarkeit. Wenn Seine Majestät sich dazu entschließen sollte, so wird Major von Bachmann den Haftbefehl erhalten. In jedem Fall danke ich Ihnen von Herzen und zähle auf Ihre erprobte Treue.“ Dann fragte sie uns, ob sie uns mit etwas eine Freude machen könne, und da wir bescheiden erwiderten, Ihre königliche Gnade sei unsere liebste Belohnung, notierte sie unsere Namen auf ein Schreibtäfelchen und entließ uns mit einer huldvollen Verneigung ihres Hauptes. Nur ich hatte noch die Unverschämtheit, um die Erlaubnis zu bitten, Skizzen ihres malerischen Weilers aufnehmen zu dürfen, was ihr Freude zu machen schien und was sie für die Morgenstunde vor acht Uhr gerne erlaubte, zu welcher Zeit ich ganz ungestört sein werde.

Im Quartier fanden wir den Major von Bachmann, der auf uns wartete. Als er Redings Bericht vernommen hatte, erzählte er uns, gestern sei in der Vorstadt Saint Antoine eine Revolte des Pöbels ausgebrochen und von dem Regiment Salis-Samaden niedergeworfen worden. „Vielleicht zeigt dieser Vorfall dem König die Notwendigkeit, den Herzog zu verhaften“, fügte er bei; „denn dass das Gesindel durch ihn angeworben ist, liegt auf der Hand.“

Am folgenden Morgen erhielt Karli-Franz Nachricht, dass das II. Regiment Chateauxvieux, dem er angehörte, in einigen Tagen in Saint Germain einrücken werde. Wie andere Schweizerregimenter war auch dieses in die Nähe von Paris berufen worden. „Man scheint sich doch für alle Fälle auf einen kräftigen Widerstand vorzubereiten“, sagte befriedigt unser Major. „Man war vielleicht auch schon von anderer Seite über das Treiben Orléans’ und seiner Logenbrüder unterrichtet. Nun, unser Regiment allein hätte es mit ihnen aufgenommen.“

Aber wir warteten vergebens auf den Haftbefehl. So kam der 4. Mai heran, und mit ihm die Eröffnung der Reichsstände. Vorher noch musste Leutnant Keyser zu seinem Regiment nach Saint Germain. Er war der einzige unter meinen Kameraden, mit dem ich wirklich zwanglos verkehrte; Reding war mir doch gar zu ernst, und die übrigen jungen Herren standen mir noch zu fern. So sah ich Karli-Franz sehr ungern scheiden. Trotz strömenden Regens begleitete ich ihn bis Marly. Beim Abschied warnte er mich noch vor dem „Schellenkönig“, der als ein Raufbold bekannt sei. Ich dankte ihm und sagte, es wäre auch sonst mein Entschluss gewesen, dem unangenehmen Gesellen möglichst aus dem Weg zu gehen. Dann schieden wir mit dem Versprechen, uns gegenseitig zu besuchen, sooft es der Dienst erlaube.

Die große Prozession

Trübes Regenwetter war auf unsern Besuch in Trianon gefolgt. Aber am 4. Mai, am Tag der Eröffnung der Reichsstände, funkelte heller Sonnenschein auf den Gewehrläufen und Bajonetten, als sich unser Regiment im Kasernenhof aufstellte. Selbst unser alter Oberst, Graf d'Affry, war zu dieser Gelegenheit von Paris herausgekommen, um uns persönlich zu kommandieren. Es war das erste Mal, dass ich den Herrn zu Pferde sah, und er nahm sich im Sattel trotz seiner 76 Jahre doch noch ganz stattlich aus mit dem Kommandeurstern des Ordens vom Heiligen Geist auf seiner Brust. Freilich, als er abstieg und die Front abschritt, merkte man sein hohes Alter. Nach Verlesung des Tagesbefehls trat er ganz unerwartet auf mich zu und überreichte mir das Leutnantspatent.

„Sie müssen sich ja in diesen wenigen Tagen schon ganz außerordentliche Verdienste oder doch sehr hohe Protektion erworben haben. Herr Muos“, sagte er fast etwas spöttisch, „Sie werden gut tun, sich bei dem Herrn Marschall d'Hervilly zu bedanken, der mir das Patent für Sie zugeschickt hat. Na, immerhin gratuliere ich!“

D'Affry hätte mir das Patent mit etwas freundlicheren Worten übergeben können; aber meine Freude war deshalb nicht minder groß. Und wie würden sich meine Mutter und Vreneli freuen, dass ich so rasch avanciert* war! Ich hatte eben noch

* befördert worden war

Zeit, die Epaulette auf meiner linken Schulter befestigen zu lassen, und die Glückwünsche meiner Kameraden entgegenzunehmen, denn sofort rückte das Regiment mit klingendem Spiel und fliegenden Fahnen durch das Kasernentor aus. Ich war der Kompagnie Redings zugeteilt, d. h. der 3. Kompagnie des 4. Bataillons, das Baron von Diesbach befehligte.

Als wir die Place d'Armes erreichten, war sie von einer ungeheuren Menschenmenge schon fast ganz angefüllt, sodass es schwer wurde, die breiten Wege für die königlichen Karossen und die Prozession zu öffnen.

Wie das wogte und drängte, Kopf an Kopf, von den Marställen bis an das hohe Eisengitter des ersten Schlosshofes! Und immer noch flutete Welle auf Welle durch die drei großen Avenuen heran, die fächerartig auf diesen Platz münden. Die Menge war nicht so fügsam wie gewöhnlich, es war viel Gesindel darunter, das mit den französischen Garden schöntat, mit uns Schweizern aber da und dort Reibereien versuchte, und uns mit dem Spottwort *betteraves* (Rotrüben) begrüßte. Endlich gelang es doch in Güte, das Volk zurückzudrängen, und die breite Gasse vom Palast bis zur Kirche Notre Dame tief in der Stadt mit einem doppelten Spalier, auf der einen Seite von französischer, auf der andern von schweizerischer Garde zu besetzen. Unsere Kompagnie nahm inzwischen vor der Kirche Notre Dame Aufstellung, in der sich die Abgeordneten versammelten, um von ihr aus mit dem hochwürdigsten Gut nach St. Ludwig zu ziehen, wo die Reichsstände mit einem feierlichen Gottesdienst eröffnet werden sollten.

Ich hatte Zeit, mir die Abgeordneten zu betrachten und die Bemerkungen anzuhören, die das Volk über sie machte, während sie einzeln oder in Gruppen die Kirche betraten. Der Adel wurde meist kalt oder mit Hohn empfangen, ebenso die Mehrzahl der Geistlichkeit; aber die Mitglieder des Bürgerstandes begrüßte man mit Jubel. Trotz der einfachen Tracht, die ihnen der königliche Zeremonienmeister vorgeschrieben hatte - schwarz von Kopf bis Fuß mit einem kleinen Seidenmäntelchen und einem weißen Musselinehalstuch - gingen sie stolz einher.

„Das sind die Männer, die mit den heillosen Missständen unserer Regierung aufräumen werden“, hörte ich hinter mir einen Mann im Volk sagen.

„Gewiss, es sind die Männer, die ein glückliches Frankreich schaffen werden“, antwortete ein Mensch von abstoßender Hässlichkeit. „Unsere Kinder werden freie Männer sein. Der König meint, die Abgeordneten seien nur nach Versailles gekommen, um ihm die Schulden zu bezahlen, die die Österreicherin gemacht hat. Über 400 Millionen! Versteht Ihr das? Das heißt, wenn jeder Franzose, vom neugeborenen Kind in den Windeln bis zum ältesten Bettelmann, der mit dem Hungertode ringt, 20 Livres bezahlen würde, wären die vergeudeten 400 Millionen noch lange nicht beisammen. Also Ihr z. B., Gevatter, mit Eurer Frau und den sechs unmündigen Kindern, müsstet 160 Livres für die himmelschreienden Verschwendungen der Österreicherin bezahlen. Wie wollt Ihr das aufbringen, da Ihr in diesen betrüblichen Zeiten nicht einmal das teure Brot bezahlen könnt? Und wenn Ihr die Steuer nicht zur Stunde entrichtet, so wandert Ihr ins Gefängnis, und bis Ihr wieder herauskommt, können Frau und Kinder zehnmal Hungers gestorben sein. Aber habt nur keine Angst! Diese Männer werden, anstatt dem König die Schulden zu bezahlen, andere Sachen tun. Sie werden uns die Freiheit bringen, wie die Nordamerikaner sie mit unserer Hilfe erkämpften, oder wenigstens eine Konstitution*, wie die Engländer eine haben.“

Marat - so hörte ich den Menschen nennen - sang dann einen wahren Jubelhymnus auf die Konstitution; dann fiel er in die alte Leier seiner Verleumdungen über die Königin zurück. „Schon ihre Heirat mit unserm König war ein Sieg unseres Erbfeindes Österreich. Sie soll sogar ihrer Mutter Maria Theresia einen Eid geschworen haben, durch ihren tollen Aufwand Frankreich zu Grunde richten zu wollen.“

„Mein Herr, da hat man Ihnen einen Bären aufgebunden“, rief mutig eine frische Mädchenstimme, die ich sofort erkannte.

* Verfassung

Es war Jeanetton, die ganz empört auf Marat einredete. „Die Königin ist noch lange keine Verschwenderin, wenn sie auch ein paar Livres mehr ausgibt als wir zwei. Wir würden es der Königin von Frankreich übel nehmen, wenn sie eine Knauserin wäre."

„Wie, keine Verschwenderin? Und die famose Halsbandgeschichte? Und ihre von Diamanten und Rubinen und Saphiren strotzenden Zimmer in Trianon! Eine tolle Verschwenderin ist sie! Den Schweiß und die Blutstropfen des französischen Volkes vergeudet sie!"

„Die Halsbandgeschichte geht die Königin gar nichts an. Das ist ja vor Gericht festgestellt worden, dass sie von dem ganzen Betrug, den die elende Lamotte dem Kardinal Rohan gespielt hatte, keine Silbe wusste", antwortete Jeanetton.

„Ich gestehe, dass es nicht ganz gelungen ist, ihr das nachzuweisen. Es war da ein Brief, den man als gefälscht erklärt hat. Nun, die Buchstaben sahen denen der Königin verzweifelt ähnlich. Wahrscheinlich hatte sie ihn doch geschrieben. Und wenn er also nicht gefälscht war, dann war er echt, und wenn er echt war, hat eben doch die Königin diese famosen Diamanten im Wert von zwei Millionen durch den Kardinal bestellen lassen. Und die Herren vom Chatelet haben ihr durch die Finger gesehen, und dass das Richter einer Königin gegenüber tun, wenn es nur halbwegs angeht, kann ein Kind verstehn."

„Ist denn niemand hier, der diesem Lästerer den unverschämten Mund stopft?", rief Jeaneton empört. „Wenn ich ein Mann wäre, so hätte ich diesen boshaften Lügner schon längst zu Boden geschlagen."

„Schöne Jungfer, regen Sie sich wegen der Österreicherin nicht unnötig auf. Was der Mann da sagt, wird wohl seine Richtigkeit haben", sagte ein stämmiger Bursche in zerlumptem Arbeitskittel und fasste dabei Jeanetton so unsanft an, dass sie einen lauten Schrei ausstieß.

Da konnte ich mich nicht länger halten. Ich sprang vor, fasste mit der Rechten den Mann am Arbeitskittel und mit der Linken den Marat und forderte sie auf, augenblicklich ihre losen Reden zu widerrufen, sonst würde ich sie verhaften und als Verleumder der Königin den Gerichten übergeben. Es gab ein Gedränge und Geschrei, man wolle das Volk morden. Rasch war unser Hauptmann Reding ebenfalls zur Stelle und rief: „Ruhe, Ordnung! Man tut euch nichts, Leute! Was ist denn vorgefallen?"

„Herr Oberst", rief schlotternd der Hauptlästerer, den ich noch fest am Kragen hielt, „sehen Sie denn nicht, wie Ihre Leute das französische Volk überfallen und erwürgen?"

„Nun, du bist doch nicht das französische Volk, und von Erwürgen ist auch noch keine Rede", entgegnete ich. „Herr Hauptmann, dieser Mensch hetzt durch niederträchtige Verleumdungen gegen die Königin, und wenn er nicht augenblicklich widerruft, so schlage ich vor, ihn zu verhaften und dem Richter zu übergeben."

„Ich nehme das französische Volk zum Zeugen, dass ich nur bedingungsweise geredet habe", kreischte Marat.

„Nun, wir wollen Ihretwegen die Feier nicht stören. Widerrufen Sie, was Sie unbedachtsamer Weise gegen die Königin geschwatzt haben, sonst ist Ihnen eine öffentliche Stäupung und ein Vormittag in der Drehmühle der Hallen sicher", sagte der Hauptmann.

„Gewiss, Herr General - alles Unbedachtsame", stotterte der Feigling.

„Und alles Wohlbedachte - du schlüpfst mir mit einem solchen wohlfeilen Advokatenkniff nicht durch!", rief ich und schüttelte den Menschen, dass seinen Haaren eine ganze Wolke Puder entstieg.

„Und alles Wohlbedachte", stammelte er.

„Gut, nun bittet das tapfere Fräulein hier, das die Königin so mutig verteidigt hat, um Verzeihung und lauft in Gottes Namen!"

Das ließ sich der Lästerer nicht zwei Mal sagen und schlüpfte wie ein Aal durch die Reihen des Volkes. Auch der Mann im Arbeitskittel brummte etwas wie eine Entschuldigung und machte sich davon. Jeanetton reichte mir dankend die Hand und blickte mich aus ihren dunklen Augen so warm an, dass ich erschrak. Auch Reding gewahrte diesen Blick, deutete ihn nicht zu meinem Besten, wie ich sofort sah. Er glaubte, in diesem Blick die Erklärung meines Einschreitens gegen den eitlen Schwätzer zu finden, und sagte ärgerlich: „Es war auch der Mühe wert, wegen der schönen Augen dieser Jeanetton beinahe einen Volksauflauf zu veranlassen. Ich werde Ihr unvorsichtiges Benehmen beim Rapport zu melden haben.“

Damit ließ er mich stehen. Ich fühlte, wie mir das Blut in den Kopf schoss, und wahrscheinlich wäre eine heftige Antwort erfolgt, wenn nicht in diesem Augenblick das Drängen und Wogen des Volkes meine ganze Aufmerksamkeit beansprucht hätte. Gerade als Reding mir den unverdienten Verweis erteilt hatte, erscholl aus dem Volk ein wahrer Jubelsturm. „Mirabeau! Das ist Mirabeau! Es lebe Mirabeau! Es lebe der Löwe der Provence!“, tönte es von allen Seiten, und die Hüte wurden in der Luft geschwenkt. Ich sah den berühmten und berüchtigten Mann hocherhobenen Hauptes vorüberschreiten. Die hohe, breitschultrige Gestalt trug einen mächtigen Kopf, den langes Haar wie eine Mähne umwallte, Geist sprühte aus den dunklen Augen, aber die Züge des pockennarbigen, von den schlimmsten Leidenschaften gebrandmarkten Gesichtes waren abstoßend hässlich.

Ein ganz anderes Gesicht fiel mir jetzt auf. Ein schlanker, sorgfältig gekleideter, glatt rasierter und reichlich gepuderter Mann mit eigentümlich katzenartigem Blick schritt durch die Reihen. „Das ist Robespierre!“, hörte ich hinter mir sagen. „Er gehört zur Partei Orléans’. Er ist ein tüchtiger Advokat, ein feiner Kopf! Und der hinter ihm mit den großen Augen und dem breiten Mund ist Danton, ebenfalls ein Freund des Volkes. Der kann pfeffern und donnern!“ - „Es lebe Danton! Es lebe Robespierre!“, schrie der Pöbel.

„Das Paar will mir nicht gefallen“, sagte ein anständiger Bürgersmann halblaut. „Der Danton sieht aus wie eine bösartige Bulldogge und der Robespierre wie eine Katze, die Essig gesoffen hat.“

Lautes Geschrei von der anderen Seite der Kirche, wo der Adel eintrat, fesselte jetzt die Aufmerksamkeit des Volkes. „Was riefen sie? Ah, Lafayette!" - „Es lebe Lafayette, der Vorkämpfer der Freiheit Amerikas! Er möge auch uns die Freiheit bringen!", stimmte die Menge in den Ruf ein. Gleich darauf tönte noch tollerer Lärm herüber: „Orléans! Hört ihr, Orléans, der Todfeind der Österreicherin, der Freund des Volkes ist gekommen. Es lebe der Herzog von Orléans! Orléans à jamais!", brüllte die Menge.

Jetzt schlug es 10 Uhr. Feierliches Geläut scholl von den Türmen herab. Trommeln wirbelten, kriegerische Fanfaren erklangen in der Ferne; Kommandoworte flogen die Reihen entlang, und die Gewehre der präsentierenden Spaliere erklirrten, „Sie kommen! Der Hof kommt!", rief man sich zu und streckte die Hälse. Schon hörte man den Hufschlag der Reiter und das Rollen der Hofkarossen auf dem Pflaster. Der ganze Hofhalt des Königs entfaltete noch einmal seine Pracht. Vorreiter eröffneten den Zug; die Stallmeister, die Leibjäger mit dem Falken auf der Faust, die berittenen Pagen, alles in glänzenden Livreen und auf reich gezäumten Pferden. Dann folgte die achtspännige, ganz vergoldete, reich verzierte Karosse des Königs; hohe weiße Federbüsche nickten auf den Köpfen der Pferde; Heiducken* standen auf den Tritten. Eine Reihe sechsspänniger Hofwagen mit den Prinzen und Prinzessinnen von Geblüt und ein Zug Gardereiter bildeten den Schluss des glänzenden Zuges. Nur ein spärlicher Hochruf begrüßte den König, die Königin wurde mit verletzendem Schweigen empfangen.

Endlich war alles abgestiegen, und der König hatte mit seinem Gefolge die Kirche betreten. Die Orgel rauschte, Weihrauchwolken stiegen auf, und feierlicher Gesang erscholl zu Ehren des unter Brotsgestalt gegenwärtigen Gottmenschen, der durch seinen Segen den Beginn und die Arbeit der Reichsstände weihen sollte; so hatte der fromme Sinn Ludwigs XVI. es gewünscht. Die ganze Versammlung sollte daher in feierlicher Prozession das anbetungswürdige Sakrament zur Kirche des hl. Ludwig begleiten, wo Predigt und Gottesdienst die kirchliche Eröffnungsfeier krönen sollten.

* Diener in der Tracht der Heiducken, der ungarischen Infantrie des 17. Jhs.

Als der glänzende Zug vorüber war, erhielt die Kompagnie Befehl, sich ihm anzuschließen und ihm nach St. Ludwig zu folgen. Da wir aber die Kirche nicht betraten, kann ich auch nicht als Augenzeuge über die Vorgänge beim Gottesdienst berichten. Der Erzbischof von Paris hielt das Hochamt und Msgr. de la Fare, der beredte Bischof von Nancy, die Predigt. Zu unserm Ärgernis hörten wir draußen, wie man ihm laut und stürmisch Beifall klatschte.

„Ist denn die Kirche ein Schauspielhaus?", fragte unwillig Hauptmann Dürler von Luzern.

„Nicht einmal im Theater ist es Sitte, in Gegenwart des Königs Beifall zu klatschen", entgegnete ebenso unwillig Reding.

„Diese Männer, von denen Frankreich Heil erwartet, benehmen sich so vor der Monstranz!", sagte Major von Bachmann. „Ich fürchte sehr, die Komödie, die sie vor dem König und vor unserm Herrgott spielen, wird sich nur zu bald in ein blutiges Trauerspiel verwandeln."

Im Wäldchen von Meudon

An einem der letzten Tage des Mai lockte mich das herrliche Wetter in der Morgenfrühe nach Trianon hinaus.

Schon vor Sonnenaufgang war ich mit meinem Skizzenbuch im „Weiler" Marie Antoinettes und zeichnete die Mühle. Rasch war das Bild umrissen - der sonderbare Giebel mit dem großen Söllerfenster im Strohdach; die seltsam geformte Steintreppe, die von außen zum zweiten Stock emporführte; Rad und Wasserlauf, das Bachufer und die überschattenden Bäume. Die prächtige Baumkrone und das moosbewachsene Dach waren schon schattiert, und gar nicht übel schien mir der Baumschlag gelungen zu sein, da trat jemand hinter mich und sagte: „So früh an der Arbeit! Ich will nicht stören, nur danken möchte ich Euch für Eure tapfere Hilfe neulich beim Fest in Versailles. Ach, wie schön das wird! Seid Ihr denn wirklich ein Maler? Und sind noch mehr Bilder in dem Buch? Darf ich sie ansehen?"

Es war natürlich Jeanetton, die so auf mich einplauderte, und ich musste, wohl oder übel, das gute Kind mein Skizzenbuch durchblättern lassen. Sie fand darin einige Bilder in Wasserfarben vom Zurlaubenhof, vom Städtchen Zug und dessen Umgebung, vom elterlichen Haus, und eine Skizze der herrlichen Berge, die im Süden den Zuger See abschließen. Ich musste dem Mädchen die Bilder erklären, und es konnte sich, namentlich an den bunten, kaum satt sehen und erschöpfte sich in Ausrufen der Bewunderung.

Da auf einmal traten hinter dem hohen Rhododendronbusch, vor dem die Bank stand, auf der ich gezeichnet hatte, zwei Frauen hervor. „O, die Königin und die Herzogin von Polignac!", flüsterte mir Jeanetton zu und wollte auf und davon.

Aber die Königin rief leutselig: „Bleibe, Kind, bleibe! Wir kommen noch früh genug in die Laiterie. Du bist ja, wie wir schon von ferne hörten, ganz entzückt von den herrlichen Bildern, die der Herr Leutnant - Mos oder Mues ist wohl der Name? - in seinem Skizzenbuch zu haben scheint. Wollen Sie meiner Freundin, der Herzogin zu Polignac, und mir auch diesen Kunstgenuss gestatten?"

Ich war außer mir und stotterte etwas von „Versuchen eines Knaben" und hatte nicht einmal so viel Besinnung, für die Epaulette zu danken, die ich doch ihrer Gnade zuschreiben durfte. Gütig half sie mir über meine Verlegenheit hinweg und setzte sich mit ihrer Begleiterin auf die Bank, um in aller Muße mein Skizzenbuch durchzublättern.

„Was Sie eine schöne Heimat haben, Herr Muos!", sagte sie, als sie den Rigi und Pilatus und zwischen ihnen durch den Ausblick auf die Gletscher des Berner Oberlandes betrachtete. Fast am längsten betrachtete sie das einfache Haus meiner Eltern mit dem Gärtchen und dem hohen Bachufer davor und der grauen Ringmauer im Hintergrund. Dabei veranlasste sie mich, ihr die kurze Geschichte meiner Jugend zu erzählen.

Unterdessen hatte sie weitergeblättert und eine Skizze meiner Mutter gefunden. „So sitzt sie wohl an schönen Sommertagen im Garten", sagte ich. „Aber die Liebe und Güte, die aus ihren Augen strahlt, auch nur einigermaßen zum Ausdruck zu bringen, das ist mir gänzlich misslungen!“

„Nun, die Liebe einer Mutter wird auch der größte Künstler nicht würdig genug wiedergeben können!“, sagte die Königin. „Und hier, was ist denn das für ein hübsches Köpfchen mit Grübchen im Backen? Eine Schwester?“

„N-nein!“, sagte ich und fühlte, wie ich errötete. Dann platzte ich heraus: „Es ist Verena Keyser von Frauenstein.“

„Ihre Braut?“

„Braut noch nicht; aber ich hoffe, sie wird es werden, sobald ich ihr eine gesicherte Lebensstellung bieten kann.“

„Und wie denken Sie das zu erreichen?“

„Wie hundert andere meiner Landsleute in den Diensten Ew. Majestät. Ich hoffe, einmal als Hauptmann oder, wenn mir das Glück günstig ist, als Oberst mit einer ausreichenden Pension in meine Heimat zurückzukehren.“

Marie Antoinette schüttelte den Kopf und schwieg eine Zeitlang. Dann sagte sie: „Ich fürchte, die Zeit, da wir unseren treuen Dienern Pensionen und Gnadengelder austeilen konnten, geht zu Ende. Wollen Sie nicht einen anderen, vielleicht sichereren Weg zu Ihrem Glück einschlagen? Sie scheinen mir Liebe und Talent zur Malerei zu haben. Ich möchte Ihre Skizzen meinem Hofmaler Robert zeigen; wollen Sie mir diese für einige Tage überlassen? Ich werde Sie Ihnen durch d’Hervilly zurücksenden. Wenn Robert meine Ansicht über Ihr Talent teilt, will ich ihn bitten, dass er sich Ihrer etwas annimmt. Sie brauchen deshalb die Uniform nicht abzulegen; ich werde dafür sorgen, dass Ihr Major Ihnen die erforderliche Zeit gibt, dass Sie das Atelier Roberts oft besuchen können. Ist es Ihnen recht so?“

Ob es mir recht war! Ich strahlte vor Freude und konnte nicht Worte genug finden, meinen Dank auszudrücken.

„Nun denn, so ist es abgemacht“, sagte die Königin, sich erhebend. „Jetzt, Jeanetton, ist es Zeit für uns, nach dem süßen Rahm zu sehen. Also in einigen Tagen werden Sie Buch und Bescheid durch d’Hervilly erhalten.“

Mit diesen Worten ging sie, freundlich grüßend, zur Sennhütte. Ich aber meinte den Himmel voll Bassgeigen zu sehen. Nein, einen solchen Glücksvogel wie mich gab es doch auf Gottes weiter Erde nicht! Offizier und Künstler zugleich! Und in beiden Karrieren die Königin als Beschützerin! Jetzt konnte mir auch der Herr Großrichter sein Töchterchen nicht versagen; denn unter solcher Protektion musste ich ja mein Glück machen!

In meinem Quartier traf ich Salis, der mich einlud, mit ihm die berühmte Porzellanbrennerei von Sèvres zu besuchen, die von einem Landsmann geleitet wurde. Gerne nahm ich die Einladung an. Er führte mich auf einem Fußpfad durch den Wald von Meudon. Es ging durch voll belaubtes Schlagholz, in dem die Nachtigallen um die Wette sangen. Oft blieben wir stehen und lauschten ihren süßen Tönen. Salis sprach in sanfter Schwärmerei von unserer Heimat und von seinen Idealen, und auch über mich kam es fast wie dichterische Begeisterung. Ich bat ihn, mir eines seiner Lieder vorzusingen; denn er hatte eigene Weisen für sie erfunden, wie ich schon jüngst im Park von Versailles gehört hatte.

Aber ich muss doch sagen, dass mir Salis etwas zu weich und sentimental vorkam. Es lag zwar damals so in der Luft; aber meinem von Natur frohen Wesen wollte es doch nicht recht gefallen. Dennoch wurden wir an jenem Morgen ganz gute Freunde, und ich bedauerte nur, dass Gaudenz nicht zu unserem Regiment gehörte, und dass uns mithin jede Stunde trennen konnte.

Umso herzlicher wollten wir den Tag zusammen verbringen und einen feierlichen Schluss unseres Freundschaftsbundes begehen, was in Sèvres bei einem fröhlichen Mahl und einer guten Flasche Wein geschah. Dann zeigte mir Salis die berühmte Porzellanbrennerei und machte mich mit deren Inspektor, einem Herrn Hettlinger aus Winterthur, bekannt. Wir kauften dort jeder eine kleine Vase mit inkrustierten* Blumen, eine Erfindung unseres Landsmannes. Herr Hettlinger versprach, diese gebrechlichen Dinge selbst gut zu verpacken und an die angegebenen

* Ein Stoff ist in einen anderen eingelegt

Adressen zu senden. Und so trennten wir uns glücklich, und ich hatte keine Ahnung, welch bittere Stunden durch meine Schuld am selben Tag noch über mich kommen sollten.

In der rosigsten Stimmung der Welt trat ich durch das Wäldchen von Meudon den Rückweg nach Versailles an. Das Glück, in Marie Antoinette eine hohe Beschützerin gefunden zu haben, der Freundschaftsbund, den ich soeben mit dem edlen Salis geschlossen hatte, die sichere Hoffnung, die Hand meiner Verena zu erwerben, mussten ja mein Herz in Freude und Jubel schlagen lassen. Mit den Nachtigallen, die rechts und links in den grünen Büschen ihr süßes Lied bald seufzten, bald siegesfroh schmetterten, sang auch ich um die Wette, und welches andere Lied als dasjenige, das ich heute von Salis gelernt hatte?

Wohl denk ich allenthalben,
O du Entfernte, dein!

So bog ich singend aus dem Waldpfad in den breiten Fahrweg, als ich mich plötzlich einigen meiner Kameraden gegenübersah. Sie hatten die Worte des Liedes gehört, und da ich abbrach, forderten sie mich lachend auf, das schöne Lied an die „Entfernte“ fortzusetzen. Ich hätte es auch getan, denn ich konnte eine gutmütige Neckerei wohl ertragen; aber der unselige „Schellenkönig“ war dabei und machte sofort die allerhämischsten Bemerkungen. Ich solle ihnen zuerst verraten, wer denn diese „Entfernte“ sei. Ob es nur die Mamsell von Trianon sei, die ich ja heute Morgen wieder besucht habe, oder gar das holde Töchterlein des Großrichters, wie er munkeln hörte, fragte er mit einem höchst beleidigenden Ton. Des Großrichters Töchterlein sei zwar „entfernter“ als das Schätzchen in Trianon; dennoch werde ich bei meiner Klugheit besser daran tun, die hübsche Kuhmagd als die „Entfernte“ anzusingen.

Als ich das hörte, übermannte mich der Zorn. Ich stürzte auf ihn zu und gab ihm, ehe die andern es verhindern konnten, eine schallende Ohrfeige. Er wollte sie erwidern, aber die Kameraden trennten uns.

„Diese Schmach will ich in Ihrem Blut abwaschen“, keuchte mein Gegner. „Schade, dass es kein edleres ist.“

„Natürlich muss die Sache kavaliermäßig ausgefochten werden“, sagte Leutnant von Gibelin zu meinem Gegner. „Aber das ist kein Grund, dass Sie Leutnant Muos noch mehr beleidigen, als Sie es schon taten.“ Dann nahm er mich freundlich beim Arm und forderte mich auf: „Kommen Sie, wir wollen zusammen nach Versailles gehen.“

Ich grüßte die übrigen Offiziere und ging mit dem munteren Solothurner nach Versailles zurück. Er hatte freilich an mir keinen angenehmen Begleiter, denn der Zorn brauste noch immer in mir.

„Nun denn“, sagte Gibelin an der Tür meiner Wohnung. „machen Sie sich auf die Forderung gefasst, die Sie natürlich nicht ablehnen dürfen, wenn Sie Offizier bleiben wollen. Ich halte Sie für einen Mann und biete mich Ihnen als Sekundanten an. Ich will Ihnen auch verraten, dass Ihr Gegner kein großer Fechtmeister und ein noch schlechterer Pistolenschütze ist. Also auf ein frohen Wiedersehen!“

Auf meinem Zimmer fand ich ein Paket Briefe aus Zug; einen sehr großen von Zurlauben, einen kleinen von der zittrigen Hand meiner lieben Mutter, sogar ein paar Zeilen von meiner Gotte, aber auch nicht das kleinste Briefchen von Vreneli! Und doch hatte ich ganz sicher erwartet, dass sie mir schreiben würde! Die großen und langen Berichte aus Versailles und über Paris, die mir doch zumeist die Liebe zu ihr in die Feder diktiert hatte, wären doch wenigstens eine kleine Antwort wert gewesen, brummte ich. Und nun hatte sie nicht einmal ein Grüßchen unter den Brief der Tante gesetzt.

Zuerst las ich das liebe Briefchen meiner Mutter und all ihre guten Ermahnungen und Versicherungen, wie sie Tag und Nacht für mich bete. Und nun war ich im Begriff, durch einen Zweikampf mein Leben und meiner Seele Seligkeit aufs Spiel zu setzen! Es schnürte mir die Brust zusammen und trieb mir Tränen in die Augen. „Was wird sie empfinden, wenn sie hört, dass ich im Zweikampf gefallen bin? Ihr Tod wird es sein! Aber was kann ich dafür - meine Ehre, meine Existenz als Offizier stehen auf dem Spiel! Ich kann doch nicht nach ein paar Wochen meinen Abschied nehmen und wie ein davongejagter Lehrjunge in die Heimat zurückkehren. Weiß Gott, dass ich den Handel nicht gesucht habe! Der unselige Mensch hat mich über alles Maß gereizt, und jetzt muss ich ihn ausfechten oder als Feigling meinen Abschied nehmen. Mutter, es ist nicht meine Schuld!"

Um das Gewissen zu beschwichtigen, das sich mächtig zu regen begann, und mich auf andere Gedanken zu bringen, griff ich nach dem langen und trockenen Brief des Götti. Endlose politische Ergüsse, Prophezeiungen und Klagen, acht Folioseiten!

Das Briefchen der Gotte war sehr kurz. Sie dankte für meinen Brief, klagte über ihre schwachen Augen, die ihr nicht mehr erlaubten, mehr zu schreiben, und sie müsse deshalb ihre Nichte für sie schreiben lassen.

Also hatte Verena doch geschrieben! Aber wo war der Brief? Da kam mir der Gedanke, der Großrichter habe ihn unterschlagen. Und sofort heftete sich in der düsteren Stimmung, in der ich mich befand, an diesen Verdacht ein zweiter: Der Großrichter will deinem Feind die Hand seiner Tochter geben.

„Er hat ja Aussicht auf das Fideikommiss* seiner Familie", sagte ich mir. „Das wird die gute Partie sein, die Keyser seinem Kind zusichern will! Reichtum, Familienstolz gehen ihnen allen ja über das Glück ihrer Kinder! Und ich bin ein armer Teufel, und wenn es mir auch gelingen sollte, mit einer Hauptmannspension nach Zug zurückzukehren, so werde ich doch niemals Fideikommissherr sein wie dieser Laffe." So sagte ich zu mir und redete mich in einen neuen Zorn hinein. „Er hat mich aus Eifersucht beleidigt; er muss irgendwie durch Karli-Franz oder die alte Haushälterin erfahren haben, dass Verena mir gewogen ist. Wie käme er sonst dazu, mich mit des ‚Großrichters Töchterlein' zu verhöhnen? Er glaubt, ich könne weder schießen noch fechten, und will so mich entweder zwingen, als Feigling aus meinem Regiment zu scheiden, oder mich im Zweikampf aus

* Einrichtung des Erbrechts: Immer nur ein Familienmitglied, meist der älteste Sohn, erbt das Vermögen einer Familie

dem Weg räumen. Hüte dich! Es wird dir nicht so leicht werden, dein Mütchen an mir zu kühlen.“

Ich glaubte also, den Kampf aufnehmen zu müssen. Aber nicht ohne quälende Gewissensbisse fasste ich den Entschluss. Denn die Gründe, die das Duell zu einem himmelschreienden Frevel machen, fielen mir alle ein. Ich wusste, dass es dem Gebot Gottes „Du sollst nicht töten“ hohnsprach, dass die Kirche es überdies unter der höchsten Strafe des Bannes verpönt hatte. Selbst der Gedanke, was aus meiner armen Seele werden sollte, wenn ich mit diesem Frevel beladen vor Gottes Richterstuhl treten würde, schreckte mich nicht. „Er wird mir wohl verzeihen“, suchte ich mir einzureden.

Da brachte mir Gibelin in Begleitung eines Kameraden die Forderung, wie ich es erwartet hatte. Eine friedliche Begleichung des Handels sei ausgeschlossen, da ich meinen Gegner vor Zeugen und tätlich beleidigt habe. Es frage sich nur, ob ich die Herausforderung annehmen oder meine Stelle quittieren wolle. Natürlich würde ich annehmen.

Und ich nahm an!

Dann fragte mich Gibelin, ob ich Pistolen oder den Degen wähle? Ich sagte, die Art der Waffen sei mir gleichgültig. So schlug er Degen vor. Darauf verbeugten sich die beiden Herren und gingen. Der Würfel war also gefallen; ich konnte nun nicht mehr zurück. Mit meinem Gewissen schloss ich einen faulen Kompromiss. „Du bist der Geforderte, der Angegriffene“, suchte ich mir einzureden, „du darfst dich also verteidigen. Überdies werde ich mich ausschließlich verteidigen. Wenn also einer von uns fällt, so werde ich es sein und nicht als Mörder in die Ewigkeit hinüber gehen. Seine Stöße parieren, mein Leben verteidigen, das darf ich doch.“ Mit diesem fadenscheinigen Trugschluss wollte ich die Stimme des Gewissens ersticken.

Es war mir dennoch nicht wohl zu Mute, und als ich den Brief meiner lieben Mutter noch einmal durchlas, wäre mein Trotz beinahe zusammengebrochen. Ich weinte wie ein Kind über mein und ihr Unglück; denn dass ich das Opfer des Zweikampfes sein werde, nahm ich nach meinem Entschluss fast als sicher an. Dann setzte ich mich hin und schrieb an Zurlauben, dass er meinen Tod der Mutter mitteile. „Als Soldat wird er verstehen, dass ich nicht anders handeln konnte“, sagte ich mir. Einige Zeilen an die Mutter selbst legte ich dem Brief an den Götti bei, in denen ich sie um Verzeihung bat, und ihr meine letzten Grüße ausrichtete.

Es sei eben ein trauriges Verhängnis, was uns betroffen habe.

Ich hatte eben den Brief versiegelt, als Brunner eintrat. Er trug heute zum ersten Mal die Uniform und wollte sich mir darin zeigen. Der Bursche war offenbar ein bisschen angeheitert und gestand mir auch, mit den Kameraden im Goldenen Fass seine Uniform eingeweiht zu haben. Es seien dabei auch etliche Livres von dem Louisdor der Königin draufgegangen, fügte er bei; denn er habe die ganze Gesellschaft freihalten müssen. Damit ihm das nicht noch einmal passiere, wolle er die noch übrigen Livres lieber bei mir hinterlegen.

Ich schüttelte meinen Kopf und dankte dem Burschen für sein Vertrauen, riet ihm aber, sein Geld lieber zu Hauptmann Reding zu tragen, da ich nicht wisse, ob ich den folgenden Abend noch erleben werde.

Brunner machte große Augen und meinte zuerst, ich scherze. Als er aber begriff, dass es mir nur zu ernst war, war er auch bald auf der richtigen Fährte; denn derartige Ehrenhändel waren damals an der Tagesordnung, und man hatte noch wenige Tage zuvor einen scharfen Tagesbefehl dagegen erlassen. Er hatte nicht übel Lust, mir Vorhaltungen zu machen; ich wies aber den gut gemeinten Versuch so barsch zurück, dass Brunner sich traurig verabschiedete.

Elend genug brachte ich die Nacht zu. Erst gegen Morgen fiel ich in einen unruhigen Schlummer, aus dem mich das Wirbeln der Tagwacht aufschreckte. Ich meinte zuerst, es sei alles nur ein schwerer Traum; aber der Brief, der versiegelt auf meinem Tisch lag, verkündete mir, dass es nur zu traurige Wirklichkeit sei. Nach meiner Gewohnheit wollte ich ein kurzes Morgengebet verrichten; doch ich brachte es nicht zustande. Schon beim

Vaterunser blieb mir die Bitte im Hals stecken: „Vergib uns unsere Schuld, wie auch wir vergeben unsern Schuldigern."

Kaum war ich angekleidet, so holte mich Gibelin. Ich übergab ihm den Brief mit der Bitte, ihn zu besorgen, wenn mir ein Unfall zustoßen sollte.

„Puh", sagte er, „so melancholisch? Das ist kaum kavaliermäßig. Frisch und munter wie zum Tanz. Eins, zwei, drei! Zudem haben Sie, wie ich gestern schon sagte, keinen so gefährlichen Gegner. Ja, wenn es Rastagnac wäre; der hat auf dem Platz, zu dem wir gehen, schon sein Dutzend gespießt, als ob es Lerchen wären!"

„Auf demselben Platz!", dachte ich, als ich ihm die Treppe hinab folgte. Ein Fiaker brachte uns in rascher Fahrt zum Wäldchen von Meudon, das ich tags zuvor in Gedanken an Verena an der Seite von Salis durchstreift hatte. Es mochte etwa sechs Uhr sein, als wir den Platz erreichten. Mein Gegner und dessen Sekundant waren schon da; etwas zur Seite unter einer alten Eiche stand Jarry, der Feldscherer, neben einem kleinen Kästchen mit Verbandzeug. Nun also, es musste sein!

Die Sekundanten zogen die blanken Florettdegen aus dem Futteral hervor und maßen sie. Dann stellten sie uns, die wir inzwischen den Waffenrock abgelegt hatten, mit entblößter Brust einander gegenüber und gaben uns die Waffen in die Hand. Nachdem sie auch selbst ihre Posten eingenommen hatten, wurde das Zeichen gegeben, und sofort blitzten und klirrten die Klingen gegeneinander. Mein Gegner hatte den Kampf mit einem heftigen Ausfall eröffnet, den ich, meinem Entschluss getreu, parierte, ohne die Blöße, die er sich gab, zu einem Gegenstoß zu benützen. Abermals fiel er aus, und ich parierte; auch dieses Mal hätte ich mit Leichtigkeit ihm den Degen in die Brust stoßen können; denn er deckte sich schlecht. Sein Sekundant rief ihm zu, er solle sich in Acht nehmen, während Gibelin mich mahnte: „*Ripostez, ripostez donc**! Schon zwei Mal hatten Sie den Sieg in der Hand!"

* franz. So schlagen Sie doch zurück!

Ich ließ ihn schreien, und erwartete einen dritten Angriff, mit dem mein Feind zauderte; denn es dämmerte ihm, dass er keinem zu verachtenden Gegner gegenüberstand. Zurlauben hatte mich in allen ritterlichen Künsten wohl ausbilden lassen, und mein Fechtmeister mich als einen seiner besten Schüler betrachtet.

„Voran!", rief Gibelin, und mit einem bösen Blick hob mein Gegner zum dritten Mal den Degen, und wieder klirrten die blitzenden Klingen. Das Parieren wäre mir dieses Mal um ein Haar missglückt; das Florett des Gegners fuhr mir so hart an der Brust vorbei, dass es mein Hemd zerriss.

„Getroffen", rief sein Sekundant.

„Gestreift!", antwortete Gibelin.

„Halt - im Namen des Königs!", rief hinter uns ein Reiter, der auf schaumbedecktem Pferd die Waldlichtung erreichte.

„Reding", rief ich, und es fiel mir doch eine Zentnerlast von der Seele.

„Hauptmann Reding! Siehe da! Sie werden doch unser kleines Rencontre[1] nicht stören wollen, das bis jetzt ganz kavaliermäßig verlief!", sagte Gibelin. „Fi-donc[2]! Sie scheinen wirklich die Absicht zu haben..."

„Ganz entschieden habe ich diese Absicht, und Gott sei Dank scheine ich noch eingetroffen zu sein, ehe entsetzliches Unheil geschehen ist. Im Namen des Königs fordere ich Sie auf, sofort die Waffen niederzulegen und mir als Arrestanten nach Versailles zurück zu folgen. Das Kriegsgericht wird sich mit diesem Fall zu beschäftigen haben, und ich fürchte, es wird einmal dieser barbarischen Unsitte gegenüber ein Exempel statuieren."

Dann trat Reding auf uns zu und sagte: „Herr Muos, ich habe Sie für einen christlichen jungen Mann gehalten. Wie können Sie sich von eitler Menschenfurcht zu einem solchen Frevel fortreißen lassen? Danken Sie Gott, der es gnädig verhütet hat, dass nicht der eine von euch sich mit dem Zeichen Kains durchs

1 Zusammentreffen; in diesem Fall zum Duell
2 franz. pfui

Leben schleppen muss, während der andere seinen Frevelmut in der Ewigkeit büßt!“

Er hatte recht; ich fühlte es und hatte mir ja vergeblich die Erlaubtheit meines Handelns einzureden versucht. Überdies war mir beim letzten Stoß des Gegners das Blut zu Kopf gestiegen; ich war drauf und dran gewesen, zum Angriff überzugehen. Wäre Reding nicht just im rechten Augenblick eingetroffen, so hätte der Kampf doch noch ein Ende mit Schrecken genommen.

Wir folgten Reding zur Kaserne, und ich erfuhr, dass wir die Unterbrechung des unseligen Zweikampfes keinem anderen als Brunner zu verdanken hatten. Sobald er erraten hatte, dass ich mich mit jemandem schlagen wolle, war er zu Reding gegangen. Leider hatte er ihn am Abend nicht mehr angetroffen und erst heute früh aus dem Bett gerufen.

Wir erhielten zunächst Zimmerarrest. Dann wurden wir nach einigen Tagen vor das Kriegsgericht gestellt. Der Großrichter schaute mich mit Blicken an, die mir deutlicher als Worte verkündeten, dass ich seine Gunst gründlich verscherzt hatte. „Einem solchen Raufbold wird er das Glück seiner Tochter nicht anvertrauen“, sagte ich mir. Er hat uns eine gesalzene und wohlverdiente Strafrede gehalten. Nur der Aussage beider Sekundanten, dass ich den Gegner absichtlich geschont hatte, hatte ich das milde Strafmaß von zwei Monaten Militärgefängnis zu verdanken. Mein Gegner erhielt das Doppelte, und überdies wurde ihm die Beförderung zum Offizier abermals hinausgeschoben, weshalb er sich bald nachher in ein anderes Regiment versetzen ließ.

Drittes Buch: Die Bastille und Schloss Valdouleur

Im Militärgefängnis

So wanderte ich am selben Tag noch ins Militärgefängnis der Abtei, ein düsteres Gebäude, dessen vier Ecken runde Erkertürme flankierten. Wahrlich nicht in besonders rosiger Stimmung blickte ich zu ihnen und zu den vergitterten Fenstern empor, als ich des Baues ansichtig wurde. Zur schönen Sommerzeit und in den Tagen wichtiger Ereignisse hinter Schloss und Riegel sitzen zu müssen, ist keine Kleinigkeit, namentlich für einen jungen, lebensfrohen und tatenlustigen Menschen. Aber ich sagte mir, dass der frevelhaft unternommene Zweikampf noch eine weit schwerere Strafe verdient hätte. Dazu kam das Bewusstsein, dass ich mir durch eigene Schuld die Erreichung meines glühenden Wunsches, die Hand Verenas, so gut wie unmöglich gemacht hatte. Schon am ersten Tag meiner Gefangenschaft erhielt ich einen Brief von Keyser, worin er mir anzeigte, dass er mich nicht mehr in seinem Haus zu sehen wünsche; ich möchte daher seiner Haushälterin baldmöglichst Anweisung zukommen lassen, wohin mein Koffer zu schicken sei. Beigefügt war der unglückliche Brief Verenas, den ich vermisst hatte, unerbrochen, wie ich mich überzeugte, aber ohne eine Zeile der Entschuldigung oder Erklärung. Wie ich später hörte, war er dem Großrichter beim Öffnen des Paketes unter andere Schriften geraten und erst tags darauf gefunden worden. Ihre lieben Worte rührten mich fast zu Tränen. Aber die Reue kam zu spät.

Nach und nach wirkte jedoch die Einsamkeit beruhigend auf mich, und nach etlichen Tagen hatte ich wieder Mut gefasst. Viel trug dazu P. Secundus bei, der mich zu seiner Verwunderung bei einem seiner gewöhnlichen Besuche im Militärgefängnis antraf. Er machte große Augen; denn er hatte von dem unseligen Handel noch nichts gehört. Als ich ihm die Sache erzählte und über mein Unglück klagte, sagte er erst gar nichts. Sein ruhiges Auge und seine ernste Miene hielten mir aber eine eindringlichere Strafpredigt, als es bittere Worte hätten tun können. Endlich sagte er, er wolle mir keine weiteren Vorwürfe machen, da ich mir diese zweifelsohne selbst mache; er wolle mir auch keine Predigt über das fünfte Gebot Gottes halten. Die Folgen, die ja leicht tausend Mal trauriger hätten sein können, solle ich jetzt im Geist der Buße als gerechte und barmherzige Strafe tragen, und damit diese auch meiner unsterblichen Seele zu Nutzen komme, rate er mir, je eher desto besser durch eine reumütige Beichte mich wieder in den Stand der Gnade zu versetzen. Er wolle dann in Gottes Namen sehen, wie er die Sache mit dem Großrichter wieder in Ordnung bringe, auch an meine Mutter ein Brieflein schreiben, dass sie sich über den tollen Streich ihres Damian nicht allzu sehr gräme. Da war ich zufrieden. Der gute Kapuziner hörte am folgenden Tag meine Beichte und verstand es dabei recht gut, mich wieder aufzurichten und mit neuem Lebensmut zu erfüllen.

Am selben Tag trat Hauptmann Salis bei mir ein, der erst jetzt von meiner Gefangenschaft gehört hatte. Sein Regiment war nämlich, wie die meisten anderen, die man um Paris zusammengezogen hatte, gleich nach der Eröffnung der Reichsstände planlos hin und her kommandiert worden, je nachdem in der schwankenden Regierung Mut oder Verzagtheit die Oberhand hatte. Jetzt lag es wieder in Passy bei Paris. Von Salis hörte ich die neuesten politischen Ereignisse. Zu meinem Erstaunen war alles so ziemlich nach den Prophezeiungen Bachmanns und des Großrichters gekommen. In der Versammlung der Reichsstände war wirklich gleich bei der Prüfung der Vollmachten der Streit ausgebrochen, ob getrennt nach Ständen oder vereint nach Köpfen abgestimmt werden solle. Mirabeau, der sich als gewaltiger Redner hervortat, hatte dann den Klerus „im Namen des Gottes des Friedens" aufgefordert, sich mit dem dritten Stand zu verbinden. Daraufhin war fast die Hälfte der Geistlichkeit dem dritten Stand beigetreten, und die so Verbundenen hatten sich den Namen *Assemblée nationale* (Nationalversammlung) beigelegt und den Astronomen Bailly zum Präsidenten gewählt.

„Das war eine offene Kriegserklärung gegen die absolute Monarchie“, fuhr Salis fort. „Der König hätte nun diese revolutionäre Versammlung sofort auflösen müssen. Er hatte nicht den Mut dazu und ließ stattdessen nur den Sitzungssaal unter einem Vorwand absperren. Da versammelte sich die Assemblée nicht mehr im Schloss, sondern in der Stadt im so genannten Ballspielhaus, und sie schwuren einen Eid, sich nicht zu trennen, bevor Frankreich eine neue Verfassung habe. Der König ließ sich herbei, den Ungehorsamen einen Vergleich vorzuschlagen: Die Reichsstände haben das Recht, Abgaben und Steuern zu bewilligen; die Grundsteuer wird von allen Ständen erhoben; bei der Steuerleistung hören alle Privilegien auf; die Fronen, die *lettres de cachet*, die Leibeigenschaft hören auf. Für diese Zugeständnisse sollte der dritte Stand einwilligen, getrennt nach Ständen zu verhandeln. Er trotzte dem König abermals. Als der Großzeremonienmeister, Marquis de Brezé, sie aufforderte, sich zu trennen, donnerte ihm Mirabeau entgegen: ‚Wir weichen nur der Macht der Bajonette!’ Und dann erklärten die Abgeordneten ihre Person für unverletzlich und jeden, der sie anzutasten wage, für einen Verräter an der Nation.

Wir erwarteten damals stündlich Befehl, mit unserer ganzen Macht gegen die Nationalversammlung zu ziehen“, fuhr Salis fort, „und ich gestehe, dass mir der Gehorsam schwer geworden wäre; denn diese Männer vertreten die Rechte der Freiheit und des Volkes gegenüber dem Prinzip der Tyrannen. Aber der König wagte es nicht; die Haltung seiner französischen Truppen erschreckte ihn. Er fügte sich dem Willen des dritten Standes. So ist, wie Bailly am Schluss der Sitzung triumphierend ausrief, die Revolution beendigt, ohne dass ein Tropfen Blut dabei floss.“

Salis hatte mit großer Begeisterung erzählt; denn er schwärmte für den Sieg der Freiheit und der neuen Ideen, von denen er lauter Heil und Segen und goldene Tage erwartete. Ach, es hat so ganz anders kommen sollen!

„Freund, deine Hand!“, schloss er. „Bald wird es keinen Unglücklichen mehr auf Erden geben; denn alle werden frei und gleich und Brüder sein.“

Seine Worte fanden in meinem leicht beweglichen Herzen einen lebhaften Widerhall. Auch ich hatte ja immer für die Beseitigung der offensichtlichen Missstände und Ungerechtigkeiten der alten Verwaltung in Frankreich wie in der Schweiz geschwärmt. So redeten wir noch lange, bis der Wärter mahnte, dass das Gefängnistor geschlossen werde. Salis schied mit dem Versprechen, mir Bücher zu schicken, die mir die letzten zwei Wochen meiner Haft verkürzen sollten. Tatsächlich erhielt ich sie schon im Lauf des nächsten Morgens. Darunter waren Werke deutscher Dichter, die Salis hoch verehrte und deren Lektüre mir Zurlauben noch strenger verboten hatte als selbst Rousseaus Schriften.

Schillers „Räuber“ und namentlich „Don Carlos“ wurden von mir gierig verschlungen. Das waren die neuen Ideen, und dazu in einer hinreißenden, von rhetorischem Feuer durchglühten Sprache. Ich las mich in eine wahre Schwärmerei für den großen schwäbischen Dichter hinein. Auch „Kabale und Liebe“ mit ihrer packenden Schilderung verrotteter Zustände in der damaligen höheren Gesellschaft tat seine Wirkung.

Auch der gute Karl-Franz Keyser besuchte mich eines Tages. Sein Regiment stand noch immer bei Saint Germain, aber er hatte den weiten Weg nicht gescheut. Ich musste ihm den unseligen Handel, der mich ins Gefängnis gebracht hatte, ausführlich erzählen. Über das Benehmen des „Schellenkönig“ war er empört und sagte, wahrlich, er wisse nicht, ob er, auf diese Weise gereizt, sich nicht ebenfalls vom Zorn hätte übermannen lassen, so sehr er sonst den Zweikampf verabscheue. Er versprach mir, gelegentlich beim Vater ein gutes Wort einzulegen, und sagte, ich solle nur nicht denken, dass sich mein Gegner bei jenem einen Stein ins Brett gespielt habe. Kein Fideikommiss werde seinen Vater bewegen können, Verena an einen solchen Laffen zu verheiraten. Herzlich dankte ich ihm für diesen Trost. Er versprach mir, mich wieder zu besuchen; aber der Dienst erlaubte ihm in der unruhigen Zeit nicht, ein zweites Mal von Saint Germain herüberzukommen.

Als Salis mich das nächste Mal besuchte, redete ich begeistert von Schiller und „Don Carlos“ und sprach den lebhaftesten Wunsch aus, die Ideen der Freiheit möchten nicht nur in Frankreich, sondern über die ganze Welt möglichst bald den Sieg erringen. Da schaute mich Gaudenz einen Augenblick forschend an und fragte endlich, ob ich denn an der Verwirklichung dieser herrlichen Ideale nicht auch mitwirken wolle?

„Mit Freuden!“, rief ich, „wenn der Kampf mit erlaubten Mitteln geführt wird.“

„Nun denn, so wisse: Es besteht ein großer weltumspannender Bund, der allen Unterjochten Freiheit, allen Bürgern Gleichheit und allen Völkern den ewigen Frieden bringen soll. Diesem Bund habe ich mich mit heiligen Eiden verpflichtet. O Damian, auch du hast ein edles Herz! Tritt auch du diesem Bund bei!“

„Ist dieser Bund, von dem du redest, die Loge?“, fragte ich ihn.

„Ja, ich gehöre ihr an. Am 5. Mai vor drei Jahren wurde ich in die Loge ‚Zur Wohltätigkeit‘ aufgenommen. Seither habe ich Brüder und Gleichgesinnte in aller Welt. Wir erkennen uns an gewissen Zeichen und bestimmten Worten und sind verpflichtet, uns brüderliche Hilfe zu leisten. Heilige Eide verbieten uns, diese Zeichen und Worte, oder das Geheimnis des Bundes Uneingeweihten zu verraten. Aber du kennst mich und weißt, dass ich dich nicht zum Eintritt in unseren Bund auffordern würde, wenn ich in diesen drei Jahren etwas erfahren hätte, was mir nicht erlaubt, rein, edel erschienen wäre.“

Ich traute Salis wirklich, dass er nach bester Erkenntnis und in gutem Glauben dieses beteure. Aber ich erinnerte mich, dass man mir gesagt hatte, die niederen Grade der Freimaurerei würden keineswegs in die eigentlichen und letzten Zwecke des Bundes eingeweiht. Das sagte ich ihm, und er gestand mir, dass es wirklich höhere Grade gebe, und dass man in diese nur nach langer Vorprüfung zugelassen werde.

„Das verstehe ich nicht! Lass sie alles enthüllen, wenn es doch nur gut und löblich ist. Als Christus seine Religion verkündete, hat er sie offen und unverhüllt mitgeteilt. ‚Ich habe nichts im Verborgenen geredet', sagte er dem Hohepriester. Was gut ist, braucht das Licht nicht zu scheuen. Ihr wollt die Völker von den Tyrannen befreien. Soll das heißen, dass ihr eine allgemeine Republik einführen wollt? Ferner: Die Bürger sollen gleich sein. Wollt ihr also alle Standesunterschiede aufheben?"

„Wir wollen allerdings nach und nach dahin gelangen, dass es in der ganzen Welt sei wie in unserem Bund. In der Loge sind alle Brüder. Freiwillig werden also unsere Brüder, wenn einst der Bund die ganze Welt erobert hat, auf ihre Vorrechte verzichten. Freiwillig werden die Könige ihre Kronen auf den Altar der Gleichheit und Brüderlichkeit niederlegen, und mit Freuden werde ich mein Wappen zerbrechen und ein schlichter Bürger werden wie du."

„Das ist alles sehr schön. Aber wenn nun ein König, z. B. der König von Frankreich, seine Krone nicht freiwillig niederlegen will - wird man ihn dann zwingen?"

„Wahrscheinlich."

„Und wir haben ihm den Fahneneid geschworen! Da könntest du doch in eine sehr missliche Lage kommen. Angenommen, die Loge würde von dir verlangen, zum Sturz des Königs in irgendeiner Weise mitzuhelfen, was würdest du dann tun?"

„Ich würde den heiligen Eid halten und überzeugt sein, dass der Eid, der mich zu etwas Unrechtem verpflichten wollte, kein Eid ist."

Ich verstand die Antwort so, dass Salis den Fahneneid halten würde, und sie befriedigte mich daher. Viel später machte ich die traurige Erfahrung, dass er sich mehr der Loge, oder, wie er es dann nannte, „der Nation" verpflichtet hielt als dem König. So ließ ich diesen Punkt fallen und fragte: „Und wie hält es denn die Loge mit der Religion? „

„Wir verehren den großen Baumeister der Welt", antwortete Salis. „Wir wollen die Religion der allgemeinen Bruderliebe, die ja auch Christus und der hl. Johannes gepredigt haben, zum Sieg verhelfen. Der Fanatismus muss beseitigt, das gereinigte Johannesevangelium eingeführt werden, das alle Religionen in sich vereinen soll. Alles, was in den verschiedenen Religionsformen schön, rein, heilig ist, soll die Religion der Zukunft sein."

„Das wäre also eine andere Religion als die von Christus geoffenbarte?", fragte ich erschreckt.

„Nun, wir können sagen, es ist dieselbe Religion, aber geläutert von allen Schlacken. Du hast ja Lessings ‚Nathan' gelesen. Ich glaube nicht, dass die Religion, wie Jesus sie lehrte, noch existiert. Wir wollen den verlorenen Edelstein wiederfinden."

Jetzt hatte ich genug. „Gaudenz", sagte ich, „ich bin Katholik, und als solcher glaube ich, dass die Religion Jesu Christi in der von ihm, dem Gottmenschen, gestifteten Kirche voll und rein erhalten ist. Mir ist der Edelstein nicht verloren. Wenn die Loge die katholische Religion durch eine andere, geläutertere, aufgeklärtere, philosophischere ersetzen will, so werde ich mich niemals ihr anschließen. Der Stifter der katholischen Kirche konnte von sich sagen: ‚Ich bin das Licht der Welt'; sein Werk muss deshalb auch die Quelle der echten und wahren Aufklärung sein, und wer ihr Feind ist, kann der Welt wohl ein Blendwerk, ein Irrlicht bringen, aber niemals die wahre, erleuchtende und erwärmende Sonne."

So suchte ich ihn zu überzeugen. Aber die Vorurteile von Salis gegen die katholische Kirche waren zu tief eingewurzelt. Doch waren die Spöttereien Voltaires und der Philosophen seiner edlen Seele zuwider. Er glaubte an Gott und unseren Erlöser. Armer Salis! Wie oft habe ich an dieses ernste Gespräch denken müssen! Wie bitter bist du enttäuscht worden!

Wir schüttelten uns die Hand, und er ging. Ich griff wieder zu meinen Büchern und las, solange das Tageslicht es erlaubte. Aber ein unerwartetes Ereignis störte mich bald auf. Am jenem Tag war, wie ich später hörte, eine Anzahl Soldaten der französischen Garde wegen Unbotmäßigkeit in unser Gefängnis gebracht worden, und das ganze Regiment sollte zur Strafe die Kaserne nicht verlassen. Aber die Meuterer spotteten dieses Befehls und zogen abends, die Unteroffiziere an der Spitze, Freiheitslieder singend, vom Pöbel mit Jubel empfangen, in langen Reihen zum Palais Royal. Da floss auf Kosten des Herzogs von Orléans der Wein in Strömen, und bald beschlossen die Angetrunkenen, das Gefängnis zu stürmen und die Kameraden zu befreien. Tausende aus dem Volk schlossen sich dem Zug an.

Ich glaubte zuerst, es sei eine Kundgebung über irgendeinen neuen Sieg des dritten Standes, und die Schreier würden vorüberziehen. Aber nein, der Strom staute sich, und das Gebrüll schwoll an. Es war kein Zweifel mehr, es galt uns.

Tausendstimmig scholl es jetzt an mein Ohr: „Öffnen! Öffnen! Im Namen des Volkes!“ und bald darauf dröhnten Axt- und Hammerschläge an das äußere Gefängnistor. Krachend stürzte es zusammen, und ich hörte, wie sich der Strom in die gewölbte Halle und in den Gefängnishof ergoss. Jetzt konnte ich durch das vergitterte Fenster die Eingedrungenen sehen: betrunkene Soldaten, frech aufgeputzte Dirnen, Strolche in zerrissenen Jacken, Frauen in Holzschuhen, Lehrjungen, Handwerker, Straßenkehrer, Damen der Halle, Holzflößer, Schiffer von der Seine, alles Kopf an Kopf, schreiend, heulend, sich wie in einem tollen Wirbel durcheinander schiebend. Und nun sah ich auch aus den andern Gittern der gegenüber liegenden Fenster sich Hände strecken und hörte die gefangenen Soldaten ihre Kameraden begrüßen. Hundertfach hallte die Antwort zurück: „Wir kommen zurück! Es lebe die Freiheit! Tod den Tyrannen!“

Noch mussten verschiedene, eisenbeschlagene Eichentüren und Gitter zertrümmert werden, ehe der Weg in die oberen Stockwerke offen stand. Aber eiserne Brechstangen und von wuchtigen Fäusten geschwungene Schmiedehämmer taten ihr Werk, und nun tobte es die Treppen hinauf. Tür auf Tür brach in unserem Korridor krachend aus den Angeln; jetzt gab auch meine nach, und durch die Lücke einer klaffenden Bohle fiel grelles Fackellicht und ließ mich die wilden Gestalten erkennen.

„Ah, ein Offizier der Sehweizergarde!“, rief, offenbar enttäuscht, ein Soldat. „Bist du ein Adeliger?“

„Nein.“

„Lasst ihn sitzen! Er ist ein Knecht des Tyrannen“, krächzte ein Strolch.

„Lasst hören!“, sagte ein Schneidergesell. „Freund, weshalb seid Ihr eigentlich hier?“

„Weil ich gegen eine erlassene Ordre -“

„Genug, genug!“, riefen mehrere Soldaten. „Auch er hat sich gegen die Tyrannen aufgelehnt! Auch er ist ein Opfer der Tyrannei! Bruder, wir befreien dich!“

Schon donnerten aufs Neue die Axtschläge gegen die Tür; sie brach in Stücke, und bevor ich auch nur zu mir kam, lag ich in den Armen der Meuterer und wurde von ihnen, wie alle übrigen Gefangenen, im Triumph auf den Schultern hinab und auf die Straße hinausgetragen. Ich wusste nicht, ob ich mich schämen oder freuen sollte, in solcher Weise und von solchen Menschen befreit zu werden. Aber was wollte ich tun?

Im Nu ordnete sich ein Triumphzug, und bei Fackelschein wurden wir durch die vornehmen Gassen des Faubourg St. Germain, über den Pont-Neuf am Louvre vorbei zum Palais Royal getragen, wo ein wahres Bacchanal* begann. Es war mir unmöglich, dem Schwarm zu entrinnen; ich wurde in eines der vielen Cafés hineingedrängt und wäre erschlagen worden, wenn ich nicht auf das Wohl meiner Befreier und des französischen Volkes getrunken hätte. Es war ein tolles Treiben rings um mich her. In dem weiten Hof des ungeheuren Palastes, dessen drei Seiten ein längliches Viereck mit Säulenhallen umschlossen, flackerte ein großes Feuer, und bei seinem roten Schein tanzte der Pöbel unter den Laubbögen der Bäume. Auch mich wollte man zum Tanz nötigen; aber ich schützte Müdigkeit vor und suchte mich der leichtfertigen Gesellschaft zu entziehen.

„Er ist doch ein Aristokrat!“, sagte achselzuckend eines der Mädchen.

„Der da!“, rief ein Mann, aus der vorüberwogenden Menge plötzlich auf mich zutretend. „Der da - ich glaube, diesen Häscher der Tyrannen zu kennen!“

Auch ich erkannte ihn augenblicklich. Es war der giftige Marat, dessen Hass ich mir bei der Eröffnung der Reichsstände verdient hatte. Seine Augen leuchteten unheimlich aus dem blassen

* ungezügeltes, ausschweifendes Fest

Gesicht, und mit der Wut eines Raubtieres sprang er auf mich los.

„Elender Tyrannenknecht!“, schrie er mich an. „Wie kommst du in die Mitte dieses freien und tugendhaften Volkes, das sich seines Sieges über die Tyrannei freut?“

Ich hielt ihn mit kräftigem Arm von mir ab und sagte: „Das freie und tugendhafte Volk hat mich hierher gebracht und hält mich länger hier fest, als mir lieb ist.“

„Friede, Freundschaft und Liederlichkeit, wollte sagen Brr-üderlichkeit“, lallte neben mir ein betrunkener Korporal und fiel dem Wütenden um den Hals, ihm mit Küssen den Mund schließend. Ich benutzte den Augenblick, und es gelang mir, der trunkenen Bande nach der Straße St. Honoré zu entrinnen.

Adjutant

Ohne Hut und Degen, in meiner stark zerzausten Uniform, wie man mich gewaltsam aus dem Gefängnis gerissen hatte, machte ich mich auf den Weg und erreichte nach gut einer Stunde Versailles. Die Nachricht von der Militärmeuterei war mir vorausgeeilt. Ich meldete mich sofort bei Major Bachmann. Die erste Begrüßung war etwas kühl; als ich aber die Erlebnisse der letzten Nacht erzählt hatte, reichte mir der Major die Hand und sagte, ich hätte meine Pflicht getan. Er wolle beantragen, dass mir der Rest der Haft erlassen werde. Die Zeiten seien ohnehin so, dass man jeden Mann beim Regiment brauche. Einstweilen hätte ich auf Ehrenwort zu versprechen, die Kaserne nicht zu verlassen.

Etwas missmutig suchte ich meine Kammer auf, wo die Müdigkeit mich bald einschlummern ließ. Erst gegen Abend wurde ich wach, als man an meine Tür klopfte. Reding trat ein und gab mir freundlich die Hand.

„Sie werden mir verzeihen“, sagte er, „was ich aus Pflicht tun musste.“

„Mir selbst kann ich nicht verzeihen, dass ich mich in blindem Zorn zu einem solchen Frevel hinreißen ließ. Ihnen bin ich zu ewigem Dank verpflichtet, dass Sie durch Ihr rechtzeitiges Dazwischentreten das größte Unheil verhütet haben", antwortete ich, und wir schüttelten uns herzlich die Hand.

Auf Redings Zimmer traf ich Karl Franz Keyser. Bei einer kleinen Mahlzeit wurde dann die augenblickliche Lage besprochen. Der König hatte jetzt an die 30000 Mann um Versailles zusammengezogen und dem alten Herzog von Broglie den Oberbefehl über die im Ganzen zuverlässigen Truppen anvertraut. Wenn nun auch die Regimenter in Paris abfielen, was nach der gestrigen Meuterei zu erwarten stand, so konnte er sie und den Straßenpöbel doch mit dieser Macht niederwerfen.

„Wenn er nichts wagt, ist er verloren", sagte Reding.

„Aber was will man denn von König noch erzwingen?", fragte ich. „Hat er nicht die Abschaffung der schreiendsten Missstände freiwillig angeboten?"

„Man will aber dieses Angebot nicht ‚aus der Hand der Tyrannei', sondern nur ‚aus der Hand des Volkes' annehmen. Man will keinen König von Gottes Gnaden mehr, sondern höchstens einen König von Volkes Gnaden. Die Lehre Rousseaus, dass der König bloß der Mandatar des Volkes ist, dass er alle seine Macht vom Volk hat, und folglich abgesetzt und davongejagt werden kann, wenn es dem Volk so beliebt, die soll jetzt umgesetzt werden. Darum geht der Streit. Schon jetzt bestreiten die Abgeordneten dem König das Recht, die Versammlung aufzulösen, die ihm den Gehorsam versagt hat. Ob der König noch Herr ist oder diese Versammlung, das muss sich jetzt entscheiden. Wenn der König sich jetzt nicht wehrt, legt er sich selbst den Strick um den Hals."

Am folgenden Tag schon teilte mir Major Bachmann mit, ich sei der Haft ledig. Gleichzeitig ernannte er mich zu seinem Adjutanten und sagte zu mir in seinem väterlichen Ton, er hoffe, dass ich mich in Zukunft vernünftiger aufführen werde. Tag für Tag hatten wir angestrengten Dienst und standen immer in Marschbereitschaft.

Da kam eines Sonntags Reding mit der Nachricht vom Schloss, der König habe Necker entlassen und ein anderes Ministerium mit Broglie als Kriegsminister berufen. „Das bedeutet den Krieg gegen die Revolution", sagte er freudig erregt. „Endlich hat sich der König aufgerafft. Jetzt kann noch alles gut werden."

Ihm auf dem Fuß folgte der Major. Zehn Minuten später stand das Regiment in Reih und Glied auf dem Kasernenhof. Bachmann hielt eine kurze, zündende Rede, die mit den Worten schloss: „Unsere Pflicht ist klar. Wir haben dem König Treue geschworen; ihm allein und nicht diesem liederlichen Mirabeau und seinen Genossen schulden wir Soldatengehorsam. Lasst euch also nicht verführen, wie manche eurer französischen Kameraden zu ihrer Schande taten. Sie haben schmählich ihren Fahneneid gebrochen. Nie soll man von einem Schweizer so etwas sagen! Unser Wahlspruch soll stets sein: ‚Tapfer und Treu'! Es lebe der König!"

„Es lebe der König!", antworteten begeistert die Soldaten. Dann wirbelten die Trommeln, und das Regiment rückte auf den Schlossplatz. Der alte Herzog von Broglie und des Königs jüngerer Bruder, der Graf von Artois, der Oberbefehlshaber aller Schweizertruppen, inspizierten uns. Zwei Bataillone erhielten Befehl, nach Sèvres und Meudon vorzurücken und die Verbindung zwischen Paris und Versailles abzusperren, während die beiden anderen Bataillone zum Schutz des Schlosses zurückblieben. Dabei wurde verkündet, es sei der Wille des Königs, dass sein Volk geschont werde; nur auf ausdrücklichen Befehl dürfe von der Waffe Gebrauch gemacht werden. Man meinte offenbar, das bloße Erscheinen der Truppen werde den Aufruhr verhindern.

Der Major schloss sich mit dem Stab dem Bataillon Diesbach an, dem auch die Kompagnie Reding angehörte und das die Seinebrücken bei Sèvres und St. Cloud besetzen musste. Ich hatte bald Befehle an die beiden Schweizerregimenter zu Boulogne und Passy zu überbringen und, während ich noch in letzterem Ort weilte, kam Kunde aus Paris, dass die Nachricht von der Entlassung Neckers alles in die höchste Aufregung versetzt habe. Sofort rückten die braven Soldaten vor. Ich folgte dem Regiment Salis-Samaden, denn ich hatte Weisung, die Ereignisse an unseren Stab zurückzumelden.

Als wir im Eilschritt durch die Champs-Elysées auf dem Platz Ludwigs XV. anlangten, war dieser von einem Strom von Menschen angefüllt, Eben kam durch die Rue Royale vom Vendômeplatz her ein lärmender und heulender Zug, voran zwei junge Menschen mit den Büsten Orléans' und Neckers auf ihren Köpfen, und alles schrie: „Es lebe unser König Orléans! Es lebe sein Minister Necker!" Der Prinz von Lambesc, der mit einer Schwadron Dragoner die Drehbrücke zu verteidigen hatte, die vom Platz in den Garten der Tuilerien führte, sprengte vor und gebot den Schreiern Halt. Ein Hagel von Steinen und Scherben war die Antwort. Da befahl er seinen Reitern, ihre Pistolen über die Köpfe der Menge hinweg abzufeuern. Die Salve krachte, und mit lautem Angst- und Wutgeschrei wandte sich die Menge einen Augenblick später zur Flucht. Da aber niemand verwundet war, machte sie rasch kehrt und verhöhnte die Reiter: „Ha, ha, sie wagen es nicht, auf das Volk zu schießen!" Jetzt stürzte sich ein Teil der Menge auf die Brücke, um sie zu drehen und so den Dragonern den Rückzug abzuschneiden. Da sprengte der Prinz seinem Zug voraus auf die Brücke zu, und verwundete einen der Frechsten, der ihm in die Zügel fallen wollte, mit seinem Säbel am Arm. Gleichzeitig wurde ein alter Mann überritten, und kam der Bursche, der die Büste Orléans' getragen hatte, zu Fall.

Das waren die ersten Opfer der Revolution. Sie und unser Anmarsch genügten, den Pöbelhaufen zu zersprengen. Der Zug begab sich, den Verwundeten mit sich tragend, in das Palais Royal zurück, von dem er gekommen war. Wir erfuhren nun vom Prinzen von Lambesc, dass ein junger, hitzköpfiger Advokat, Camille Desmoulins, einer der Verschworenen, die Bachmann schon genannt hatte, im Palais Royal eine Brandrede gehalten und zu offener Empörung aufgefordert hatte, sobald die Nachricht von Neckers Entlassung und das Gerücht der Auflösung der Nationalversammlung nach Paris gekommen war.

„Man müsste sofort das Palais Royal umzingeln und das

ganze Nest von Verschwörern ausheben, sonst verbreitet sich der Brand von ihm aus über Paris, bevor es Abend ist", sagte der Prinz zu Oberstleutnant Bachmann, dem Bruder unseres Majors, der das Regiment Salis-Samaden befehligte.

„Von Herzen gern, wenn ich nur Ordre hätte", antwortete dieser. „Wollen Sie die Verantwortung übernehmen?"

„Ich darf nicht. Es ist mir ausdrücklich befohlen, nur den Zugang zu den Tuilerien zu decken und dabei jedes Blutvergießen zu vermeiden", sagte der Prinz achselzuckend. „Das sind halbe Maßnahmen, die zu nichts führen. Aber schicken Sie doch sofort Bericht von dem Vorfall nach Versailles."

Ich wurde damit beauftragt. „Melden Sie, wenn nicht heute Abend noch gehandelt werde, so sei morgen ganz Paris im Aufstand", sagte der Prinz. So rasch mich mein Pferd tragen konnte, ritt ich nach Sèvres. Major Bachmann erteitelte dem Bataillon Diesbach augenblicklich Befehl, bis Passy vorzurücken, und schickte mich mit meiner Meldung weiter an den Grafen von Artois; denn ohne ausdrücklichen Auftrag wagte auch er nicht, das Palais Royal anzugreifen.

In Versailles angekommen, begab ich mich stehenden Fußes in den Palast und ließ mich beim Grafen von Artois melden. Er speise mit der königlichen Familie, hieß es, und könne jetzt niemanden empfangen. Es handle sich aber um eine militärische Meldung von Wichtigkeit, drängte ich. Der Offizier der Wache meldete es den Leibdienern, die Leibdiener dem Kammerherrn, der Kammerherr dem Zeremonienmeister, der Zeremonienmeister dem Oberzeremonienmeister. Dieser führte mich in ein Antichambre. Hier könne ich die Meldung ausrichten, wenn „Monsieur" (so hießen die Brüder des Königs) die Königin zu ihren Zimmern begleite. Ich wollte weiter in den Oberzeremonienmeister dringen, aber dieser bestand darauf, dass die Etiquette gewahrt werden müsse, und ließ mich stehen.

Ich hatte Zeit, die kostbaren Möbel des Saales, in dem man mich warten ließ, und die Kronleuchter aus Gold und Kristall zu betrachten. Bald stand ich vor dem einen, bald vor dem andern der in die Wandflächen eingelassenen Reitergemälde alter Könige. Endlich, endlich ging die Flügeltür auf, und zwei Leibjäger traten an dieselbe, während der Zeremonienmeister, mit seinem Amtsstab vortretend, rief: „Raum für die Königin!“ Die wenigen anwesenden Edelleute bildeten Spalier. Auch ich stellte mich in die Reihe und wagte, sobald ich den Grafen von Artois erblickte, aller Etikette zum Hohn, ihn um sofortiges Gehör zu bitten. Die Königin, die neben ihm ging, schaute mich verwundert an; dann erkannte sie mich und sagte: „Siehe da, der junge Freund Zurlaubens! Wohl im Dienste des Königs zu dieser ungewohnten Stunde?“

„Ich würde es sonst nie gewagt haben, staubbedeckt diese Räume zu betreten. Ja, Majestät, ich bringe Meldungen, und keine erfreulichen, von Paris und bedaure sehr, sie erst jetzt dem Grafen von Artois übergeben zu können.“

„Man hat Sie warten lassen, ohne uns von Ihrer Anwesenheit Nachricht zu geben?“, fragte die Königin mit einem Blick auf den Marquis de Brèze, den Oberzeremonienmeister.

„Majestät, die Etikette ...“

„Ach was - in Tagen wie den unseren! Sollen vielleicht infolge einer Verzögerung um der Etikette willen Thron und Reich zugrunde gehen?“ Der Marquis warf einen Blick zum Himmel, als ob er sagen wollte: Ja, jetzt glaube ich, dass dieser Hof verloren ist! Und als er die folgenden Worte der Königin hörte, wäre er beinahe in Ohnmacht gefallen. Denn Marie Antoinette sagte zum Grafen von Artois: „Monsieur, ich stelle Ihnen mein Kabinett zur Verfügung, damit Sie die Meldungen dieses Offiziers unverzüglich hören können.“

Damit befahl sie mir, ihnen zu folgen. In einem ihrer Bibliothekszimmer wollte sie mich mit Artois allein lassen; dieser bestand aber darauf, dass die Königin meine Nachricht mitanhöre. „Die Tochter Maria Theresias“, sagte er mit echt französischer Höflichkeit, „ist mindestens ebenso viel General wie ich und wird mir mit ihrem Rat beistehen.“

Ich erzählte also, was in Paris geschehen war, und schloss mit den Worten des Prinzen von Lambesc: „Wenn wir nicht heute noch handeln, so ist morgen Paris für uns verloren." Ich fügte bei, was Major Bachmann gesagt hatte, dass die treuen Schweizerregimenter es auf sich nehmen, den Aufstand niederzuwerfen. Es bedürfe nur eines Schlages, aber rasch und entschieden müsse er geführt werden. Er bitte also den Grafen von Artois, sich heute noch an die Spitze seiner Schweizer zu stellen. „Dann werden Sie sich morgen dem König mit der Nachricht vorstellen können, dass Sie Thron und Altar gerettet haben."

Die Königin sprach zuerst. „‚Es lebe unser König Orléans! Es lebe sein Minister Necker!', haben sie gerufen!", sagte sie, „Monsieur, das zeigt uns den Urheber und das Ziel der Empörung. - Sollte es nicht wenigstens jetzt gewagt werden müssen, diesen Erzverräter und dessen Helfershelfer in die Bastille zu werfen? Als ich es vor der Eröffnung dieser unseligen Reichsstände verlangte, sagte man mir, dieser Schritt würde einen Aufstand zur Folge haben. Jetzt haben wir den Aufstand sowieso. Ich gehe augenblicklich zu Sr. Majestät, dass er den Schweizern die gewünschte Ordre ausstellt."

„Dazu werden Sie meinen königlichen Bruder ohne vorhergehenden Kriegsrat nie bewegen können. Und den Kriegsrat heute Abend noch zu versammeln, ist unmöglich. Majestät lassen sich übrigens unnötig aufregen. So rasch geht Paris nicht verloren. Zudem bin ich heute Abend von der Prinzessin Lamballe und einigen anderen Sternen unseres Hofes zu einer kleinen Abendpromenade durch den Park und zu einer Kahnfahrt im Mondenschein nach Trianon eingeladen. Diese herrlichen Julinächte sind ja ein Labsal nach der Hitze des Tages und den Anstrengungen des Dienstes. Werden Sie vielleicht die große Güte haben, unsere kleine Gesellschaft mit Ihrer holden Gegenwart zu beehren?"

„Ich danke. Ich finde nach solchen Nachrichten keinen Geschmack an Vergnügungen und würde durch meinen Ernst nur die frohe Laune der Gesellschaft stören. Ich darf Sie aber nicht länger Ihren Freunden entziehen." Damit verbeugte sie sich, und ich folgte Artois, der mich nicht sehr freundlich nach meinem Quartier entließ, mit der Weisung, an andern Morgen von 10 Uhr an wieder zum Dienst zu erscheinen. Ich stieg die Treppen mit dem Gedanken hinab, den Mirabeau etwas später in das Wort kleidete: „Die Königin ist der einzige Mann am Hof." Wenn doch Ludwig XVI. bei seiner großen Güte doch auch etwas von ihrer Tatkraft gehabt hätte, wie viel edles Blut wäre nicht geflossen!

Und während der Graf von Artois und die schöne Prinzessin Lamballe unter geistreichen Gesprächen und fröhlichem Lachen an den rauschenden Wasserkünsten, den schimmernden Marmorbildern, den dunklen Taxushecken vorüberwandelten und in sorgloser Ruhe über den mondbeschienenen Teich hinglitten, hatten sie keine Ahnung von dem wilden kriegerischen Treiben, das zur selben Stunde die Straßen von Paris durchtobte.

Als ich am anderen Tag wie befohlen erschien, musste ich noch manche Stunde warten, bis mich der Graf von Artois mit einer nichtssagenden Antwort entließ. Man hatte den König nicht dazu bewegen können, dass er gestattete, energisch gegen die Aufständischen vorzugehen; stattdessen war hin und her geredet worden, was man zur Beruhigung der aufgeregten Menge tun könne. Die Truppen sollten, so viel wie möglich ohne Blutvergießen, die öffentlichen Gebäude verteidigen; den Belagerungszustand wollte der König nicht verhängen lassen.

In die Bastille

Spät abends erst kam ich mit meiner Meldung nach Sèvres. Major Bachmann war nach Passy und Boulogne geritten, um die Postenkette zu inspizieren, und kehrte erst nach Mitternacht zurück. Bei dem nichtssagenden Auftrag, den ich ihm von Artois meldete, zuckte er ungeduldig die Schultern und rief: „Paris brodelt wie ein Hexenkessel, und da kommt man mit solchen Befehlen, die weder gehauen noch gestochen sind! Der Graf Artois kann jetzt seinen Namen auf der Proskriptionsliste* lesen,

* Liste mit Namen geächteter Personen

die öffentlich im Palais Royal angeschlagen ist; Broglie, Besenval, Lambesc und andere stehen auch darauf. Vielleicht habe ich bald auch die Ehre!"

Bei Tagesanbruch schickte er mich mit den Befehlen Artois' an das Regiment Salis-Samaden, das noch auf dem Platz Ludwigs XV. stand, und an den Oberst von Besenval, dessen Truppen das Marsfeld besetzt hielten.

Salis, den ich traf, war außer sich. „Diese Hitzköpfe des Palais Royal, dieser Camille Desmoulins und Konsorten bringen alle Errungenschaften der Freiheit wieder in Frage!", sagte er.

Aber ich hatte keine Zeit, seine Ergüsse weiter anzuhören. Ich fragte, wie ich am besten zu Besenval aufs Marsfeld gelange, und man gab mir eine starke Patrouille zur Bedeckung mit. Nicht ohne Gefahr kletterten wir über die noch im Bau begriffene Brücke Ludwigs XVI., die vom Platz Ludwigs XV. über die Seine führt, an das andere Ufer und erreichten auf Umwegen das Marsfeld. Vor dem Hôtel der Invaliden schrie und tobte eine ungeheure Menschenmenge, die von Minute zu Minute anschwoll. Wir wären verloren gewesen, hätte sie uns bemerkt. Aber ein alter Sergeant aus dem Toggenburg führte uns so geschickt durch abgelegene Gässchen, dass es uns gelang, das Hôtel zu umgehen. Wie ich später hörte, erzwang die Menge gerade damals die Öffnung der Tore und erbeutete 28000 Flinten, ohne dass ein Schuss zur Verteidigung dieser Waffenvorräte gefallen wäre. Auch die Kanonen der Invaliden schleppte der Pöbel im Triumph mit sich.

Baron von Besenval, ein geborener Solothurner, hat in der Folge noch viel von sich reden gemacht. Weil er als ein Vorkämpfer des Königs und als ein Feind der neuen Ideen galt, war er bitter verhasst; sein Name wurde unter den ersten auf die Proskriptionsliste gesetzt. Nachdem ich ihm meine Meldung erstattet hatte, sagte der alte Herr: „Wir sollen die öffentlichen Gebäude, wenn möglich ohne Blutvergießen, schützen. Hm, das ist wenigstens etwas, und kann doch nur den Sinn haben, dass wir, angegriffen, Gewalt mit Gewalt zurückweisen dürfen. Ich höre soeben, dass man es auf die Bastille abgesehen hat - offenbar nur in der Annahme, man werde keine Verteidigung wagen. Denn wenn die Besatzung ihre Pflicht tut, wäre es Wahnsinn, eine solche Festung anzugreifen. Ich kenne den Kommandanten; ein wackerer Mann, aber ich fürchte, er wird es nicht über sich bringen, auf das Volk zu feuern, wenn wir ihm nicht schriftlich den Befehl dazu übersenden. Sie haben die Worte Artois' gehört. Es wäre mir also lieb, wenn Sie ihm den Befehl überbrächten."

Ich zeigte mich sofort bereit. Er gab mir einen Zettel mit den Worten: „Sie dürfen nur im Fall eines Angriffs schießen, haben aber Befehl, die Bastille bis auf weiteres zu halten und Gewalt mit Gewalt zurückzuschlagen. Im Namen des Grafen von Artois, v. B." Dann gab er mir eine zweite Weisung an den Oberst des Regiments Salis-Samaden mit, er möge wenigstens eine kleine Abteilung seiner Füsiliere* unter einem erprobten Leutnant in die Bastille schicken; er fürchtete nämlich, die Invaliden, die die Besatzung bildeten, möchten mit dem Volk gemeinsame Sache machen, wie ihre Genossen soeben im Hôtel der Invaliden.

Diesmal setzten wir weiter unten in einem Nachen über die Seine; denn die jubelnde Menge zog mit den erbeuteten Flinten und Kanonen das südliche Ufer hinauf und über die Brücken zum Stadthaus; da wäre also kein Durchkommen gewesen.

Oberstleutnant Bachmann war gleich bereit, der Weisung Besenvals zu entsprechen. Er fragte seine Offiziere, die in dem geschlossenen Karree beisammen standen, wer von ihnen sich für die gefährliche Aufgabe melde. Alle meldeten sich. Der Oberst richtete zuerst den Blick auf Salis-Seewis, und schon meinte ich, er werde ihn mir als Gefährten mitgeben. Aber seine Wahl fiel auf Ludwig von Flüe, einen Nachkommen des seligen Bruder Klaus, dessen hohe, knochige Gestalt er auch hatte. „Ein biederer treuer Schweizer", war mein Gedanke, als ich ihm in die Augen sah. Dreißig Mann wurden ihm mitgegeben, nur solche, die freiwillig mitgehen wollten; es hat sich übrigens kein einzi-

* mit Steinschlossflinten ausgerüstete Infanterie

ger feige zurückgezogen. Von den Glückwünschen unserer Kameraden begleitet, marschierten wir ab.

Bei der Madeleine-Kapelle, wo der Boulevard beginnt, begegnete uns ein Trupp mit Piken bewaffneter Gesellen, die uns den Weg verlegen wollten. Aber wir marschierten in so strammer Haltung und machten so entschiedene Miene, von unseren Waffen Gebrauch zu machen, dass sie auseinander stoben und uns nur einen Hagel von Schimpfworten und einige Steine nachsandten. Der Boulevard, sonst so gedrängt voll Wagen und Fußgängern, war heute einsam. Ohne Zwischenfall erreichten wir die Porte St. Martin. Über die Gartenmauer hinweg warf ich unwillkürlich einen Blick auf das Haus des Großrichters Keyser, und siehe da - tönte nicht Lärm und halbersticktes Hilferufen herüber?

„Halt", sagte ich zu Leutnant von Flüe. „Was geht in dem Haus da drüben vor?"

„Was in tausend andern Häusern die letzten 48 Stunden vorgegangen ist", entgegnete von Flüe. „Eine Rotte Gesindel wird unter dem Vorwand, nach Waffen zu suchen, stehlen und rauben. Voran! Wir haben keine Zeit, uns in diese Händel einzumischen!"

„Jenes Haus ist aber die Wohnung unseres Landsmannes, des Großrichters Keyser, und das Archiv unseres Garderegimentes befindet sich dort", entgegnete ich.

„Das ist eine andere Sache", sagte sofort der Leutnant. „Da müssen wir natürlich helfen. Hoffentlich hält es uns nicht lange auf."

Rasch waren die Weisungen erteilt. Der große von Flüe kletterte mit Leichtigkeit über die Gartenmauer, und ein Teil seiner Leute folgte ihm, während ich die andere Hälfte die paar Schritte durch die Rue Ste Apolline zur Haustür führte. Einige zerlumpte Kerle hatten sich unter ihr postiert; aber bevor sie sich auch nur zur Wehr setzen konnten, lagen sie zu Boden geworfen und schrien um Gnade. Im Nu stürmte ich die Treppe hinan und zum Zimmer des Großrichters, aus dem lauter Lärm tönte. Als ich die Tür aufriss, bot sich mir ein schrecklicher Anblick. Die alte Blanchet lag bewusstlos am Boden. Ein halbes Dutzend Kerle hatten Herrn Keyser gefesselt und waren eben im Begriff, durch ausgesuchte Foltern ihm das Geständnis zu erpressen, wo er sein Geld verborgen habe. Sie hatten im Herd mit den Stükken zertrümmerter Möbel ein Feuer angezündet, dem Großrichter Schuhe und Strümpfe ausgezogen und drohten nun, seine Füße langsam zu rösten, bis er sich erinnere, wo das Geld zu finden sei.

Dem willensstarken Mann stand der helle Angstschweiß auf der Stirn und er schrie um Hilfe; dennoch, glaube ich, hätte er sich eher braten lassen als diesen Schurken das Geld ausgeliefert; denn es war zum geringsten Teil sein Eigentum, weil viele Soldaten ihre sauer verdienten Groschen bei dem ehrenfesten Mann hinterlegten. Eben schleiften ihn die Räuber zum Feuer, und sein rechter Fuß war keine Spanne mehr von der züngelnden Flamme entfernt, als ich mit einem Schrei der Wut und des Entsetzens mich auf die Schufte stürzte. Der eine flog mit dem Kopf voran ins Feuer, aus dem er sich brüllend vor Schmerz, versengt und geblendet, kaum mehr erheben konnte; der andere erhielt einen Stoß vor die Brust, dass er vergebens nach Atem ringend zu Boden stürzte. Dann erst zückte ich meinen Degen wider die Spießgesellen, die sich vom ersten Schrecken erholt hatten und nun sich in der Überzahl auf mich werfen wollten. Aber nun blitzten auch schon unter der Tür die Bajonette unserer Füsiliere, denen ich um einige Augenblicke vorangestürmt war.

Die Feiglinge warfen sich auf die Knie und schrien um Gnade. Wahrlich, sie hatten keine verdient, und ich musste mir Mühe geben, die Soldaten zurückzuhalten. Denn als die ehrlichen Burschen begriffen, wie diese Menschen den Großrichter martern wollten, hätten sie nur zu gerne Gleiches mit Gleichem vergolten. Inzwischen hatte ich mit meinem Degen die Stricke durchgeschnitten, mit denen sie den Großrichter gebunden hatten, und die gute alte Rosalie mit Hilfe eines unserer Soldaten auf ein Bett gelegt. Herr Keyser war so erschüttert, dass er fast bewusstlos in seinem Lehnsessel zusammengebrochen war; doch reichte er mir die Hand und drückte sie herzlich, während sein Blick mir Verzeihung und Dank verkündete.

Leutnant von Flüe war unterdessen von der Gartenseite ebenfalls ins Haus eingedrungen. „Wir kamen gerade noch rechtzeitig“, rief ich ihm zu. „Eine Minute später, und die Schurken hätten die Füße unseres braven Landsmannes im Feuer gehabt. Was tun wir mit diesen Mordbuben?“

„Schade, dass der Belagerungszustand nicht verkündet ist“, sagte von Flüe. „Ich ließe sie sonst standrechtlich erschießen. Aber laufen lassen dürfen wir sie doch auch nicht.“ Ich schlug vor: „Wir wollen sie einstweilen binden und in den Kohlenkeller werfen. Der Herr Großrichter kann sie später der Behörde ausliefern, wenn es in Paris noch so etwas gibt.“ Und so geschah es. Den Schlüssel übergab ich dem Großrichter, der sich inzwischen so weit erholt hatte, dass er uns ein herzliches Vergelt's Gott sagen konnte. Auch Blanchet war etwas zu sich gekommen. So konnten wir die beiden Leute sich selbst überlassen und schieden, nachdem wir mit wenigen Worten unseren Auftrag genannt hatten.

„Gott geleite Euch und seine heilige Mutter!“, rief uns Herr Keyser nach. „Hoffentlich wird mir Gelegenheit, euch den Dank für die Rettung meines Lebens abzustatten.“

Im Laufschritt eilten wir nun die letzte Strecke des Boulevards entlang, um die verlorenen Minuten einzubringen, und bald sahen wir auch die düsteren Mauern und drohenden Türme der alten Zwingburg von Paris vor uns. Doppelte Mauern und Gräben umgaben sie; fensterlos stiegen die Wände zu einer Höhe von 100 Schuh empor; da erst öffneten sich in dem balkonartig vorspringenden Zinnenkranz die Schießscharten der Kanonen. „Wie will der Pöbel diese Festung erstürmen?“, fragte ich von Flüe.

„Erstürmen nicht“, antwortete er, während wir rasch voranschritten. „Aber man kann die Besatzung durch Hunger zur Übergabe zwingen. Ich gehe eigentlich nicht gerne in diese Mausefalle; lieber wollte ich auf offenem Feld kämpfen. Aber ich habe mich meinem Ahnen, dem seligen Bruder Klaus, empfohlen; der hat mich noch aus jeder Gefahr glücklich herausgebracht."

Auf dem Platz vor der Bastille, den wir jetzt erreichten, lagerte schon eine große Menge von Gesindel aus der nahen Vorstadt St. Antoine. Wir wurden mit Pfeifen und Geheul empfangen und man machte Miene, uns den Weg zu verlegen. Als aber unser erstes Glied ruhig die Gewehre fällte, während die folgenden frisches Pulver auf die Zündpfannen schütteten, wich der Pöbel fluchend vor den „Rotrüben" zur Seite, und wir erreichten die äußere Zugbrücke.

Langsam senkte sie sich auf unseren Anruf, und wir kamen durch das gewölbte Tor in den äußeren Hof, während die Brücke knarrend hinter uns wieder emporstieg und die Wache mit Drohungen das nachdrängende Gesindel zurückdrängen musste, das gerne mit uns in die Festung eingedrungen wäre. Vor der zweiten Zugbrücke empfing uns de Launay, der Kommandant der Bastille. De Launay war ein alter, schon gebrechlicher Mann, der in ruhigen Zeiten seinem Posten wohl noch gewachsen war, aber nicht mehr einem Sturm trotzen konnte, wie er jetzt heraufzog.

Ich überreichte ihm das Schreiben Besenvals und berichtete mündlich, was der Graf von Artois als Willensmeinung des Königs erklärt hatte. „Hm", sagte de Launay, „ich wollte, Sie brächten mir den Befehl des Königs schriftlich, und mit seiner Unterschrift und seinem Siegel versehen. Der Zettel v. Besenvals ist nicht einmal mit seinem vollen Namen unterschrieben."

„Ich bezeuge Ihnen aber, dass Besenval mir diesen Zettel an Sie übergab, und dass Artois diese Willensmeinung des Königs äußerte. Das muss Ihnen genügen, um Gewalt mit Gewalt zu vertreiben."

„Ich kann mich aber auf die Besatzung nicht verlassen!"

„So entlassen Sie sie!", sagte ich. „Wir Schweizer wollen die Festung allein halten."

„Das ist alles schön und recht, junger Mann", sagte er, „und ich will meinen Eid dem König gegenüber nicht brechen; aber das Volk würde mich in Stücke reißen, wenn ich auf es schießen lasse."

Nun wurde die innere Zugbrücke niedergelassen und Leutnant von Flüe marschierte mit seiner kleinen Schar hinein. Ich hatte meinen Auftrag ausgerichtet und wollte nun den Rückweg antreten. Aber sowohl de Launay als auch die übrigen Offiziere versicherten mir, das wäre Selbstmord; ein einzelner Schweizer würde jetzt keine hundert Schritte weit kommen, ohne vom Pöbel niedergemacht zu werden. Noch redete ich darüber, als die Wache einen Abgeordneten des Stadthauses meldete. Dieser verlangte zunächst, der Kommandant solle vier Unteroffiziere als Geiseln für seine Sicherheit stellen, bevor er die Festung betrete, und zu meiner Verwunderung erfüllte de Launay diese sonderbare Bedingung.

Es war Thuriot de la Rozière, ein Advokat des Pariser Parlaments, jetzt Mitglied des provisorischen Stadtrates, der sich aus den Wahlherren gebildet hatte. Ein untersetzter Herr mit rotem Gesicht, das ins Violette spielte, wie der Hals eines zornigen Puters. Er pustete mächtig, sah die gewaltigen Quadermauern, die Fallgitter und schweren eisenbeschlagenen Tore, die ihn rings umgaben, mit nicht besonders großem Vergnügen an und beeilte sich zu sagen: „Ich komme im Namen der Nation! Die Stadt Paris, die immer als das Haupt Frankreichs und der Welt gegolten hat, fühlt sich durch die Kanonen beunruhigt, die von den Wällen dieses Bollwerks der Tyrannei drohend auf friedliche Bürger herabschauen. Herr Kommandant, Paris, die ganze Nation verlangt, dass diese Kanonen augenblicklich entfernt werden. Das französische Volk verlangt überdies, dass ihm die Tore dieser Festung geöffnet werden; sie soll bis auf weiteres von einer gleichen Zahl unserer Bürgerwehr gemeinsam mit der jetzigen Besatzung verteidigt werden."

„Es tut mir leid!", sagte der Kommandant, „aber die Kanonen von den Wällen herunternehmen darf ich ohne ausdrücklichen Befehl des Königs nicht, ebenso wenig wie ihrer Bürgerwehr die Tore öffnen."

„So verlangt das französische Volk wenigstens, dass diese fremden Prätorianer augenblicklich die Festung verlassen", sagte der Advokat.

„Wie konnte das französische Volk Sie mit dieser Forderung betrauen?“, fragte ich unverfroren. „Wir sind noch keine Viertelstunde hier; das französische Volk konnte also noch gar nichts von unserem Hiersein wissen, als es Sie mit seinen Aufträgen zur Bastille sandte.“

Ich meinte, der Mensch werde ersticken, so violett wurde sein Gesicht. Er schnappte ordentlich nach Luft. Dann herrschte er mich an: „Junger Mann, es ist Ihnen zu verzeihen, dass Sie nichts von der Feinheit und Höflichkeit unserer großen Nation besitzen; das sind Naturgaben, die in den barbarischen Bergen und Wäldern ihrer traurigen Heimat nicht gedeihen. Aber ich hätte Ihnen wenigstens einige Ehrfurcht vor dem heiligen Charakter des Gesandten zugetraut. Sie stehen übrigens zu tief unter mir, als dass ich mich mit einer Widerlegung Ihres hohlen Einwurfs erniedrigte.“

Ich wollte ihm antworten, wenn mir nicht der Kommandant einen warnenden Blick zugeworfen hätte. Es schien de Launay viel daran zu liegen, gut Freund mit dem Abgesandten des Stadthauses zu sein. So führte er ihn auf dessen Verlangen sofort in den innern Festungshof, wo die ganze Besatzung, etwa 80 Invaliden und unsere 32 Schweizer, unter Waffen stand. Er traktierte die Soldaten mit einer schwungvollen Rede, worin er zu beweisen suchte, dass sie ihre Waffen nur gegen die Feinde Frankreichs und niemals gegen dessen friedliche Bürger brauchen dürften. „Jeder Tropfen Bürgerblut, den ihr vergießen würdet, wäre ein Frevel an der Nation und würde euer aller Leben als Sühne heischen“, schloss er. „Schwört also, dass ihr nicht auf das tugendhafte Volk schießen werdet.“

„Zum Kuckuck!“, rief ein alter Sergeant. „Es ist uns nie eingefallen, auf das tugendhafte Volk zu schießen, wenn es uns in Ruhe lässt. Aber wenn das tugendhafte Volk auf uns schießt, so sehe ich, bei allen Bomben und Granaten des alten Turenne, nicht ein, weshalb wir uns nicht wehren sollten. Wir gehören doch auch zum französischen Volk, und unser Blut ist just so viel wert wie das der Kerle da draußen. Sagt ihnen also einen schönen Gruß von dem alten Bourree de Gorberon und er lasse ihnen melden: Wenn du mir nichts tust, so tue ich dir auch nichts, und damit basta!“

Diese Worte fanden Beifall; alle Invaliden erklärten sie für die ihrigen. Von Flüe sagte, den Schweizern sei ausdrücklich der Angriff verboten. Der Abgesandte musste sich damit zufrieden geben. Noch verlangte er, auf die Zinnen geführt zu werden, um sich durch den Augenschein davon zu überzeugen, dass die Geschütze wirklich aus den Schießscharten entfernt seien. Auch das gewährte ihm der Kommandant, winkte aber einigen Offizieren und mir, sie zu begleiten.

Als wir auf den steilen, steinernen Wendeltreppen die Höhe der Zinnen erklommen hatten, sahen wir, dass ganz Paris aus der Rue St. Antoine gegen uns heranzog. Tausende von Piken, Flinten, Bajonetten, Morgensternen, Spießen, Waffen aller Art glänzten in den Strahlen der heißen Julisonne. Tausende und Tausende von Stimmen brüllten, das dumpfe Rasseln der Trommeln übertönend: „À 1a Bastille! À la Bastille!“* Und dort kamen Arm in Arm mit Weibern und zerlumpten Gesellen Soldaten verschiedener Waffen, und ihnen folgte in geschlossenen Gliedern und mit fliegenden Fahnen das Garderegiment der Königin. Von Lastträgern gezogen, rollten auch Kanonen und Pulverwagen, Weiber auf den Protzen, heran - alles ein brausender, wirbelnder Strom, Woge auf Woge, der ringsum den weiten Platz anfüllte und uns von allen Seiten einschloss.

De Launay erbleichte, als er diese zahllose und rasende Volksmenge erblickte. „Verrat!“, rief er. „Sie sind unter dem Titel eines Abgesandten gekommen, um unsere Wachsamkeit zu täuschen. Ich sollte Sie in den Graben hinabschleudern lassen.“

„Wenn mir ein Haar gekrümmt wird, so sterben Ihre vier Geiseln. Ich verlange, augenblicklich aus der Bastille entlassen zu werden“, sagte de la Rozière, dem es ungemütlich wurde.

De Launay musste sich diesem Verlangen fügen, wenn er nicht seine vier Unteroffiziere opfern wollte, die vor der äußeren Zugbrücke in der Gewalt des Pöbels standen.

* franz. zur Bastille

Es fiel mir ein, ich könnte unter dem Schutz des Abgesandten die Festung ebenfalls verlassen, um Besenval und Bachmann Nachricht von der Lage zu bringen und rechtzeitige Unterstützung herbeizurufen. Aber der Advokat, den meine spitze Bemerkung zu meinem persönlichen Feind gemacht hatte, verweigerte es. Und es war mir ganz recht; denn ungern hätte ich meine Kameraden in dieser Stunde der Not verlassen.

Der Sturm

Mit Not gelang es, die äußere Zugbrücke wieder hochzuziehen, als Thuriot de la Rozière hinaus und unsere Geiseln herein waren. Stürmisch drängte das Volk nach, sodass die Vordersten beinahe in den tiefen Graben gestürzt wären. Wutgeheul erhob sich, als wir die Ketten knarrend emporzogen. „Wir wollen die Bastille!“, tönte es tausendstimmig, und allen voran schrie ein baumlanger Kerl, welcher der Anführer des Pöbels zu sein schien - Hulin hieß er, wie ich später erfuhr -: „Die Bastille oder den Tod!“

„Schreit ihr nur!“, dachte ich, während ich neben de Launay stehend, von einer schmalen Luke des innern Torturmes aus das Gewühl der Angreifer überblickte. Da knatterten Hunderte von Flintenschüssen. Ich lachte laut: „Was soll das Kinderspiel gegen 30 Schuh dicke Mauern?“

„Es wird schon Ernst!“, sagte der Kommandant. „Seht, da klettern Zimmerleute auf das Dach des Wachthauses, um die Ketten der Zugbrücke zu sprengen.“

In der Tat waren verwegene Gesellen der nahen Zimmerplätze auf Balken über den Graben und auf das niedrige Dach des an den Toreingang hingeklebten Wachthauses gestiegen, von wo sie wuchtige Hiebe gegen die Ketten führten.

„Hinab, augenblicklich, oder ich lasse Feuer auf euch geben!“, schrie ihnen de Launay zu.

Aber schon klirrte die eine Kette entzwei und die zweite brach von selbst, da sie allein die Last nicht tragen konnte; donnernd stürzte die Brücke nieder. Lautes Triumphgeschrei erscholl. Mit dem Ruf: „Auf! auf!“ wälzte sich die Menge an das Tor; dröhnende Axt und Hammerschläge erklangen; mit Mühe konnte das Dutzend Invaliden, das den Zugang verteidigte, in die innere Festung zurückgezogen werden; da brachen die Torflügel aus den Angeln, und die Menge flutete in den äußeren Hof, um auch die zweite Brücke und das innere Tor im Sturm zu nehmen.

Hier war jedoch die Zugbrücke so angelegt, dass man die Ketten unmöglich von außen erreichen konnte, und jetzt gaben die Invaliden, durch den Tod eines ihrer Kameraden gereizt, der bei der Verteidigung des äußeren Tores gefallen war, ohne einen weiteren Befehl abzuwarten, Feuer auf die Anstürmenden. Einige sanken getroffen nieder; ein Wutgeheul antwortete, und der Ruf: „Verrat! Man mordet das Volk!“, verbreitete sich über ganz Paris. Einen Augenblick stutzten die Angreifer; aber Hulin schrie: „Voran! Ich bringe euch in die Bastille!“ und abermals stürmten die Rasenden vor. Doch wir hatten in Eile drei Kanonen herbeigebracht. Zwei waren im Erdgeschoss der beiden Türme, die das Tor flankierten, so aufgestellt, dass sie den Zugang ins Kreuzfeuer nehmen konnten; die dritte wurde hinter dem Fallgatter des Torweges so gerichtet, dass sie den Feind mit einem Eisenhagel begrüßen konnte, wenn es gelänge, auch hier den Graben zu überschreiten und das Tor zu sprengen.

Als nun Hulin die Scharen abermals vorführte und sie Miene machten, Balken über den Graben zu schieben, empfingen wir sie mit einer Kartätschensalve. Die Wirkung war fürchterlich. Ich werde den Anblick nie vergessen. Wenn ich auch später ebenso blutige und selbst noch blutigere Kämpfe mitmachte, so war es hier das erste Mal, dass ich die Schrecken des Krieges vor Augen hatte. Als sich der Pulverdampf verzog, sahen wir mehr als hundert Tote und Verwundete den äußeren Hof bedecken, dessen Steinboden sich rasch vom Blut der Gefallenen rötete. Markdurchdringende Schmerzensschreie der Verwundeten, Wutgeheul der zurückweichenden Menge stiegen zum Himmel auf.

Sie wagten sich nun längere Zeit nicht mehr so nahe und

schossen aus einiger Entfernung mit Flinten und Kanonen gegen unsere Mauern. Aber der Geschützdonner, der Ruf, man morde das Volk und werde von der Bastille aus ganz Paris in Brand schießen, und Tote und Verwundete, die man auf Schrägen durch die Straßen trug, lockten immer neue Scharen auf den Bastilleplatz und verstärkten die Angreifer. „Wir wollen Paris die Freiheit erkämpfen! Wir wollen das Blut unserer Brüder rächen! Die Zwingburg soll dem Boden gleich gemacht werden!“, lautete jetzt die Losung.

Vier Stunden hatte der Kampf schon gedauert. Dreimal hatte das Stadthaus die Aufforderung zur Übergabe geschickt. Da rückte regelrechtes Militär, das Regiment der Königin, das den Fahneneid gebrochen hatte, von Elie, einem seiner Offiziere, geführt, gegen uns vor. Die Gebäude, die den äußeren Hof umgaben, wurden in Brand gesteckt, große Haufen Holz und Stroh herangebracht und angezündet. Der Wind trieb Feuer und Rauch über den Graben und die Flammen leckten an den Mauern empor. Vergebens! Sie konnten dem Steinkoloss, der unüberwindlich dastand, nichts anhaben. Auch die Kugeln der fünf Geschütze, welche die Garden mitgebracht hatten und die von kundiger Hand bedient wurden, prallten machtlos ab.

Aber unser Kommandant verlor den Kopf. „Wir müssen kapitulieren!“, schrie er.

„Wieso?“, rief ihm der wackere von Flüe zu. „Wir haben erst einen Toten und zwei Verwundete. Die Mauern der Festung können wochenlang viel schwererem Geschütz standhalten. Bis morgen wenigstens wollen wir dem König die Festung halten.“

„Wenn Ihr nicht kapitulieren wollt, gut! So sollt Ihr alle mit mir sterben! Ich bin doch verloren!“ Mit diesen Worten stürzte de Launay ins Innere des Schlosses.

„Was will er?“, fragte ich den Unteroffizier Bequard, der neben mir stand.

„Die Festung in die Luft sprengen und uns und unsere Angreifer und halb Paris unter den Trümmern begraben. Es liegen 200 Zentner Pulver in den Gewölben jenes Turmes“, sagte Bequard schreckensbleich.

„Das darf nicht geschehen!“, rief ich. „Auf, zeigt mir den Weg - ihm nach!“

Durch dunkle enge Korridore, Treppe auf, Treppe ab, und wiederum steile, schlüpfrige Wendeltreppen hinunter, erreichten wir einen finsteren Gang, in den das Licht des Tages keinen Zutritt hatte. Da fiel mein Führer auf den feuchten Boden, den, wie die Wände, ein grüner Schleim bedeckte, und die Fackel in seiner Hand erlosch.

„Voran! Voran!“, rief ich in Todesangst. Denn im Dunkel des Ganges hörte ich de Launays Schritte und sah wie einen Leuchtkäfer einen Feuerfunken sich unstet voranbewegen. „Die Lunte des Kommandanten“, stöhnte ich. „Wenn sie das Pulvergewölbe erreicht, fliegt die Bastille in die Luft und wir -“. Ich wollte den Gedanken nicht ausdenken; ich biss auf die Zähne; ich betete ein halbes Ave Maria; ich glaubte, mein armes krankes Mütterchen zu sehen, und es fiel mir irgendein toller Knabenstreich ein, mit dem ich es einst betrübt hatte - aber, weiß Gott, zu einem Akt von Reue und Leid glaube ich es nicht gebracht zu haben! Da auf einmal verschwand der Feuerfunken und ich hörte eine Tür ins Schloss fallen.

„Voran!“, sagte nun auch mein Gefährte, der sich von seinem Fall erhoben hatte, „voran, oder wir kommen zu spät!“

„Ist er in dem Gewölbe?“, fragte ich, im Dunkeln die feuchte Mauer entlang vorantastend und meine Schritte beflügelnd, auf die Gefahr hin, irgendeine unbekannte Treppe hinabzustürzen.

„Ich weiß nicht genau, wo wir sind“, antwortete der Unteroffizier. „Ich meine aber, der Gang muss hier irgendwo eine Biegung nach rechts machen, und dann sind wir ganz nahe an dem Gewölbe.“

Kaum hatte er es gesagt, als ich mit der vorgehaltenen Hand die in einem stumpfen Winkel sich biegende Mauer fühlte, und rechts blickend auf wenige Schritte Entfernung die brennende Lunte gewahrte. Der Kommandant suchte bei ihrem Schimmer eben das Schlüsselloch der niedrigen Tür. Mit einem Schrei stürzten wir uns auf ihn, und während Bequard ihn umklammerte, entriss ich die Lunte seiner Hand und trat sie auf dem feuchten Boden aus. „Herr Kommandant“, sagte ich, „Gott sei gepriesen, dass Sie diesen frevelhaften Plan nicht vollenden konnten, der viele hundert Unschuldige mit uns in den Tod gerissen hätte! Wenn wir sterben müssen, so sei es eines ehrlichen Soldatentodes, kämpfend auf der Bresche. Aber es ist ja noch nichts verloren.“

„Ich bin verloren!“, klagte der Unglückliche. „Sie werden mich in Stücke reißen. Aber macht, was ihr wollt!“

Ganz gebrochen ließ er sich zurückführen. Als wir das Tageslicht wieder erreichten und zu den Invaliden hinaustraten, die mit unseren Soldaten immer noch das Tor besetzt hielten, sahen wir auf den ersten Blick, dass eine schlimme Wendung eingetreten war. Die größte Mehrzahl der Invaliden bestand auf Kapitulation.

„So soll es wenigstens eine ehrliche Kapitulation sein“, rief von Flüe. „Wir wollen freien Abzug mit militärischen Ehren verlangen.“

Dieser Vorschlag war ihnen recht, und wir schickten einen Trommler auf die Plattform, der das Zeichen gab, dass wir zu unterhandeln wünschten. Während dieser Frist sagte der wackere Unterwaldner auf Deutsch zu uns: „Jetzt, liebe Landsleute, kommt eine schlimme Stunde. Ich traue dem Gesindel da draußen sehr wohl zu, dass sie uns die schönsten Versprechungen machen, aber sie ebenso wenig halten wie den dem König geschworenen Eid. Wir wollen uns an die liebe Mutter Gottes von Rickenbach und an meinen Ahnen, den seligen Bruder Klaus im Ranft, wenden, dass sie uns in dieser Not mit ihrer Fürbitte zu Hilfe kommen. Der Bruder Klaus hat ein Herz für ehrliche Soldaten; denn er hat selber in mancher ehrlichen Fehde fürs Vaterland gekämpft und hat mich noch nie im Stich gelassen. Ich will mich für euch alle zu einem Fasttag und einem Bittgang nach Rickenbach und in den Ranft verloben. Ihr könnt dann tun, was ihr wollt. So, und jetzt wollen wir einander die Hand schütteln und ein kräftiges Vaterunser beten wie unsere Altvorderen, wenn es in die Schlacht ging. Das ist weder gegen die Treue noch gegen die Tapferkeit.“

Gott lohne dem braven Mann die wackeren Worte! Sie hatten mir in ihrer Einfalt beinahe das Wasser in die Augen getrieben. Ich schüttelte ihm herzlich die Hand, betete mein Vaterunser, versprach eine Pilgerfahrt nach Einsiedeln, das näher bei Zug liegt als Rickenbach, und war nun ganz getröstet und zum Leben und Sterben bereit.

Inzwischen war unser Zeichen endlich bemerkt worden; der Geschützdonner verstummte und der Leutnant Elie vom Regiment der Königin, der ungeschlachte Hulin und einige andere nahten sich unserem Tor.

„Lasst sofort die Zugbrücke herab und öffnet!“, schrie Hulin.

„Sobald ihr uns auf Ehrenwort freien Abzug mit Unter- und Übergewehr und militärischen Ehren zusagt“, lautete die Antwort.

„Den Mördern des Volkes, die das Blut unserer Brüder in Strömen vergossen haben? Niemals!“, entgegnete Hulin.

„Wir sollen also über die Klinge springen?“, rief de Launay. „Gut. Dann springt ihr mit. Wir haben 200 Zentner Pulver; wir sprengen die Bastille mit uns und Euch in die Luft, wenn Ihr mit Gewalt eindringt.“

„Wir ergeben uns euch, wenn ihr unser Leben schont!“, riefen jetzt viele Stimmen aus der Schar der Invaliden.

Die Soldaten riefen: „Auf Ehrenwort! Wir tun euch nichts!“

Da ließen die Invaliden, ohne einen Befehl abzuwarten, die Zugbrücke fallen, zogen die Fallgatter auf und öffneten das Tor. Unendliches Siegesgeheul erfüllte die Luft und pflanzte sich über die Menschenmenge hinweg bis tief in die Stadt hinein fort: „Sieg! Sieg! Die Bastille ergibt sich!“ Und schon in diesen ersten Siegesruf mischte sich tausendstimmig das wilde Geschrei von Weibern und Feiglingen, die sich während des Kampfes im Hintergrund gehalten hatten: „Rache! Rache! Tod dem Kommandanten! Tod den Henkersknechten des Tyrannen! Tod! Tod!“

Und über die Brücke und durch den gewölbten Torgang wälzte sich jetzt die siegestrunkene und rachedurstige Flut, und im Nu war der Hof gefüllt und wir von allen Seiten von dem rasenden Pöbel umringt. Die Waffen hatten wir Elie und seinen Gardisten übergeben und waren als Kriegsgefangene erklärt. Wohl hatte er uns Sicherheit des Lebens versprochen. Aber auch wenn es ihm ernst war, was vermochte er gegen die Wut der Menge, die uns rings umbrandete? Überall drohende Fäuste, von wildester Leidenschaft verzerrte Gesichter, rachelechzende Blicke, gezückte Messer, Beile und Piken. Und noch rasender als die Männer gebärdeten sich die Weiber, wie Furien der Hölle. Sie waren es auch, die das Morden begannen. Ich glaubte, mein letztes Stündchen sei gekommen und fühlte, wie kalter Schweiß meine Stirn bedeckte. Im Kampf dem Tod ins Auge sehen ist nichts gegen die Notwendigkeit, ihn hilflos von der Hand solcher Teufel in Menschengestalt erwarten zu müssen.

Dass wir Schweizer bis auf zwei gerettet wurden, während die meisten Invaliden des grässlichsten Todes starben, ist mir heute noch ein Rätsel. Einige unserer Soldaten haben freilich geschrien, sie hätten nicht auf das Volk geschossen: aber dasselbe beteuerten auch viele der Invaliden, die dennoch das Los ihres Anführers teilten. Ich muss es einem besonderen Schutz Gottes zuschreiben.

Todesangst haben wir freilich in reichem Maß ausgestanden, als wir durch die menschengefüllte Rue St. Antoine zum Grèveplatz und von dort ins Châtelet als Gefangene geschleppt wurden. Fast bei jedem Schritt wurde ein Messer oder ein Säbel mit Todesdrohungen gegen uns gezückt.

Auf dem Grèveplatz starb auch de Launay. Vor meinen Augen wurde er von Weibern förmlich zerhackt und in Stücke gerissen. Sein Kopf war der erste, der auf eine Pike gesteckt und im Triumph durch die Straßen von Paris getragen wurde. Wie oft sah ich später dieses grausige Schauspiel sich wiederholen!

Auch im Gefängnis glaubten wir uns lange noch nicht sicher. Aus den Straßen herauf tönte die ganze Nacht der Lärm der rasenden Menge.

Ein Zug in die Provinz

Was auf die Einnahme der Bastille folgte, ist bekannt. Der König verzweifelte daran, die Revolution durch Gewalt niederzuwerfen; er erklärte sich bereit, die Truppen, die zusammengezogen waren, aus der Nähe von Paris zu entfernen, Necker zurückzurufen und den Willen der Nationalversammlung zu dem seinigen zu machen. Ludwig XVI. wollte nun einmal um jeden Preis Blutvergießen vermeiden. Er ging so weit, dass er sich mit großem persönlichem Mut ins Stadthaus nach Paris begab, um das Volk von seiner friedlichen und versöhnlichen Gesinnung zu überzeugen. Er wurde pomphaft begrüßt; ja, der Stadtrat, der soeben Bailly zum Maire von Paris und Lafayette zum Befehlshaber der Nationalgarde gewählt hatte, beschloss, ihm auf dem Platz der Bastille, die geschleift werden sollte, ein Standbild als „dem Begründer der Freiheit", „dem Wiederhersteller des Glücks", „dem Vater des französischen Volkes" zu errichten.

So war es natürlich, dass wir „begnadigt" wurden. Am Abend des 17. Juli, als der König eben Paris unter dem Jubel des Volkes verlassen hatte, öffnete sich unser Gefängnis. Der Großrichter Keyser hatte uns nicht vergessen. Schon gleich nach der Übergabe der Bastille hatte er auf dem Stadthaus mutig unsere Befreiung verlangt, gestützt auf die Verträge mit der Schweiz, die die schweizerischen Soldaten den französischen Gerichten entzogen und eigenen Richtern unterstellten. Natürlich hatte man seine Forderung nicht beachtet; denn man wollte uns als Geiseln behalten. Jetzt aber, im Jubel der allgemeinen Versöhnung, hatte Bailly sofort den Befehl unserer Freilassung unterzeichnet, und der brave Herr Großrichter war persönlich ins Châtelet gekommen, um uns zu befreien.

Herzlich empfing er uns in der Torhalle und lud Leutnant von Flüe und mich ein, für die Nacht seine Gastfreundschaft zu genießen. Als aber der Unterwaldner hörte, dass sein Regiment wahrscheinlich am nächsten Morgen schon in die Normandie marschieren werde, nahm er mit seinen Leuten sofort Abschied.

Der Großrichter schüttelte allen die Hand und überreichte von Flüe eine wohlgefüllte Börse mit der Bitte, den Inhalt an seine braven Soldaten zu verteilen, denen er die Rettung seines Lebens verdanke.

So trennten wir uns. Ich folgte Keyser zur Rue Sainte Apolline, wo ich auch seinen Sohn traf, und von ihm vernahm, dass unser Regiment in die Kasernen von Courbevoie und Rueil ziehe und in Zukunft nurmehr, gemeinsam mit der Nationalgarde, die königlichen Gärten und Gebäude in Versailles, St. Cloud und Paris zu bewachen habe.

„Der König hat sich und seine Sache ganz aufgegeben", sagte der Großrichter traurig. „Er wird sich jetzt mit dem begnügen müssen, was ihm die Nationalversammlung von seinen königlichen Rechten und Herrlichkeiten lässt."

„Seine nächsten Verwandten und Freunde fliehen", erzählte sein Sohn Karl Franz „und sind auf dem Weg ins Ausland. Ich bin froh, dass unser Regiment morgen wieder nach Nancy marschiert. Wer wird hier die Uniform des Königs tragen wollen, nur um verhöhnt zu werden?"

„Das alles kann uns kein Grund sein, unseren Fahneneid zu brechen. Wir müssen ausharren, wenn uns der König nicht freiwillig entlässt", sagte ernst der Großrichter.

Nicht ohne Schmerz trennte ich mich von Karli-Franz, dessen Regiment wirklich am folgenden Tag schon die Umgegend von Paris verlassen musste und in seine alte Garnisonsstadt Nancy zurückkehrte. Auch das Regiment Salis-Samaden hatte den Befehl, nach Arras und Rouen abzumarschieren, wie überhaupt alle andern Schweizerregimenter von Paris entfernt wurden. Karl Franz Keyser riet mir sehr, mich eng an Reding anzuschließen, dessen festen und edlen Charakter er nicht genug loben konnte.

Früh am anderen Tag suchte ich unser Regiment und den Major von Bachmann auf. Ich fand ihn endlich mit Hauptmann Reding und mehreren anderen Offizieren in Courbevoie. Mit Spannung hörten sie meinen Bericht, und der Major lobte unser

Benehmen bei der Verteidigung der Bastille. Dann erklärte er mir, es kämen von allen Seiten aus den Provinzen Berichte, dass die Bauern sich gegen die adeligen Gutsherren erhöben und entsetzliche Gräuel durch Brand und Mord verübten, und sie hätten deshalb eben zusammen beraten, ob sie den vielen und dringenden Bitten um Hilfe Folge leisten dürften.

Begeistert erklärte auch ich mich für diesen Plan und war sofort bereit, mich einem der kleinen Corps anzuschließen. Der Major teilte mich der Abteilung Redings zu, und schon am folgenden Morgen rückten wir, mit Munition wohl versehen, an die 50 Mann stark in der Richtung auf Chartres ab. Als Tambour war uns Brunner zugeteilt, der die Trommelschlegel schon ganz gut zu rühren verstand.

Es war ein mühsamer Marschtag auf staubiger Straße unter den glühenden Strahlen der Julisonne. Das Volk, überall durch die Ereignisse in Paris aufgeregt, nahm uns mit feindseligen Blicken auf, und wir hatten unsere liebe Not, nur die nötigste Nahrung zu bekommen.

Der Pfarrer von Chevreuse, ein würdiger Greis mit weißen Haaren, bei dem wir am Abend todmüde Quartier nahmen, erzählte von der Lage in der Gegend: „Meine Leute sind wie betrunken; ich kenne sie nicht mehr. Diese neuen Ideen von Freiheit und Gleichheit haben ihnen den Kopf verdreht. Und jeder, der jetzt für den Adel ein Wort sagt, wird als Feind betrachtet. Nun, der Adel erntet, was er gesät hat! Wie hat man die Religion lächerlich gemacht und die Unschuld vergiftet! Kein ehrliches Mädchen war ja vor diesen Wüstlingen sicher! Der letzte König hat hierin das schmachvollste Beispiel gegeben! Der liebe Gott fängt jetzt an, seine Zuchtrute zu zeigen."

Als der Herr Pfarrer noch redete, stürzte seine Haushälterin mit dem Ortsvorsteher in die Stube, wo wir uns bei einem Glas Wein erquickten, und rief: „Herr Pfarrer! Es brennt! In der Gegend von Rochefort ist der Himmel blutrot. Sehen Sie nur!"

Wir stürzten ans offene Fenster und sahen die Glut. „Es ist das Schloss!", rief der Maire.

„Wie weit ist es entfernt?", fragte Reding.

„Wohl drei Stunden“, sagte der Pfarrer.

„Was wollt ihr machen? Bis ihr dort seid, ist alles ein Raub der Flammen“, setzte der Maire hinzu.

„Aber wir könnten doch einige Mordbrenner einfangen und der Gerechtigkeit überliefern“, rief ich.

„Der Gerechtigkeit!“, antwortete der Maire. „Gibt es so etwas noch in Frankreich? Jetzt muss jede Gemeinde, ja jeder Bürger sehen, wie er sich selbst hilft. Die königlichen Beamten haben gar kein Ansehen mehr. Der Krieg der Armen gegen die Reichen hat begonnen. Heute geht es gegen den Adel, morgen wird kein wohlhabender Bürger mehr seiner Habe und seines Lebens sicher sein.“

„So müssen wir die Mordbrenner standrechtlich niederschießen“, sagte Reding. „Wenn ein paar Exempel statuiert sind, wird es schon helfen. Gleich hier wollen wir beginnen. Der Tambour soll sofort Alarm schlagen. Und Sie geben uns Führer mit, Herr Maire.“

„Ich selbst will euch begleiten: es würde schwer werden, andere Führer zu finden“, antwortete der Maire. „Sendlinge aus Paris haben meinen Bauern den Kopf verdreht, und ich bin gar nicht sicher, dass sie mir heute Nacht nicht ebenfalls den roten Hahn aufs Dach setzen, während ich euch nach Rochefort führe.“

Fünf Minuten später waren wir, trotz unserer Müdigkeit, unterwegs. Nach Mitternacht erst erreichten wir die Brandstätte. Das Schloss stand einsam, von Park und Wald umgeben, auf einem Hügel und brannte lichterloh. Der Anblick war überwältigend. Aber wir hatten keine Zeit, seine Großartigkeit zu bewundern. Wo sind die Übeltäter, fragten wir. Eine Gruppe von Landbewohnern, die am Fuße des Schlosshügels standen, schienen müßige Zuschauer zu sein. Mit den Händen in den Taschen gafften sie den brennenden Prachtbau an. Auf unsere Frage nach den Brandstiftern sagte ein Bauer in Holzschuhen: „Es brennt auf Befehl des Königs. Sie haben Auftrag, alle Schlösser niederzubrennen; denn die Seigneurs wollen unsern guten König absetzen, weil er uns von der Leibeigenschaft und von den Fronen befreien will!“

Solche Lügen wurden von Paris aus über ganz Frankreich verbreitet. Wir konnten nicht daran denken, sie jetzt zu widerlegen. „Die Boten des Königs“, die das Schloss angesteckt hätten, seien fort, hieß es, nach Eperon und Maintenon, um auch dort die Bauern zu befreien und die Schlösser zu verbrennen. Noch suchten wir Angaben über Zahl und Stärke der Bande zu erhalten, als einer unserer Soldaten rief, in den Kellern schienen noch Leute zu sein. Wir netzten unsere Kleider am Springbrunnen und drangen an eine äußere Kellertreppe vor; nach einigen missglückten Versuchen gelang es, die Tür zu sprengen. Welch ein Anblick bot sich uns! Die großen Fässer, die in langer Reihe zu beiden Seiten des Gewölbes lagen, waren in Stücke geschlagen, und der Wein stand knietief auf den Fliesen. Und zwischen den Trümmern lagen und taumelten im Wein wohl ein halbes Dutzend viehisch besoffener Kerle, von denen einige noch so viel Besinnung hatten, dass sie die Todesgefahr erkannten, in der sie schwebten, und daher aus Leibeskräften schrien. Mit Mühe gelang es uns, die nächsten, die noch etwas ihrer Glieder mächtig waren, die Treppe hinauf ins Freie zu bringen. Mehrere mussten wir ihrem Schicksal überlassen; denn die unerträgliche Hitze brachte uns selbst dem Ersticken nahe, und niederstürzende Balken und Steine drohten den Rückweg abzuschneiden. Ich glaube übrigens, dass einige buchstäblich schon im Wein ertrunken waren.

Ein noch junger Mensch war weniger schuldig als der Rest. Von ihm erfuhren wir, dass sie von einem verkommenen Adeligen, einem Marquis Saint Huruge, der im Sold des Herzogs von Orléans stand, beauftragt seien, „die Brandfackel der Freiheit“ über Frankreich zu tragen. „Krieg den Schlössern, Friede den Hütten“, lautete die verrückte Parole des Tollhäuslers*, der sich später „die Sturmglocke der Revolution“ genannt hat. Wir erfuhren auch, dass der nächste Anschlag der Bande dem Schloss Valdouleur bei Etampes gelte und in der nächsten Nacht erfolgen solle. Der Führer sei mit etwa hundert Mann unterwegs.

* Tollhaus = Irrenhaus

Reding und ich beratschlagten nun mit dem Bürgermeister von Chevreuse. Der Maire versprach, uns auf Waldwegen so in die Nähe des bedrohten Schlosses zu bringen, dass die Mordbrenner keine Ahnung bekämen, dass man sie verfolge. Denn wir wollten wenn möglich ihre Tat verhindern und sie dabei abfangen. Wir konnten also unseren erschöpften Leuten einige Stunden der Ruhe gönnen, bevor wir den neuen Marsch antraten.

Valdouleur

Ohne unterwegs von den Mordbrennern bemerkt worden zu sein, erreichten wir schon am frühen Nachmittag die waldbekränzten Höhen, die das liebliche Tal von Etampes im Westen begrenzten. Inmitten eines großen Gartens mit Teichen und schattigen Baumreihen stand ein schönes Schloss mit Terrassen und Balkonen und von hohen Türmen flankiert.

„Das ist Valdouleur", sagte der Waldwächter, den uns der Maire als Führer mitgegeben hatte. „Es ist jetzt nur von einem alten, kränklichen Edelmann und seinen beiden Töchtern bewohnt. Die ältere, Fräulein Martha, ist, wie ihre selige Mutter es war, stundenweit in der Runde durch ihre Güte bekannt und heißt bei den Armen nur ‚der Engel von Valdouleur'. Die Bauern hier in der Gegend würden es nie wagen, gegen dieses Schloss etwas zu unternehmen. Wenn wir es nicht sicher erfahren und unterwegs noch Beweise von dieser Absicht der Mordbrenner erhalten hätten, würde ich es nicht glauben."

Reding und ich beschlossen, unsere Leute unter Führung des Sergeanten Stoffel auf dem Waldhügel zurückzulassen und den Bewohnern von Valdouleur einen Besuch abzustatten. Wir ließen die Anweisung zurück, das Schloss gut im Auge zu behalten, sich aber möglichst in Deckung zu halten und unsere Anwesenheit nicht vorzeitig zu verraten. Ein weißes Tuch bei Tage oder ein Licht bei Nacht im oberen Fenster des rechten Turmes sollte ihnen das Zeichen geben, sich sofort ins Schloss zu begeben. Auf Umwegen schlichen wir uns an das Tor und verlangten den Marquis von Valdouleur zu sprechen.

Der Torwärter machte große Augen, als er unsere Uniformen sah und erklärte, der Herr Marquis sei seit Wochen gichtkrank und könne uns nicht empfangen; er wolle uns aber Fräulein Martha melden.

Nachdem wir in der Halle eine Weile gewartet hatten, führte er uns in ein nach alter Mode mit dunklen Ledertapeten ausgeschlagenes Zimmer. Da erwarteten uns die beiden lieblichsten Mädchen, die ich in Frankreich je gesehen hatte. Die ältere hatte tiefbraunes Haar und dunkle, ernste Augen, die jüngere war blondlockig und blauäugig. Beider Züge waren rein und edel; aber aus dem Blick und dem ganzen Auftreten der älteren sprach eine seltene Entschlossenheit, während die jüngere den ganzen Liebreiz eines unschuldigen, vielleicht etwas verwöhnten Kindes auf ihrem blühenden Gesicht zeigte. Sie waren beide sehr schön, aber so verschieden, dass ich gleich dachte, sie könnten nur Halbschwestern sein. In der Tat stammten sie nicht von derselben Mutter.

Gegen seine Gewohnheit war mein Begleiter von der huldvollen Erscheinung des Schwesternpaares fast verwirrt. So setzte ich mit kurzen Worten den Zweck unseres Besuches auseinander. Die jüngere erschrak und rief: „Ach Martha, was soll das werden!“ Die ältere aber war sofort gefasst und sagte mit wohllautender Stimme, sie könne kaum glauben, was wir meldeten; wir müssten uns täuschen; sie lebten mit aller Welt in Frieden und sie könne sich gar nicht denken, wodurch sie den Hass irgendeines Menschen auf sich hätten ziehen können. Reding erzählte nun kurz die Erlebnisse der letzten Nacht und schloss: „Die Revolutionäre in Paris haben den Krieg des Pöbels gegen die Aristokraten erklärt. Ich weiß, dass Sie unschuldig sind und dass man Sie persönlich den Engel von Valdouleur nennt. Um so mehr werden sie diesen Menschen verhasst sein; denn das Laster hat einen natürlichen Hass gegen die Tugend.“

Wir baten nun, uns das Haus zu zeigen, um unsere Anordnungen so zu treffen, dass nicht nur das Schloss verteidigt, sondern die Angreifer vernichtet werden könnten. Sie waren damit einverstanden, baten aber, vorher mit ihrem Vater Rücksprache nehmen zu dürfen. Nach einer Weile kehrte die ältere in sichtlicher Verlegenheit zu uns zurück, „Mein lieber Vater ist ein kranker Mann und manchmal, wenn ihn die Gicht so arg plagt wie heute, etwas wunderlich“, sagte sie errötend. „Nicht wahr, die Herren werden ein barsches Wort, das er vielleicht spricht, oder einen unbegründeten Verdacht, der ihm etwa durch den Kopf geht, seiner schmerzhaften Krankheit zugute halten?“

Sie führte uns eine Treppe hinauf, wo wir den alten Marquis, sorgfältig von Kissen gestützt, in seinem großen Lehnstuhl fanden. Hinter ihm stand in peinlicher Verlegenheit die jüngere Schwester. Er schaute uns mit keineswegs freundlicher Miene an und maß uns mit misstrauischen Blicken so von Kopf bis Fuß, dass mir das Blut in die Stirn stieg. „So“, begann er, „das sind die vorgeblichen schweizerischen Gardeoffiziere. Die Uniform ist richtig, wenn auch nicht im besten Zustand! Wo ist Ihr Marschbefehl?“

Reding überreichte ihm den Schein.

„Hm - nur von einem Major unterzeichnet. Weshalb nicht auch vom Oberst und vom Kriegsminister? Meine Herren - Sie kommen mir verdächtig vor. Wer weiß, ob der Schein hier nicht gefälscht ist, ob nicht gerade Sie die Feinde sind, die sich durch diese List hier einschleichen wollen.“

„Herr Marquis, Sie gehen zu weit!“, rief Reding. „Unsere Uniform…“

„Ihre Uniform kann auch gerade so gut gestohlen sein. Ja wohl - von gefallenen Schweizern: Was sagen Sie dazu?“

„Dass ich es für unter meiner Würde halte, auf solche Verdächtigungen zu antworten!“, rief ich. „Reding, wir gehen, und wenn der Angriff heute Nacht erfolgt, wollen wir dem Herrn von Valdouleur durch die Tat beweisen, dass er tapfere Soldaten und ehrliche Schweizer beleidigt hat.“

„Vater, du bist zu weit gegangen!“, rief errötend die ältere Schwester. „Wie kannst du so etwas von Offizieren sagen, denen das ehrliche Herz aus dem Auge leuchtet?“

„Parole d'honneur!"*, antwortete der Vater. „Mädchen, du hast recht! Die Entrüstung, die aus diesem jungen Mann redete, kann nicht gefälscht sein! Ihre Hand, meine Herren - und Ihre Verzeihung! Jetzt wollen wir einen Schlachtplan ausdenken, der dem großen Condé Ehre gemacht hätte! Bleistift und Papier, Isabella! Sehen Sie, das ist das Schloss." Damit zeichnete er mit einigen Strichen den Grundriss. „Auf diesen drei Seiten können die Schurken nicht leicht angreifen; die Gräben sind breit und morastig - wer sich hinein wagt, ist verloren. Aber auf dieser Seite schirmt uns nur die nicht hohe Mauer, die mit den Stallungen und Remisen den Schlosshof absperrt."

„Prächtig!", sagte Reding. „In diesen Hof locken wir sie. Die Fenster des Erdgeschosses sind vergittert und die Türen werden doch fest sein? Gut; vortrefflich; wenn sie diesen Hof betreten, so sind sie in der Falle. Ein Teil unserer Leute wird ihnen den Rückzug abschneiden, indem er das äußere Tor besetzt."

„Und so haben wir sie zwischen zwei Feuern!", rief der Marquis. „Schade, dass das niederträchtige Zipperlein gerade heute mich so elend quälen muss. Aber es tut nichts. Ich lass mir den Lehnstuhl ins grüne Zimmer hart ans Fenster rücken und will gehörig zwischen diese Mordbuben hineinpfeffern. Martha, du wirst mir die Büchsen laden und reichen!"

„Das kann Isabella tun, Vater", sagte das mutige Fräulein. „Ich werde mit Jean und Georges das Erdgeschoss verteidigen."

„Bravo! Du hast einige Tropfen von meinem Blut in deinen Adern; Isabella schlägt mehr ihrer Mutter nach. Aber ihr müsst Fenster und Türen gut verbarrikadieren und nur kleine Schießscharten offen lassen. Und Jean soll die Stalllaterne bereit halten; die muss an einer Stange zum oberen Turmfenster hinausgehängt werden, wenn der Tanz losgeht, damit wir die Burschen sehen und gut aufs Korn nehmen können. Sapristi! Dass ich nicht selbst rundgehen und alles anordnen kann!"

Ich erhielt nun von Reding den Auftrag, so heimlich wie möglich ein Dutzend unserer Leute ins Schloss zu senden, während

* franz. Ehrenwort

er es zur Verteidigung vorbereitete. Mit dem Rest sollte ich dann in der verabredeten Weise die Bande im Rücken fassen, sobald die Laterne oben im Turmfenster sich zeige.

Während wir die Treppe hinabstiegen, überredete Reding die Fräulein, für alle Fälle wenigstens das Geld und die Kostbarkeiten zusammenzupacken und außerhalb des Schlosses, etwa bei einem treuen Pächter, unterzubringen. Die mutige Martha wollte zuerst nichts davon wissen; doch hat sie unseren Rat, wie sich später herausstellte, wenigstens teilweise befolgt.

Die Dämmerung war hereingebrochen, als ich das Schloss verließ. Es gelang mir, ungesehen unsere Leute jenseits des Talgrundes zu erreichen, und ich führte sie auf einem Waldweg ganz in die Nähe des Schlosses. Dem Sergeanten Stoffel gab ich ein Dutzend der besten Schützen mit und sah vom Waldsaum aus, wie sie das Tor des Schlosshofes glücklich erreichten; es blieb hinter ihnen offen, um den Mordbrennern den Eintritt in die Falle zu erleichtern. Dann warteten wir, in einer Tannenschonung versteckt, auf das verabredete Zeichen.

Lange harrten wir vergebens, dann meinte ich Schritte und leise Stimmen zu vernehmen. Es war keine Täuschung. Ein Schwarm, den ich auf 40 bis 50 Mann schätzte, kam an uns vorüber und nahm den Weg auf das Schloss zu. Gleich darauf schlug der Kettenhund am Tor an; sein heftiges Gebell ging rasch in Gewimmer über und verstummte.

„Die Schurken haben ihn erstochen“, sagte der Korporal Meienberg. „Sollen wir noch länger warten?“

„Sie haben uns das verabredete Zeichen noch nicht gegeben“, sagte ich, nach dem Turm ausschauend, als eben das Licht aufleuchtete und gleich darauf Schüsse fielen. „Meienberg, Ihr bleibt mit den Leuten hier im Hinterhalt; alle übrigen voran!“, kommandierte ich. Im Sturmschritt ging es über die Wiese, und im Nu hatten wir das Tor erreicht. Keinen Augenblick zu früh; denn die Bande, in die ganz unerwartet von einer Reihe von Fenstern aus wohlgezielte Kugeln flogen, wollten schleunigst Fersengeld geben, als ihnen in geschlossener Front unsere Bajonette entgegenblitzten. Mit einem Wutgeheul prallten sie zurück, aber das Feuer aus dem Schloss trieb sie uns wieder entgegen. Sie schossen jetzt einige Flinten- und Pistolenschüsse auf uns ab, und drei von meinen Leuten wurden verwundet. Jetzt ließ ich das zweite Glied über die Schultern des ersten hinweg, das mit gefälltem Bajonette da stand, in den Knäuel hinein eine Salve geben. Keine Kugel ging fehl, und mehr als ein Dutzend der Mordbrenner wälzte sich in seinem Blut. Ein Schrei der Verzweiflung erhob sich; einige riefen um Pardon, andere versuchten über die Mauer zu entkommen oder wollten sich in den Winkeln des Hofes verkriechen. Aber wo unsere Kugeln sie nicht erreichten, trafen die Schüsse aus den Schlossfenstern, und schon lag etwa die Hälfte der Bande tot oder verwundet im Hofraum. Ich rief ihnen zu, die Waffen von sich zu werfen und sich auf Gnade oder Ungnade zu ergeben. Eine Pistolenkugel, die mir hart am rechten Ohr vorbeipfiff, war die Antwort. Da ließen sich meine Leute nicht mehr halten. „Nieder mit den Mordbuben!“, schrien sie und stürmten in den Hof. Bajonettstiche, Kolbenschläge, Schüsse, Fluchen, Todesgeschrei!

Einige von den Verzweifelnden hatten inzwischen eine Stalltür eingeschlagen und waren auf den Estrich geklettert, der mit Stroh und Heu angefüllt war. Ob es nun durch Schüsse geschah, die sie auf unsere Leute abgaben, oder ob es eine Tat der Verzweiflung war: Das Stroh fing Feuer, und im Nu loderte eine Flammensäule auf und schlug zu den Dachluken hinaus. Der Wind, der inzwischen sturmartig geworden war, trieb die Flammen gerade auf das Schloss zu. Unglücklicherweise war der Teil des Nebengebäudes, der unmittelbar an den Hauptbau anstieß, voll Reisig und luftig geschichtetem Holz, das sich in wenigen Minuten in einen Glutofen verwandelte und ganze Garben von Flammen auf die Fenster und das Holzwerk des Schlossdaches schleuderte. Der herrliche Bau war unrettbar verloren, bevor wir auch nur ans Löschen denken konnten! In dem tollen Lärm und Wirrwarr, der uns umgab, hatten wir keine Zeit, viele Worte zu wechseln. Erst als wir der erstickenden Glut entronnen waren und einen Blick auf die Geretteten werfen konnten, rief ich erschreckend: „Wo sind die Fräulein und der Baron?“

Reding fuhr zusammen. „Um Gottes willen! Fräulein Martha stand doch die ganze Zeit neben mir!“

Sie war aber, als der Brand ausbrach und Reding mit seinen Leuten vollauf beschäftigt war, die verrammelte Haupttür zu öffnen, die Treppe hinaufgeeilt, um ihrer Schwester und ihrem Vater beizustehen, und jetzt hörte man sie aus den Fenstern des oberen Stockes kläglich um Hilfe rufen!

„Heilige Mutter Gottes!“, stammelte ich. „Wie ist ihnen zu helfen!“

„Erst zu ihnen!“, rief Reding. „Dann wird sich auch finden, wie wir sie aus dem Schloss bringen. Wer ein paar Brandwunden nicht fürchtet, der folge mir!“

Ich schloss mich ihm an; der lange Stoffel, Brunner und eine treue Dienstmagd folgten. Über eine Wendeltreppe erreichten wir, uns durch erstickenden Rauch und Qualm vorantastend, das grüne Zimmer, in dem sich der Baron mit seinen zwei Töchtern befand.

Herr von Valdouleur war in seinem hilflosen Zustand vor Aufregung fast wahnsinnig geworden; vergebens hatte er seine Töchter gebeten, sich selbst zu retten und ihn in Gottes Namen seinem Schicksal zu überlassen. Isabella war, einer Ohnmacht nahe, neben dem Vater auf die Knie gesunken. Die mutige Martha hatte vergeblich versucht, den Vater auf die Füße zu bringen, um ihn, wenn auch den Kranken halb schleifend, dem Flammentod zu entreißen. Die von der Gicht gelähmten Glieder versagten einfach ihren Dienst, und tragen konnte sie ihn nicht. Was blieb ihr also anderes übrig, als verzweifelt um Hilfe zu rufen?

Durch ihre Stimme geleitet, fanden wir endlich das Zimmer und wurden von allen mit einem Freudenschrei begrüßt. Wir versuchten zuerst, den Kranken samt seinem Lehnsessel fortzubringen. Aber ich sagte mir: Das wird die enge Wendeltreppe hinab nicht gehen; so hob ich ihn ohne viel Federlesens vom Stuhl auf und nahm ihn wie ein Kind in meine Arme. Er schrie vor Schmerzen, aber das kümmerte mich wenig. „Voran!“, rief ich, „es ist kein Augenblick zu verlieren“, und schritt mit meiner Bürde auf die Tür zu.

Reding folgte mit Isabella, die ebenfalls fast getragen werden musste; Martha raffte einen Handkorb auf, in den sie auf unsere Warnung hin am Abend noch ihre Barschaft und ihren Schmuck gepackt hatte, und bildete den Schluss.

Als ich tastend eben meinen Fuß auf die oberste Treppenstufe setzte, hörte ich hinter mir ein Krachen und Knistern und bemerkte an der plötzlichen Helle, dass die Flammen hinter uns aufschlugen.

„Voran!“, rief Reding. „Brennende Balken stürzen vom Dach nieder!“

Ich konnte mit dem Kranken nicht rascher gehen, wenn ich mich nicht der Gefahr aussetzen wollte, mit ihm die steile Treppe hinabzustürzen. Endlich erreichten wir doch das Erdgeschoss.

„Wo ist Martha?“, rief hier jammernd die jüngere Schwester.

„Ihre Schwester? Ich meinte, sie folge uns auf dem Fuß“, rief Reding, und schon stürmte er wieder die Treppe hinauf. Einige bange Minuten verstrichen, bis er, Fräulein Martha auf seinen Armen und den Korb in der Hand tragend, zu uns kam. Ob sie aber tot war oder noch lebte, konnte ich nicht sagen; Blut träufelte aus einer Kopfwunde, die ihr niederstürzende Trümmer geschlagen hatten, und sie war bewusstlos und so bleich wie eine Leiche.

Wir eilten in den Garten, den die Lohe hinter uns mit blutrotem Schein erhellte. An einer Fontaine machten wir Halt. Da legte ich den Gichtkranken auf eine Bank, und Reding übergab das Fräulein ihrer Schwester und der jammernden Magd. Mit dem kühlen Wasser des Brunnens begannen sie die Wunden zu waschen, und bald hatten wir alle den Trost, dass die Ohnmächtige zum Bewusstsein zurückkehrte. Reding war so ergriffen, dass er mich umarmte und seinen besten Freund nannte, dem er die mutigen Dienste dieser Nacht nie vergessen werde.

Was hatte ich denn für ihn getan? Ja, wenn die beiden Fräulein und ihr Vater mir so gedankt hätten! Sie dankten freilich auch; aber merkwürdigerweise machte der Dank des sonst kühlen Reding einen größeren Eindruck auf mich.

In Etampes läutete man schon eine Weile Sturm, und viele Bürger eilten durch Nacht und Regen herbei. Auch der Maire, ein freisinniger Mann, der trotzdem nicht viel später von dem aufrührerischen Pöbel in Ausübung seiner Amtspflicht ermordet wurde, war gekommen. Wir statteten ihm unseren Bericht ab und übergaben ihm die Gefangenen, von denen fast alle verwundet waren. Nicht nur er, sondern auch die Bürger und Bauern, die das brennende Schloss umstanden, waren über die Freveltat aufs höchste empört; denn Herr von Valdouleur und seine Töchter standen in der ganzen Gegend im Rufe großer Mildtätigkeit. Der Maire nahm sie als Gäste einstweilen in sein Haus auf. Auch uns lud er zu sich ein, und wir nahmen es für die zwei Rasttage, die wir unseren übermüdeten Leuten gönnen mussten, gerne an. Dann aber zogen wir nach Chartres, das zwei starke Marschtage westlich von Etampes lag, unsere sechs Verwundeten in guter Pflege zurücklassend.

Beim Abschied konnte es mir nicht entgehen, dass Reding Fräulein Martha, deren Wunde rasch heilte, von ganzem Herzen ergeben war, und dass seine Liebe erwidert wurde. Er gestand es mir auch und sagte, er würde sofort bei ihrem Vater um ihre Hand angehalten haben, wenn nicht der schwere Schicksalsschlag, der ihn betroffen hatte, für den Augenblick einen solchen Antrag verböte. Ich wünschte ihm Glück; denn das mutige Mädchen schien mir vorzüglich zu meinem ernsten Freund zu passen. Fräulein Isabella war auch sehr bewegt, als sie mir die Hand zum Abschied reichte, und ihr seelenvolles Auge blickte mich so warm an, dass ich förmlich erschrak; dann aber legte ich es doch nur als Dankbarkeit aus und schied mit gerührtem Herzen. Der Marquis nannte mich seinen liebenswürdigen schweizerischen Bären, in dessen zarter Umarmung er vor Schmerzen schier gestorben sei, als ich ihn wie einen Säugling die Treppe hinabgetragen habe, nötigte mir als Andenken seine goldene Taschenuhr auf und entließ mich mit der Bitte, ihm ja die Hand nicht zu reichen, da er meinen ersten Händedruck bei der bloßen Erinnerung noch in den Zehen spüre. So schieden wir lachend als gute Freunde.

Unterdessen trafen von allen Seiten Nachrichten von Mord und Brand ein. In der Franche-Comté, im Mâconnais, im Beaujolais waren in wenigen Tagen 150 Schlösser in Rauch aufgegangen; die Champagne, die Dauphiné und das Elsaß überschwemmten Räuberbanden, die, von Paris ausgesandt, überall förmliche Anarchie zu verbreiten drohten. Alle Rechte, aller Besitz schien in Frage gestellt. Die von den Führern der Revolution in Paris vielleicht beabsichtigte Folge war die rasche Bildung und Bewaffnung der Nationalgarde über ganz Frankreich hin. Auch in Chartres bildete sich ein solches Corps, und die Behörden wünschten, dass wir es einexerzierten. Das war nun nicht nach meinem Geschmack; so schrieb Reding an den Major von Bachmann um unsere Zurückberufung.

In Paris war inzwischen in der Nationalversammlung Großes geschehen. In der berühmten Nacht vom 4. August hatte der Adel auf alle Feudalrechte, die Geistlichkeit auf den Zehnten verzichtet; die Zünfte waren aufgehoben, die Verkäuflichkeit der Ämter abgeschafft, allen gleichmäßige Besteuerung je nach ihrem Vermögen und Zutritt zu jedem Amt gewährleistet worden. Der Adel war also abgeschafft, der Klerus der Besoldung und dadurch der Willkür der Behörden überantwortet worden. Dann war am 27. August die Erklärung der so genannten „Menschenrechte" erfolgt, welche die Grundlage der Verfassung bilden sollte.

Es war ein Jubel in Paris, als ob jetzt das Goldene Zeitalter angebrochen sei. Sonst ganz vernünftige Leute fielen sich auf offener Straße mit Freudentränen um den Hals. „Jetzt wird alles gut", hieß es. „Die bedauerlichen Morde, die hier und anderswo geschehen sind, der Brand der Schlösser und ähnliche Ausschreitungen sind nun einmal beim Beginn großer Umwälzungen leider kaum zu vermeiden. Aber jetzt hat die Freiheit gesiegt."

So tönte es mir von allen Seiten in die Ohren, und ich wäre kein Jüngling von warmem Herzen gewesen, wenn die allgemeine Begeisterung mich nicht ebenfalls ergriffen hätte. Was ich mir erträumt hatte, worüber ich mit Salis gesprochen, schien sich nun doch zu erfüllen. Was Wunder, dass ich mich von dem allgemeinen Freudentaumel hinreißen ließ?

Auf dem Weg von unserer Kaserne in Courbevoie zum Großrichter Keyser, dem ich unsere Abenteuer bei Etampes erzählen und zugleich mich erkundigen wollte, ob keine Briefe aus der Heimat angekommen seien, ließ ich mich von einigen befreundeten Offizieren bewegen, die „Grotte Flamande" im Palais Royal zu besuchen, und eine Flasche auf die Freiheit und das Glück der Völker zu trinken. Da und dort saßen an Marmortischen Gruppen von Gästen, und es dauerte eine Weile, bis wir in einer Nebengrotte einen Platz fanden, wo wir gemütlich für uns plaudern konnten. Bald knallte der Pfropfen, und der goldene Schaumwein perlte in den geschliffenen Gläsern. Wir ließen sie klingen und redeten, wovon damals alle Welt redete, von Freiheit und Völkerglück.

Nicht lange hatten wir so geredet, bald Deutsch, bald Französisch, als ein Mann von mittlerem Alter mit geistreichen Zügen, der an einem benachbarten Tisch saß, auf uns aufmerksam wurde und bald höflich grüßend an uns herantrat.

„Erlauben Sie", sagte er „Ihre Uniform sowohl wie Ihre Sprache verkünden mir, dass ich Landsleute vor mir sehe, und die begeisterten Worte von Freiheit und Völkerglück, die ich von Ihren Lippen höre, verraten mir teure Gesinnungsgenossen. Darf ich mich Ihnen als Schweizer und als einen geschworenen Feind jeder Tyrannei vorstellen und um die Ehre bitten, mich zu Ihnen setzen zu dürfen?"

Beides wurde mit Freuden zugestanden und nun nannte der Fremde seinen Namen: Rouillé aus dem Waadtland. Ich meinte, ich hätte diesen Namen schon gehört, und zwar als den eines eifrigen politischen Agitators, der im Bund mit anderen die Befreiung des Waadtlandes von der Herrschaft Berns betrieb.

Einerlei! Dem Vogteiwesen in der Schweiz war ich immer abhold gewesen und hatte darüber mit meinem Götti Zurlauben manchen Streit gehabt, und Rouillé trug ein ungemein gewinnendes sympathisches Wesen zur Schau. Als sich die anderen Kameraden nach einiger Zeit unter verschiedenen Vorwänden entfernten, tranken wir noch eine Flasche zusammen, und ich schloss rasch Freundschaft mit dem Mann. Arm in Arm verließen wir das Palais Royal und trennten uns mit dem Bruderkuss erst in der Rue de Montmartre. Nicht weit davon hatte er seine Wohnung.

Von dort war es nicht mehr weit bis zum Haus des Großrichters. Die alte Blanchet öffnete mir. „O Herr Damian!“, rief sie. „Endlich wieder in Paris? Aber was Sie für einen roten Kopf haben? Sie sind gewiss in dieser Augusthitze zu rasch gegangen.“

„Ich bin etwas rasch gelaufen, Rosalie“, antwortete ich, und es kam mir erst jetzt zum Bewusstsein, dass mir der Champagner doch bedenklich zu Kopf gestiegen war, was ich mir aber nicht merken lassen wollte. „Wo ist der Herr Großrichter?“

„Der Herr Großrichter sitzt mit dem Kapuzinerpater im Gartenhäuschen. Wenn Sie jetzt nicht zu müde sind und sich nicht lieber etwas ausruhen wollen ...“

Aber ich war schon an ihr vorüber in den Garten gestürmt, wo ich die beiden Männer in ernstem Gespräch fand. Sie schauten mich etwas befremdet an; denn ohne viel Zeremoniell, wie es sonst die Sitte nach längerer Abwesenheit einem Herrn wie Keyser gegenüber erfordert hätte, setzte ich mich zu ihnen und begann gleich meiner Begeisterung über die Abschaffung der Standesunterschiede und die Erklärung der Menschenrechte die Zügel schießen zu lassen.

Sie hörten mich eine Weile schweigend an. Dann räusperte sich P. Secundus wiederholt und suchte mir unter dem Tisch einen warnenden Fußtritt zu geben. Ich merkte nichts und schwadronierte weiter von Freiheit und Brüderlichkeit und alten verrotteten Zuständen und künftigem Völkerglück; ich weiß nicht, was ich alles sagte. Aber es muss toll gewesen sein, denn die Miene des Großrichters wurde immer düsterer und seine

Stirnfalte immer drohender. Endlich unterbrach er mich und sagte mit eiskaltem Ton: „Herr Leutnant, Ihr seid erhitzt. Wollt Ihr Euch nicht auf Euer Zimmer begeben? Blanchet mag Euch einen kühlenden Trank bereiten. Morgen, wenn Ihr ausgeschlafen habt, können wir uns weiter über dieses Thema unterhalten, und es sollte mir sehr leid tun, wenn Ihr auch dann noch dieselben Ansichten zu vertreten wagt."

„Natürlich werde ich dieselben Ansichten vertreten", rief ich und schlug auf den Tisch. „Ich kann mir denken, dass Ihnen der Sieg der neuen Ideen nicht ganz behagt. Sie sind einer von der alten Schule. Aber Sie werden mich nicht bekehren. Die neuen Ideen siegen! Es lebe die Freiheit!"

„Das ist doch zu toll", sagte der Großrichter. „Habt Ihr denn vergessen, was für ein Glück die neue Freiheit Euch beim Bastillensturm um ein Haar gebracht hätte? Habt Ihr die Köpfe nicht gesehen, die man auf Stangen durch die Straße trug? Und den Brand der Schlösser, den Ihr als Augenzeuge in Eurem Brief beschrieben habt?"

„Ach was!", rief ich. „Das sind bedauerliche Exzesse, wie sie bei jeder Revolution vorkommen. Als unsere Väter die schweizerische Eidgenossenschaft begründeten, ging es auch nicht ohne den Tod der Landvögte und den Bruch ihrer Schlösser. Jetzt aber, da der Adel auf seine Vorrechte verzichtete, was sich unsere Schweizer Aristokraten von Bern und Freiburg usw. nur auch als Beispiel merken sollten..."

„Schweigt! Ihr seid betrunken. Ich will kein Wort mehr hören! Und wenn Ihr mir morgen nicht auf Ehrenwort versichert, dass Ihr diesen Abend nicht Eure Überzeugung, sondern wirres Zeug geredet habt, sind wir für alle Zukunft geschiedene Leute."

„Nun, nun, Herr Großrichter", versuchte P. Secundus zu begütigen. „Wir wollen jetzt nicht weiter politisieren. Ihr seht ja, dass die Augustsonne dem Gehirn unseres jungen Freundes schon genug zugesetzt hat. Herr Leutnant Muos, erzählt uns lieber etwas von Euren Abenteuern in Etampes."

Aber die Art und Weise, wie mich der Großrichter eben angefahren hatte, hatte mir das Blut noch mehr in den Kopf getrieben. Ich nannte ihn einen Pedanten und fuhr fort, auf die eines Freistaates unwürdigen Verhältnisse der Schweiz zu schimpfen. Dabei entschlüpfte mir auf einmal der Name Rouillés.

„Rouillé!“, rief der Großrichter. „Rouillé, der waadtländische Volksaufwiegler! Kennt Ihr den Mann?“

„Volksaufwiegler! Ja so mögen ihn die Berner Aristokraten nennen! Er ist ein edler Mann! Er ist ein Menschenfreund! Er glüht für die Freiheit seiner Landsleute! Eben habe ich ihn im Palais Royal kennen gelernt und einen Bruderbund mit ihm geschlossen ...“

„Jetzt ist's genug!“, brach Keyser los, und die Zornesader war ihm hoch geschwollen. „Herr Leutnant, Ihr habt mir zwar vor einigen Wochen das Leben gerettet; aber auch das kann mich nicht verpflichten, in Zukunft mit einem Freund des Demagogen* Rouillé, der den Strick verdient hat, persönlich zu verkehren oder ihm gar die Hoffnung auf die Hand meiner Tochter zu machen. Ich muss Euch bitten, Euch sofort aus meinem Garten und Haus zu entfernen.“

Vergebens versuchte der gute Kapuziner nochmals zu vermitteln. Wir waren beide so zornig, dass er einsah, es sei das Beste, uns so rasch wie möglich zu trennen, um größeres Unheil zu vermeiden. Er erhob sich also, verabschiedete sich vom Herrn Großrichter und zog mich mit sich fort.

Auf dem Boulevard fragte mich P. Secundus, wo ich nun hin wolle. Ich zuckte die Achseln und sagte, es sei mir alles gleichgültig; zunächst gedenke ich, im Park Monceaux etwas frische Luft zu schöpfen; nachher würde ich vielleicht zu Reding ins Hôtel de Malte gehen. So wünschte er mir freundlich gute Nacht und lud mich ein, ihn am andern Tag zu besuchen.

Wieder hatte ich mich mit dem Großrichter überworfen. Ich zürnte ihm und mir. Ihn nannte ich einen Pedanten, mich schalt ich einen Narren, dass ich mich mit ihm stritt und meine Weisheit nicht für mich behielt. „Nun habe ich Verenas Hand erst

* Ein Mensch, der mit politischen Reden die Bevölkerung aufhetzt

recht verscherzt“, sagte ich mir. Ich weinte fast vor Zorn über mich und ihren Vater.

Der Vollmond stand schon hoch am Himmel, als ich nach langem Wandern im Park Monceaux das Hôtel de Malte in der Rue Richelieu, gerade gegenüber der königlichen Bibliothek, aufsuchte. Reding war nicht da. Ich ließ mir ein Zimmer geben und beschloss den Tag, an einer glücklichen Zukunft verzweifelnd, mit unsäglicher Traurigkeit.

Prophezeiungen

Am folgenden Tag siedelte ich in die Wohnung von Salis über, die dieser in einem netten Haus in der Rue St. Honoré, nicht weit von den Tuilerien, gemietet hatte. Als er Paris im Juli plötzlich verlassen musste, hatte er mich gebeten, statt seiner das Logis zu beziehen oder wenigstens etwas nach seinen Büchern und Sachen zu sehen. Ich fand alles in recht guter Ordnung. So gab ich dem Portier den Auftrag, meine Sachen aus der Rue Ste. Apolline holen zu lassen und mein Schlafzimmer herzurichten, dann ging ich über die Place Vendôme zu den Kapuzinern.

Ich traf P. Secundus in dem schönen großen Gemüsegarten des Klosters. Er saß im Schatten eines Baumes und las. Über die Brille hinweg blickte er mich fast schelmisch an und strich sich den grauen Bart. „So, so, wie ich mir gedacht habe! Gestern in höchster Freude, heute in trüber Melancholie. Ja, das ist nun einmal Ihr Temperament. Wenn’s da bei solcher Feuchtigkeit im Herzen einen heißen Sonnentag gibt, so endet das gewöhnlich mit Sturm und einem Donnerwetter, und das Barometer fällt, und es folgen einer oder ein paar Regentage. Das schadet nichts. Wenn’s beim Donnerwetter nur nicht einschlägt! Einmal wär’s beinahe geschehen - damals bei der Duellaffäre. Und gestern! Nun, nun, ich denke, es wird sich wieder einrenken lassen und bin gern bereit, beim Herrn Großrichter ein vermittelndes Wort zu sagen, wenn Ihr es wünscht.“

Ich dankte für seinen guten Willen und sagte traurig, es werde nichts nutzen, da ich keineswegs gewillt sei, dessen veraltete und verschrobene Ideen anzunehmen.

„Auch nicht den Umgang mit diesem Rouillé aufzugeben?", fragte P. Secundus und schaute mich über seine Brille hinweg scharf an.

„Auch das nicht", antwortete ich.

„Oho", sagte der Kapuziner ernst. „Rouillé gesteht selbst offen ein, dass er die jetzt zu Recht bestehende Ordnung im Waadtland durch offene Gewalt stürzen will."

„Zu Recht bestehend?", wandte ich ein. „Wie kann sie zu Recht bestehen, wo sie doch gegen die Menschenrechte verstößt?"

„Die Menschenrechte!", rief P. Secundus. „Gott hat seine heiligen zehn Gebote geoffenbart als das Fundament der Rechtsordnung. Und St. Paulus hat als geoffenbarte Wahrheit verkündet: ‚Gehorchet der Obrigkeit; denn sie hat ihre Macht von Gott.' - Von diesen Menschenrechten aber steht nichts in den heiligen Büchern des Neuen und Alten Bundes. Sie sind aus den gottlosen Werken Voltaires, Rousseaus, d'Alemberts und Diderots und wie diese Kirchenväter der Revolution und des neuen Heidentums alle heißen, von einigen ungläubigen Advokaten zusammengestoppelt worden und sind samt und sonders ganz oder halb falsch. Nur eines: Das Gesetz soll der Wille des Volkes sein - welch ein Unsinn! Sie werden es noch erfahren, was ‚das Volk' für ein weiser, milder, gerechter Gesetzgeber sein wird! Und besonders hier in Frankreich, wo jeder Pöbelhaufe, ja jeder Strolch gleich ‚als das französische Volk' auftritt. Wir haben es schon erfahren in den Tagen des Bastillensturms."

Wir stritten uns lange hin und her, und ich muss sagen, dass es ihm gelang, mich in mehr als einem Punkt nachdenklich zu machen. Aber ganz überzeugt war ich nicht.

P. Secundus schüttelte mir zum Abschied die Hand und sagte, es stecke mehr Eigensinn in mir, als er meinem Temperament zugetraut habe; aber darum wolle er mir doch ein väterlicher Freund bleiben. „Was die Menschenrechte und die anderen schönen Phrasen angeht, so ist bei Eurem hitzigen Temperament solches ja zu begreifen und zu entschuldigen. Betagte und sonst vernünftige Männer, auch geistlichen Standes, sind gerade solche Narren - pardon - ich will niemand beleidigen! Sie werden eben die traurige Erfahrung machen müssen, dass es kein anderes Fundament für das Volkswohl gibt als das von unserem Herrn Jesus Christus gelegte. Diese ‚Menschenrechte' hat aber derjenige erfunden, der schon unserer Stammmutter vorgelogen hat: ‚Ihr werdet sein wie Gott!' Aus jedem Satz spricht der Mensch, der keinen Herrn über sich anerkennt und sich selbst als die einzige Quelle von Recht und Gesetz wie einen Gott hinstellt. Ja, ja ihr werdet sein wie Gott! Wollen sehen, wie weit es diese neuen Titanen bringen und wie lange der Bau hält, den sie auf solchem Fundament aufführen! Ich sage, es wird einen fürchterlichen Krach geben, und die ganze Geschichte wird ihnen über den Köpfen zusammenbrechen, ehe zehn Jahre ins Land gehen. Das prophezeie ich, P. Secundus, obschon ich weder zu den großen noch zu den kleinen Propheten gehöre und nur ein alter, einfältiger Kapuziner bin!"

Ich habe nachher oft an diese Worte denken müssen!

Es folgten nun ein paar Wochen einförmiger Dienstzeit, die ich bald in der Kaserne von Courbevoie, bald in meinem neuen Quartier in der Rue St. Honoré verlebte. In diese Zeit fällt die Weihe der Fahnen für die nunmehr gebildeten Regimenter der Pariser Nationalgarde, die der Erzbischof von Paris am 12. September 1789 in der Kathedrale von Notre Dame mit großem Pomp vornahm. Es war ein großartiges militärisches Schauspiel. Das ganze Mittelschiff war der Länge nach zu beiden Seiten mit einem vierfachen Spalier von Nationalgardisten besetzt, die in ihren nagelneuen blauen Uniformen sich ganz hübsch ausnahmen. Vor ihnen zogen in langer Reihe die weit über hundert rotweiß-blauen Banner vorüber, um im Chor von der Hand des Erzbischofs gesegnet zu werden, während Trommelwirbel durch die weiten gotischen Hallen rollten. In den Seitenschiffen waren wie zu einem Schauspiel Tribünen aufgeschlagen. Lafayette verlas den Fahneneid, in dem die Nationalgarde dem König und der Nation Treue schwor.

„Wir sind jetzt bald überflüssig in Frankreich", sagte ich zu Reding, als wir zusammen nach Courbevoie zurückgingen.

„Im Gegenteil", antwortete er, „wir waren dem König nie nötiger als jetzt. Hast du denn nicht bemerkt, wie das Misstrauen zwischen dem Hof und der Nationalversammlung, zwischen König und Volk täglich wächst?"

„Der Hof soll dem Volk die Freiheit gönnen", bemerkte ich ärgerlich. „Es ist doch nur das Knausern um die Rechte der Volksvertreter, das jetzt nach der schönen Begeisterung im letzten Monat diese Missstimmung zwischen Volk und König hervorgerufen hat."

„Das Volk soll dem König auf den Knien danken, dass er nicht alle Rechte in die Hand der Nationalversammlung legen will. Gerade zum Schutz der im Namen der Freiheit Unterdrückten wird er das Veto gebrauchen, um das jetzt gestritten wird."

„Es mag sein, dass er es gut meint", gab ich zu. „Aber wenn er uns gegen die Nationalgarde zu Hilfe ruft - was können ein paar Hundert dann gegen diese Hunderttausende ausrichten?"

„Wenigstens für unseren Fahneneid sterben", antwortete Reding ernst. Und nun erzählte er mir - wir hatten inzwischen sein Quartier erreicht und saßen im Zwielicht der dämmernden Stube - eine sonderbare Geschichte, über die ich damals lachen wollte, die mir aber seither oft grauenhaft genug in Erinnerung kam.

„Es war im Winter des vorigen Jahres", sagte er, „als ich mit Graf Erlach, Maillardoz und einigen andern Offizieren unseres Regiments bei einem vornehmen und geistreichen Herrn zu einem Soupé geladen war. Wenn ich gewusst hätte, was für eine gottlose Gesellschaft da zusammen kam, wäre ich nicht hingegangen: Aber einmal da, konnte ich mich, ohne zu beleidigen, nicht gut entfernen. Es waren Leute aus allen Ständen, vom Hof, vom höchsten Adel, Richter, Offiziere, Akademiker, Schriftsteller, Künstler, Herren und Damen, anwesend. Bei Tisch ging es noch; aber als einmal die feurigen Dessertweine die Zungen noch mehr entfesselten, wurde jede Schranke der Zucht durchbrochen. Der frivole Chamfort las eine seiner ebenso gottlosen wie geradezu unzüchtigen Erzählungen vor, und glaubst du, die anwesenden Damen wären errötet oder hätten auch nur den Fächer vors Gesicht gehalten? Beileibe nicht! Sie kicherten und klatschten Beifall - ich hätte sie anspeien mögen.

Dann folgte eine Flut von frivolen Witzen auf Priester und Religion. Man führte schamlose Verse aus der *Pucelle*[1] an, und was den Leuten sonst noch an Schmutz und Gotteslästerung einfiel. Man redete von dem großartigen Umschwung, den Voltaire im Geistesleben aller fortschrittlich Gebildeten hervorgebracht habe, weil er es sei, der dem christlichen Aberglauben mit der unbesiegbaren Waffe seines ‚Esprit'[2] den Todesstoß versetzt habe. Ja nicht nur den Gebildeten, sondern auch dem gemeinen Volk habe er schon in weiten Kreisen den Glauben genommen. Als Beweis dafür erzählte einer der Anwesenden, was ihm soeben mit seinem Friseur passiert sei. ‚Sehen Sie, mein Herr', hatte dieser beim Einpudern gesagt, ‚ich bin zwar nur ein armseliger Schlucker; aber Religion habe ich doch nicht mehr als Ihr Hund da!' Man hatte das beklatscht und daraus, dass die Lehren der Philosophie immer tiefer ins Volk einsickern, den Schluss gezogen, die goldene Zeit der Revolution und ihres Sieges über den Aberglauben und Fanatismus könne nicht mehr fern sein, und man wünschte den anwesenden Akademikern[3] Glück, dass sie diese Großtat des menschlichen Geistes so kräftig förderten. Einige von den Älteren unter den Anwesenden beklagten nur, dass sie dieses Goldene Zeitalter der philosophischen Revolution wohl nicht mehr erleben würden.

Da erhob sich Cazotte, der bisher schweigend und ernst ganz in meiner Nahe gesessen hatte. Du hast wohl von ihm gehört, er ist der Dichter des *Diable amoureux*[4]?"

„O! Seine Werke stehen deutsch und französisch unter den Büchern von Salis", entgegnete ich.

1 La Pucelle d'Orléans, ein satirisches Gedicht von Voltaire

2 Geist

3 Mitglied der Akademie

4 franz. Der verliebte Teufel

„Gut. Dieser Cazotte ist ein liebenswürdiger Greis, aber etwas Schwärmer; er gehört, glaub' ich, zu einem der aftermystischen* Zirkel, die überall da entstehen, wo man die wahre Religion verlässt; denn wenn man Gott nicht glaubt, so glaubt man dem Teufel. Cazotte wandte sich also zu den Alten und sagte mit ernster Stimme: ‚Beruhigen Sie sich, meine Herren; Ihr Herzenswunsch wird sich erfüllen; Sie werden diese große Revolution sehen. Wie Ihnen bekannt, bin ich ein wenig Hellseher, und ich will Ihnen prophezeien, wie es in dieser Revolution hergehen wird und welches Schicksal Sie in ihr zu erwarten haben.' Der Gottesleugner Condorcet, der ihm gegenüber saß, schnitt die fromme Miene eines Betbruders und rief mit zum Himmel gerichteten Augen: ‚Welche Freude für einen Philosophen, wenn er einem Propheten begegnet!' - Man wollte lachen, aber Cazotte fuhr sehr ernst fort: ‚Sie, Herr Condorcet, werden Ihr Leben auf dem Fußboden eines Gefängnisses aushauchen. Sie werden an Gift sterben, um der Hand des Scharfrichters zu entgehen. Die Zeiten werden so glücklich sein, dass Sie sich gezwungen sehen werden, ständig Gift bei sich zu tragen.' Man war ob dieser Prophezeiung einen Augenblick verblüfft, dann lachte man herzlich. ‚Wie kann der Sieg der Philosophie und die Herrschaft der Vernunft einem den Giftbecher aufzwingen?', rief man. ‚Gerade im Namen der Philosophie, der Humanität, der Freiheit und unter dem Reich der Vernunft, die dann in ganz Frankreich ihre Tempel haben wird, treibt man Sie in den Selbstmord. Es wird dann in ganz Frankreich keine anderen Tempel geben, als Tempel der Vernunft. - Und Sie, Herr von Chamfort, werden mit zweiundzwanzig Schnitten des Rasiermessers den Tod suchen und ihn doch erst ein paar Monate später infolge Ihrer sich selbst beigebrachten Wunden finden.'

Und dann prophezeite Cazotte einer ganzen Reihe von Anwesenden den Tod auf dem Schafott: Bailly, Malesherbes, Roucher und andern. Ich kann Dir sagen, dass es mir eiskalt den Rücken hinaufstieg. Er schaute mich so sonderbar an, dass ich

* wundersüchtig, schwarmgeistig, vergleichbar mit heutigen Esoterikern

fast schwören wollte, er habe ein ähnliches Blutschicksal auch für mich auf der Zunge gehabt, als ihm jemand zurief: ‚Wir werden also von den Türken und Tartaren unterjocht werden?' - ‚Durchaus nicht', antwortete Cazotte. ‚Sie werden einzig unter dem Zepter der Philosophie und der Vernunft stehen. Ihre Richter sind nur Philosophen; sie werden die Phrasen, die hier seit einer Stunde vorgetragen wurden, beständig im Munde führen; sie werden alle Ihre Grundsätze unterschreiben und, gleich Ihnen, Stellen aus Diderot und der *Pucelle* anführen. - ‚Und wann wird das alles geschehen?', fragte man. ‚Es werden noch keine vollen sechs Jahre verstreichen, und alles wird erfüllt sein, was ich prophezeite', lautete die Antwort.

Da sagte die Herzogin von Grammont: ‚Wie glücklich sind wir Frauen, dass wir bei Revolutionen keine Stimme haben. Selbstverständlich wird man uns nicht anzutasten wagen!' - ‚Sie irren sich', erwiderte der Hellseher. ‚Ihr Geschlecht wird Sie diesmal nicht schützen. Man wird Sie genauso wie Männer behandeln. - Sie, Frau Herzogin, werden zum Schafott geführt werden, Sie, und viele andere Damen mit Ihnen, alle auf einem Henkerkarren und mit auf dem Rücken gebundenen Händen!' - ‚Ach, man wird mich doch wenigstens in einer mit schwarzem Tuch ausgeschlagenen Kutsche fahren!', suchte die Herzogin zu scherzen. ‚Leider nicht, Madame', fuhr Cazotte ruhig fort. ‚Viel höhere Damen als Sie werden mit auf dem Rücken gebundenen Händen in einem Henkerkarren fahren. Viel höhere Damen!' - ‚Also Prinzessinnen von Geblüt?' - ‚Noch viel höhere Damen!', entgegnete Cazotte.

Jetzt begann man unruhig mit den Stühlen zu rücken; denn der Scherz, wofür man die ganze Prophezeiung Cazottes immer noch nehmen wollte, drohte zu weit zu gehen. Er konnte ja nur mehr die Königin meinen. Die Herzogin von Grammont wollte abermals mit einem frivolen Scherz einlenken und sagte in leichtfertigem Ton: ‚Sie sehen, er will mir nicht einmal einen Beichtvater zugestehen' - ‚Nein, Madame', entgegnete fest Cazotte, ‚Sie werden keinen Beichtvater erhalten, weder Sie noch sonst jemand. Die letzte Hinrichtung, bei der aus besonderer Gnade ein

Beichtvater gegenwärtig sein wird, ist' - hier hielt er einen Moment zögernd an. - ‚Nun, nennen Sie uns den Glücklichen!', rief man ihm zu. Er antwortete mit erhobener Stimme: ‚Sonst wird ihm nichts von all seinem Glück bleiben! - Es ist der König von Frankreich!'

Da stand der Hausherr rasch auf, und wir alle mit ihm. Ich kann dir nicht sagen, wie mich diese Szene mit Grauen erfüllt hat. Und der Blick, womit er mich fixierte, verfolgt mich oft im Traum! Wenn ich ihm noch einmal begegnete, ich glaube, ich hätte den Mut, ihn nach meinem Schicksal zu fragen."

„Sei kein Tor, Rudolf! Wer wird etwas auf die Worte eines Schwärmers geben!", suchte ich den Freund zu trösten, und fühlte mich doch selbst von dem Mitgeteilten tief erschüttert.

Viertes Buch: Courbevoie

Große Aussichten

Anfang Oktober hatte ich einige dienstfreie Tage, und ich beschloss, sie zur Vollendung meiner im Mai begonnenen Skizzen von Trianon zu benutzen. Mein schon verloren geglaubtes Zeichenbuch hatte ich erst vor einigen Tagen von d'Hervilly erhalten. Als er es mir, zugleich mit der Einladung der Königin, das Atelier ihres Hofmalers zu besuchen, übergeben wollte, befand ich mich im Gefängnis. Später hatten die politischen Ereignisse ihm und gewiss noch mehr der Königin die winzige Angelegenheit aus der Erinnerung gerückt. Eine zufällige Begegnung mit dem alten Marschall hatte ihn an den Auftrag Marie Antoinettes erinnert und mich wieder in den Besitz meines Skizzenbuches gebracht. D'Hervilly sagte mir bei dieser Gelegenheit viel Schmeichelhaftes von meinem Talent und bedauerte sehr, dass Robert Frankreich inzwischen verlassen hatte. Nun, ich hätte im Sturm der Tagesereignisse ja doch keine Gelegenheit gehabt, mir seinen Unterricht zunutze zu machen!

Ich wollte wenigstens eine Farbenskizze versuchen und zeichnete flink an den Umrissen, als ich auch schon gestört wurde.

Es war Jeanetton. Ich grüßte sie und fragte, wie es ihr und den Ziegen gehe. Ihr gut und den Ziegen auch, sagte sie und erzählte mir, sie habe anlässlich eines Festes am Abend zuvor einen Blick in den Saal des Opernhauses werfen können. Dort sei auf einmal der König mit der Königin erschienen. Es sei ein Hochrufen und ein Jubel gewesen, und die Musik habe gespielt, und alle hätten gesungen: *O Richard, o mon roi*!* - Weshalb denn Richard? Der König heiße ja Ludwig. Und die Königin habe so glücklich gelächelt wie den ganzen Sommer nicht mehr. Ach, sie sei jetzt immer so traurig seit dem Tode des Dauphin

* franz. O Richard, o mein König. Dies Lied sang der treue Ritter auf der Suche nach Richard Löwenherz, der in Gefangenschaft geraten war.

und allen den Untaten, die die bösen Pariser verübt hätten. So plauderte das Mädchen, und ich erläuterte ihr, was das Lied vom König Richard bedeute, nämlich eine Erklärung der Königstreue, und dachte nicht im Traum, was diese harmlose Demonstration für Folgen haben sollte. Endlich gelang es mir, Jeanetton mit dem Versprechen loszuwerden, ich würde nachher den Vater und die Ziegen besuchen. Dann zeichnete ich eine Weile und hatte gerade den Malkasten geöffnet und alles gerichtet, um das Bild zu grundieren, als Jeanetton außer Atem gelaufen kam und meldete, die Königin sei im Weiler und wolle mich sprechen.

„Wo?“, fragte ich bestürzt.

„In ihrem Haus, dort, in dem Bau mit den großen Holzgalerien.“

Natürlich ließ ich alles stehen und liegen und eilte zum Haus der Königin. Sie stand an einem Tisch, auf dem eine Karte von Frankreich aufgeschlagen war. Sie blickte mich freundlich an und reichte mir die Hand zum Kuss. Dann sagte sie zu einem älteren Herrn, der ihr Gesellschaft leistete: „Das ist der junge Offizier, von dem ich Ihnen erzählte. Besprechen Sie mit ihm unseren Plan! Auf seine Treue, und ich glaube wohl auch auf seinen Eifer, uns dienen zu können, dürfen wir rechnen. Herr Leutnant“, sagte sie dann zu mir, „mein Geheimsekretär wird Ihnen einen Plan mitteilen, zu dessen Ausführung wir vielleicht gezwungen werden könnten. Ich glaube zwar noch immer, er werde nicht nötig sein. Aber es ist gut, dass er vorbereitet wird, und ich hatte an Sie, eigentlich an erster Stelle an Ihren älteren Freund, den Baron von Reding, gedacht, dass Sie dabei behilflich sein könnten. So ließ ich Sie gleich zu mir bitten, als ich Sie im Park sah. Sie werden nachher, was Ihnen Herr Augeard sofort mitteilen wird, natürlich unter strengstem Geheimnis, Ihrem Freund Reding eröffnen und mit ihm gemeinsam die nötigen Schritte tun.“

Mit diesen Worten entfernte sich die Königin, mich mit einer leichten Verneigung ihres schönen Hauptes nochmals grüßend.

Der Geheimsekretär, ein gewandter Mann mit klugen Augen, wünschte mir mit vielen Worten schönes Glück zu dem hohen

Vertrauen der Königin und sagte dann, Ihre Majestät müsse in Anbetracht der immer unsicherer werdenden Lage daran denken, ihre Schätze außer Landes in Sicherheit zu bringen. Ich solle nun einen guten und bequemen Reisewagen mit vier Pferden bestellen; die Klugheit verbiete nämlich, Pferde und Wagen aus den königlichen Stallungen hierfür zu benutzen. Wagen und Pferde müssten von Samstag in acht Tagen an für jede Stunde bereit sein, hier am Gartentor von Trianon vorzufahren und den Schatz in Empfang zu nehmen.

„Um die Sache etwas zu verschleiern", erklärte Herr Augeard weiter, „hat man einen allerliebsten kleinen Roman erfunden. Alles soll für eine Entführung gehalten werden; die kleine Jeanetton, der die Königin in der letzten Stunde sagen wird, was sie zu tun hat, soll die Rolle der Entführten, Sie oder Ihr Freund die Rolle des Entführers spielen. Es wird am besten sein, wenn Sie die Rolle übernehmen, da Sie hier im Meierhof bekannt sind, und Sie müssen dann auch - etwas auffällig - der lieben Kleinen den Hof machen: Eh bien" - sagte er, mit den Augen blinzelnd -, „ich brauche das einem charmanten jungen Offizier nicht zu erklären! Es wird alles vortrefflich gehen, kein Mensch wird es verwunderlich finden, dass ein so schöner, junger Offizier mit einem hübschen, jungen Mädchen auf und davon geht. Das ist ja hier am Hof seit Jahrhunderten an der Tagesordnung. Haben Sie Lust und Mut für das kleine Abenteuer? Sie werden sich natürlich bei dessen Gelingen - und es muss gelingen! - den Dank der Königin und des Königs im höchsten Grad gewinnen und mit einem Schlag das Glück Ihres Lebens begründen - Reichtum, Ehre, was Ihr Herz wünscht!"

Natürlich war ich Feuer und Flamme. Der Gedanke, von der Königin für ein solches Unternehmen ausersehen zu sein, musste ja zünden. Dabei ging mir der Gedanke durch den Kopf: Verenas Hand ist dir sicher, wenn du den Schatz der Königin rettest; ein solches Verdienst wird der Herr Großrichter hoch anschlagen und es sich zur Ehre rechnen, mich zum Schwiegersohn anzunehmen. Doch behielt ich noch so viel Überlegung, dass ich dem Geheimsekretär bemerkte, mein Freund und ich seien Soldaten, und es werde also notwendig sein, beim Oberst um einen Urlaub einzukommen.

„Ihr Oberst ist Graf d'Affry“, sagte Herr Augeard. „Hm, ich wünsche nicht, dass Sie bei ihm um einen Urlaub einkommen. D'Affry ist kein Freund der Königin, und die Bitte könnte das ganze Geheimnis in Gefahr bringen. Ich werde dafür sorgen, dass Sie einen schriftlichen, vom König selbst besiegelten Urlaub hier erhalten sollen zur Stunde der Abfahrt; ebenso Pässe, Privilegien für den Zoll usw., alles ‚Im Namen des Königs'. Ist sonst noch irgendeine Schwierigkeit?“

Es ging mir freilich durch den Kopf, dass meine Kasse für die Anschaffung einer Reisekutsche und eines Vierergespanns wohl kaum ausreichen werde. Aber ich schämte mich, dem Geheimsekretär der Königin meine Armut einzugestehen. Auch dachte ich, Reding werde wohl Mittel und Wege wissen. So sagte ich, wenn der Urlaub erwirkt werde, sei ich zu allem bereit und wolle im Dienst der Königin gern Leib und Leben wagen. Er sagte, solches habe Ihre Majestät von mir erwartet, und mein ritterlicher Entschluss werde mir gewiss zu Ehre und Nutzen gereichen. Dann zeigte er mir auf der Karte, die auf dem Tisch ausgebreitet war, den Weg von Marly über St. Germain, Argenteuil und St. Denis im Norden um Paris herum und bis an die Grenze. Die Route war auf feines Papier in zwei Exemplaren gezeichnet, und jede Poststation war mit einem roten Kreuz angemerkt.

„Wenn Ihre Pferde ermüden sollten, müssten Sie mit Postpferden ohne Aufenthalt weiterreisen“, sagte Herr Augeard. „Einer von Ihnen wird daher vorausreiten und die Pferde bestellen müssen. Deshalb habe ich für Sie die Route in duplo ausgefertigt. Und jetzt Glückauf, mein junger Freund. Sobald Wagen und Pferde bereit sind, melden Sie es an mich - ohne Unterschrift - mit dem einen Wort ‚Parat' unter dieser Adresse.“

Der Geheimsekretär überreichte mir die Adresse und erhob sich. Er gab mir drei Finger seiner Hand, und wir schieden.

Als ich durch die Holzgalerie und die äußere Treppe hinabstieg, ging es mir wie ein Mühlrad im Kopf herum. In Eile packte ich meinen Malkasten ein, Pinsel und Palette durcheinander werfend, und schnallte meine Mappe zusammen. Beim Meierhof traf ich Jeanetton. Eingedenk des Winkes, den mir der Geheimsekretär gegeben hatte, blieb ich bei dem Mädchen etwas stehen und erbat mir einen Strauß Spätblumen aus ihrem Gärtchen. Sie gab mir blasse Malven, bunte Astern, süßduftende Reseda und einige verspätete Rosenknospen dazwischen, alles mit lachendem Mund und neckenden Worten.

Als ich mich umdrehte, sah ich in der Nähe einen jungen, modisch gekleideten Mann, der uns mit finsterer Miene beobachtete. Auf meine Frage, wer es sei, antwortete Jeanetton ärgerlich: „Der Laff! Es ist der Neffe des Herrn Augeard; er verfolgt mich förmlich mit Heiratsanträgen, obschon ich ihm deutlich genug schon mehr als einen Korb gegeben habe."

Sie sprach so laut, dass ich glaubte, er habe ihre Worte verstanden. Jedenfalls machte er plötzlich kehrt und verschwand mit einer drohenden Handbewegung. Wir gingen dann noch zusammen in den Stall, und ich bewunderte die Kühe und die Ziegen. Auch dem guten alten Großvater Valy sagte ich ‚Guten Tag'. Dann begab ich mich zurück in die Kaserne.

Als ich mich eben aus dem Sattel schwingen wollte, kam raschen Schrittes Major Bachmann auf mich zu. „Sitzen bleiben!", rief er. „Kehren Sie gleich nach Rueil zurück und von dort zu unsern Kasernen in der Stadt, um den Befehl zu überbringen, dass die ganze Mannschaft in den Kasernen zu konsignieren sei. Es ist Nachricht gekommen, dass die Partei Orléans einen Handstreich gegen die königliche Familie plane."

Ich konnte mich natürlich dem Befehl nicht entziehen, so gerne ich sofort mit Reding gesprochen hätte, der gerade über den Kasernenplatz ging. Doch rief ich ihm zu, er möge mich in seinem Quartier erwarten, da ich heute noch Wichtiges mit ihm zu besprechen hätte. Dann sprengte ich in Gottes Namen davon.

Rueil lag wohl eine Stunde von Courbevoie entfernt; dort stand das vierte unserer Bataillone, während das erste in drei Kasernen zu Paris, nämlich in der Rue Poissonnière, Rue Grange Batelière und zu Chaillot, untergebracht war.

Von Rueil ritt ich über Passy in die Stadt. Als ich auf den großen Boulevard kam, sah ich sofort, dass eine außergewöhnliche Aufregung unter der Bevölkerung herrschte. Mit Mühe und nur im Schritt gelang es mir durchzukommen; ja ich war mehr als einmal in Gefahr, vom Pöbel festgehalten zu werden, und musste schließlich einen großen Umweg durch weniger belebte Straßen nehmen, in denen ich mich verirrte. So kam ich erst tief in der Nacht und todmüde nach Courbevoie zurück.

Reding wartete doch noch auf mich, wie mir sein erleuchtetes Zimmer verkündete. Sobald ich daher abgesattelt, den armen Fuchs etwas abgerieben und ihm sein wohlverdientes Futter in die Krippe gegeben hatte, eilte ich auf des Freundes Zimmer. Er war über der „Reise des jungen Anacharsis" eingeschlafen, was ihm gewiss nicht zu verdenken war. Als ich eintrat, reckte er sich und fragte gähnend, was ich denn so schrecklich Wichtiges habe, dass ich ihm und mir deshalb den Schlaf raube. Als ich ihm aber mit fliegendem Atem erzählte, was ich in Trianon mit der Königin und ihrem Geheimsekretär erlebt hatte, machte er große Augen und schwieg. Endlich sagte er: „Damian, du erlaubst dir doch keinen schlechten Scherz mit mir?"

Ich wollte ärgerlich werden. Er aber fuhr fort: „Sei nur still; ich sehe schon, dass es dir Ernst ist. Und auch dieser Herr Augeard kann uns nicht zum Narren haben wollen, so unglaublich die ganze Geschichte klingt."

Dann ging er, sich die Stirn reibend, ein paar Mal im Zimmer auf und ab. Endlich blieb er dicht vor mir stehen und fragte mich die ganze Geschichte kreuz und quer noch einmal durch. „Und bist du ganz sicher, dass er gesagt hat, eine bequeme Reisekutsche mit vier Pferden? Überlege gut!", sagte er.

„Ich bin dessen so sicher, wie du hier vor mir stehst. Er hat es sogar wiederholt gesagt und betont, sie müsse stark und bequem sein."

Da schlug Reding mit seinem Finger ein Schnippchen und sagte: „So hat dir dieser Herr Geheimsekretär auch kaum die

Hälfte der Wahrheit gesagt! Bist du denn so einfältig, dass du ihm glaubst, zur Fortschaffung des Schatzes der Königin brauche es eine vierspännige bequeme Reisekutsche?"

„Nein, so dumm bin ich nicht, wenn ich auch ein Zuger bin", antwortete ich. „Aber du vergisst die famose Finte mit der Entführung Jeanettons. Dazu ist die Reisekutsche nötig."

„Dazu wäre ein leichtes Gefährt mit einem oder höchstens zwei Pferden viel passender als eine vierspännige bequeme Reisekutsche. Nein, Damian, der Herr Geheimsekretär will unsere Dienste für ganz etwas anderes."

„Aber wozu denn um des Himmels willen?"

„Ich will es dir sagen. Aber ganz leise ins Ohr, und du musst dich wohl hüten, es sonst einem Menschen anzuvertrauen." Damit beugte sich Reding über mich und flüsterte mir ins Ohr: „Der Schatz, den wir in der vierspännigen bequemen Reisekutsche ins Ausland retten sollen, ist niemand anderes als - die Königin selbst!"

„Rudolf", rief ich aufspringend, „bist du von Sinnen?" Mein Gehirn ergriff ein förmlicher Taumel. Außer mir vor freudiger Aufregung fiel ich Reding um den Hals und jubelte: „Wir zwei sind die glücklichsten Menschen der Welt! Als Rettern der Königin ist uns ein unsterblicher Name gewiss. Ich werde meiner Verena eine schöne Zukunft anbieten können und auch du kannst dem stolzen Fräulein von Valdouleur Ruhm und Reichtum zu Füßen legen."

„Ja - wenn's gelingt! Wenn's aber misslingt, kann es uns leicht an den Hals gehen, und unsere Namen können dann als diejenigen waghalsiger Toren in die Geschichte eingehen, die vielleicht mit sich das Leben einer Königin ins Verderben hineinreißen."

„Du bist doch der unverbesserlichste Schwarzseher, Rudolf!", rief ich ärgerlich. „Ich glaube gar, du denkst an diese Prophezeiung des wahnwitzigen Cazotte!"

„Sprich mir nicht von Cazotte", entgegnete er, finster die Stirn runzelnd. „Reden wir lieber über die Mittel zur Ausführung des Planes. Zunächst sehe ich zwei Schwierigkeiten. Einmal will mir die Sache mit dem Urlaub nicht gefallen."

„Augeard hat ja versprochen, dass alle Papiere in bester Ordnung sein sollen, wenn wir mit dem Wagen am Park von Trianon vorfahren.“

„Ich wollte, du hättest sie unterschrieben mitgebracht. Wir werden auch zur Vorbereitung der Reise Urlaub brauchen. Und es wird für die nächsten Tage schwer genug werden, einen solchen zu bekommen, da das Regiment jederzeit bereit sein muss, zum Schutz des Königs nach Versailles oder an die Brücke von Sèvres zu marschieren. Du hättest wenigstens um die Erlaubnis bitten sollen, unseren Major mit ins Geheimnis ziehen zu dürfen. Er ist der Königin mit Leib und Seele ergeben, und er könnte uns auch über die zweite große Schwierigkeit hinweghelfen, - über den Geldpunkt. Warum hast du den Geheimsekretär nicht um einen Vorschuss von ein paar hundert Louisdor gebeten?“

„Offen gestanden, weil ich mich schämte, Rudolf“, entgegnete ich.

„Ganz einem ‚Grand Seigneur‘* entsprechend! Du musst also wohl oder übel entweder den Herrn Geheimsekretär bitten, dir 500 Louisdor vorzustrecken oder unseren Major ins Vertrauen ziehen zu dürfen. Der würde die Summe leicht aufbringen können; auch sonst wäre es in jeder Hinsicht für uns vorzuziehen, dass er um die Sache wüsste; wir hätten dann freie Hand für alle Vorbereitungen. Denke nur: wir werden Wagen und Pferde ausprobieren und den auf der Kartenskizze vorgezeichneten Weg wenigstens bis über St. Denis hinaus kennen lernen müssen. Wie wird das angehen, wenn die Mannschaft vielleicht wochenlang in den Kasernen konsigniert ist, was jetzt leicht der Fall sein kann.“

Ich musste ihm recht geben. Wir überlegten, ob ich Herrn Augeard die Schwierigkeiten schriftlich unter der mir genannten Adresse mitteilen solle, oder ob es besser sei, dass ich ihn in Versailles aufsuche und mündlich mit ihm verhandle. Wir entschlossen uns für dieses, weil der Geheimsekretär den schriftlichen Verkehr offenbar für gefährlich hielt, So schieden wir spät nach Mitternacht.

* franz. „großer Herr“

Am 3. und 4. Oktober regnete es. Schon darum hätte ich keinen Urlaub begehren können, um im Park von Trianon zu malen. Man kann sich denken, dass mir der Boden unter den Füßen brannte! Bis Samstag in acht Tagen sollte alles bereit sein, und Tag um Tag entfloh, ohne dass wir etwas tun konnten.

Der 5. Oktober brachte endlich etwas besseres Wetter. So ging ich zu Major Bachmann und bat um Urlaub. Er war über eine Contreordre*, die soeben eingetroffen, ärgerlich und sagte: „Gehen Sie meinetwegen, wohin Sie wollen! Ich werde bald das ganze Regiment beurlauben - oder selbst um meinen Urlaub bitten! Diese kopflose Wirtschaft habe ich endlich satt!“

Geschwind warf ich mich in einen hübschen, aber nicht auffälligen Zivilanzug, so wie ihn etwa junge Advokaten trugen - schwarzer, feiner Rock, fein gefältete Brustkrause und Spitzenmanschetten. Reding war nämlich der Ansicht gewesen, dass es so weniger auffällig erscheinen werde, nach dem Herrn Geheimsekretär zu fragen, als in der Uniform.

Als ich in der Nähe von Versailles die Stelle, wo man die Straße von Sèvres überblicken kann, erreichte, hörte ich Trommeln und ein ungeheures Geschrei. Wohl ein Dutzend Tamboure zogen vor einer Schar Männer einher, wie sie mir aus den Tagen der Bastille bekannt waren: zerlumpte, bärtige, betrunkene Gesellen. Und ihnen folgte, so breit die Straße und so weit sie sichtbar war, ein ganzes Heer von Weibern mit zerrissenen und von Straßenkot durchtränkten Kleidern, Gabeln, Piken, verrostete Büchsen auf den Schultern, alles Arm in Arm. Und sie riefen: „Nach Versailles! Wir wollen den Meister Bäcker und die Frau Bäckerin und den jungen Bäcker! Wir wollen Brot und Freiheit!“ Die Versailler, die dieser Weiberarmee entgegenzogen, schrien aus Leibeskräften: „Es leben unsere tapferen Pariserinnen!“

* franz. Gegenbefehl

Etwas Scheußlicheres als diesen Weiberzug habe ich nie gesehen. Das war der Abschaum von Paris! - Fast gleichzeitig mit mir erreichten die ersten Scharen die Place d'Armes; Das Regiment von Flandern war dort, vor dem äußeren Gitter aufgestellt; am inneren Gitter, das den Hof der Minister vom Hof des Königs trennt, erblickte ich Gardes-du-Corps. Schon dachte ich, sie werden nicht ins Schloss kommen; da sah ich ein frech als Amazone verkleidetes Weib, die „schöne Lütticherin" genannt, von anderen Scheusalen begleitet, zu Pferd zwischen die Reihen der Soldaten sprengen. Geld und schöne Worte bestachen diese; sofort wurden die Gittertore geöffnet, und in wenigen Augenblicken war der äußere Hof von dem Gesindel überschwemmt.

Auf dieser Seite konnte ich nicht ins Schloss, das war klar. Ich ging also um den südlichen Flügel herum und probierte es am Gitter der Orangerie. Der Posten, der dort stand, machte zwar einige Schwierigkeiten; als ich ihm aber sagte, ich sei ein Offizier in Zivil und hätte eine geheime Meldung, ließ er mich passieren. Das Glück wollte, dass ich in der Orangerie einen Gärtner traf, der mich im Mai in Trianon hatte zeichnen sehen; er erkannte mich sofort wieder und führte mich die hundert Marmorstufen hinauf zu einem zweiten Gitter, das den Zugang zur Gartenterrasse des Schlosses versperrte. Auch hier stand ein Posten, der mich jedoch in Begleitung des Gärtners ohne Schwierigkeit durchließ. Bei einem Seitengang empfahl mich der Gärtner einem Bedienten, und so gelangte ich ins Schloss.

Der Teil, den ich betrat, war mir ganz fremd. Ich fragte der Reihe nach eine ganze Anzahl von Bedienten nach dem Kabinett des Geheimsekretärs der Königin. Von dem einen wurde ich in den nördlichen, von dem andern in den Mittelbau, von dem dritten in die Ministerien gewiesen, die in zwei vom Hauptgebäude getrennten Flügeln zu beiden Seiten des äußeren Schlosshofes untergebracht waren. Dorthin zu kommen, war jetzt keine Möglichkeit, da der Pariser Pöbel den Schlosshof überschwemmt hatte. Ich lief mich todmüde durch alle Korridore und Treppen und konnte das Kabinett des Geheimsekretärs nicht finden.

Endlich setzte ich mich müde in eine Fensternische, die einen

Ausblick auf den Hof gewährte. Da kamen zwei Herren an mir vorbei, die heftig miteinander disputierten. „Man darf sie nicht vorlassen!“, rief einer. „Es ist eine Schmach für den König. Es sind die gemeinsten Straßendirnen von Paris!“

„Man muss sie vorlassen!“, antwortete der andere. „Die Deputation wird vom Präsidenten der Nationalversammlung geführt. Wenn es eine Schmach für den König ist, so ist es kaum eine geringere für diese souveränen Volksvertreter. Das Gesindel ist betrunken in ihren Sitzungssaal eingebrochen, und hat dort Scheußlichkeiten verübt.“

„Dasselbe werden sie hier im Schloss vor den Augen des Königs tun. Ich bestehe auf meiner Meinung, Monseigneur: man soll sie mit Gewalt aus dem Schloss entfernen.“

„Ich habe es Sr. Majestät vorgeschlagen. Aber er sagt: ‚Wie kann man gegen Frauen, die nur eine Bittschrift überreichen wollen, Gewalt anwenden?‘ Es ist ein ganz niederträchtiger Streich, den uns Orléans gespielt hat. Gegen Männer hätte ich am Ende vom König die Erlaubnis erhalten, Gewalt mit Gewalt zu vertreiben, so schickt er uns Weiber.“

„Habt Ihr ihn gesehen, Herzog, wie er im Hof unter diesen Weibern umhergeht und ihnen die Hand drückt? Und hört nur, wie sie schreien!“

Wirklich tönte vom Hof herüber ein kreischendes, vielhundertstimmiges Geschrei: „Es lebe Orléans! Unser Vater! Unser König!“

„Dass der König nicht erlauben will, den Menschen zu fassen“, sagte der eine, der als Herzog angeredet wurde. Es war der Herzog von Luxemburg, wie ich später hörte.

„Jetzt ist es zu spät. Als Volksvertreter ist Orléans unverletzlich. Der König hätte das früher tun sollen, wie man ihm von verschiedenen Seiten geraten hat“, entgegnete der andere Herr, und die beiden entfernten sich, wobei der eine sagte: „Wir müssen uns beeilen, Monseigneur, wenn wir diese saubere Deputation sehen wollen. Man wird sie sofort die Treppe der Königin hinaufführen.“

Ich beschloss, den Herren zu folgen und eilte ihnen in einiger Entfernung nach. Da begegnete mir ganz unerwartet der junge Mann, der mich vor einigen Tagen im Gärtchen des Meierhofes von Trianon gesehen hatte, und den Jeanetton einen Neffen des Geheimsekretärs genannt hatte. Auch er erkannte mich sofort, trotz meiner Zivilkleider.

„Ei sieh da - der Galan des Milchmädchens von Trianon!", rief er. „Wie kommen Sie hierher und zwar verkleidet? Haben Sie auch hier im Schloss ein Schätzchen oder gehören Sie zu den Agenten des Pariser Karnevals da draußen?"

Die Anrede lautete so, dass ich sie unter anderen Umständen ihm nicht ungestraft hätte hingehen lassen. So aber hatte ich Überlegung genug, meinen Zorn hinabzuwürgen und ganz freundlich zu sagen: „Ich bin erfreut, Sie zu sehen. Sie irren sich aber in den Beweggründen, die Sie meiner Anwesenheit im Schloss unterstellen. Ich habe hier nur eine ganz kurze Botschaft an Ihren Herrn Onkel, den Geheimsekretär der Königin, zu überbringen, und Sie haben gewiss die Güte, mir sein Arbeitszimmer zu zeigen."

Der Neffe des Geheimsekretärs schaute mich mit einem so hämischen Gesichtsausdruck an, dass die Klugheit wohl geboten hätte, ihm zu misstrauen; aber ich war immer von zu vertrauensseliger Natur. Dann forschte er nach dem Inhalt meiner Botschaft; er sei bereit, sie zu besorgen. Ich dankte und bestand darauf, sie persönlich auszurichten.

„So folgen Sie mir", sagte er mit einem Blick wie ein Dolchmesser, dass ich mir dachte: Was kann er nur vorhaben? Es ging treppauf, treppab, durch Galerien und Korridore, durch die ich den Weg nie mehr finden würde, und endlich öffnete er in einem Zwischengeschoss mit einem Schlüssel eine Tür und ließ mich in ein kleines Gemach eintreten. „So", sagte er, „das ist das Vorzimmer zum Arbeitskabinett meines Onkels. Er ist augenblicklich nicht da, wird aber wohl bald kommen. Ich wünsche dem Herrn inzwischen gute Geduld." Damit war er, bevor ich es nur dachte, zur Tür hinausgeschlüpft und hatte den Schlüssel im Schloss umgedreht.

Ich stürzte natürlich auf die Tür los und rief: „He, he, was soll das heißen? Schließen Sie mich doch nicht ein!“

„Um Ihrer Sicherheit willen müssen Sie mir das erlauben“, höhnte er. „Seien Sie hübsch ruhig, man wird Sie holen, wenn es Zeit ist. Und noch eins: Wenn Ihnen nächstens mein Onkel wiederum den Auftrag geben sollte, ein Mädchen zu entführen, weil ich es zufällig heiraten will, so überlegen Sie sich die Sache zweimal. Adieu, mein Herr! Gute Unterhaltung !“

Als ich vergeblich an dem Schloss gerüttelt hatte, untersuchte ich die Tür des Nebenzimmers. Sie war ebenfalls verschlossen. Ich musste mich in mein Schicksal ergeben, und setzte mich endlich auf eine Art Kanapee und begann etwas ruhiger über mein Abenteuer nachzudenken. Alles blieb mir rätselhaft und, da es nicht in meiner Natur liegt, lange über unklare Dinge nachzugrübeln, legte ich mich mit dem alten Spruch: „Was man nicht kann ändern, das muss man lassen schlendern“, aufs Sofa und wartete Stunde um Stunde. Darüber schlief ich endlich ein, trotz des Geschreies, das immer noch vom äußeren Hof herüberschallte.

Wie lange ich geschlafen hatte, weiß ich nicht. Ich wurde durch Schüsse geweckt. Als ich auffuhr, meinte ich zunächst, das Schloss brenne; denn roter Feuerschein füllte mein Zimmer und wildes Geschrei drang an mein Ohr. Ein Blick durch das Fenster belehrte mich, dass die Helle nur von Feuern herrühre, die der Pöbel im Schlosshof angezündet hatte. Die rasende Menge wälzte sich in die Vorhalle und zur herrlichen Marmortreppe, die zu den Gemächern Marie Antoinettes führte. Dort, auf der Stiege, oder vielleicht schon im Vorzimmer, wurde gekämpft! Dort fielen die Schüsse, die mich geweckt hatten.

Eben erschien unter dem Portal ein riesengroßer Kerl mit einem langen ziegelroten Bart und dem Ausdruck eines wilden Tieres in seinem Gesicht. Mit den beiden blutbespritzten Armen hielt er zwei abgeschnittene Köpfe in die Höhe, und die Hyänen begrüßten den grässlichen Anblick mit dem Schrei: „Es lebe Jourdan, der Kopfabschneider!“ Bald sah ich ein Dutzend und mehr Köpfe auf Piken um die lodernden Feuer tanzen und hundertstimmiges Geschrei verlangte: „Noch mehr Köpfe! Den

Kopf der Königin, des Königs und aller im Schloss! Nur den Dauphin und den Herzog von Orléans soll man schonen!" So tönte es aus dem Hof herauf, und unter mir, neben mir, auf den Treppen, in den Korridoren ertönte Schuss auf Schuss, Geschrei, Todesröcheln.

Da überkam mich die Angst, es möchte auch um mich geschehen sein. Sie gab mir übermenschliche Kraft, und mit einem wuchtigen Tritt sprengte ich die Tür aus dem Schloss. Eine Minute später stand ich, mit einem Tischbein bewaffnet, auf der nächsten Treppe und schlug einen Mörder nieder, der eben d'Hervilly den Todesstoß versetzen wollte. Ich entriss dem Schurken seine Waffe und sah mich im nächsten Augenblick in ein wütendes Handgemenge verwickelt. An der Spitze einer kleinen Schar von Leibgarden und treuen Leibdienern versuchte der alte Marschall den Zugang zu dem Teil des Palastes zu verteidigen, den der König bewohnte. Wir wurden jedoch von der Übermacht Schritt für Schritt einen langen Korridor hinab gedrängt; dann ging es durch eine Flut von Prachtgemächern, und schließlich stellten wir uns vor einer hohen Doppeltür zum letzten, verzweifelten Kampf. „Hier ist das Zimmer des Königs", sagte d'Hervilly, „hier wollen wir sterben! Nur über unsere Leichen sollen sie durch diese Tür!"

Schon glaubten wir alles verloren, denn die Mörder drangen jetzt in doppelter Zahl auf uns ein, während unserer immer weniger wurden. Ich dachte, mein letztes Stündlein sei gekommen, und der Gedanke, was wird mein krankes Mütterchen bei der Nachricht von meinem Tod sagen, ging mir durch den Kopf. Da dröhnten taktfeste Schritte die nahe Treppe herauf, und ein Mann in Generalsuniform stürmte mit hoch geschwungenem Säbel an der Spitze einer Schar treuer Grenadiere in den Vorsaal, wo wir kämpften. Es war Lafayette. Unsere Angreifer flohen. Lafayette öffnete die Tür des Zimmers und einen Augenblick später standen wir vor der königlichen Familie.

Nie werde ich vergessen, was ich da erlebte. Die tiefste Erniedrigung des Königtums sollte sich eben in diesem Raum abspielen, den der stolze König zu einer Art Vergötterung seiner

Würde mit aller erdenklichen Pracht hatte ausschmücken lassen. Die ersten Sonnenstrahlen fielen in das Prunkgemach Ludwigs XIV. Da stand sein Bett - ich glaube nicht, dass es einen Hochaltar in Paris gibt, der sich an Pracht und Kostbarkeit mit ihm messen kann; diese Stoffe, diese Stickereien, diese Embleme des Königtums, und in der Mitte der hochragenden Baldachinwand die große, flammende goldene Sonne des Roi-Soleil*! Und vor diesem Prunkbett stand, bleich und mit Tränen in den Augen, aber gefasst, Marie Antoinette und suchte den weinenden Dauphin mit ihrem Leib zu decken. Denn soeben hatte eine Kugel Splitter der Fensterscheibe ihr vor die Füße geworfen und war in die gegenüber liegende Wand gefahren. „Man will den Dauphin ermorden!“, rief sie uns entgegen.

„Das Volk will sich nur dadurch beruhigen lassen, dass die königliche Familie ihre Wohnung in Paris nimmt“, sagte Lafayette.

Sofort betrat der König den Balkon. Es fehlte ihm nicht an Mut, aber an Entschlossenheit. Die Menge brüllte: „Nach Paris! Nach Paris!“ Einen Augenblick zitterten wir für sein Leben. Der König winkte Gewährung; da tönte es: „Es lebe der König!“ Dann rief man: „Die Königin! Die Königin!“ Marie Antoinette ergriff ihre Kinder und trat vor diejenigen, die soeben tausendfach ihren Tod verlangt hatten. „Fort mit den Kindern! Wir wollen keine Kinder!“, raste der Pöbel. „Sie wollen also mein Leben!“, muss Marie Antoinette gedacht haben; aber mit über der Brust gekreuzten Armen und den Blick zum Himmel erhoben, trat sie mutig allein an die Balustrade des Balkons. Dieser Mut verwandelte den Grimm des Pöbels, für diese Stunde wenigstens, in Begeisterung: „Bravo! Es lebe die Königin!“, hallte es tausendstimmig herauf. Der Friede war für den Augenblick geschlossen. Die Kanonen donnerten auf der Place d’Armes; die Truppen schossen Freudensalven in die Luft, und sofort wurden die Wagen befohlen, die den König in die Tuilerien bringen sollten. Er hatte in allem den Willen des Volkes getan; zum Danke

* franz. Sonnenkönig

führte es ihn in ein Gefängnis - vorläufig in ein glänzendes.

Still ging ich eine Nebentreppe in den Garten hinab und schritt zwischen den blendenden Marmorbildern und den rauschenden Wasserkünsten hinab zum Pförtchen am großen Bassin des Neptun, und erreichte auf Umwegen das Gasthaus, in dem ich mein Pferd eingestellt hatte. Es war aussichtslos, in diesem Wirrwarr nach dem Geheimsekretär der Königin zu forschen.

Zu meinem großen Ärger war mein Fuchs nirgends zu finden. „Er ist gestohlen!", sagte der Gastwirt. Ich musste also zu Fuß den weiten Weg nach Courbevoie zurück machen.

An der Stelle angekommen, wo ich gestern den Zug der Weiber erblickt hatte, war ich jetzt Zeuge des verdemütigenden Zuges des Königs nach Paris. Unter Trommelschlag marschierten in endlosen Reihen die Nationalgarden vorüber. Weiber zogen Arm in Arm mit ihnen. Auf den Geschützrohren, auf den Protzkästen, auf den Pulverwagen saßen Damen der Halle und schmutzige Fischweiber. Sogar das Trittbrett des königlichen Wagens, der langsam, wie ein Leichenwagen, im Schritt fahren musste, erkletterten diese Furien und sagten dem König und der Königin die gröbsten Beleidigungen ins Gesicht. Es drehte sich mir das Herz im Leibe um, und ich wandte mich voll Zorn und Missmut Courbevoie zu.

Als ich dort im Kasernenhof die Szenen schilderte, die sich vor meinen Augen abgespielt hatten, sah ich mehr als eine Träne in den Augen unserer Leute glänzen, und, mit einem derben Soldatenwort ihrem Gefühl Luft machend, bedauerten sie, untätig in der Kaserne stehen zu müssen, anstatt den König und seine Familie gegen solches Pack schützen zu dürfen.

Reding, mit dem ich an diesem Abend noch eine lange Unterredung hatte, war der Ansicht, dass der heutige Tag die Königin noch mehr in ihrem Plan bestärken werde, und dass wir also ungesäumt die Vorbereitung in Angriff nehmen müssten.

Am folgenden Morgen wollten Reding und ich nach Paris, um zu sehen, wie wir den Wagen und die Pferde beschaffen könnten. Wir waren beide in Zivil gekleidet; denn es schien nicht ratsam, dass sich vereinzelte Schweizeroffiziere in Uniform in den Straßen zeigten, die gewiss noch von aufgeregtem Pöbel wimmelten. Als wir eben die Kaserne verlassen wollten, erhielt Reding einen Brief. Rasch durchflog er ihn und errötete.

„Damian", sagte er, „ich kann nicht mit dir in die Stadt. Unseren Freunden in Etampes scheint etwas Außergewöhnliches zugestoßen zu sein. Sie wünschen dringend meine Anwesenheit in einer Sache von höchster Wichtigkeit, die sie offenbar nicht dem Papier anzuvertrauen wagen. Da sieh! Es versteht sich von selbst, dass ich mich ihrer Bitte nicht entziehen kann."

Der Brief war in festen Zügen geschrieben und enthielt nur wenige Zeilen. Unterzeichnet war er: M. v. Valdouleur. Reding sagte: „Wenn es nicht gleich zu Anfang hieße: Mein Vater beauftragt mich, so würde ich meinen, der Brief sei von Herrn von Valdouleur selbst. Das ist übrigens von keinem Belang. Wichtiger scheint mir, dass der Brief, wie sich aus dem Datum ergibt, schon vier Tage alt ist, und dass ich deshalb sofort nach Etampes muss, wenn ich den angegebenen Tag nicht verfehlen will."

Das war schlimm. Die Hilfe, und namentlich die ruhige Überlegung Redings beim Ankauf von Wagen und Pferden, und mehr bei der Beschaffung des Geldes, schien mir sehr wichtig. Ich überlegte einen Augenblick. Dann schlug ich vor, er möge mich an seiner Statt nach Etampes reiten lassen und die Geschäfte in Paris, die offenbar wichtiger seien, selbst besorgen.

Aber davon wollte er nichts wissen. Seine Liebe zu Fräulein Martha fiel, wie ich ihm scherzend vorhielt, wohl entscheidend in die Waagschale. Errötend schüttelte er den Kopf und sagte: „Nein, Damian! Das geht nicht! Der Brief ist an mich gerichtet, und ich muss also hin. Ich gestehe, dass er sehr zur Unzeit kommt. Nun, bis übermorgen Abend hoffe ich bestimmt zurück zu sein, oder du wirst doch Botschaft von mir erhalten. Inzwischen siehst du dir Pferde und Wagen an und ordnest alles, sodass wir gleich nach meiner Rückkehr den Kauf abschließen können. Für alle Fälle will ich dir einen Wechsel von 500 Louis auf meinen Bankier Frey ausstellen."

Damit riss er aus seinem Bankbüchlein ein mit Ziffern und Stempeln versehenes Blatt und schrieb darauf: „Dem Überbringer, Leutnant Damian Muos, 500 Louis auf mein Konto. Rudolf v. Reding, den 7. Oktober 1789", gab mir noch viele gute Mahnungen auf den Weg, und so schieden wir in aller Eile. Du lieber Gott, wenn ich damals geahnt hätte, wann und wie wir uns wiedersehen sollten!

Ich lief mir in Paris fast die Beine ab. In der Rue Poissonnière, unweit der Kaserne unserer Kompagnie Colonelle, war eine große Wagenhandlung, ganz in der Nähe der königlichen Marställe. Man führte mich in die Remisen, die einen großen Hof umgaben; da standen eine Unmenge Fuhrwerke aller Art, vom leichtesten Whisky bis zur schwersten Karosse. Auch eine ganze Reihe starker und bequemer Reisewagen war vorrätig.

„Gewiss, mein Herr", hieß es, „jede Sorte, die Sie wünschen. Das Geschäft der Sieurs Arignac und Barignac ist das leistungsfähigste von Paris; das Geschäft wird sich eine Ehre daraus machen, dem Herrn einen Wagen ganz nach seiner Wahl, auch auf Probe (unter Hinterlegung der gebräuchlichen Sicherheit) zu verkaufen. Und unsere Preise sind durchaus reell."

Das hörte ich, und die Haare wollten mir zu Berge steigen! Der mindeste Reisewagen, den man noch eben „bequem" nennen konnte, sollte 80 Louisdor kosten. Ein anderer, der mir für unseren Zweck besser schien, 100 Louis. Ich bat um einige Stunden Bedenkzeit, da ich diese Preise erst meiner Herrschaft nennen müsse.

„Ah, der Herr kauft nicht auf eigene Rechnung!", sagte der Commis* des Hauses Arignac und Barignac. „Der Herr sieht so

* kaufmännischer Angestellter

distinguiert* aus, dass ich dachte, er wünsche diesen vortrefflichen Reisewagen zu eigenem Gebrauch. Der Herr ist offenbar Intendant bei einem sehr, sehr vornehmen Hause? Herzoglichem Hause vielleicht? *Eh bien*! Die Sieurs Arignac und Barignac sind nicht neugierig. Aber sie pflegen den Herren Intendanten die allerhöchsten Prozente für ihre große Mühe zu berechnen. Der Herr Intendant will dennoch einige Stunden Bedenkzeit? Gut. Nur bitte ich zu bedenken, dass die Preise inzwischen steigen können. Die Nachfrage ist sehr groß. Nach den gestrigen Ereignissen wird der Adel noch stärker auswandern als nach dem Bastillensturm. Und da müssen die Reisewagen natürlich im Preis steigen. Also der Herr will den Kauf doch aufschieben? Auf Ihr Risiko, aber ganz nach Wunsch! Auf Wiedersehen, Herr Intendant!"

„Fünf bis zehn Louis wird mir der gute Einfall, den Intendanten zu spielen, jedenfalls eintragen. Und ich kaufe ja wirklich auf Rechnung des Herrn Geheimsekretärs! Jetzt aber geschwind zu Herrn Grandin, der Konkurrenz! Vielleicht kommen wir da noch günstiger zu einem guten Wagen." So dachte ich und lief zur Rue Saint Honoré.

„Außerordentliche Nachfrage nach Reisewagen!", sagte der Angestellte, der mich bei Grandin in den Innenhof führte. „Habe soeben heute schon den zehnten verkauft, und drei Partien sind bereits hier, um ebenfalls Reisewagen zu kaufen. Werden also die Ehre haben. Ihnen den vierzehnten zu offerieren. Es bleiben immer noch einige vorrätig; aber wenn es mit der Nachfrage so vorangeht, so dürfte doch das Haus Grandin und Söhne heute noch in die seltene Lage kommen, dass einer seiner Artikel gänzlich erschöpft wäre."

Damit wurde ich in die Remisen der Reisewagen geführt, wo wirklich schon eine ganze Reihe Wagen mit dem Vermerk „Verkauft" standen und mehrere Kaufleute den Rest untersuchten. Ich fand da einen Wagen, der mir gut gefiel, nicht zu schwerfällig, mit starken Achsen und Federn und recht geräumig. Aber der Preis war enorm.

Also zurück zu Arignac und Barignac! Ich lief, so rasch mich die Füße trugen; denn ich konnte mir denken, dass auch dort die Preise stiegen, sobald neue Käufer gekommen waren!

Und tatsächlich! Die Sieurs Arignac und Barignac hatten den Wagen für 80 bereits um 120, und den Wagen für 100 um 150 Louis verkauft. Nun konnten sie mir nur mehr einen für 200 Louis anbieten (mit 10 Louis Provision für mich), und dieser war nicht einmal so vornehm mit Seidenpolster ausgeschlagen wie derjenige, den ich vor drei Stunden für 100 Louis hätte haben können! Auf ein Ausprobieren des Wagens wollten sich die Sieurs Arignac und Barignac auch nicht mehr einlassen, und ich musste zufrieden sein, gegen ein Draufgeld von 40 Louis und das Versprechen, den Rest binnen drei Tagen zu bezahlen, den Wagen fest zu kaufen. Nun, der Wagen war wenigstens „gut und bequem", und was konnte es dem Geheimsekretär der Königin darauf ankommen, uns ein paar Dutzend Louis mehr zu vergüten!

Jetzt ging es auf den Pferdemarkt. Ich hatte vor, heute noch nicht zu kaufen, sondern mich nur nach den Preisen zu erkundigen und passende Tiere ins Auge zu fassen. Als ich aber zur Stelle war, merkte ich bald, dass auch hier die Preise gerade für Kutschpferde zusehends in die Höhe gingen. Ein Mann neben mir klagte, dass er seine Pferde in der letzten Woche verkauft habe; jetzt würden sie ihm das Doppelte eintragen. „Ach, mein Herr, wie werde ich einen so grausamen Verlust überleben! Aber habe ich nicht den jungen Herrn mit dem Herrn Baron, dem Herrn Hauptmann Reding gesehen?"

Der Rosshändler kannte Reding! Das schien mir ein glücklicher Zufall. So sagte ich ihm, ich hätte die Absicht, im Auftrag Redings einige Kutschpferde zu kaufen, und um ihn wirklich zu überzeugen, dass es für Reding sei, zeigte ich ihm den Wechsel. Wie da seine Augen funkelten und welches Leben in das winzige Männlein fuhr!

„Aber mein liebster Herr, Sie wollen kaufen und stehen hier und warten zu, wo die Preise ständig steigen? Voran!" Dann schrie er: „He, Elias! Vetter Elias! Der Herr hier will ein paar Kutschpferde kaufen. Wie viele sollen es sein?"

„Vier.“

„Gut. Vier.“

Damit war ich mitten in den Handel gezogen. Im Nu führte mir der Vetter Elias vier Rappen vor, die vornehm genug aussahen. Sie wurden an eine alte Kutsche gespannt und mir zuerst im Schritt, im Trab, im Lauf vorgeführt. Sie liefen tadellos. „Sie sind aneinander gewöhnt und lammfromm“, versicherte Elias, und Matthis Frankfurter, so hieß der Händler, und ein ganzer Kreis von Pferdeknechten und Pferdehändlern sangen das Lob der vier Rappen. Jetzt wurden sie ausgespannt und einzeln untersucht: die Zähne, die Brust, die Beine, die Hufe, die Fesseln, alles. Soviel ich verstand, waren es wirklich starke und gesunde Tiere, nicht über achtjährig, und wenn ich auch nur den zehnten Teil des Lobes glauben sollte, das ihnen Matthis Frankfurter und sein Vetter Elias sangen und der Chor der Zureiter und Pferdeknechte wiederholte, so waren es ungefähr die besten Kutschpferde, die seit der Erschaffung der Welt Heu und Hafer gefressen hatten.

Nun ging es ans Feilschen! 400 Louis sollten sie zusammen kosten und keine Livre weniger. Da machte ich Miene, den Markt zu verlassen, und wandte mich wirklich zum Gehen. Ich war aber keine zwanzig Schritte entfernt, als mir Frankfurter nachlief und gegen eine Provision von 10 Louis mir versicherte, er werde die Pferde für 90 Louis das Stück „aus ganz besonderer Freundschaft“ erhalten. Da war ich schließlich zufrieden unter der Bedingung, dass ich binnen vier Tagen die Kaufsumme zu bezahlen, in der Zwischenzeit aber Elias für die Pferde zu sorgen habe. Auch hier musste ich 40 Louis Draufgeld bezahlen, womit meine Barschaft vollständig erschöpft war.

So hatte ich Wagen und Pferde und meinte, Reding werde mit meinem Kauf zufrieden sein. Freilich fing ich an zu rechnen: 190 Louis für den Wagen, Provision abgerechnet, 360 Louis für die Pferde, 10 Louis für Frankfurter, dazu gewiss 30 bis 40 Louis für das Geschirr; dann musste ich einen Kutscher mieten, Stallgeld und Futter bezahlen: Summa, ich kam mit meiner Barschaft und dem Wechsel von 500 Louis dazu nicht aus!

Aber Reding musste ja übermorgen zurückkommen und konnte mir einen höheren ausstellen. Und wenn er nun, durch irgendeinen Zufall verhindert, nicht kam? Tags darauf musste ich bezahlen, wenn ich nicht 80 Louis Draufgeld verlieren wollte!

So kam ich bei sinkender Sonne nach Courbevoie. Der Major empfing mich nicht sehr gnädig. Reding und ich suchten uns in letzter Zeit jeden Augenblick dem Dienst zu entziehen, sagte er. Er vermute, dass da irgendeine Liebelei dahinter stecke, wie bei diesen jungen Offizieren häufig. Ich solle mir vor Gott und meinem Gewissen überlegen, ob es nicht, auch abgesehen vom 6. Gebot, ein ganz niederträchtiges Handeln sei, ohne ernste Absichten einem Mädchen den Kopf zu verdrehen. Er habe etwas von einer gewissen Jeanetton munkeln hören. Die Sache gehe ihn als Major freilich nichts an; aber als väterlicher Freund habe er mir diese Warnung erteilen wollen. Es sei schon mehr als ein junger Offizier auf diesem Wege verloren gegangen. Er wolle übrigens dafür sorgen, dass ich in Zukunft nicht so viel freie Zeit habe, mich mit solchen Tändeleien zu befassen. Für morgen sei ich zur Wache in den Tuilerien kommandiert.

Der Wechsel

Den folgenden Tag hatte ich also Wache an dem großen Eisengitter, das von der Place du Carrousel in den großen mittleren Hof der Tuilerien führt. So kam ich erst am Abend des zweiten Tages nach Redings Abreise nach Courbevoie zurück. Mit Ungeduld erwartete ich jetzt jeden Augenblick seine Ankunft. Aber es wurde Nacht, und er kam nicht. Ich wartete bis Mitternacht - vergeblich. Als es 12 Uhr schlug, stieg ich noch einmal die Treppe hinab und fragte den Posten am Kasernentor, ob Hauptmann Reding nicht zurück sei. Man hatte nichts von ihm gesehen.

Eine eigentümliche Unruhe ergriff mich. „Morgen“, sagte ich mir, „oder vielmehr heute (denn Mitternacht ist vorüber) muss ich bezahlen, und der Wechsel von 500 Louis reicht nicht aus! Und wenn ich nicht bezahle, so wird sowohl der Wagenhändler als der Pferdehändler mein hohes Draufgeld mit Vergnügen einstecken und den Kauf als nichtig erklären." Denn die Preise waren nun in der Tat schwindelerregend gestiegen. Die Auswanderung des Adels hatte in diesen Tagen geradezu unglaublich zugenommen. An die 60 000 waren allein in die Schweiz geflüchtet, wie ich später hörte. Also bezahlen musste ich um jeden Preis. Und zwar heute!

Aber wie? Während ich darüber nachdachte, hatte ich unwillkürlich den Wechsel Redings vor mich hingelegt und schaute missmutig auf die 500 Louisdor, die nun nicht ausreichten. „Hätte Reding gewusst, wie die Preise steigen sollten, so würde er 1000 Louis oder wenigstens 800 geschrieben haben!"

Da fuhr mir plötzlich ein Gedanke durch den Kopf: „Wie, wenn ich die 5 in eine 8 verwandelte? Das ging ja umso leichter, als Reding die Zahl, wie es sonst die Vorsicht gebietet, in der Eile nicht mit Worten beigefügt hatte. Ohne weiteres ergriff ich auch schon die Feder, um den Gedanken auszuführen. Da kam mir zwar der Gedanke, das sei eine Art Fälschung; doch ich sagte mir: „Du handelst in der Absicht Redings. Sein Wechsel ist nach seiner Meinung eine Art Blanco-Wechsel, und er wird mir vollständig zustimmen, dass ich so handeln müsste."

Dieser Gedanke beruhigte mich vollkommen. Ich tauchte also die Feder in die Tinte, und mit einem kräftigen Zug waren die 500 in 800 Louis verwandelt. Dann legte ich mich ruhig aufs Sofa und schlief bis in den Morgen.

Mein erster Blick beim Erwachen fiel auf den Wechsel. Auch ein geübtes Auge konnte nicht erkennen, dass die Zahl geändert war. Dennoch fühlte ich mich schon nicht mehr so ruhig wie in der Nacht, als ich unter der plötzlichen Eingebung die Änderung vorgenommen hatte. Mit einem Seufzer legte ich den Wechsel in meine Brieftasche und sagte mir: „Hoffentlich kommt Reding doch noch rechtzeitig zurück, dass ich das Ding dem Bankier nicht zu übergeben brauche."

Aber Reding kam nicht.

Ich legte meinen schwarzen Zivilrock an; denn ich musste ja nachher bei Arignac und Barignac als Intendant den Wagen bezahlen. Für 1 Uhr hatte ich Matthis Frankfurter in die Rue Cassette in das deutsche Wechselhaus bestellt, um ihm dort die Pferde für seinen Vetter Elias zu bezahlen, dessen Geschäftsteilhaber er war. Zusammen traten wir in das Bankhaus Frey, und er stand unmittelbar hinter mir, als ich am Schalter den Wechsel überreichte.

„800 Louis auf das Konto von Reding“, sagte ich.

Der Angestellte schaute mich fest an, und ich fühlte, wie ich verlegen wurde. „Sind Sie dieser Herr Damian Muos, auf den er lautet?“, fragte er. Ich bejahte. „Haben Sie irgendetwas bei sich, wodurch Sie sich legitimieren können? Die Zeiten sind so unsicher, dass wir einem Unbekannten eine solche Summe nicht ausbezahlen können.“

Meine Offizierskarte war in der Uniform. Ich hatte wirklich nichts bei mir, was mich legitimieren konnte. Und ich fürchtete, der Mann habe die Änderung der Zahl bemerkt; um das zu untersuchen, verlange er Aufschub bis morgen. Ich sagte, ich bedürfe des Geldes augenblicklich und bitte zu glauben, dass ich wirklich der im Wechsel genannte Herr sei. Er bedauerte, dass die Gepflogenheiten ihm die Auszahlung nicht erlaubten; damit reichte er mir den Wechsel zurück.

Matthis Frankfurter schien nichts anderes erwartet zu haben; aber er schmunzelte vor Vergnügen. Er sagte: „Lassen Sie mir das Papier; ich nehme es an als Zahlung für den Viererzug meines Vetters Elias.“

„Der kostet aber nur 360 Louis, und ich brauche den Rest für andere Rechnungen, die ich heute noch zu begleichen habe“, entgegnete ich.

„Je nun, ich werde Ihnen doch den Rest nicht vorenthalten! 360 Louis für meinen Vetter Elias, die 10 Louis Provision und 1 Prozent Agio*, den ich akzeptiere - ‘s ist das allergeringste Agio - macht zusammen 378 Louis, bleibt ein Rest von 422 Louis.“

* ital. Aufschlag

Die 422 Louis zahlte er mir aus, und ich eilte zur Rue Poissonière, wo ich den Wagen bezahlte. Eben dort kaufte ich das Geschirr für die vier Pferde, und jetzt war alles in Ordnung. Nachdem ich noch einen von Frankfurter empfohlenen Kutscher angeworben und ihm die Weisung erteilt hatte, mit den Pferden und dem Wagen bis auf weiteres in ein Gasthaus nach Neuilly - ganz nahe bei Courbevoie - zu fahren, kehrte ich in die Kaserne zurück.

Reding war noch nicht eingetroffen, auch kein Brief von ihm. Was hatte das zu bedeuten? Ich machte mir ernstlich Sorgen, es könnte ihm ein Unfall widerfahren sein. Dasselbe sagte ich Major Bachmann, der kopfschüttelnd davon ging. Auch am folgenden Morgen war Reding noch nicht da. Um mir die Angst zu vertreiben, die mir nun förmlich das Herz zusammenschnürte, ging ich über die Seine nach Neuilly, Pferde und Wagen zu probieren. Mein erster Ärger war der Kutscher; er hatte sich auf meine Rechnung betrunken und lag nun im Vollrausch neben den Pferden im Stroh. Ich befahl also dem Stallknecht, meine Rappen einzuspannen. Sofort fiel mir ein großer Unterschied zwischen den feurigen Pferden auf dem Markt und diesen Tieren auf, die langsamen und schleppenden Ganges mit zur Erde gesenkten Köpfen sich an den Wagen führen ließen.

Ich lenkte den Wagen auf Clichy zu und trottete gemächlich voran. Als ich die offene Straße vor mir hatte, versuchte ich eine schärfere Gangart und knallte mit der Peitsche über die Köpfe der Pferde hinweg. Sie liefen auch eine Viertelstunde passabel. Dann aber fing das Riemenpferd an zu stolpern und das Handpferd lahmte mit dem linken Hinterfuß. War dies das stolze Gespann, das vor drei Tagen auf dem Markt die allgemeine Bewunderung auf sich gezogen hatte? Ein Verdacht fing an in mir aufzusteigen, gerade als Gibelin und Liebegg mir begegneten, die zusammen einen Morgenritt nach Saint-Denis gemacht hatten.

„Hallo!", rief Gibelin. „Muos mit einem Vierergespann! Und Parole d'honneur kavaliermäßig sitzt er auf dem Bock!"

„Wenn nur die Gäule etwas kavaliermäßiger wären", lachte Leutnant Liebegg. „Aber was haben Sie vor, Herr Kamerad?

Wollen Sie in diesem Kasten - der übrigens fein genug ist, potztausend! - wirklich die schöne Jeanetton entführen? Hätte Ihnen einen solch riesig interessanten Streich gar nicht zugetraut."

Ich selbst hatte dafür gesorgt, dass das Gerücht von einer Liebschaft mit dem Milchmädchen von Trianon unter den Kameraden im Umlauf war. So schmunzelte ich denn zu der letzten Bemerkung von Liebeggs nur und sagte, die Bestimmung des Wagens sei vorläufig noch ein Geheimnis. „Was Sie aber von meinen Rappen sagen, Herr von Liebegg, wundert mich, oder vielmehr bestärkt mich in einem Verdacht, der mir eben kam. Ich habe nämlich die Pferde jedenfalls kavaliermäßig bezahlt, 90 Louis für jedes, und fürchte, der Schwerenöter von Rosstäuscher hat mir ganz andere Tiere geschickt, als ich gekauft habe."

„90 Louis für diese Klepper", rief Liebegg und sprang vom Pferd. „Die müssen wir uns doch etwas näher ansehen!" Gibelin folgte seinem Beispiel, und auch ich stieg rasch vom Bock.

„Na, Herr Kamerad, da sind Sie ja riesig beschummelt worden! Die reinsten alten Fiakergäule! Alle zusammen keine 90 Louis wert!", lautete das Endergebnis der Untersuchung. Und ich musste beistimmen. Man kann sich denken, in welche Wut ich geriet.

Wir beratschlagten miteinander, was zu tun sei, und kehrten zusammen nach Neuilly zurück, um zunächst soweit möglich mit dem Kutscher ein Verhör anzustellen. Ein Guss kalten Wassers, den ihm Gibelin über den Kopf gab, brachte ihn soweit zur Vernunft, dass er uns den Stall Elias' und die Wohnung Frankfurters angeben konnte. Er musste zu mir auf den Bock, die beiden Offiziere nahmen im Wagen Platz, und wir fuhren, so rasch es mit den elenden Gäulen möglich war, nach Paris zurück. „Zuerst zu Frankfurter", sagte Gibelin, „dann mit diesem, wenn wir ihn mürbe gemacht haben, zu dem Vetter Elias."

Ein altes, schlampiges Weib öffnete uns. Auf unsere Frage, ob Matthis Frankfurter hier wohne und ob er zu Hause sei, sagte sie nicht ja und nicht nein, sondern schob uns in ein kleines, elendes Stübchen, durch dessen grün angelaufene Fenster kaum ein Lichtstrahl eindrang. Dann schlurfte sie fort. „Was hat das zu bedeuten?", fragte ich.

„Dass wir das Glück haben, den Herrn Frankfurter zu Hause zu treffen", sagte Gibelin, „dass er sich aber noch überlegt, ob er uns die Ehre des Empfanges gönnen will."

Wir mussten eine gute Weile warten. Endlich kam der weibliche Cerberus* und meldete, ihr Bruder sei zu Hause und bitte, dass der große, breitschultrige, junge Herr zuerst auf einen Augenblick allein zu ihm komme, da er mit diesem ein ganz kleines Wort unter vier Augen zu reden habe.

„Das sind Sie, Muos", sagte Gibelin. „Wollen Sie allein zu ihm, oder wird es nicht besser sein, wir bestehen auf einer gemeinsamen Audienz dieses vorsichtigen Herrn?"

„Ich habe mit dem Frankfurter nichts unter vier Augen zu reden", sagte ich. Doch kaum waren die Worte gesprochen, so fuhr es mir durch den Kopf: „Sollte er auf irgendeine Art die Änderung der Ziffer auf dem Wechsel entdeckt haben? Was dann? Konnte er mich nicht in irgendeiner Weise vor den beiden Offizieren beschämen?" So fügte ich rasch bei: „Ich kann ihm aber den Gefallen tun und einmal hören, was er mir denn so Geheimnisvolles anzuvertrauen hat."

Sobald ich bei ihm eintrat, fuhr ich ihn an, man habe mich schmählich mit den Pferden betrogen. „Man hat mir statt der guten Rappen, die ich wahrlich teuer genug bezahlt habe, miserable Klepper untergeschoben. Deshalb bin ich mit ein paar Kameraden gekommen, um Sie aufzufordern, augenblicklich mir durch Ihren sauberen Herrn Vetter die richtigen Rappen auszuliefern, andernfalls werde ich sofort die Polizei holen."

„Langsam! Langsam! Wissen Sie noch nicht, worüber ich mit Ihnen unter vier Augen zu reden habe?"

Damit blinzelte er mich mit halb geschlossenen Lidern an, öffnete die Klappe einer Blendlaterne, die neben ihm stand, ließ

* In der griech. Mythologie der Höllenhund, der den Eingang zur Unterwelt bewacht; übertragen: strenger, grimmiger Wächter

den Lichtstrahl auf ein Papier fallen, das ich sofort als den Wechsel Redings erkannte, und betrachtete die Zahl durch ein Vergrößerungsglas.

„Hm“, sagte er mit leiser Stimme und blinzelte mich an, dem es unbehaglich wurde. „Hm, was mag man sich so verwundern, dass sich die stolzen Rappen in ein paar minder gute Gäule verwandeln können, wenn sich sogar auf dem Wechsel eines Edelmannes und Offiziers die Zahlen über Nacht verwandeln können - von 500 Louis auf 800 Louis.“

Ich erschrak; denn dass mir die Änderung des Wechsels, die ich Reding gegenüber sehr wohl entschuldigen konnte, von andern als eine einfache Fälschung ausgelegt werden könne, lag auf der Hand. Ich hatte sicher darauf gerechnet, Reding werde rechtzeitig zurückkehren und den von mir geänderten Wechsel als den seinigen anerkennen. Und nun war der Wechsel in die Hand dieses Wucherers gekommen, und er hatte die Änderung entdeckt! Es dämmerte mir, was jetzt kommen würde. Doch hatte ich noch so viel Überlegung, mit möglichst leichtem Ton zu sagen, Reding sei mit der Änderung einverstanden.

Aber Frankfurter hörte an meinem Ton, dass ich erschrocken war. „Was heißt ‚einverstanden’? Hat Ihnen der Herr Reding einen schriftlichen Auftrag gegeben? Können Sie ihn vorlegen? Können Sie mit einem heiligen Eid beschwören, dass er Ihnen mündlich den Auftrag gegeben hat? Weshalb hat er denn dann nicht selbst den Betrag verändert? Nein, nein, dass Reding einverstanden ist, können Sie mir nicht erzählen. Was Sie getan haben, ist - Wechselfälschung. Und das wollte ich Ihnen unter vier Augen sagen. Warum? Weil der Matthis Frankfurter ein Herz hat für Sie! Weil er Sie nicht ins allergrößte Unglück stürzen will! Als Betrüger und Wechselfälscher blamieren vor Ihren Herren Kameraden! Veranlassen, dass Sie mit Schimpf und Schande ausgestoßen werden aus dem Offizierskorps! Dass Sie auf die Galeere oder gar an den Galgen kommen, was auf Wechselfälschung steht bei einer so großen Summe. Aber ich hab’ ein versöhnliches Gemüt und ein Herz für Sie. Und jetzt will ich Ihnen sagen, wie Sie einen nützlichen Gebrauch machen können von

Ihren schönen Talenten. Ich komme mit Ihnen und dem Papierchen da in Ihr Quartier und Sie schreiben mit derselben Feder und derselben Tinte eine einzige Null hinter die Zahl, die Herr Reding geschrieben hat, und dann schreiben Sie auf die Rückseite, dass die Bank mir anstatt Ihnen die Summe auszahlen soll."

Ich war erst sprachlos über die Zumutung des Wucherers. Nein, lieber den Hals dem Henker überliefern, als zu einer solchen Schandtat die Hand bieten! Was ich dann rief, weiß ich nicht. Ich weiß nur, dass auf meinen Zornausbruch hin fast gleichzeitig von der einen Seite ein bewaffneter Häscher, von der andern Seite meine zwei Mitoffiziere eintraten.

Die Auseinandersetzung, die jetzt folgte, war ebenso kurz wie peinlich. Ich gab zu, dass ich im guten Glauben, in der Absicht Redings zu handeln, die Zahl auf dem Wechsel geändert habe. Hierauf blickten sich Gibelin und Liebegg verlegen an. Der eine meinte: „Das war wenig kavaliermäßig!" Der andere bemerkte: „Das werden Sie vor einem Kriegsgericht verantworten müssen."

Der Häscher wollte mich sofort verhaften. Aber das ließen die Offiziere nicht zu: „Unsere Regimenter haben ihre eigene Gerichtsbarkeit", sagte Gibelin. „Leutnant Muos wird uns folgen und sich dem Großrichter zur Untersuchung stellen."

„Und schlimm genug wird es ihm gehen, wie ich fürchte", sagte von Liebegg.

Das Kriegsgericht

Zwei Stunden später saß ich zu Courbevoie in Untersuchungsarrest. Es war ein kleines Mansardenzimmer unserer Kaserne mit vergittertem Fenster, einem Tisch, Stuhl und Strohsack auf einem tannenen Schragen*. Der Ausblick ging nach Südwesten auf die Abhänge des Mont Valerien. Aber ich hatte wenig

* Bettgestell

Lust, mich an der schönen Aussicht zu erfreuen. Wie sollte ich die Schmach überleben, als gemeiner Fälscher vor dem Großrichter, vor dem Major und meinen Mitoffizieren dazustehen? Wie sollte das enden? Mit Degradierung? Das wäre ja schlimmer als der Tod! Und was würde mein Götti Zurlauben dazu sagen? Und Verena? Und meine arme, kranke Mutter?

Diese folternden Gedanken trieben mich in eine wahre Verzweiflung hinein. Es lag mir auch kein Deut mehr am Leben, und ich glaube, ich hätte mir etwas angetan, wenn ich mit den Voltairianern an keinen Gott und kein Jenseits geglaubt hätte. Aber so tief ließ mich Gottes Gnade nicht sinken.

Eines tröstete mich etwas: Das Los Frankfurters! Der war in seinen Hoffnungen gründlich betrogen worden. Der Wechsel war jetzt, da ich ihn als gefälscht anerkannte, vollkommen wertlos, und er konnte sehen, wie er zu dem Geld kam, das er mir daraufhin vorgestreckt hatte. Was für ein Glück, dass Reding bei aller Eile, womit er den Wechsel ausfüllte, doch noch so viel Überlegung hatte, ihn auf mich persönlich auszustellen, und dass ich mich nicht hatte bereden lassen, den Wechsel auf Frankfurter umzuschreiben!

Doch wo in aller Welt blieb Reding? Ein ernster Unfall musste ihm offenbar zugestoßen sein, sonst hätte er wenigstens geschrieben. Es musste aber auch alles zusammen kommen, um mein Unglück voll zu machen!

Es war Nacht geworden. Müdigkeit und Traurigkeit hatten mich endlich in den Schlaf gewiegt, und als ich erwachte, schaute der helle Tag durch meine vergitterten Fenster herein. Ein folgenschwerer Tag für mein Leben!

Gegen 10 Uhr wurde ich von einem Korporal und zwei Mann aus meinem Gefängnis in das Zimmer geführt, das der Major oder Oberstleutnant benützte, wenn er sich in der Kaserne von Courbevoie aufhielt. Ich fand dort den Großrichter Keyser in seiner Amtstracht, einem kurzen Schultermäntelchen aus roter Seide. Er saß an einem grünen Tisch und hatte Papier und Tinte vor sich. Neben ihm saßen der Oberstleutnant von Maillardoz, ein schon älterer Militär mit feinen, aristokratischen Zügen, der mich durch ein Augenglas eine Weile scharf beobachtete, als ich, von dem Korporal geführt, das Zimmer betrat, und der brave Major von Bachmann, dessen ehrliches Soldatengesicht recht traurig dreinblickte. Auf ihn setzte ich das meiste Vertrauen; denn Keyser war, wie ich sofort fühlte und was auch sehr begreiflich erscheint, durch mein Vergehen als Verwandter und nächster Landsmann persönlich auf das unangenehmste berührt. Er warf mir aus seinen klugen Augen einen so strafenden Blick zu, dass er mir durch die innerste Seele schnitt. Jetzt war jede Hoffnung, jemals die Einwilligung zu einer Ehe mit seiner Tochter zu erhalten, auf immer begraben!

Ich hatte mich an das andere Ende des grünen Tisches zu stellen und die Fragen zu beantworten, die mir der Großrichter und die beiden höheren Offiziere stellten. Der Großrichter nahm dann meine Antworten selbst zu Protokoll. Glücklicherweise dauerte das Verhör nicht lange. Ich gab sofort zu, dass ich die 5 auf dem Wechsel, ohne hierzu von Reding beauftragt zu sein, in eine 8 verwandelt hatte, bekräftigte aber, das in gutem Glauben getan zu haben, in der Meinung nämlich, dadurch den Absichten Redings zu entsprechen, wie dieser gewiss bezeugte, wenn er zugegen wäre. Ich hätte ja die Summe nicht für mich behalten wollen, sondern zur Anschaffung von Wagen und Pferden gebraucht, wozu er mich beauftragt habe.

Meine Antwort hatte auf Major von Bachmann einen günstigen Eindruck gemacht. Aus dem kalten Gesicht des Oberstleutnants, der, mit seinem Augenglas spielend, mich von Zeit zu Zeit aufmerksam beobachtete, konnte ich nicht klug werden. Der Großrichter beugte sich über das Protokoll und schien durch meine Antwort durchaus nicht befriedigt.

Er fragte, wozu denn der Hauptmann Reding einen solchen Wagen und vier Pferde benötige, von denen ich behaupte, dass ich sie in dessen Auftrag so rasch kaufen und bezahlen musste?

Ich überlegte einen Augenblick. In meiner Lage hätte ich das Geheimnis einem verschwiegenen Mann unter strengstem Stillschweigen wohl anvertrauen dürfen, schien mir. Dem Untersuchungsrichter und in Gegenwart von zwei Zeugen, die überdies sofort Nachforschungen anstellen und so das Geheimnis gefährden mussten - nein, das war unmöglich! Ich antwortete also, das beziehe sich auf ein Geheimnis, das ich jetzt unter keiner Bedingung verraten dürfe, und wenn es mich das Leben kosten sollte.

Keyser sagte nun, da ich nicht in der Lage sei, über den geheimnisvollen Reisewagen Auskunft zu geben, so wolle er dessen Zweck durch Zeugen aufklären. Gibelin und Liebegg wurden mir jetzt gegenübergestellt und beide erklärten, ich hätte gestern, als sie mich auf der Straße nach Neuilly mit dem Wagen trafen, gar kein Hehl daraus gemacht, dass ich eine Entführung oder so etwas damit beabsichtige. Auch sagten sie, es sei im Offizierskorps längst bekannt, dass ich der schönen Jeanetton den Hof mache.

Wohl beteuerte ich dagegen, ich hätte gestern nur im Scherz eine solche Äußerung getan. Es half nichts. Der Großrichter fasste das Ergebnis der Voruntersuchung kurz dahin zusammen: Erstens, ich sei geständig, eigenmächtig einen Wechsel des Hauptmanns Reding geändert zu haben, d. h. gefälscht, was eine unehrenhafte und schwer strafbare Handlung sei; zweitens, es scheine erwiesen, dass ich das Geld zur Entführung der Jeanetton Valy von Trianon habe brauchen wollen; drittens, ich sei überdies verdächtig, den Wechsel nicht nur verändert, sondern ganz gefälscht, und endlich viertens Desertion und somit Bruch des Fahneneides geplant zu haben. Auf diese Beweise und Verdachtsgründe hin sei es seine Pflicht zu beantragen, dass ich zur Aburteilung vor ein Kriegsgericht gestellt werde.

Oberstleutnant Maillardoz fragte mich, was ich auf diesen Antrag zu entgegnen hätte. Ich sagte, ich sei ganz zufrieden; nur bitte ich, wenn das möglich sei, um Aufschub, bis Hauptmann Reding zurückgekommen oder doch ein Bericht von ihm über seinen Wechsel und seine Aufträge eingeholt sei. Die schreckliche Anklage auf eigentliche Fälschung eines Wechsels, deren Erhebung gegen mich ich nicht für möglich gehalten hätte, müsse ja durch das erste Wort Redings zusammenbrechen, der überhaupt der einzige Entlastungszeuge sei, auf den ich mich berufen könne.

Major von Bachmann unterstützte meine Bitte, und nach kurzer Beratung wurde mein Prozess um drei Tage verschoben, bis Nachricht aus Etampes da sei. Eine Stafette sollte sofort dahin abgehen. Inzwischen wurde ich in mein Gefängnis zurückgeführt.

Ich hatte mehr als genug Zeit, über mein Schicksal nachzudenken. Wie sollte ich die einzelnen Anklagepunkte entkräften? Welchen annehmbaren Grund konnte ich angeben für den Kauf von Pferden und Wagen? Und was würde Verena empfinden, wenn sie von meiner angeblichen Liebesaffäre mit Jeanetton hörte? Ihr Vater würde ihr gewiss davon in der allerschlimmsten Weise schreiben.

Dann wanderten meine Gedanken zu dem Plan Herrn Augeards. Sollte nun infolge meiner Verhaftung am Ende die Rettung der Königin und ihrer Kinder misslingen? Von Freitag an, just von dem Tag, an dem ich vor dem Kriegsgericht zu erscheinen hatte, konnte jede Stunde Augeards Botschaft mit dem Wort „parat" kommen. Was dann?

Stundenlang zermarterte ich umsonst mein Gehirn, um eine Lösung zu finden. Endlich kam ich am Vorabend des für meine Aburteilung bestimmten Tages zu dem Entschluss, unseren Feldpater, den guten Kapuziner Secundus, zu mir zu bitten. Ich wünsche, bei ihm zu beichten, schrieb ich an Major von Bachmann, und war nun sicher, dass der seeleneifrige Pater kommen werde.

Wirklich kam er noch abends spät, als es schon dunkelte. Ich beichtete bei ihm und sein bewegender Zuspruch, alles, was etwa von Seiten meiner Richter über mich verhängt werden würde, aus der Hand Gottes als Strafe für meine Sünden anzunehmen, rührte mich wohl. Dennoch war der Gedanke, dass ich unschuldig verurteilt und vielleicht gar meine Ehre verlieren sollte, für mich fast unerträglich, und mein ganzes Innere bäumte sich dagegen auf. P. Secundus sagte aber, ob es denn ein erträglicherer Gedanke wäre, schuldig verurteilt zu werden, und wies mich mit so herzinnigen Worten auf den lieben Heiland hin, der um unserer Schuld willen unschuldig zur Geißelsäule und Dornenkrone und endlich zum bitteren Tod verurteilt wurde, dass mir die Tränen in die Augen traten und ich schließlich sagte, so wolle ich mich denn in Gottes heiligen Willen ergeben. Kaum hatte ich das Opfer gebracht, so wurde ich viel ruhiger. Er betete noch mit mir und wollte schließlich mit einem ermutigenden Wort scheiden.

Da bat ich ihn, noch einen Augenblick zu verweilen; ich hätte ihm noch ein Geheimnis mitzuteilen. Er dürfe von diesem aber nur mit meiner Erlaubnis Gebrauch machen oder, nach meinem Tod, erst zu einer Zeit, da die Veröffentlichung niemandem mehr schaden könne. Das versprach er, und so teilte ich ihm alles mit. Er machte große Augen und nahm manche Prise. Schließlich sagte er, der Gedanke einer Flucht der Königin mit ihren Kindern sei ihm unter diesen Umständen ganz begreiflich. Der Plan sei jetzt aber nicht mehr so leicht durchzuführen wie zur Zeit des Aufenthaltes in Versailles. Dann sann er eine Weile nach und meinte zuerst, ich sei zu entschuldigen, wenn ich meinen Richtern eine Andeutung über den Zweck des Reisewagens mache, es handle sich ja für mich um Rettung meiner Ehre und meiner ganzen Lebensstellung, vielleicht sogar um mehr!

Ich konnte seine Ansicht nicht teilen. Da ja damals die Emigration noch durch kein Gesetz verboten war, hätte kein Grund vorgelegen, den Namen der „hohen Familie“ zu verschweigen. Man würde danach gefragt haben, und jede nähere Angabe hätte zur Enthüllung von Augeards Plan führen können. P. Secundus sah das ein. Er verlangte nun Erlaubnis unter dem Siegel der Verschwiegenheit, die ganze Geschichte dem Oberst d'Affry oder dem Oberstleutnant Maillardoz mitzuteilen. Ich nannte meine Gründe, weshalb ich das nicht wünsche, gab ihm aber statt dessen die Erlaubnis, die Sache dem Major von Bachmann anzuvertrauen, damit dieser mit Reding oder, im Falle von dessen Ausbleiben, allein zur Ausführung des Planes rechtzeitig bereit sei. P. Secundus hätte die Sache gern im Vertrauen auch dem Großrichter Keyser mitgeteilt; aber davon wollte ich nichts wissen; dieser hatte mich zu sehr geärgert. Dafür kamen wir überein, der gute Kapuziner solle sobald als möglich in den Tuilerien die Wohnung Augeards zu finden suchen, um ihn über die nötige Änderung des Planes zu verständigen. Falls ihm das nicht gelinge, wolle er um eine Audienz bei der Königin nachsuchen. „Das Kleid des Bettlers von Assisi“, sagte er, „ist gerade so hoffähig wie der stolzeste Herzogsmantel Frankreichs.“

Dann gab mir P. Secundus seinen Segen, hieß mich guten Mutes sein, und wir schieden.

Wenn jetzt nur Reding noch vor der für das Kriegsgericht festgesetzten Stunde kam!

Aber die Stafette brachte ihn nicht und auch keine sichere Nachricht über ihn. Reding war am 8. Oktober in Etampes eingetroffen, hatte Herrn von Valdouleur und dessen Töchter besucht und war am folgenden Tag schon frühzeitig wieder aufgebrochen, um nur ja recht bald wieder Paris zu erreichen. Er hätte also schon seit mehreren Tagen hier sein müssen, wenn ihm nicht unterwegs ein ernster Unfall zugestoßen wäre. Bei der Unsicherheit der Straßen infolge der Revolution musste ich das Schlimmste annehmen; er würde uns sonst gewiss brieflich oder durch einen Boten Kunde von seinem Schicksal gegeben haben.

Diese traurige Ungewissheit über das Schicksal meines Freundes wirkte ungemein niederschlagend auf mich. Ich war ganz verwirrt, als ich den Saal betrat, in dem sich das Kriegsgericht versammelt hatte.

Der alte Oberst d’Affry war ausnahmsweise persönlich nach Courbevoie hinausgekommen, um den Vorsitz zu führen. Rechts und links von ihm saßen der Oberstleutnant und der Major. Dann folgten die Hauptleute des zweiten und dritten Bataillons; unter ihnen waren nur die beiden Luzerner, Hauptmann von Dürler und Hauptmann von Pfyffer, näher mit mir befreundet. Sämtliche Offiziere standen im Hintergrund des Saales. Vor sie alle sollte ich jetzt hintreten, und ich fühlte, wie mir ihre Blicke in der Seele brannten und die Schamröte auf meine Stirn jagten.

Der Oberst eröffnete die Sitzung mit ein paar Worten, die ich in meiner Verwirrung kaum verstand. Dann verlas der Großrichter das Protokoll der Voruntersuchung und die Anklage. Meine Erwiderung auf den ersten Punkt machte nicht den Eindruck, den ich erwartet hatte. Der Appell an meine Waffenbrüder, sie würden doch nicht glauben, dass ich eine solche Änderung anders als in gutem Glauben vorgenommen hätte, wurde von den Bernern und Freiburgern, welche die Mehrheit bildeten, ziemlich kühl aufgenommen. Es rächte sich jetzt an mir, dass ich mich nie als besonderen Freund unserer schweizerischen Aristokraten gezeigt hatte. Die weiteren Punkte der Anklage zu entkräften, gelang mir besser. Endlich bat ich, man möge den Stab über mich und meine Ehre nicht brechen, ohne der alten Wahrheit zu gedenken, dass niemand plötzlich ein so großer Verbrecher werde. Sie würden sonst dereinst erfahren, dass sie ihn über einen Unschuldigen gebrochen hätten, und das würde ihnen für ihr ganzes Leben Schmerz bereiten. Zu meinem Unglück verbiete mir mein Gewissen, einen Grund zu meiner Verteidigung anzuführen, den sie später ohne Ausnahme als einen rechtfertigenden anerkennen müssten. Und zu meinem noch größeren Unglück sei Hauptmann von Reding, in dessen Auftrag ich so handeln zu müssen geglaubt habe, nicht zur Stelle. Mein Freispruch wäre sonst sicher. Aber auch so vertraue ich auf meine Unschuld und auf Gott, ihren Hort und Schützer.

Der Großrichter sagte, das seien Behauptungen, große Worte, aber keine Widerlegung der Anklage, die er in allen Punkten aufrechthalte. Er bitte den Gerichtshof, den Angeklagten für schuldig zu erklären und zur Degradation zu verurteilen. Weitere Strafen bitte er diesem in Anbetracht seiner Jugend, seiner bisherigen guten Führung und besonders seiner Tapferkeit, die er bei verschiedenen Gelegenheiten bekundet habe, in Gnaden zu erlassen.

Oberst d'Affry fragte mich, ob ich noch etwas zu bemerken hätte; ich wollte noch etwas sagen; aber es kam mir ein Würgen in die Kehle, und ich fühlte, dass ich ohne Schluchzen kein Wort mehr hervorbringen konnte, und dessen schämte ich mich. So schüttelte ich einfach den Kopf und ließ mich abführen.

Es dauerte ziemlich lange, bis man mich wieder in den Gerichtssaal zurückbrachte. Schon beim Eintreten sah ich es den

Gesichtern an, dass ich verurteilt war. Fast alle schauten still vor sich hin, namentlich Major von Bachmann, der mich während der Verhandlung immer ermutigend angeblickt hatte. Auf einen Wink des Obersten stand der Großrichter auf und teilte mir mit, das Urteil der Richter spreche mich absichtlicher Wechselfälschung schuldig und verurteile mich zur Degradation, die sofort zu vollstrecken sei. Andere Strafen seien mir in Gnaden erlassen.

Schon nach dem ersten Wort, dem „Schuldig“, das mich zum ehrlosen Fälscher erklärte, verlor ich beinahe die Fassung. Man sagte mir nachher, mein Gesicht sei kreideweiß gewesen, und die beiden Korporale, zwischen denen ich stand, mussten mich stützen. Wie im Traum hörte ich Trommelwirbel rasseln und Kommandoworte erschallen. Dann sah ich mich auf den Kasernenhof geführt und in die Mitte eines Truppenvierecks gestellt. Wiederum rasselten die Trommeln. Der Großrichter Keyser mit seinem roten Mäntelchen trat vor mich hin und las, diesmal selbst mit bebender Stimme, etwas vor, in dem mein Name vorkam und „Fälschung“ und „Degradation“. Dann wirbelten die Trommeln abermals. Der Profos* trat auf mich zu und schnallte mir den Degen von der Seite. Ich wusste immer noch kaum, was mit mir vorging. Ich war wie ein Mann, der einen heftigen Schlag vor den Kopf erhält und dem sich in dumpfem Schmerz alles im Kreis dreht. Als aber der Profos seine Hand an meine Epaulette legte und sie mir von der Schulter riss und vor die Füße warf, tat ich einen hellen Schrei und brach bewusstlos zusammen.

* Beim Militär für die Strafvollstreckunng zuständig

Fünftes Buch: Vorstädte und Marsfeld

Die Flucht

Zwei Wochen waren verstrichen, von denen ich nichts zu erzählen weiß. Ein heftiges Gehirnfieber hatte sich meiner bemächtigt und ließ mir die ganze Zeit über keinen klaren Augenblick. Als ich zum ersten Mal mit einigem Bewusstsein die Augen öffnete, saß Major Bachmann mit P. Secundus an meinem Bett. Der Major blickte mich freundlich an, streichelte mir die Hand, die auf der Bettdecke lag, und entfernte sich. P. Secundus sagte: „Mut! Mut!“ Ich wollte mir die Sache zusammenreimen; aber mein Kopf war noch viel zu schwach dazu und das Gedächtnis versagte. Ich schloss meine Augen und hörte nur noch, dass der Regimentsarzt Trioson, der eben eintrat, absolute Ruhe verordnete und den Kapuziner nicht sehr freundlich fortschickte. Ich wollte etwas sagen, aber während ich mich darauf besann, war ich schon wieder in Schlaf versunken.

Als ich erwachte - ob es am selben Tag oder am folgenden Tag war, weiß ich nicht -, befand ich mich allein im Zimmer. Ich blickte zum Fenster und bemerkte, dass draußen Schneeflocke wirbelten; Allerheiligen war vorüber und ein früher Winter gekommen. Ich versuchte, mich zu besinnen, wo ich denn war und was mit mir geschehen war. Aber zu meinem Glück verhüllte die erschöpfte Natur meine Vergangenheit noch immer mit einem gnädigen Schleier.

Ich wachte nun von Zeit zu Zeit auf und fand mich gewöhnlich allein. Dann schaute ich bald zum Fenster und dem Flockengewirbel, bald auf ein sonderbares verschnörkeltes Ornament über meinem Bett. Wo hatte ich doch etwas Ähnliches gesehen? Endlich erinnerte ich mich: zu Hause auf dem Zurlaubenhof. Nun hatte ich einen Faden gefunden, an dem sich meine Erinnerungen anspinnen und langsam, langsam, im Laufe von vielen Tagen, bis nach Paris und bis auf die letzte Zeit hinab verfolgen ließen. Aber dann kam ich auf einmal an einen Punkt, über den ich glücklicherweise nicht hinweg kommen konnte. Dann schaute ich wieder zum Fenster, und die langsam fallenden Schneeflocken beruhigten mich und ließen mich aufs Neue einschlafen.

Inzwischen war ich körperlich schon recht kräftig geworden. Gute Kost und langer Schlaf hatten wieder Rot auf meine Wangen gebracht. Da trat eines Tages Major Bachmann bei mir ein; er reichte mir freundlich die Hand und sagte: „Es freut mich, dass es Ihnen wieder so gut geht. Bei dem schönen Winterwetter werden Sie jetzt bald an die frische Luft dürfen. Wir hatten schon Angst, Sie würden die traurige Geschichte nicht überstehen."

Was für eine traurige Geschichte nicht überstehen? Da fiel mein Blick auf die goldenen Epauletten des Majors, die eben von einem Strahl der Wintersonne gestreift wurden, und im gleichen Augenblick stand mir das Bild des Profossen vor Augen, wie er mir die Epaulette von der Schulter riss. Ich taumelte in den Krankenstuhl zurück. Der Arzt, der im Nebenzimmer auf den Erfolg des Experiments gewartet hatte, eilte herbei und griff nach meinem Puls. Als er sah, dass sich meine Augen mit Tränen füllten und ein heftiges Schluchzen mich erfasste, atmete er auf und sagte: „Gott sei Dank! Er ist gerettet!"

Man ließ mich ruhig den ersten Schmerz ausweinen. Der Major war dabei so gut wie ein Vater. Er sagte nur: „Armer Junge! Es wird schon wieder besser!" Und dabei standen ihm selber die Tränen in den Augen.

Am nächsten Tag kam er wieder und sagte: „Mein lieber Junge, was soll nun mit Ihnen werden?"

„Das weiß ich nicht!", gab ich zur Antwort. „Aber beim Regiment, als gemeiner Soldat, kann ich nicht bleiben. Das halte ich nicht aus! So entehrt in die Heimat zurückkehren, Zurlauben, meiner Mutter und - nein, das ist unerträglich! Könnte ich nicht in ein anderes Schweizerregiment versetzt werden? Etwa in das Regiment Salis-Samaden?"

„Das ginge wohl - aber nicht als Offizier, mein armer Junge! Doch reden wir jetzt nicht weiter davon. Wir wollen uns das alles noch besser überlegen. Inzwischen seien Sie überzeugt, dass ich persönlich von der Ehrenhaftigkeit Ihrer Handlungsweise vollständig überzeugt bin. Den Kopf hoch! Es wird die Zeit kommen, wo auch den anderen Offizieren und meinem alten, etwas hartköpfigen Freund Keyser die Augen aufgehen werden."

P. Secundus hatte natürlich den Major unserer Absprache gemäß über den Plan Augeards aufgeklärt. Ich fragte ihn nun, ob der Geheimsekretär der Königin noch keine weitere Nachricht gesandt habe. Bachmann sagte leise, der Plan sei noch nicht aufgegeben. Dann sprachen wir über Reding, von dessen Schicksal noch immer keine Nachricht eingetroffen war.

Bald nachdem sich Bachmann verabschiedet hatte, brachte mir Brunner einen Brief. Ich erkannte die Hand Keysers und hatte nicht den Mut, ihn gleich zu öffnen. Brunner war tüchtig gewachsen, seitdem er beim Regiment stand; er sagte mir, er hoffe jetzt bald die Trommel mit dem Gewehr vertauschen zu können. Wir plauderten eine Weile zusammen, und er suchte mich in seiner Weise zu trösten.

Der Bursche meinte es gut. Ich griff in die Tasche, um ihm nach alter Gewohnheit ein kleines Trinkgeld zu geben. Da stellte sich heraus, dass ich keine passende Münze bei mir hatte, und ich bat ihn, auf meine alte Stube zu gehen und mir den Beutel zu bringen, der im linken Schubfach meines Schreibtisches sei. Den Schlüssel dazu gab ich ihm und, wie er schon unter der Tür war, rief ich ihm noch nach, er solle mir auch mein Skizzenbuch, das er wohl kannte, und ein paar Bleistifte herunterbringen; denn es fiel mir ein, ich könnte mir mit etwas Zeichnen die Zeit vertreiben.

Als er fort war, öffnete ich Keysers Brief. Der Umschlag enthielt einen Brief Zurlaubens - genau was ich gefürchtet hatte. Mit der kalten Anrede „Mein Herr!" teilte er mir in zwei, drei Zeilen mit, dass er durch den Herrn Großrichter Keyser Nachricht von meiner ehrlosen Handlung und deren gerechten Bestrafung erhalten habe. „Derowegen ich Sie gänzlich enterbe und Ihnen auch strengstens verbiete, mir fürderhin weder schriftlich noch mündlich jemals mehr unter die Augen zu treten." Datum und Unterschrift.

Obschon ich es nicht anders erwartet hatte, erschütterten mich diese Zeilen des braven Mannes doch sehr. Ich konnte es den mit zitternder Hand geschriebenen Buchstaben ansehen, welchen Schmerz ich ihm bereitet hatte.

Als ich den Umschlag noch einmal untersuchte, um zu sehen, ob Keyser gar keine Zeile des Trostes beigefügt habe, fiel mir ein kleines Briefchen Verenas in die Hand, das allerdings lindernden Balsam enthielt. Es lautete:

„Armer, unglücklicher Freund!

Der Vater hat uns die schreckliche Heimsuchung mitgeteilt, die Dich betroffen hat. Ich bin wie zermalmt davon! Jetzt ist es freilich mit unserer Hoffnung zu Ende! Der Vater wird nie, nie einwilligen, dass ich Deine Frau werde, es sei denn, Deine gänzliche Unschuld komme an den Tag - und das will ich auch gegen alle Hoffnung noch glauben. Und was willst Du jetzt tun? Armer, armer Damian! Gemeiner Soldat werden? Ich möchte Dir lieber raten - und auch Deine Mutter ist der Meinung -, lerne ein Handwerk, das Dir einen ehrlichen Erwerb sichert. Vom Heimkommen nach Zug kann natürlich jetzt keine Rede sein. Es würde mir das Herz bluten, wenn ich sähe, wie die Leute mit Fingern auf Dich zeigen …

Mögen Dich der unschuldig leidende Heiland und seine schmerzensreiche Mutter in Deinem großen Herzeleid trösten - Dich und Deine mit Dir trauernde Verena K.“

Ich weinte wie ein kleines Kind, als ich diese Zeilen gelesen hatte, und die Tränen taten mir wohl.

Dann brachte Brunner die Börse. Sie enthielt noch den Rest des Geldes, das mir Frankfurter auf den unseligen Wechsel ausbezahlt hatte, etwa 200 Louisdor. Ich fühlte mich nicht verpflichtet, dem Wucherer auch nur einen Deut davon zurückzuschicken; er hatte mir ja einen Schaden zugefügt, den er mir auch mit vielen tausend Louisdor nicht hätte quitt machen können. Dieser Gedanke ging mir durch den Kopf, als ich den Beutel öffnete, um meinem jungen Landsmann sein Trinkgeld zu geben, und zu meiner Freude gewahrte, dass meine Barschaft nicht so unbedeutend war. Brunner wollte das Trinkgeld aber nicht annehmen; es sei ihm inzwischen eingefallen, dass ich ja nicht mehr zu den Offizieren gehöre, und von einem Mitsoldaten nehme er kein Trinkgeld.

Das Blut schoss mir ins Gesicht, obschon sein treuherziger Ton mir sagte, dass Brunner es gut meine. Ich reichte ihm die Hand und drehte mich um, damit er meine Bewegung nicht bemerkte; so ging er denn auch mit einem freundlichen „Gueten Obig".

Die Dämmerung war inzwischen hereingebrochen. Der Wärter brachte mir die kräftige Abendsuppe und zog sich dann mit der Bemerkung zurück, ich werde gut tun, mich frühzeitig zur Ruhe zu begeben. Da ging mir plötzlich ein Gedanke durch den Kopf; das Skizzenbuch, das vor mir auf dem Tisch lag, hatte ihn veranlasst.

„Geh' nach Paris hinein und suche dir ehrliche Arbeit bei einem Maler oder Dekorateur! Was willst du auch nur eine Stunde länger in dieser peinlichen Lage bleiben, wo du jeden Augenblick fürchten musst, einem deiner früheren Kameraden zu begegnen und von ihm als Ehrloser behandelt zu werden. Als Offizier hast du ja deinen Abschied erhalten, und als Gemeiner hast du dich nicht zum Dienst verpflichtet. Fort also, diese Nacht noch!"

Gedacht, getan! In Eile schrieb ich mit Bleistift unter Zurlaubens Brief einige Zeilen an Major Bachmann, worin ich für seine väterliche Liebe dankte und ihm im Allgemeinen meinen Entschluss mitteilte, „ein neues Leben anzufangen". Rasch schloss ich den Brief und schlich mich zur Kaserne hinaus. Wenig später befand ich mich auf der Straße nach Paris!

Natürlich konnte ich mir nicht zumuten, nach einer schweren Krankheit in kalter Winternacht den fast zwei Stunden weiten Weg zur Stadt zurückzulegen. Jetzt fiel mir ein kleines Wirtshaus am Abhang des Mont Valérien ein, das ich kaum 20 Minuten entfernt schätzte; dorthin wollte ich, um die Nacht zu verbringen!

Aber wie zog sich der Weg in die Länge! Ich meinte, ich könne mit meinen müden Gliedern das weiße Häuschen nicht erreichen, das mir glücklicherweise ein mitleidiger Mondstrahl zeigte. Keuchend, taumelnd, in Schweiß gebadet, kam ich schließlich an und fand an dem flackernden Herdfeuer gastliche Aufnahme.

Ich sei ein Maler, sagte ich und hätte mich verirrt. Man war gern bereit, mir ein Nachtlager zu geben, und während die freundliche Wirtin sofort hinausging, mischte mir der Wirt ein Glas heißen Würzweines und hätte noch gern ein wenig mit mir politisiert. Mir fielen aber die Augen schon über dem Trinken zu, und ich war froh, eben mit Not ohne fremde Hilfe in meine Schlafkammer zu kommen. Ich schlief, bis am andern Morgen die späte Wintersonne mir ins Bett schien.

Als ich mich nun erheben wollte, machte ich die unliebe Erfahrung, dass die Beine einfach ihren Dienst versagten. Die Überanstrengung nach längerem Krankenlager hatte sie wie gelähmt. Wohl oder übel musste ich mich in mein Schicksal ergeben und volle acht Tage in dem kleinen Gasthaus verweilen. Die Langeweile vertrieb ich mir den Tag über, indem ich mich im Zeichnen übte. Am Abend saß ich dann mit meinem Wirt und seiner munteren Frau beim Kaminfeuer. Da hörte ich denn alle die großen politischen Neuigkeiten, die sich seit der Übersiedlung der Nationalversammlung von Versailles ins brodelnde Paris vollzogen hatten. Die Macht des Königs war von der neuen Verfassung sehr beschränkt worden. „Krieg und Frieden kann er nur mehr mit Zustimmung der Abgeordneten des ganzen Landes beschließen", sagte mein Wirt triumphierend. „Damit ist die Zeit des ewigen Friedens angebrochen; denn es wird den Boten des friedlich gesinnten Volkes niemals einfallen, die Furie des Krieges zu entfesseln. Der König kann Veto* sagen, wenn ihm ein Gesetz nicht gefällt, das die Abgeordneten machen. Wenn aber die Abgeordneten auf ihrem Kopf bestehen, und das Gesetz zum dritten Mal durchbringen, so muss er nachgeben."

Ich lachte laut und sagte: „Nun, da haben sie dem König keine zu große Macht gelassen! Und was haben sie denn eigent-

* lat. Einspruch erheben

lich getan, um die Staatsschulden zu decken, wofür sie eigentlich zusammengerufen wurden?"

„O, famos!", rief er, „alle Schulden sind wir los! Dafür lassen Sie diesen Mirabeau sorgen - *c'est un diable, celui-là*!* Es werden ein paar hundert Assignaten ausgegeben, d. h. Anweisungen auf die Nationalgüter. Haben Sie noch keine gesehen? Da, hier ist eine, gültig für 10 Livres und hier eine, gültig für 20 Livres."

Ich betrachtete die ersten Assignaten, die noch mit dem Kopf des Königs geschmückt waren. „Anweisungen auf die Nationalgüter - auf welche Nationalgüter?", fragte ich.

„Auf die Güter der Geistlichkeit! O, das geht in die Tausende von Millionen, was sich die Klöster und die Bischöfe und alle diese zahllosen Kirchen und Kapellen haben schenken lassen von Königen und adeligen Herren und Bürgern und Bettlern! Das fordert jetzt das Vaterland zurück als eine Gabe, die auf seinem Altar dargebracht werden muss."

„Aber, wovon sollen denn die Geistlichen leben, wenn man alle alten kirchlichen Stiftungen einzieht?", fragte ich.

„Darüber streitet man sich eben noch herum. Die Klöster, die hebt man einfach auf, und dann brauchen sie auch nichts mehr. Die Pfarrer und Kapläne u.s.w., die sollen vom dankbaren Vaterland besoldet werden; es soll ihnen an nichts mangeln, solange man ihrer bedarf. Denn, wissen Sie", setzte er vertraulich hinzu, „unsere großen Gelehrten sind einmütig der Ansicht, dass man in der reinen und schönen Religion der Freiheit, sobald sie einmal richtig eingeführt sei, keine Priester mehr nötig haben werde."

Ich hatte genug für diesen Abend. Solch einen Lauf nahmen die Ereignisse! Was würde Salis zu einem solchen Völkerfrühling ohne Priester und Christentum sagen?

Sobald ich hinlänglich wiederhergestellt war, bat ich den patriotischen Wirt um die Rechnung. Sie fiel gesalzen genug aus. Er zahlte mir auf mein Gold einige der lumpigen Assigna-

* franz. Das ist ein Teufelskerl

ten und hätte gar zu gerne alle meine Louisdors in das neue Papiergeld umgewechselt, so begeistert er vorher auch das Lob der Assignaten gesungen hatte. Der Wirt von Mont Valérien war der erste, aber nicht der letzte Patriot, bei dem ich diese Erfahrung machte. Ich freute mich später, dass ich nicht auf seinen Vorschlag eingegangen war; denn überall, wo ich mit Assignaten bezahlen wollte, gab es saure Gesichter, während alle Mienen sich verklärten, sobald man gutes, altes Silber oder Gold aus dem Beutel zog.

Im Helvetischen Klub und bei den Jakobinern

Neujahr 1790 war vorüber. Ich hatte vorläufig bei dem Schwiegersohn der alten Blanchet in Faubourg St. Martin Wohnung genommen, wo mir mein Landsmann gegen geringe Bezahlung ein freundliches Dachstübchen abtrat. Der alte Huwiler war inzwischen gestorben, und sein Sohn hatte wohl dessen Kühe, aber nicht dessen Gemütlichkeit geerbt. Er war ein verschlossener und unwirscher Geselle. Die Frau weilte den ganzen Tag mit ihren Körbchen voll Gemüse und Äpfeln auf dem Markt. Der Mann hatte viel im Keller zu tun, der ein unerschöpfliches Lager von Blumenkohl, Karotten, Artischocken, Kohlköpfen, Rüben und allen möglichen Obstarten zu enthalten schien. Anfangs fiel mir das wenig auf; aber als ich schon mehrere Wochen bei Huwiler gewohnt hatte und jeden Morgen die großen Körbe, die seine Frau am Abend vom Markt geleert zurückbrachte, neu gefüllt vor der Kellertür stehen sah, machte ich einmal eine Bemerkung darüber.

Mein Hausherr schaute mich mit einem prüfenden Blick an, schob sein Pfeifchen, aus dem er bedächtig qualmte, von einem Mundwinkel in den andern und sagte nach einer längeren Pause: „Ja, ja, mein Keller ist groß!"

„Das muss er wohl", erwiderte ich. „Er muss sich unter den ganzen Garten erstrecken, sonst könnte er so viel Gemüse nicht fassen, wie auch nur diese paar Wochen verkauft wurde."

Ich sagte auch, es würde mich interessieren, diesen großen Keller einmal zu sehen. Nachdem mein schweigsamer Landsmann einige Minuten ruhig weiter gequalmt hatte, klopfte er die Asche aus der Pfeife und sagte: „Ihr sollt meinen Keller sehen; denn ich weiß, dass Ihr einen Landsmann nicht verraten werdet; ich hätte Euch sonst gar nicht in mein Haus aufgenommen. Mein Keller hat nämlich eine geheime Tür, durch die ich seine Vorräte immer wieder ergänzen kann."

Nun erzählte er mir von den Gängen und Gruben, welche die Steinbrecher seit uralter Zeit um Paris und unter Paris herausgehauen hatten, um den berühmten Pariser Sandstein zu Tage zu fördern, der nicht nur das Baumaterial der Hauptstadt bildete, sondern auch weit über Frankreich bis über den Rhein verschickt wurde. Sein Keller stehe mit einem ganz netten und geräumigen Gewölbe in Verbindung, das durch viele lange und winkelige Gänge zu den Steingruben bei den Buttes Chaumont in der Nähe von Pantin führe. Dann schwieg er, zündete sich eine neue Pfeife an und rückte endlich mit einem Vorschlag heraus.

Dieser unterirdische Gang ermögliche ihm seit Jahren, Gemüse und Früchte von Pantin zu beziehen, ohne die hohen Oktroigebühren an der Barriere von Paris zu bezahlen. und so habe er sich ein paar Batzen ersparen können. Nun werde er aber zusehends alt und manchmal quäle ihn die Gliedersucht; so müsse er sich nach einem jüngeren Kompagnon umsehen, der ihm helfen und das Geschäft weiter betreiben könne. Und er denke für diesen einträglichen Posten an mich. Sein Schmugglergeschäft mochte ihm ganz erlaubt vorkommen; mir widerstrebte es, und ich machte aus meiner Auffassung kein Hehl. Das erzürnte meinen Hauswirt dermaßen, dass er mir anstatt die Kellertür die Haustür wies, und ich mich in einer Viertelstunde mit meinem Skizzenbuch und meinen anderen kleinen Habseligkeiten auf offener Straße fand.

Wohin jetzt? Wiederholt war mir schon Rouillé eingefallen, der patriotische Waadtländer, dessen Bekanntschaft ich damals im Palais Royal gemacht hatte, als ich nach der Erklärung der

Menschenrechte von Chartres nach Paris zurückgekommen war. Mein Enthusiasmus für die „Freiheit“ war freilich durch die seitherigen Ereignisse schon bedeutend abgekühlt. Dennoch fasste ich in der augenblicklichen Verlegenheit, in die mich der Streit mit Huwiler gebracht hatte, den Entschluss, den Waadtländer aufzusuchen.

Er wohnte in einer kleinen Seitengasse des Faubourg Montmartre. Auf meine Frage antwortete die Pförtnerin, gewiss, der Herr sei zu Hause. Ob ich einer von den Schweizern sei? Dann zeigte sie mir den Weg durch einen dunklen Gang in einen Innenhof. „Hier diese Treppe hinauf, im fünften Stock, die erste Tür rechts.“

Ich kletterte also die enge und steile Treppe hinan und fand mich vor einer Tür mit der Aufschrift: „Helvetischer und Allobrogischer Klub“. Darüber war ein Wilhelm Tell mit Pfeil und Armbrust herzlich schlecht gemalt, der mit wild rollenden Augen jeden Besucher zurückzuweisen schien. Der Spruch „Vae tyrannis!“ belehrte übrigens diejenigen, die so viel Latein verstanden, dass seine drohende Gebärde nicht friedlichen Bürgern, sondern nur blutdürstigen Tyrannen gelte, womit nur der König gemeint sein konnte, und da dieser kaum jemals die fünf steilen Treppen dieses Hinterhauses erklettern würde, schien mir die Todesdrohung des alten Helden aus Bürglen hier ziemlich harmloser Natur.

Durch diesen Gedanken ermutigt, klopfte ich also an der Tür rechts. Diese wurde nach einiger Zeit vorsichtig geöffnet, und der Kopf Rouillés erschien im Spalt. Er erkannte mich nicht gleich; als ich aber meinen Namen nannte, und ihn an unser Zusammentreffen im Palais Royal erinnerte, rief er: „Ah, mein junger Freund aus Zug!“ und reichte mir die Hand. In wenigen Worten erzählte ich ihm, dass ich nicht mehr dem Schweizerregiment angehöre und mir Mühe gebe, Arbeit als Maler zu finden. Er erklärte sich bereit, mir mit Rat und Tat beizustehen, leider müsse er mich aber bitten, für einige Augenblicke Geduld zu haben, da einige Freunde bei ihm seien. Damit führte er mich noch ein Stockwerk höher und schob mich in eine kleine Stube, deren Fenster einen wunderbaren Ausblick auf eine Unmasse Dächer und Schornsteine bot.

Ich hatte nicht lange aus dem Fenster geschaut, als Rouillé wiederkam und sagte: „Sie werden einige interessante Bekanntschaften machen“. Ich trat mit ihm in einen ziemlich großen, aber dunklen und niedrigen Raum, der dem Helvetischen und Allobrogischen Klub als Vereinslokal diente, und mit der Privatwohnung Rouillés zusammenhing. Unter einer Hängelampe saßen um einen runden Tisch etwa ein Dutzend Männer, die mich alle scharf ins Auge fassten, als ich in den Lichtkreis der Lampe trat.

Rouillé stellte mich zuerst Desonnaz, dem Präsidenten des Allobrogischen Klubs, vor, einem Mann mit einem ungemein selbstgefälligen Lächeln um den Mund. „Mein junger Freund, Herr Muos aus Zug“, sagte Rouillé, „hat sich, seinem patriotischen Herzen folgend, von den Prätorianern des Tyrannen getrennt. Wir können auf seine edle Gesinnung rechnen. Er ist ein Feind der Aristokraten und bereit, dafür zu wirken, dass es keine Schweizer in Sklavenketten mehr gebe.“

„Seien Sie mir gegrüßt, lieber Landsmann“, begann Desonnaz seine Rede im tiefsten Brustton und die langen, knochigen Finger seiner Hand theatralisch auf die Stelle seiner Weste legend, unter der er das Herz vermutete. Ich habe in Paris viele Schwätzer kennen gelernt, aber keinen so hohlen und widerwärtigen wie diesen Desonnaz. Keine Gelegenheit ließ er verstreichen, ohne seine unglücklichen Zuhörer mit einem Schwall tönender Worte zu überfluten, die er selbst mit wahrhafter Lust von seinen Lippen klingen hörte.

Unter den Anwesenden erinnere ich mich an einen Schweizer und einen Wyß aus Zürich, die zwar beide begeisterte Anhänger der neuen Idee, aber doch ein gut Teil vernünftiger waren als dieser Schwätzer Desonnaz.

Desonnaz umarmte mich und gab mir den Bruderkuss; die übrigen begnügten sich, mir die Hand zu schütteln. Dann wurde in der Verhandlung fortgefahren. Ihr Inhalt gehört nicht ausführlich in die Erzählung meiner Erlebnisse. Es handelte sich darum, in der Schweiz eine ganz neue Ordnung der Dinge einzuführen. Der Plan enthielt manches Gute und hatte gewiss für einen jungen Schweizer, der seine Heimat liebte, etwas Bestechendes und Begeisterndes. Seine gefährlichen Schattenseiten kamen mir erst später zum Bewusstsein. Ich ließ mich also, für den Augenblick wenigstens, für die Pläne des Helvetischen Klubs einnehmen und schloss mich ihm an.

Rouillé behielt mich bei sich und räumte mir das Zimmer ein, in das er mich zuerst geführt hatte. Da ich eine leserliche und nicht unschöne Handschrift besitze, verwandte er mich als seinen Schreiber, und ich musste eine Unmenge Briefe, Aufrufe, Flugschriften u.s.w. abschreiben, die über Genf in die französische Schweiz verschickt wurden. Für die deutsche Schweiz verfertigte ich deutsche Übersetzungen.

Eines Tages fragte mich Rouillé, ob ich ihn nicht in den Klub der Jakobiner begleiten wolle; er könne mir leicht eine Zutrittskarte verschaffen. Gern nahm ich diesen Vorschlag an. Eigentlich hieß er ja der „Verein der Freunde der Verfassung“; doch da er im Jakobinerkloster, einem ehemaligen Kloster der Dominikaner, zusammenkam, wurden die Mitglieder kurzweg Jakobiner genannt. Barnave und die Brüder Lamothe leiteten ihn damals; Robespierre war seine Seele. Neben dem Herzog von Orléans besuchten ihn dessen Söhne, der Herzog von Chartres und der Herzog von Montpensier. Die Vorschläge, die im Klub gefasst wurden, waren für die Nationalversammlung meist entscheidend.

Als wir auf der oberen Tribüne Platz nahmen, hatte die Verhandlung noch nicht begonnen. Der Rednerbühne gegenüber waren Sitze für den Ausschuss und den Präsidenten; hinter diesen stand eine Art Altar mit den Tafeln der Menschenrechte und den Büsten von Rousseau und Helvetius. Freiheitsfahnen entfalteten sich darüber und auf den Brustwehren stand in großen Buchstaben geschrieben: „Frei leben - oder sterben!“

Jetzt eröffnete Barnave die Verhandlung. Die Aufhebung aller Klöster wurde vorgeschlagen. Die Klostergelübde sollten aufgelöst und verboten werden; alle Ordenspersonen in den

Schoss ihrer Familie zurückkehren. Innerhalb der allgemeinen Gesellschaft des französischen Staates dürfe es keine Sondergesellschaften geben. Das Vermögen, das viele dieser Orden besessen hatten, war ihnen durch das frühere Gesetz, welches das ganze Kirchenvermögen zu Staatszwecken einzog, bereits genommen worden. Und nun sollte ihnen auch das Recht entzogen werden, beisammen zu bleiben und miteinander zu beten und Gutes zu tun!

Ich traute meinen Ohren nicht. Dass Joseph II. und einige protestantische Regierungen in ähnlicher Weise die Freiheit vergewaltigt hatten, wusste ich ja und betrachtete es als eine barbarische Tat des Despotismus. Und hier verlangten es nun diese „Helden der Freiheit“, deren zweites Wort Freiheit war. Und keiner der folgenden Redner wagte ein Wort für die Freiheit auch nur der etwa 40000 Nonnen, die damals in Frankreich nach ihrer eigenen Wahl glücklich zusammen lebten.

Ich hielt es nicht mehr aus! Mein Blut war in Wallung, und als der Redner mit einigen Phrasen zu Ende war, rief ich kühn dem Präsidenten zu, ich bäte ums Wort.

Aller Augen richteten sich auf mich, namentlich die der Frauen, deren Tribüne sich unmittelbar unter der unsrigen befand. Es saßen da nicht nur Weiber aus dem Volk, sondern auch Damen aus den höchsten Kreisen, die es für eine Modesache hielten, etwas Revolution mitzumachen. Barnave rief mir zu, ich solle mich erst als Mitglied des Klubs ausweisen.

Ich erwiderte: „Im Namen der Freiheit ist es, dass ich ein Wort an die Versammlung richten möchte“.

Viele, namentlich die Damen, klatschten mir Beifall und riefen: „Wir wollen ihn hören! Er soll reden“.

Eine Minute später stand ich auf der Rednertribüne. Was ich sagte, weiß ich natürlich nicht mehr. Ich erinnere mich nur, dass ich mit Feuer sprach und dass mir die Worte nicht nur von den Lippen flossen, sondern auch aus dem Herzen kamen. Ich begann mit dem Wahlspruch, den der Klub in leuchtenden Buchstaben vor aller Augen hingestellt hatte: „Frei leben - oder sterben!“ Ich sagte, das sei auch der Wahlspruch der Männer gewesen, welche die Freiheit der Schweiz begründet hätten, und ich schilderte, wie die armen Hirten am Morgarten und bei Sempach und in so vielen Schlachten lieber in den Tod gegangen seien, als sich das Kleinod der Freiheit rauben zu lassen; ich erzählte den Heldentod eines Winkelried und rief begeistert: Freiheit oder Tod!

Soweit war alles prächtig gegangen; brausender Beifall belohnte mich und von den Bänken aufspringend, riefen alle: „Freiheit oder Tod!" Als ich aber nach dieser Einleitung auf meinen Gegenstand kam und die Behauptung aufstellte, dass die vorgeschlagene gewaltsame Unterdrückung des Ordenslebens ein Faustschlag in das Antlitz der Freiheit sei, drehte sich das Blättchen. Man war erst verblüfft, dann wurde man unruhig und, bevor ich auch nur recht zur Begründung meines Satzes kam, war ein solcher Höllenlärm um mich herum, dass ich mein eigenes Wort nicht mehr hörte.

Die Glocke des Präsidenten verschaffte endlich eine kleine Pause in dem Hexensabbat. Dann donnerte Barnave mir zu: „Begreifen Sie denn nicht, dass die Freiheit niemals gestatten kann, unfrei zu sein? Und unfreie Sklaven sind sie alle, die sich durch ein Gelübde zum Gehorsam verpflichten!"

Ich wollte mich gegen den elenden Trugschluss verteidigen: „Legen denn die Freimaurer nicht auch Gelöbnisse ab…?" Weiter kam ich nicht. Marat schrie mit kreischender Stimme: „Spion! Söldling des Tyrannen! Herab mit dir von der Rednertribüne, die du entweihst!" Damit krallte er seine Fingernägel in meinen Arm, die Nachdrängenden rissen mich von der Bühne; mein Rock, meine Weste, mein Hemd gingen in Fetzen; es regnete Püffe und Hiebe auf mich; heftig aus Mund und Nase blutend, fand ich mich auf der Straße wieder und konnte Gott danken, mit dem Leben davongekommen zu sein; bereits hörte ich den Schrei: „An die Laterne mit ihm!" und mehr als einer hatte schon am nächsten Laternenpfahl geendet, der sich weniger zuschulden kommen ließ als ich. Ich las also meine elend zerschlagenen Glieder zusammen und suchte möglichst rasch das Weite.

Glücklich entkam ich zu Rouillés Wohnung, musste einige Tage das Zimmer hüten, bis die blauen Flecken verschwunden waren. Da hatte ich Zeit zum Nachdenken. Wie, wenn es nun in einer „einen und ungeteilten Schweiz“ mit der Freiheit auch so aussehen sollte? Wenn die kleinen katholischen Länder und Ländchen in ihrem Liebsten und Heiligsten, in ihrer Religion, von der geplanten Zentralregierung im Namen der Freiheit ebenso geknechtet werden sollten, wie man es hier in Frankreich tun will? Nein, der Plan des Helvetischen Klubs hatte doch seine bedenkliche Seite, und ich beschloss, mich je eher je besser von dessen Bestrebungen zu trennen.

Ein Aufruf von Desonnaz, den ich abschreiben sollte, brachte die Entscheidung. Da hieß es wörtlich: „Franzosen, Arm in Arm mit euch werden wir zuerst die Feinde der Freiheit besiegen, dann soll die Trikolore auf unseren Bergen im Winde flattern. Und Ihr, tapfere Helvetier, werdet Ihr noch lange unter dem Joch der Tyrannen leben? Freunde, folgt unserem Beispiel! Verlasst ein ungastliches Land, aus dessen Marken die Freiheit schon längst verbannt ist. Verlasst den Boden, den ihr mit eurem Schweiß befeuchtet, nur um eure Tyrannen zu mästen! Erinnert euch, dass das Blut Wilhelm Tells noch in euren Adern rollt.“

Da hatte ich es also schwarz auf weiß, was mir P. Secundus gesagt hatte: Die Selbstständigkeit der Schweiz komme durch die Pläne der Helvetischen Klubs in Gefahr.

Jetzt hatte ich es satt. Ich warf die Feder hin und erklärte Rouillé, zu einer solchen Schmach werde ich niemals Hilfe bieten. Zwei Minuten später stand ich mit meinem Skizzenbuch und meiner kleinen Handtasche wieder unter Gottes freiem Himmel.

Ein alter Bekannter

Es war noch ziemlich früh am Tag, und ich wanderte über den großen Boulevard auf die Madeleinekirche zu. Seit meiner Krankheit hatte ich P. Secundus nicht mehr gesehen; ihn wollte ich aufsuchen, denn an ihn sollte meine Mutter vorläufig ihre

Briefe richten, wie ich ihr geschrieben hatte. Als ich mich nun der Stelle näherte, wo der große Gemüsegarten der Kapuziner an den Boulevard grenzt, sah ich schon von weitem eine dichte Menschenmenge sich um das sonst immer geschlossene Gartentor drängen. Jetzt stand es weit offen. Nationalgarden und Beamte mit dreifarbigen Schärpen hielten es besetzt, und auch von dem Dachreiter der Klosterkirche sah ich die Trikolore flattern. Der scharfe Nordwind, der von Zeit zu Zeit Schnee und Graupeln über die Dächer und Gärten hin trieb, zauste zornig an dem wapernden Fahnentuch und hätte es gerne in Fetzen gerissen.

Ich wunderte mich, dass bei so schlechtem Wetter so viel Volk auf der Straße stand, und fragte einen der Gaffenden, was es denn hier gebe.

„Ach, man nimmt das Nest der Kapuziner aus", sagte der Bursche, der seine Hände in den Taschen der zerlumpten Hose vergrub und vor Kälte schlotternd von einem Bein auf das andere trat. Und schon schrie die Menge „Es leben unsere neuen Mitbürger" den armen Kapuzinern zu, die man mit Gewalt aus ihrem Kloster, das trotz seiner Armut ihnen Obdach gewährt hatte, auf die kalte Straße hinaustrieb!

Es war wirklich ein trauriger Anblick! Etwa zwanzig Ordensleute, die man soeben gezwungen hatte, ihre Kutten auszuziehen, und die nun in Kleidern vom Trödelmarkt steckten, wurden zu zwei und zwei wie Gefangene aus dem Kloster gebracht. Streng und hoch aufgerichtet schritt der Provinzial an der Spitze. Da traf sein flammendes Auge auf einen der Kommissare, der neben dem Gartentor stand.

„Chabot!", rief er. „Judas, du wagst es also, an die Pforte des Klosters zu kommen, dem du als Eidbrüchiger so schmachvoll entflohen bist?"

Chabot zuckte unter dem Blick seines früheren Oberen förmlich zusammen und erbleichte. Er suchte aber das strafende Wort mit einem schlechten Witz zu beantworten: „'crébleu"*, rief er

* franz. potztausend

frech, „ihr springt mir ja heute alle nach! 's ist überhaupt vorbei mit Kapuzinern, Kutten und Kreuzen."

„Unseliger, schweig!", rief der Provinzial. „Büße und bekehre dich, solange Gottes Langmut dich erwartet! Ich sehe ein Beil über deinem Nacken schweben. Wenn es fällt, so stehst du vor Gottes Richterstuhl, und dann wehe deiner armen, unsterblichen Seele!"

Wie ein Prophet des Alten Bundes stand er da. Niemand wagte ihm zu erwidern. Dann hob er seine Rechte und segnete die niederknienden Brüder, umarmte sie und wandte sich zum Gehen, während eine Träne über die bleiche Wange hinabrollte.

Der Auftritt war selbst auf den Straßenpöbel nicht ganz ohne Wirkung geblieben. Man ließ die Ordensleute schweigend ihres Weges gehen. Als Letzten trugen jetzt ein paar Gerichtsdiener den Senior auf einer Tragbahre hinaus; der neunzigjährige Greis war gelähmt. Ich hatte ihn einmal an einem warmen Sommertag im Garten sitzen sehen und mit ihm gesprochen. Es war eine kindliche Seele, fromm und immer fröhlich. Jetzt wandte er den zitternden Kopf noch einmal dem Kloster und der Kirche zu, und ich sah eine Träne in seinem halb erblindeten Auge glänzen. Mutig trat ich an die Tragbahre heran und sagte: „Pater Juniperus, was ist das für ein Tag! Was sind das für Zeiten!"

„Ein guter Tag, mein Sohn", entgegnete er ganz ruhig. „Denn jeder Tag und alle Zeiten sind in Gottes Hand. Sein heiliger Wille geschehe!"

Ich fragte ihn nach P. Secundus, und er antwortete, der sei bei seinen Soldaten. Da wollte ich ihm von meiner geringen Habe einen Ecu in die Hand drücken als ein Almosen. Er aber sagte lachend, ein Sohn des hl. Franziskus rühre kein Geld an; 75 Jahre habe er keines mehr angerührt und werde mit Gottes Gnade auch keinen Sou mehr anrühren. „Es geht mir gut", fügte er bei, „Gott lohne Euch Eure Liebe! Seht, man trägt mich ja wie die großen Herrschaften durch die Straßen. Das kommt, weil meine Untertanen auf ihre alten Tagen auch Revolution gemacht und mir den Gehdienst aufgekündet haben. Das ist jetzt Mode!", lachte er.

„Und wohin geht's denn, P. Juniperus?"

„O, an den allerbesten Ort! Ins Gasthaus Gottes (Hôtel Dieu = Spital)! Und von dort wird's wohl bald in sein wirkliches Haus gehen!"

Vor dem Schneegestöber, das jetzt einsetzte, flüchtete ich in eine benachbarte Schenke und überdachte den Auftritt, dessen Zeuge ich soeben gewesen war. Eine innere Stimme sagte mir, das herzliche „Gott lohne es Euch!" des greisen P. Juniperus werde mir heute noch Glück bringen.

Nachdem ich etwas gerastet und mich ein wenig gestärkt hatte, schlenderte ich durch verschiedene Gassen. In der Rue Valois, beim Palais Royal, war ein Kunstladen, in dessen Schaufenstern immer eine Anzahl neuerer und älterer Gemälde und Kupferstiche ausgestellt waren. Selbstverständlich ging ich an solchen Schaustellungen nie vorüber, ohne sie mir anzusehen.

Ich entdeckte in der untersten Ecke des Fensters eine kleine Schweizerlandschaft, die ich sofort erkannte. Das Bild stellte das kleine Schlösschen St. Andreas bei Cham am Zugersee dar und gehörte zu der großen Sammlung schweizerischer Städte- und Schlösserbilder, die mein Götti Zurlauben vor etwa zehn Jahren hatte zeichnen und in Kupfer stechen lassen. Ein Maler aus Paris hatte damals lange Zeit auf dem Zurlaubenhof gewohnt und unter Leitung meines Göttis gearbeitet, ein kleines, lebhaftes Französchen, dem ich oft beim Malen zuschaute und mit dem ich gut Freund war. Den Namen hatte ich entweder nie gehört oder vergessen; wir nannten ihn nur „den Maler" oder „den Pariser". Und jetzt sah ich seinen Namen mit deutlichen roten Buchstaben vor mir in der rechten Ecke des Bildchens in das Wasser des blauen Zugersees hineingemalt: Perignan, *peintre du Roi**! Sollte der Mann noch leben? Sollte er sich hier in Paris befinden und seine Wohnung zu erfragen sein? Ich trat in den Kunstladen ein und fragte den Besitzer, der mir freundlich entgegenkam, ob ihm vielleicht der Maler des hübschen kleinen

* Hofmaler

Bildes bekannt sei, das er da zum Kauf ausgestellt habe?

„Perignan? Gewiss; er steht mit mir in Geschäftsverbindung. Ich habe früher manche seiner geistreichen, kleinen Kompositionen verkauft. Leider gehen sie aber jetzt nicht mehr so gut. Der Geschmack hat sich geändert. Ich sage geändert, mein Herr, ich sage nicht gebessert. Wünschen Sie das kleine Kabinettstückchen vielleicht zu kaufen?“

Ich gestand offen, meine augenblicklichen Verhältnisse erlaubten mir keine Ankäufe von Kunstwerken. Dagegen würde er mich sehr verpflichten, wenn er mir die Wohnung dieses Herrn Perignan angeben könnte. Mit der Freundlichkeit, die den Pariser Geschäftsleuten eigen ist, willfahrte er meiner Bitte und nannte mir eine Nummer in der Rue de Racine.

Mit vor Freude hüpfendem Herzen trat ich sofort meinen Weg dorthin an. Ich fand ein schmales, nur drei Fenster breites Häuslein, weiß getüncht und mit grünen Fensterläden, das von den großen Häusern rechts und links fast erdrückt wurde, aber doch einen ganz gemütlichen Eindruck machte. Ich zog die Schelle und fragte die Magd, ob Herr Perignan zu Hause sei. Der Herr werde doch bei einem solchen Wind und Schneetreiben seinen warmen Kamin nicht verlassen, lautete die Antwort. So möge sie die Güte haben, dem Herrn den Besuch des „kleinen Damian aus Zug“ anzumelden, sagte ich.

„Des k l e i n e n Damian!“, lachte das Mädchen und schaute an meiner hohen Gestalt herauf.

Zwei Minuten später stand ich in einer gemütlich warmen Stube vor meinem alten Freund, dem „Pariser“. Augenblicklich erkannte ich ihn, obschon ihm die letzten zehn Jahre das Haar gebleicht und viele Runzeln unter die Augen und auf die Stirn gezeichnet hatten. Er aber ließ seine Augen kopfschüttelnd über mich streifen und sagte: „Ich habe nicht die Ehre, ich habe Sie nie gesehen.“ - Natürlich! Aus dem acht- oder neunjährigen Knaben war inzwischen ein einundzwanzigjähriger junger Mann geworden! Als ich aber anfing, von meinem Götti und vom Zurlaubenhof zu erzählen und ihn einige Zeichnungen von Zug in meinem Skizzenbuch sehen ließ, da kam ihm die Erinnerung wieder, und er sprang auf und tanzte um mich herum und schlug die Hände über dem Kopf zusammen und rief in einem fort: „*Tiens, tiens! est-il possible? Ce petit polisson Zougois**!" Und seine Frau, ein kugelrundes kleines Wesen mit freundlichen Kinderaugen, musste kommen, und es gab ein Gerede über Zug und Zurlauben und seine anderen Schweizerfreunde, dass kein Ende war.

Ich musste mich mit ihnen zu Tisch setzen. Er ließ mir zu Ehren eine Extraflasche alten Bordeaux kommen, und erst als wir den Kaffee geschlürft hatten, konnte ich endlich von der Gegenwart und von meinen Plänen für die Zukunft reden. Da kraute sich Perignan verlegen hinter den Ohren, schaute meine Skizzen genauer an und sagte endlich: „Talent haben Sie! Sie haben den richtigen Blick des Künstlers und haben es auch in den Fingerspitzen. Aber das braucht noch eine lange Schulung! So und so viel Jahre unter einem tüchtigen Meister. Ich bin zu alt und kann überhaupt nur mehr ausnahmsweise im Atelier arbeiten. Und dann würden Sie heutzutage doch nichts verdienen!"

„Aber Gehilfe eines Malers, eines Dekorateurs?", fragte ich. „Jede ehrliche Arbeit ist mir recht, wenn ich dabei nur mein Brot erwerbe!"

Da klopfte er mir freundlich auf die Schultern und sagte: „Bravo! Das ist ein Wort, das ich lobe! Da kann ich vielleicht von Nutzen sein. Marillier, mein Schwiegersohn, ist Dekorateur und arbeitet mit etwa fünfzig Gesellen. Zu dem werde ich Sie morgen führen, und die Sache wird sich machen lassen. Heute aber bleiben Sie bei mir, und wir erzählen uns noch recht viel Schönes aus den alten Zeiten, die wir zusammen in der Schweiz verlebt haben. Ach, mein Gott, die Gegenwart ist hier in Paris so traurig und die Zukunft so düster, dass man sich gerne für ein Stündchen in die Erinnerung an eine bessere Vergangenheit flüchtet."

So geschah es. Wir saßen mit Frau Perignan am gemütlichen Kaminfeuer und plauderten nach dem Abendessen noch lange

* Sieh mal an! Ist das denn möglich? Der kleine Zuger Schlingel

freundschaftlich. Dann führte man mich in ein kleines, aber nett möbliertes Schlafzimmer, das von Reinlichkeit strahlte. Mit innigem Dank gegen Gott, dessen Vorsehung mich heute so väterlich geführt hatte, und mit dem Gedanken an mein gutes Mütterlein und alle Lieben in der fernen Heimat, von denen wir so viel geredet hatten, schlummerte ich ein und schlief wie ein Prinz, bis der späte Wintermorgen mich weckte.

Der alte Perignan stand nicht früh auf. So hatte ich Zeit, einen Brief an meine Mutter zu schreiben und ihr die Adresse des Malers anzugeben, unter der sie mir künftig schreiben sollte. Ich konnte mich nämlich nicht entschließen, den P. Secundus aufzusuchen, da ich mich vor jedem Zusammentreffen mit meinen früheren Kameraden scheute. In diesem Brief beschwor ich sie, an meine Unschuld zu glauben, was auch Zurlauben sagen möge. Ein Grüßchen an Verena wagte ich aber nicht beizufügen.

Das Bundesfest

Marillier hatte sein Atelier in der Rue St. Antoine. Dahin begleitete mich Perignan und stellte mich seinem Schwiegersohn vor, einem mittelgroßen Mann mit scharfgeschnittenen Zügen. Er blickte mich und meine Skizzen mit seinen ruhigen grauen Augen prüfend an und nahm mich probeweise unter seine Arbeiter auf. Zur Bedingung machte er, dass ich keine Klubs besuche und mich von aller Politik fernhalte.

Sehr gern ging ich auf diese Bedingung ein und wurde nun vorläufig in den Zeichensaal geschickt, wo ein halbes Dutzend Zeichner Vorlagen zu verschiedenen Dekorationsarbeiten anfertigten. Als erste Arbeit sollte ich das Hausschild eines berühmten Zahnarztes entwerfen. Marillier war mit meiner Probearbeit sehr zufrieden, obschon sie nicht ganz nach der neuesten Mode sei. Er änderte wenig daran und ließ sie ausführen. So wurde ich zu einem recht anständigen Wochenlohn in seinem Atelier angestellt.

Wochen und Monate vergingen nun in ruhiger Arbeit. Die

großen politischen Änderungen, welche die neue Verfassung mit sich brachte, vollzogen sich inzwischen. Der Erbadel, alle Titel und Wappen wurden abgeschafft.

Das konnte meinem Herrn - oder wie man jetzt sagen musste, dem „Bürger“ Marillier - recht sein. Was hatten wir nun auf Wochen alle Hände voll Arbeit! Da waren in Paris so viele hundert Läden und Geschäftshäuser aller Art, die sich „Zum Wappen der Bourbonen“, „Zu den Lilien Frankreichs“, u.s.w. nannten. Und dann die vielen Hoflieferanten des Königs, der Königin, der Prinzen, der Herzöge und so weiter.

Das alles musste jetzt geändert werden. Wir hatten alle Hände voll zu tun. Tag und Nacht wurden Göttinnen der Freiheit, der Gerechtigkeit und aller möglichen Bürgertugenden gemalt. Auch die Sieurs Arignac und Barignac bestellten sich ein neues Schild mit dem Triumphwagen der Freiheit, und beinahe hätten sie in mir trotz des Malerkittels den früheren „Intendanten“ wiedererkannt.

Von meinen Mitgesellen hielt ich mich zurück, weshalb ich bei ihnen als ein Aristokrat, oder wie man sagte, als ein *Cidevant* galt. Dafür besuchte ich abends, so oft es mir die Zeit erlaubte, und sonntags regelmäßig den alten Perignan. Dort traf ich oft mit dem ehrwürdigen Pfarrer von St. Jean zusammen, dessen Kirche unmittelbar hinter dem Stadthaus steht.

Als die so genannte Zivilkonstitution des Klerus aufs Tapet kam, welche die ganze Kirchenordnung Frankreichs über den Haufen warf, redete er in heiligem Eifer gegen diese gottlose Vorlage: „Das ist die Strafe für unsere gallikanischen Freiheiten*, auf die wir dem Apostolischen Stuhl gegenüber immer pochten! Das ist die Folge der jansenistischen Irrlehre, die in Frankreich großgehätschelt wurde! Dafür, dass wir das sanfte Joch des Statthalters Christi nicht tragen wollten, sollen wir jetzt die Sklavenketten dieser gottlosen Menschen und erklärten Christusfeinde tragen! Wir dürfen das Gesetz nicht annehmen!

* Besonders unter Ludwig XIV. strebte man in Frankreich darnach, eine französische Nationalkirche zu schaffen, die dem Einfluss des Papstes so weit als möglich entzogen ist.

Wir müssen den Eid auf die Verfassung verweigern, die so gegen die Fundamente des Christentums anstürmt. Eine entsetzliche Verfolgung wird unser Widerstand hervorrufen, und das Blut der Priester wird fließen. Sei es! Es wird das Blut von Märtyrern sein, und möge das meinige für die Freiheit der Kirche auch fließen."

Die Worte des ehrwürdigen Geistlichen waren mir aus dem Herzen gesprochen, doch hätte das großartige Bundesfest auf dem Marsfeld mich beinahe noch einmal geblendet. Der Jubel von Hunderttausenden wirkt eben fast unwiderstehlich.

Bevor es zur Verhandlung über die Zivilkonstitution des Klerus kam, beschloss nämlich die Nationalversammlung, den ersten Jahrestag des Bastillensturmes durch ein allgemeines Bundesfest der Franzosen zu feiern. Anfang Juni wurde dieser Beschluss gefasst. Das Marsfeld sollte zu einem ungeheuren Amphitheater eingerichtet werden, sodass eine halbe Million Zutritt zu dem Fest fand.

Ein Riesenplan, dessen Ausführung ich zuerst für unmöglich hielt! Und doch wurde er bis zum 14. Juli vollendet! Da habe ich gesehen, wozu das Volk von Paris fähig ist, wenn einmal eine packende Idee es begeistert. Zwölftausend Arbeiter wurden zuerst für die Erdarbeiten angestellt. Das reichte auch entfernt nicht; da griff alles zu Spaten und Schaufel und Schubkarren, Bürger und Priester und Abgeordnete und Soldaten und Frauen und Kinder. Dass wir auch in Marilliers Atelier nicht feierten, brauche ich nicht zu sagen. Am Abend des 13. Juli stand das Amphitheater vollendet da.

Aber das Wetter war regnerisch geworden. Trotzdem versammelten sich die Abgeordneten des Departements auf dem Platz, wo vor einem Jahr die Bastille gestanden und ich mit meinen Landsleuten in Todesgefahr geschwebt hatte. Von da brach der Festzug auf und zog in das Amphitheater. Marillier hatte mir eine Karte für den großen Triumphbogen verschafft, dessen Krönung Raum für mehrere Hundert bevorzugter Zuschauer hatte. Von ihm aus konnte man den Einzug und das ganze großartige Schauspiel am besten überblicken. Der Einzug in das Theater dauerte über drei Stunden. Den Schluss bildeten die Abgeordneten, umgeben von einem Bataillon Invaliden und Kriegsschüler. Es war Mittag, als der König mit dem Hof auf der bedeckten Tribüne am entgegengesetzten Ende der Arena Platz genommen hatte.

Jetzt wandten sich aller Augen dem „Altar des Vaterlandes“ zu. Dieser erhob sich in der Mitte der Arena über breiten Treppen fast 60 Fuß hoch. Das hohe vergoldete Kreuz passte wenig zu den heidnischen Formen des Altares und zu den vier antiken Urnen an den Ecken der Plattform, denen Weihrauchwolken entstiegen. Von einer großen Schar von Priestern in weißen Gewändern begleitet, mit der dreifarbigen Binde geschmückt, trat der Bischof von Autun, Talleyrand, an den Altar und begann die heilige Messe.

Sollte das erlaubt sein? Diese Messe auf einem heidnischen Altar, diese Priester in den Farben der Revolution wollten mir nicht recht behagen. Ich fragte später den Pfarrer von St-Jean-en-Grève, und er nannte es empört eine Profanation, ein Sakrileg, und sagte, Talleyrand sei ein Verräter an der Kirche und werde auch ein Verräter an seinem König sein. Das Geschlecht des unseligen Judas sterbe eben in der Kirche nicht aus.

Ich hatte mir fast etwas Ähnliches gedacht und war froh, als die Messe zu Ende war. Da begann ein prächtiges militärisches Schauspiel. Die neue Oriflamme* und die 83 Banner der Departements gruppierten sich um den Altar und empfingen die Weihe. (Wie bald sollten sie über ganz Europa hin den Krieg tragen!) Dann erhielt Lafayette aus der Hand des Königs die Eidesformel, trat an der Spitze des Generalstabs der Pariser Nationalgarde und der aus den Departements gekommenen Offiziere auf die Stufen des Altars, zog seinen Degen und schwur Treue der Nation, dem Gesetz und dem König. Aller Klingen blitzten - die Offiziere wiederholten den Schwur. Ihnen folgte der Präsident der Nationalversammlung, der neben dem König seinen Platz hatte, und Hunderttausende von Händen hoben sich zum Himmel und schwuren der Nation, dem Gesetz, dem König Treue.

* französische Kriegsfahne

Und rauschend fiel die Musik ein, und der Donner von 400 Kanonen verkündete über Paris hin den Schwur des französischen Volkes. Ach, dass er sich nicht gar zu bald in einen Meineid verwandelt hätte!

Als nun der König den Thron verließ und auch seinerseits schwor, die ihm von der Konstitution verliehene und von ihm angenommene Gewalt und Verfassung zu handhaben, als die Königin den Dauphin erhob und dem Volk zeigte, als gleichzeitig ein Sonnenblick das düstere Gewölk zerriss: Da stimmte auch ich in den unendlichen Jubel des Volkes ein und rief mit ihm: „Es lebe der König! Es lebe die Königin! Es lebe der Dauphin!" Das *Te Deum** schloss die Feier. Über tausend Musiker begleiteten es; dreihundert Trommeln wirbelten drein; das ganze Volk sang es mit; auf der Tribüne umarmten sich König und Königin; im ganzen Amphitheater fiel sich alles um den Hals, und von draußen donnerten die Kanonen und verkündeten alle Glocken von Paris, dass Volk und König ein Herz und eine Seele seien.

Der Festjubel dieser Hunderttausende hatte etwas Berauschendes. Um ein Haar hätte er mich noch einmal angesteckt. Aber ich erinnerte mich an den erschütternden Auftritt vor dem Kapuzinerkloster.

„Lüge, Lüge", sagte ich zu mir. „Mögen sie noch so laut ‚Freiheit' schreien, es ist doch nur Tyrannei! Himmelschreiende Ungerechtigkeit, die im Namen der Freiheit verübt wird, kann diesem Volk kein Glück und keinen Segen bringen!" Mit diesem Gedanken verließ ich das Marsfeld.

Bei Santerre

Wieder folgten Wochen und Monate ruhiger Arbeit. Ich hatte Marilliers volles Vertrauen und konnte mir schon ein gutes Stück Geld zurücklegen. Ein paar Jahre solchen Schaffens, und

* Ambrosianischer Lobgesang, beginnend mit den Worten: *Großer Gott wir loben Dich*

ich würde mir ein kleines Kapital erspart haben, mit dem ich in einer größeren Stadt der Heimat ein eigenes Geschäft beginnen konnte. Darauf war nun mein ganzes Sinnen gerichtet. Das hatte ich auch meiner Mutter geschrieben und war ganz glücklich, ihr ein paar Hundert Livres meiner Ersparnisse schicken zu können.

Paris mit seinem politischen Hexenkessel, der jeden Augenblick überzubrodeln drohte, war mir in der Seele zuwider. Den Tagesereignissen folgte ich mit wenig Interesse; doch forschte ich von Zeit zu Zeit bei Perignan nach der Königin und meinte anfangs immer, vernehmen zu müssen, dass sie den Fluchtplan ausgeführt habe, der mich so teuer zu stehen gekommen war. Bei den verschiedensten Anlässen hatte ich Gelegenheit, zu bemerken, wie treu der eigentliche Bürgerstand im Grunde dem König und meistens auch der Kirche ergeben war, aber auch, wie sehr man sich allgemein fürchtete, auch nur ein Wort gegen die Schreier und die Umsturzmänner zu sagen, die stets den mordlustigen Pöbel hinter sich hatten. Schnöde Menschenfurcht hat der Revolution zum Sieg verholfen.

So war der Herbst 1790 gekommen. Ich hoffte, bei meiner Arbeit, die mir lieb geworden war, ruhig verbleiben zu können, und hatte nicht die geringste Lust, mich noch einmal in die Händel der großen Herren zu mischen. Da kam eines Morgens Marillier und bat mich, ihn in die Tuilerien zu begleiten, wo ihm einige Restaurationsarbeiten übertragen waren.

Nationalgarden hatten den Posten beim großen Tor am Karussellplatz, und wir kamen, ohne angehalten zu werden, die große Treppe hinauf in den Vorsaal der „Hundert Schweizer", durch den man zu den Vorzimmern und Wohnräumen des Königs gelangte. Die Wandmalerei war an verschiedenen Stellen schadhaft geworden, und weil man in dem herrlichen Schloss nichts ausbessern wollte, hatte man den Entwurf zu einer ganz neuen Ausmalung verlangt. Marillier wünschte, dass ich mir den Saal genau ansehen und die Maße nehmen solle, bevor ich die Pläne ausarbeite. Ich entwarf zwölf Schweizer Landschaften auf einzelne Kartons in der Größe, die sie erhalten sollten, und legte sie den übrigen Plänen bei. Marillier war sehr zufrieden. Er gab mir fünf Louisdor als Extrazulage, packte alles in eine große Mappe und trug es in die Tuilerien, um es dem Minister des königlichen Hauses zu unterbreiten.

Schon früher hatte ich bemerkt, dass meine Mitarbeiter mich nicht sonderlich leiden konnten. Die Auszeichnung seitens des Meisters, die mir bei diesem letzten Auftrag für die Tuilerien zuteil geworden war, goss Öl in das Feuer der Missgunst, wie mich zornige Blicke und hämische Bemerkungen deutlich genug erkennen ließen. Ich beschloss daher einen Versuch zu machen, ein friedliches, wenn nicht kameradschaftliches Verhältnis anzubahnen; denn es ist ein wahres Fegefeuer, mit Menschen zusammenarbeiten zu müssen, die einen nicht ausstehen können.

So lud ich das halbe Dutzend Zeichner, die mit mir im gleichen Saal arbeiteten, auf meine Kosten zu einem Abendimbiss ein; das Gasthaus sollten sie selber wählen, nur müsse es ein anständiges Haus sein. Sie nahmen an und schlugen die Bierbrauerei Santerres vor, die nicht zu weit von unserem Atelier lag und in der sie oft einkehrten.

Nach Schluss der Arbeit wanderten wir also zusammen zu Santerre. Der stand breitspurig unter der Tür seiner Gaststube und begrüßte die „Bürger Künstler“ mit schallender Stimme. An Höhe des Wuchses war er mir wohl gleich; an Körperumfang und Gewicht aber gewiss um das Doppelte überlegen. Ein stattlicher Mann, und seine großen Augen schauten aus dem stark roten Gesicht so gebieterisch, dass man auf den ersten Blick erkannte, wie sehr er von seinem Ansehen überzeugt war.

Die Gaststube war von allerlei Volk aus der Vorstadt St. Antoine gesteckt voll. Manche unfreundliche Blicke trafen mich; denn schon mein etwas besserer Anzug schien diesen Leuten verdächtig. Aber ich trug die dreifarbige Kokarde am Hut, ohne die es lebensgefährlich gewesen wäre, durch Paris zu gehen, und überdies waren meine Gefährten hier offenbar bekannt. So kamen wir unangefochten in das anstoßende Zimmer, wo Santerre uns den bestellten Imbiss auftragen ließ. So frugal dieser war, so schauten doch viele hungrige Blicke gierig nach Wurst und

Schinken, Brot und den Fladen Käse von Brie, der auf unserem Tisch erschien. Es trennte nämlich nur eine Glastür unser Zimmer von der allgemeinen Gaststube und manche kamen und blickten zu uns herein. Wir ließen es uns inzwischen schmecken, und das gar nicht üble Bier Santerres mundete uns.

Da fiel mir auf einmal unter den Neugierigen ein Gesicht auf, das nicht so leicht zu verkennen war - Matthis Frankfurter! Schon als ich die Gaststube durchschritten hatte, war mir die Gestalt bekannt vorgekommen, obschon ich nur den Rücken sah. Hatte er mich in meinem Malerkittel erkannt?

Ich überlegte, was zu tun sei. Mich jetzt aus dem Kreis meiner Gefährten entfernen, ging nicht gut. Da sagte ich zu dem Wirt, der vorbeiging, ich wünschte den „Bürgern" da draußen, soweit das in meiner Macht stehe, eine Freude zu machen; dabei drückte ich Santerre ein Goldstück in die Hand, und bat ihn, dafür den Leuten ein Stück Brot und Wurst und einen Schluck Bier „auf das Wohl Frankreichs" zu geben. Solche gegenseitige Bewirtung und Brudermahle kamen damals in Mode.

Da gab es ein Vivatschreien[1]! Alle diese „Bürger" wollten mir ihre nicht sehr saubere Hand reichen und zerkratzten mir die Backen mit ihren schlecht rasierten Bärten beim unerlässlichen Bruderkuss. Essen und Trinken war bald im besten Gang; und ich sann auf einen Vorwand, mich zu entfernen; aber es gelang mir nicht, mich von meinen Gefährten loszumachen; sie waren viel zugänglicher geworden.

Ein kleiner Provençale hatte einen Rundgesang angestimmt, und ich musste mitsingen, wenn ich ihn nicht beleidigen wollte.

Da auf einmal öffnete sich die Tür und Santerre trat rasch an mich heran. „Junger Freund", flüsterte er mir ins Ohr, „der Friedensrichter des Distrikts ist mit der Polizei da und will einen gewissen Muos, *ci-devant*[2] Offizier bei den verruchten Schweizersatelliten, wegen Betrug und Schulden verhaften. Sagen Sie mir ein Wort, dass Sie kein *Ci-devant* sind, und, -"

1 hochleben lassen
2 franz. ehemalig

„Ich bin kein Aristokrat“, sagte ich.

„Also Sie waren nie Offizier der Schweizergarde?“, fragte Santerre nochmals.

Eine Notlüge hätte mich retten können. Aber ich hielt es unter meiner Würde, mich um diesen Preis aus der Schlinge zu ziehen. „Ich bin kein Offizier“, entgegnete ich. „Wenn Ihnen diese Erklärung nicht genügt, so lassen Sie in Gottes Namen die Häscher kommen.“

Er zuckte die Schultern und brummte: „Und doch haben Sie etwas vom Aristokraten an sich!“ und ging hinaus. Einen Augenblick später trat der Friedensrichter mit Frankfurter ein, und Bewaffnete stellten sich an die Tür. Der Rundgesang meiner Freunde brach ab, der Lärm in der großen Gaststube verstummte, alles reckte die Hälse und schaute auf uns.

„Da ist er, Bürger Friedensrichter, da ist er, der mich betrogen hat um 800 Louisdors! Denn sein sauberer Freund, ein *ci-devant* Baron Reding, hat sich geweigert, den gefälschten Wechsel zu akzeptieren.“

Von dieser Rede hatte nur eine Stelle Eindruck auf mich gemacht: Dass Reding sich geweigert habe, den Wechsel zu akzeptieren. Der schon lange Totgeglaubte lebte also noch! So stellte ich denn auch nur darüber eine Frage und als Frankfurter unter vielen Schmähungen diese unerwartete Freudenkunde bestätigte, verschwendete ich keine Silbe an ihn, sondern wandte mich an den Friedensrichter und sagte: „Ich bin ganz bereit, Ihnen in die Untersuchungshaft zu folgen. Meine Unschuld wird sich herausstellen. Ich schulde dem Menschen keinen Sou, und es wird sich finden, dass er, nicht ich, ein Fälscher ist. Es wird mir nicht schwer werden, mich von der Anklage zu rechtfertigen.“

Und so folgte ich ihnen ins Gefängnis. Dort konnte ich in Ruhe über meine Lage nachdenken. Gar zu rosig war sie nicht. Da Reding lebte, konnte ich ihn freilich als Zeugen aufrufen, dass ich bei Änderung der Zahl auf dem Wechsel in seiner Absicht gehandelt hatte. Doch würde dieses Zeugnis, das mich vor dem Kriegsgericht zweifelsohne gerettet hätte, mich auch vor dem Wechselgericht beschützen? Wie stand es ferner um den

Fluchtplan der Königin? Ausgeführt war er jedenfalls nicht. War er aufgegeben? Ich hatte nichts darüber gehört. Vielleicht war er nur aufgeschoben. Jedenfalls durfte ich zu meiner Verteidigung davon vor dem Richter keine Silbe sagen, ohne Reding, Augeard und selbst die Königin in Gefahr zu bringen. Und wenn es mir nun wirklich gelang, die Anklage der Fälschung zu widerlegen, was mir jetzt umso unwahrscheinlicher vorkam, je länger ich darüber nachdachte, - wie konnte ich die Schuldforderung decken?

Die 370 Louis für die Pferde fielen freilich fort; was aus dem Wagen geworden war, wusste ich nicht. Im günstigsten Fall blieb noch immer eine Schuld von 200-300 Louis; es war mir kaum möglich, sie zu bezahlen, und meine Freunde Reding und Bachmann mochte ich doch auch nicht gerne deshalb ansprechen. Aber die Hauptsache blieb immerhin die Anklage wegen Fälschung, die mich jetzt zum zweiten Mal mit völligem Ruin bedrohte. Es wollte mir fast das Herz brechen!

Sechstes Buch: Hôtel de Malte

Genugtuung

Drei Tage hatte ich schon im Gefängnis La Force gelegen und vergebens auf ein Verhör gewartet. Am Morgen des vierten wurde ich endlich aus meinem Turm herausgeholt und in ein Zimmer im Erdgeschoss nahe bei der Gefängnispforte geführt.

Wie staunte ich, als statt des Verhörrichters, den ich erwartete, der Marquis d'Hervilly vor mir stand! Es dauerte eine Weile, bis ich endlich begriff, was das zu bedeuten hatte, und wie das gekommen war. Die Königin hatte durch eine gnädige Fügung der Vorsehung meine von Marillier vorgelegten Pläne gesehen. Auf den ersten Blick hatte sie in dem einen Karton das Bild meines Skizzenbuches erkannt, das ich ihr in Trianon erklärt hatte. „Das ist von dem jungen Schweizeroffizier, den wir schon seit Monaten vergebens suchen!", rief sie aus und ließ sofort d'Hervilly kommen.

„Hier haben wir endlich die Spur Ihres jungen Protégé, der durch den unglücklichen Fluchtplan Augeards so traurig betroffen wurde", sagte sie. „Geschwind machen Sie den Meister ausfindig, der diese Pläne vorlegte; erfragen Sie durch ihn die Wohnung des Zeichners, der diesen Karton* entworfen hat; hoffentlich gelingt es Ihnen so, den armen, schuldlos verurteilten Offizier zu finden. Und wenn Sie ihn gefunden haben, so bringen Sie ihn uns sofort hierher, damit wir das an ihm begangene Unrecht nach Kräften wieder gut machen."

So hatte Marie Antoinette gesagt. Wenige Tage nach meinem Entweichen aus der Krankenstube von Courbevoie hatte sie nämlich durch P. Secundus, den wirklich das Kleid des Bettlers von Assisi vollkommen hoffähig machte, Nachricht von meinem Schicksal erhalten. Sofort hatte sie dann den Major von

* künstlerische Vorlage für Fresken

Bachmann zu sich befohlen und ihn beauftragt, das über mich gefällte Urteil des Kriegsgerichts rückgängig zu machen. Der Major hatte der Königin leider meine Flucht mitteilen müssen, und alle Anstrengungen, mich in Paris aufzufinden, waren seither fruchtlos gewesen. So hatte mein allzu rasch gefasster Entschluss, mich einigen Verdemütigungen durch die Flucht zu entziehen, zur Folge, dass ich nicht schon längst wieder in meine frühere Ehre und Stellung eingesetzt war. Das Kriegsgericht hatte natürlich nach Darlegung der wahren Veranlassung meine Handlungsweise als durchaus ehrenhaft und gerechtfertigt erklärt und mir volle Satisfaktion zugesprochen.

D'Hervilly eilte also mit meinem Karton zu Marillier, der ihm vom Minister des königlichen Hauses genannt worden war. Dort erfuhr er meine Verhaftung und deren Grund. Da d'Hervilly um die ganze Wechselgeschichte durch Bachmann wusste, konnte er dem Justizminister, zu dem er sich sofort verfügte, die nötigen Erklärungen geben und erhielt den schriftlichen Befehl an den Kerkermeister von La Force, mich augenblicklich in Freiheit zu setzen. Mit seinem Wagen war er herbeigeeilt und verkündete mir meine Freiheit und den glücklichen Umschwung meines Geschickes.

In d'Hervillys Wohnung wurde ich zunächst dessen Kammerdiener übergeben, dass er mir beim Ankleiden behilflich sei; denn in meinen Malerkleidern konnte ich der Königin unmöglich vorgestellt werden. Monsieur Jacques - so ließ er sich noch immer nennen, trotz des neuen Gesetzes, das den Titel „Herr" in die Benennung „Bürger" verwandelt hatte - gab sich denn auch alle Mühe, mich „präsentabel" zu machen. Bald stiegen wir in den Wagen und fuhren am Portal des Königs vor. Die Wache, die unser Garderegiment hatte, präsentierte vor dem alten Marschall. Hinter ihm stieg ich aus dem Wagen. Kaum erblickte mich Leutnant Gibelin, erkannte er mich und rief, alle Dienstregel vergessend: „Leutnant Muos! Bitte tausend Mal um Verzeihung! Sie haben damals famos kavaliermäßig gehandelt, auf Ehre!" Damit stürzte er auf mich zu und schüttelte mir die Hand. Auch den Soldaten, die ich ja alle persönlich kannte, musste ich ein

Wort sagen und herzlich die Hand drücken. Die Freude dieser braven Leute tat mir wohl.

Nach einiger Zeit wurden wir von einem Kammerherrn weitergeführt. „Ihre Majestät erweist Ihnen die Ehre, Sie in ihrer Privatbibliothek zu empfangen", sagte der Herr und öffnete.

Glasschränke, in denen, von blauseidenen Vorhängen geschützt, schön gebundene Bücher standen, bildeten fast den einzigen Schmuck des mäßig großen Zimmers. In der Nähe des Kamins, in dem ein Holzfeuer flackerte, saß die Königin in einem Lehnstuhl und hatte ihre Kinder bei sich. Eine etwas steife Dame, die Herzogin de Tourzel, die Erzieherin der königlichen Kinder, stand hinter ihr.

Ich musste meine Abenteuer erzählen, die ich infolge von Augeards Fluchtplan erlebt hatte, und ich tat es mit so viel Humor, dass die Kinder, für die ich zunächst erzählt hatte, ihren Spaß daran hatten, und auch die Königin in sichtlicher Freude zuhörte. Ja sogar über das feierliche Gesicht der Madame de Tourzel huschte manchmal der Schatten eines Lächelns.

„Es ist recht lieb von Ihnen", sagte die Königin, „dass Sie sich bemühen, die Erlebnisse, die an sich gewiss für Sie traurig genug waren und die Sie um meinetwillen erdulden mussten, mit einem so frohen Ton zu erzählen. Gott sei Dank, dass ich Ihnen all das Schwere wenigstens einigermaßen ersetzen kann. Ihren militärischen Rang erhalten Sie natürlich zurück, und Se. Majestät haben ihn überdies zu erhöhen geruht. Den pekuniären* Schaden, den Sie um meinetwillen erduldet, wird Ihnen mein Schatzmeister ersetzen - keine Widerrede! Jetzt kann ich es noch, ob ich es morgen oder in ein paar Wochen noch kann - wer vermag das zu sagen? Ach, d'Hervilly weiß es, wir werden hier wie wahre Gefangene behandelt. Nicht einmal eine Spazierfahrt nach Saint Cloud wird dem König oder mir und den Kindern gestattet! Noch eines: Augeard wurde wegen des Fluchtplanes beinahe mit dem Tode bestraft und musste ins Ausland flüchten. Glücklicherweise war auf dem schriftlichen Entwurf,

* finanziell

der durch Verrat seines Neffen in die Hände unserer Feinde fiel, kein Name genannt. Seien Sie also vorsichtig; es könnte Sie sonst leicht das Los Augeards ereilen."

Ich antwortete, dass ich stets bereit sein werde, für das Wohl der Königin, ihrer Kinder und des Königs mein Leben einzusetzen. „Haben Majestät noch nicht daran gedacht, die Ketten mit Gewalt zu sprengen? Sie können auf das Regiment der Schweizergarde zählen. Unter unserem Schutz werden Sie leicht die Tuilerien und Paris verlassen. Einmal zwanzig Meilen von der Stadt entfernt, holt man Sie nicht mehr ein, und wir werden dafür sorgen, dass Sie so lange und länger von hier aus nicht verfolgt werden können."

„Dass Eure Majestät neben den tapfern Schweizern auch auf Ihren treuen Adel rechnen können, der mit Freuden Gut und Blut für Sie opfern wird, brauche ich nicht beizufügen", rief d'Hervilly.

Die Augen Marie Antoinettes blickten uns bedeutungsvoll an. „Ich danke", erwiderte sie. „Wir kennen Ihre Treue. Der Plan einer gewaltsamen Flucht ist schon mehr als einmal besprochen worden. Vielleicht kommt die Stunde, wo wir von Ihrem Edelmut Gebrauch machen müssen."

Jetzt erhob sie sich und überreichte mir zwei kleine Etuis. „Dieses hier ist für Ihre Mutter, von der Sie mir erzählt haben, - und dieses für das brave Mädchen Ihrer Wahl, dessen hübsches Köpfchen ich in Ihrem Zeichenbuch gesehen habe. Möge es Ihnen dereinst eine liebe, treue Gattin werden."

Mit einer Neigung des Hauptes hatte sie uns entlassen.

Dann kam eine neue Freude! Gibelin hatte nach Courbevoie hinaus die Nachricht meines Wiederfindens gebracht, und sogleich hatten sich Major Bachmann und Hauptmann Reding aufs Pferd geworfen, um mich zu begrüßen. Welch ein freudiges Wiedersehen war das! Der Major hielt mir zwar eine kleine Strafrede über mein Entweichen aus dem Krankenzimmer und meinte, ich werde mich dafür morgen vor dem Kriegsgericht zu verantworten haben. Er sagte das aber mit einer so fröhlichen Miene und lachte so glücklich, dass ich diesmal keine große

Angst bekam. Reding hatte eine kaum verheilte Narbe an seiner Stirn und sah noch etwas bleich aus; er werde mir viel zu erzählen haben, sagte er bei der Begrüßung. Dann setzten wir uns zu einer Flasche des besten Champagners, den der Marschall in seinem Keller hatte, und ich musste abermals meine Abenteuer berichten, jetzt natürlich in einem anderen Stil als für den Dauphin von Frankreich.

Kaum hatte ich begonnen, so meldete der Diener neuen Besuch: P. Secundus und den Großrichter Keyser von Frauenstein. Auch sie hatten von meinem Auffinden gehört, dessen Kunde sich wie ein Lauffeuer unter unsern Soldaten verbreitete, und waren herbeigeeilt, mich zu begrüßen. Den P. Secundus hätte ich freilich kaum wiedererkannt; der graue Bart war aus seinem Gesicht verschwunden und statt der Kapuzinerkutte, welche die neue Freiheit nicht mehr duldete, trug er Soutane und Bäffchen. Der Großrichter war anfangs etwas verlegen. Ich sah es und eilte auf ihn zu, ihm herzlich die Hand reichend und ihn um Verzeihung bittend, dass ich ihm durch mein Betragen so großen Verdruss bereitet habe. Da schossen ihm plötzlich die Tränen in die Augen, und er umarmte mich, ohne ein Wort hervorbringen zu können. Endlich sagte er: „Wenn Ihr mir nur eine Silbe von der Geschichte anvertraut hättet! Aber der Gedanke, dass Ihr, der Ihr doch immer um mein Vreneli warbet, mit einem anderen Mädchen eine Liebelei angezettelt hättet, hat mich in Harnisch gebracht. Verzeiht meinen Irrtum!"

Um die Sache ein für allemal zu begraben und als kluger Feldherr meinen Sieg über den Großrichter auszunutzen, holte ich rasch das Etui mit der Perlenkette herbei und sagte, das sei das Geschenk der Königin für Verena, und ob er es ihr auf sicherem Wege zuschicken könne? Da machte Keyser große Augen und fragte, woher denn die Königin um seine Verena und meine Werbung wisse? Ich erklärte es mit wenigen Worten. Nun meinte der Großrichter mit einem freundlichen Lächeln, so lasse er sich nicht fangen. Die Zeit, die ich um meine Rachel dienen müsse, sei noch nicht herum; auch wisse er gar nicht, ob sich inzwischen der Sinn seines Töchterchens nicht geändert habe, und so müsse ich mich für jetzt mit guter Hoffnung begnügen.

Dabei blieb es. Wir stießen alle auf diese Hoffnung an und plauderten noch lange gemütlich zusammen.

Am nächsten Morgen ritt ich mit Major Bachmann nach Courbevoie hinaus. In demselben Saal, wo das Urteil über mich gesprochen worden war, versammelte sich das Offizierskorps wiederum zu einer Art Kriegsgericht, und auf Vorschlag des Oberrichters Keyser wurde das frühere Urteil umgestoßen und mir volle Genugtuung zuerkannt. Darauf verkündete Oberstleutnant von Maillardoz, der an Stelle des Grafen d'Affry den Vorsitz führte, dass ich zum Aide-Major mit Hauptmannsrang erhoben sei, und zwar auf unmittelbare Weisung des Königs. Hierauf beglückwünschten mich alle Offiziere und schüttelten mir herzlich die Hand.

Dann wirbelten die Trommeln und die Kompagnien traten im Kasernenhof an. Mit welch ganz anderen Gefühlen betrat ich jetzt, von den Offizieren wie im Triumph geführt, das von den Truppen gebildete Viereck! Das neue Urteil wurde verlesen und zugleich meine Beförderung verkündet. Dann trat der Oberstleutnant zu mir hin und heftete an derselben Stelle, wo mir die Epaulette vom Profossen abgerissen war, die Doppel-Epaulette des Hauptmanns auf meine Schultern, und Offiziere und Soldaten stimmten begeistert in das Hoch ein, das er auf mich ausbrachte.

Redings Erlebnisse

Am Abend erst konnten Reding und ich ungestört beisammen sein. Ich bat ihn nun, mir seine Erlebnisse seit jenem Oktoberabend zu erzählen, da ihn ein Brief so unerwartet nach Etampes gerufen hatte.

„Ich brauche dir nicht zu sagen“, begann er, „dass Martha Valdouleur mir in jener Nacht des Schlossbrandes so lieb und teuer geworden ist wie noch niemals ein Mädchen. Nicht nur ihre Schönheit - ihre Schwester Isabella ist vielleicht noch schöner -, sondern ihr Mut, ihre tapfere Hingabe an den kranken Vater inmitten der Schrecken jener Nacht hatten es mir angetan. Du weißt, dass ich entschlossen war, niemals eine Ehe einzugehen, weil ich mich nun einmal von der trüben Ahnung nicht loswinden kann, es drohe mir ein früher Soldatentod.

Bevor wir damals von Etampes nach Chartres marschierten, habe ich um ihre Hand geworben, und sowohl von ihr als von ihrem Vater unter gewissen Bedingungen die erhoffte Zusage erhalten. Ich musste nämlich dem Vater die schriftliche Zusage meines ältesten Bruders als des Hauptes der Familie, den Nachweis unseres Adels u.s.w. zustellen. Das hatte ich kurze Zeit vorher getan, als du mit dem Fluchtplan Augeards zu mir kamst. Der Brief, der keine Silbe von Zusage enthielt und mich nur auf das dringendste in einer sehr wichtigen Angelegenheit nach Etampes rief, erschreckte mich nicht wenig. Voll trüber Ahnungen ritt ich los. Unterwegs ist mir nichts Besonderes aufgefallen; nur glaubte ich, in der Nähe von Lardy bei einer Schmiede am Weg, wo ich meinem Pferd einen Hufnagel festschlagen ließ, einen Menschen zu sehen, dessen Gesicht mir bekannt vorkam und verdächtig schien. Es war zu spät, am selben Abend noch die Familie Valdouleur aufzusuchen; so stieg ich in einem Gasthof ab und verbrachte vor Aufregung eine schlaflose Nacht. Sobald der Anstand es nur gestattete, meldete ich mich bei Herrn von Valdouleur. Er empfing mich mit offenen Armen, nannte mich seinen lieben Sohn und sagte, mein Nachweis über Adel und Vermögen u.s.w. habe ihn befriedigt, und er sei bereit, mir seinen Edelstein, seine Martha, anzuvertrauen. Ich war natürlich sehr glücklich über diesen Bescheid, wunderte mich aber doch, warum man diese freudige Nachricht nicht brieflich mitgeteilt habe. So zart ich das andeutete, so wäre mein künftiger Schwiegervater, der sehr hitziger Natur ist, wie du weißt, doch beinahe ungemütlich geworden.

Rasch wie er in seinen Entschlüssen immer war, bestand er nun darauf, dass die Heirat möglichst bald stattfinde. Natürlich müsste mir seine Tochter nach Paris folgen, wo mich der Dienst festhielt. Weder er noch seine jüngere Tochter wollten sich aber gerne von Martha trennen, und so verlangte Valdouleur, dass ich für uns eine gemeinsame Wohnung, wenn möglich in der Nähe der Tuilerien, einrichte, in die er möglichst bald übersiedeln wolle. Das war also der Plan meines Schwiegervaters, und ich kann ihm nicht verübeln, dass er mich um dieses Planes willen so rasch nach Etampes beschieden hatte. Er wusste ja nichts von dem Fluchtplan der Königin, und ich hielt es für besser, ihm auch keine Andeutung darüber zu machen.

Er ließ nun Martha rufen und legte unsere Hände ineinander. Isabella und der Vater waren die einzigen Zeugen. Kaum war die Verlobung in so einfacher Weise geschlossen, als ich erklärte, mein Dienst verlange von mir, dass ich scheide.

Aber erst nach Tisch entließ mich mein künftiger Schwiegervater mit seinem Segen. Ich gab ihm das Versprechen, sobald die Wohnung hergerichtet sei, sie alle mit einem standesgemäßen Reisewagen abzuholen. Dann öffnete er die Tür nochmals und rief mir nach: ‚Viele schöne Grüße an Ihren lieben Freund, den Bären aus der Schweiz, der mich damals die Treppe hinabtrug. Schade, dass er nicht von Adel ist; ich hätte sonst nichts dagegen, wenn er um meine Isabella würbe.'"

Ich lachte hellauf. Aber Reding versicherte mir, die jüngere Tochter sei bei diesen Worten ihres Vaters so errötet, dass er die Überzeugung gewonnen habe, ich müsse keinen gewöhnlichen Eindruck auf Isabella von Valdouleur gemacht haben.

„Schade, dass du mit der Tochter des Großrichters so gut wie verlobt bist", fuhr Rudolf fort. „Wir könnten sonst noch Schwäger werden. Martha und ihre Schwester begleiteten mich also die Treppe hinab in die Halle, und dort nahmen wir Abschied. Dabei überreichte mir meine Braut ein in Seide eingehülltes Päckchen mit dem Hinweis, es ja nicht zu verlieren. Seine Bestimmung sei auf einem Zettel beigelegt, und so ging ich mit dem Versprechen, sie möglichst bald nach Paris zu holen.

Rasch sattelte ich meinen Braunen. Rein aus Gewohnheit untersuchte ich die Halfterpistolen, und siehe da, bei beiden fehlte das Pulver in der Zündpfanne, und doch hätte ich schwören können, sie seien schussbereit. Ich fragte den Stallknecht, und er gestand mir, dass er vor einer Stunde einen Menschen aus dem Stall gejagt habe, der an meinem Sattelzeug gewesen sei. Ich untersuchte meine Pistolen genauer und fand, dass bei beiden das Zündloch mit einem winzigen Holzstückchen verstopft war. Nicht ohne Mühe entfernte ich sie, entlud jede und lud sie neu und steckte sie, mit Zündpulver wohl versehen, in die Halfter. Dem Pferd ließ ich schnell noch etwas Hafer geben und lief auf mein Zimmer, um die Seide zu öffnen. Der Zettel, von der kräftigen Hand meiner Braut geschrieben, besagte: Die Miete und Einrichtung einer passenden Wohnung möchte bedeutende Geldmittel erfordern, an die ihr Vater seiner Gewohnheit gemäß gar nicht denke. Sie fürchte, ich werde die benötigte Summe gar nicht zur Verfügung haben, und lege deshalb, sorgfältig in einen Seidengürtel eingenäht, die Brillanten ihrer seligen Mutter bei, die ich beim Schlossbrand gerettet habe. Ich solle den Gürtel unter den Kleidern fest um den Leib schnüren, dass er ja nicht verloren gehe; denn er enthalte einen bedeutenden Teil des geretteten Vermögens. Im Notfall möchte ich einige Edelsteine, deren Wert ein sehr hoher sei, bei einem zuverlässigen Juwelier wenn möglich nur versetzen, nicht veräußern. Und das sei der erste Liebesbrief, den sie in ihrem Leben schreibe, schloss Martha nicht ohne Humor diese wenigen, rein geschäftlichen Zeilen.

Bald schwang ich mich in den Sattel und trabte aus dem Städtchen hinaus auf Lardy zu. Als ich die Schmiede bei Lardy erreichte, brach die Nacht an. Doch der Mond stand am Himmel, und wenn ihn nicht gerade Wolken bedeckten, die ein rauer Herbstwind vorübertrieb, war es hell genug. Eine halbe Stunde hinter dem Dorf kam ich an einen Kreuzweg. Mein Brauner schlug ruhig den Weg ein, der mir auch der richtige schien; man kann sich sonst auf den Instinkt der Pferde verlassen, auch wenn sie den Weg nur einmal gemacht haben. Aber da kam mir zufällig ein Mann entgegen, der mir zurief, ob ich nach Arpajon wolle? So müsse ich mich links halten. Ich lenkte also in einen andern Weg und trabte eine gute Strecke voran.

Da kam mir plötzlich, ich weiß nicht wie, der Mann in den

Sinn, den ich tags zuvor bei der Schmiede gesehen hatte, und jetzt erinnerte ich mich auch, dass er einer der Bande war, die Valdouleur in Brand gesteckt hatte. Ich hatte den Burschen, der verwundet im Schlosshof gelegen hatte, hinausgetragen, damit er nicht verbrenne. Sollte mir eine Falle gestellt sein? Unwillkürlich griff ich nach den Pistolen und spannte den Hahn. Es wurde mir unheimlich, und ich überlegte, ob ich nicht zum Kreuzweg zurückreiten und die Straße nach rechts einschlagen sollte. Ich hatte gar keine Erinnerung, den Tag zuvor durch einen solchen Hohlweg gekommen zu sein, wie derjenige war, in dem ich mich befand. Der Mond trat eben wieder aus den Wolken hervor und zeigte mir, dass der Weg in einen dichten Föhrenwald führte. Auch an diesen Wald erinnerte ich mich nicht. Ich betete einen kleinen Kindervers, den mich die Mutter gelehrt hatte, zum Schutzengel, und wollte eben mein Pferd wenden.

Da flammte unmittelbar vor mir aus dem Busch der Pulverblitz einer Büchse auf; die Kugel reißt mir den Hut vom Kopf; mein Pferd bäumt sich auf, dass ich mich mit Mühe im Sattel halte, und im nächsten Augenblick fällt mir ein Bursche in die Zügel. Ich reiße die Pistole aus dem Halfter und rufe: ‚Lass los, oder ich schieße dich über den Haufen!' ‚Schieß du nur!', höhnt der Mensch; da drücke ich ab, und mit einem Fluch stürzt er zu Boden. Jetzt gebe ich meinem Pferd die Sporen und suche aus dem Hohlweg zu entrinnen. Aber rechts und links flammen Schüsse auf; getroffen bricht mein Tier zusammen und quetscht im Sturz mein rechtes Bein, dass mir vor Schmerz die Sinne fast vergehen, und einen Augenblick später erhalte ich einen Schlag über den Kopf, dass es mir schwarz vor den Augen wird.

Als ich wieder zu mir kam, lag ich in einer niedrigen Kammer auf einem Strohsack, und ein alter Schäfer und seine Frau waren um mich beschäftigt. Das Bein tat mir entsetzlich weh; dazu empfand ich im Kopf, der mit einem groben Tuch umwickelt war, einen dumpfen Schmerz. Die Frau tröstete mich und sagte: ‚Der Knochen ist entzwei; aber mein Mann versteht sich darauf, besser als mancher Doktor. Lasst Euch ruhig das Bein einrichten und schienen, und in sechs Wochen könnt Ihr wieder springen und tanzen. Aber hübsch ruhig bleiben müsst Ihr, sonst wird die Wunde am Kopf trotz der kühlenden Kräuter sich entzünden.'

Ich glaube, sie haben mir darauf eine Art Schlaftrunk eingegeben; denn ich erinnere mich kaum an das, was sich an diesem und den folgenden Tagen ereignete. Als ich wieder etwas besser bei Besinnung war, dachte ich natürlich mit der größten Unruhe an dich und an Martha. Die Binde mit den Brillanten war glücklicherweise gerettet; als ich tastend danach griff, lächelte die alte Frau und nickte schmunzelnd. ‚Habt Ihr es von Eurer Mutter oder von Eurem Schätzchen?' Ich gestand, dass es von meiner Braut sei, und verlangte Feder und Papier, um nach Etampes und an dich zu schreiben.

Aber an Feder, Tinte und Papier war in der Hütte des Schäfers nicht zu denken. Erst nach langen Tagen brachte mir die Frau das Verlangte, und ich konnte an dich und nach Etampes schreiben; da ich aber dich längst mit der Königin jenseits der Grenze glaubte, so hatte ich die Vorsicht, gleichzeitig an meinen Vetter Reding von Athis zu schreiben. Aber natürlich, der Brief kam erst an, als du aus Courbevoie entflohen warst und man dich nicht mehr finden konnte. Den Rest kannst du dir denken."

„Und die Valdouleurs sind jetzt in Paris?", fragte ich.

„In Paris. In meiner früheren Wohnung im Hôtel de Malte, Rue Richelieu 63", antwortete Reding mit einer komischen Verbeugung. „Ich habe ihnen zu meinen zwei Zimmern noch die beiden anstoßenden gemietet, und sie werden sich freuen, wenn ich dich morgen vorstelle."

„Und Fräulein Martha - ist inzwischen Frau Reding geworden?"

„Noch nicht - aber hoffentlich werde ich dich bald um die Gunst bitten können, nach unserem schweizerischen Brauch Nebenhochzeiter zu sein, oder, wie man hier sagt, als Brautführer mit Fräulein Isabella als erster Brautjungfer uns an den Altar zu geleiten." Und er erzählte mir, welche Schwierigkeit sich jetzt für die Heirat ergeben habe: Die Einsegnung der Ehe durch einen Priester, der den Eid auf die neue Verfassung verweigerte, wurde vom Gesetz nicht als gültig anerkannt, und umgekehrt hatten der Papst und die Bischöfe den vereidigten Priestern jede Vollmacht zur Spendung der Sakramente entzogen.

Valdouleur hätte niemals zugelassen, dass die Ehe seiner Tochter vor einem Priester, der die neue Konstitution beschworen hatte, geschlossen worden wäre. „Warten wir, meine Kinder!“, hatte er gesagt. „Es wird nicht lange dauern, so muss der Kaiser mit Heeresmacht seiner Schwester und seinem Schwager zu Hilfe kommen.“

Ich vermochte seine vertrauensselige Sicht auf die nächste Zukunft nicht zu teilen und dachte, da könne der arme Rudolf mit seiner Hochzeit vielleicht noch länger warten als selbst mein Vreneli und ich. Natürlich hütete ich mich, dies laut zu sagen.

Die Soirée im Hôtel Diesbach

Im Hôtel de Malte wurde ich wirklich von dem Marquis und dessen Töchtern mit der größten Herzlichkeit aufgenommen. Der alte Herr war in seiner besten Laune; es ging ihm mit seinem Zipperlein in Paris besser. Bei gutem Wetter konnte er sich in die nahen Tuilerien wagen und dort seine Zeit in den Galerien und Vorzimmern des Königs als einer der so genannten „Dolchritter“ verbringen. So nannten die Pariser die Adeligen, die eine Art freiwillige Leibwache des Königs bildeten, weil sie auf die Treue der Nationalgarde, die abwechselnd mit den Schweizern die Palastwache bezog, nicht zu große Stücke hielten. Wenn nun der Marquis von Valdouleur einen Tag so unter seinen Standesgenossen im Schloss zugebracht hatte und dabei einen gnädigen Blick des Grafen von Provence, der Königin oder des Königs selbst erhascht hatte, so kam er immer strahlenden Antlitzes nach Hause und erzählte den Töchtern sein Glück.

In derselben Woche noch waren Reding und ich zu einer Soirée im Hôtel Diesbach eingeladen. Die Familie des Grafen Diesbach aus Freiburg, die sich in mehrere Zweige spaltet, hatte seit mehr als einem Jahrhundert immer eine ganze Reihe Sprösslinge als Offiziere im Dienst der Schweizergarde. So hatten sie sich nördlich von den Elyseischen Feldern in der Rue de Saussayes ein eigenes Familienhaus gebaut. Da auch Marquis von Valdouleur und dessen Töchter, mit Rücksicht auf Reding, geladen waren, nahm ich auf Bitten meines Freundes die Einladung an. „Wir werden dort nebst manchen unserer Kameraden viele königstreue Adelige treffen; nur solche - denn Männer des Umsturzes wird Hauptmann Diesbach nie einladen", sagte Reding. „Es ist vielleicht das letzte Mal, dass wir eine Soirée des alten Stiles erleben. Denn was auch mein Schwiegervater meinen mag, das Alte verliert immer mehr an Boden, und das Neue bricht mit Macht herein."

Ich war ganz bereit, trotz all des Ernsten und Traurigen, das uns von allen Seiten bedrängte, diese Abendunterhaltung mitzumachen. So warf ich mich in meinen besten Anzug und fuhr, wohl gepudert und frisiert, mit Reding zunächst zum Hôtel de Malte, wo wir den Marquis von Valdouleur und seine beiden Töchter abholten, dann ging's den Faubourg Saint-Honoré hinaus zum Hôtel Diesbach.

Fröhliches Lachen und der Lärm regen Gespräches tönte uns aus den hell erleuchteten Räumen entgegen, in denen sich bereits eine Menge von Gästen bewegte. Der Eintritt unserer beiden jungen Damen wurde allseitig bemerkt. In der Tat bildeten sie das Doppelgestirn des Abends; Marthas dunkle Schönheit und Isabellas freundliche Lichtgestalt hoben sich gegenseitig.

„Sie bringen uns die Königin der Nacht und das liebliche Morgenrot in ihren beiden Töchtern", sagte die Frau von Lescures, die spätere Frau de la Roche-Jaquelin, die für den Grafen von Diesbach die Dame des Hauses machte: sie hatte nämlich einen Teil des Hôtels Diesbach gemietet; ihre Schwiegermutter, eine Frau de la Garde-Lavelette, thronte majestätisch neben ihr. Trotz ihrer sechzig Jahre war die korpulente Dame wie ein junges Mädchen gekleidet, mit Blumen und Schmuck überladen, gepudert und geschminkt. Auch sie begrüßte die Fräulein Valdouleur sehr freundlich und ließ sich Reding und mich vorstellen. Herr von Valdouleur selbst tat das, er nannte uns beide seine

Lebensretter beim Brand seines Schlosses. Das gab natürlich eine längere Erzählung, die von den Damen, die im Kreise saßen, mit vielen „Ah“ und „Ach“ unterbrochen wurde. Am Schluss wurde den Damen auch mein Name mitgeteilt mit dem Lobspruch: „Ein charmanter junger Mann und tapferer Soldat.“

„Wie alle seine Landsleute“, sagte höflich Frau von Lescures. „Ich liebe die Schweizer.“

„Sie haben bis jetzt ohne Ausnahme dem König ihre Treue glänzend bewahrt“, bemerkte d'Hervilly, der hinter Frau de la Garde stand.

Jetzt ertönte im angrenzenden Saal Musik. Die Paare ordneten sich zum Tanz; Reding trat mit seiner Braut, ich mit deren Schwester in die Reihe, und bald wiegten wir uns nach dem Takt eines zierlichen Menuetts zwischen den Tänzern.

Was war das für ein leichtes, tänzelndes, schillerndes Wesen in dem Tanzsaal und den angrenzenden Räumen, ein Bild voll Glanz und Leben!

Aber ich fühlte mich nicht heimisch unter diesen Menschen des „Ancien Régime“, ebenso wenig wie mich der Umgang mit Rouillé und seinen Genossen befriedigt hatte - sie waren innerlich hohl und abgestorben. Ich konnte damals über meine Gefühle nicht ins Reine kommen; es fehlte eben beiden die innere Wahrheit, die sich schließlich nur auf die wahre Religion stützen kann. Von Gott wollten auch diese Anhänger der alten Staatsform, die Mehrzahl wenigstens, nichts wissen; weitaus die meisten waren Voltairianer, und man konnte aus ihrem Munde die frivolsten Späße über christlichen Glauben und christliche Sitten hören. Ja all die Blumen und wohlriechenden Essenzen konnten die Atmosphäre der Auflösung nicht ganz verbergen, in der sich diese geistig tote Gesellschaft bewegte.

Nachdenklich stand ich in der Nähe einer Fensternische, als solche Gedanken durch meine Seele zogen. Da fühlte ich, wie sich eine Hand leise auf meinen Arm legte, und Isabella Valdouleur sagte: „So ernst? Kommen Sie, auch ich habe das Tanzen satt, und ich möchte etwas mit Ihnen plaudern.“

Ich setzte mich zu ihr in die Fensternische, und sie sagte:

„Nicht wahr, Ihr Freund Reding, und Sie auch, Sie zwei sind gute Katholiken? Ich bin soeben furchtbar erschrocken. Ich hörte da drüben Leute aus sehr guter Familie so schrecklich über Gott und die Kirche spotten. Und je mehr ich unter diese Gesellschaft komme, mach' ich die Erfahrung, dass auch die höchsten Adeligen keine Spur von Glauben mehr haben. Früher, als wir auf unserem stillen, trauten Valdouleur lebten, meinte ich immer, französisch und katholisch sei ein und dasselbe. Und sehen Sie, ich kann mir nicht denken, dass eine Verbindung mit einem solch entsetzlichen Gottesleugner Glück und Segen bringen könnte. Aber nicht wahr, Sie und Rudolf sind wirklich katholisch?"

Ich beruhigte sie, und sie atmete mit einem „Gott sei Dank" auf. Dann bat sie mich, ich solle ihr etwas von meiner Mutter, von meiner Jugend erzählen. Gerne kam ich ihrer Bitte nach. Sie lauschte mit der größten Anteilnahme meinen Worten. Jetzt wollte ich ihr auch von meiner Jugendliebe erzählen; denn es schien mir grausam, das kindlich naive Wesen, das sich mir in unverhohlener Liebe zuneigte, nicht rechtzeitig zu enttäuschen.

Schon schwebte mir das Wort auf der Lippe, da wurden wir von Martha gestört. „Endlich finde ich euch in diesem Versteck", sagte sie. „Da ist ein Herr Leutnant Keyser, der Sie sucht."

Wirklich stand Karl-Franz Keyser vor uns. Er war auf Urlaub in der Heimat gewesen und jetzt, bevor er nach Nancy zurückkehrte, hierher gekommen, um sich mit seinem Vater über die immer unerträglicher werdenden Verhältnisse seines Regiments zu besprechen, dessen Soldaten mehr und mehr der Meuterei zuneigten. Bei seiner Ankunft hatte er gehört, er werde mich und die meisten seiner Kameraden im Hôtel Diesbach treffen, und war rasch gekommen, mich zu begrüßen. Als er sich nach mir erkundigte, hatte ihn auch gleich einer von denen, welche die Folgen ihrer Worte nie abwägen, mit der neuesten Nachricht überrascht, dass ich einem sehr schönen und reichen Fräulein von Valdouleur, der Schwester von Redings Braut, den Hof mache. Er komme gerade recht zu meiner Hochzeit nach Paris, denn die jüngere Valdouleur habe den ganzen Abend den stattlichen Aide-Major auffällig ausgezeichnet. Diese Neuigkeit musste natürlich Verenas Bruder verstimmen, und die Art und Weise, wie er mich mit Isabella in der Fensternische traf, schien die Worte des eitlen Schwätzers zu bestätigen. Karli-Franz glaubte also, ich hätte um des reichen und adeligen Fräuleins willen seiner Schwester die Treue gebrochen. So fiel die Vorstellung kühl genug aus. Er reichte mir die Hand ohne herzlichen Druck und machte Isabella eine tiefe Verbeugung.

Die beiden Schwestern zogen sich zurück, um Keyser Gelegenheit zu geben, mir seine Aufträge aus der Heimat auszurichten. Sie lauteten kärglich. Ein Briefchen von meiner lieben Mutter, das mir natürlich große Freude machte, ein paar Zeilen von meinem Götti, der mir seine Freude darüber aussprach, dass ich meine Ehre und Reputation wieder zurückerobert hatte.

„Und Vreneli?", fragte ich, „bringst du mir keinen Brief von deiner Schwester?"

Er zog die Augenbrauen zusammen und sagte trocken: „Wenn ich dir auch keinen Brief von meiner Schwester gebe, so wirst du dich trösten können. Du scheinst ja inzwischen guten Ersatz an dieser prächtigen und vornehmen jungen Dame gefunden zu haben, neben der mein schlichtes Schwesterchen sich ja allerdings nicht sehen lassen kann."

Ich wollte ihm eine ärgerliche Antwort geben. Glücklicherweise verhinderte es Reding, der Keyser begrüßte und dann zu mir sagte, der Marquis von Valdouleur wolle nach Hause. Ich ließ also Keyser stehen und verabschiedete mich von Madame de Lescures und führte Isabella, wie Reding seine Braut, an den Wagen. Am Tor des Hôtel de Malte verabschiedeten wir uns.

Hatte wirklich Verena ihrem Bruder keinen Gruß und keinen Brief an mich mitgegeben, oder war es nur eine Anwandlung von einer Art Eifersucht für seine Schwester, die ihn bestimmte, mir Gruß und Brief Verenas vorzuenthalten? Sollte ich in der Tat an Verenas Treue zweifeln dürfen?

Mein Herz war unruhig, als ich spät nach Mitternacht mein Lager aufsuchte.

Bevor ich Gelegenheit hatte, mich mit Karli-Franz auszusprechen, eilte er zu seinem Regiment nach Nancy, wo seine Anwesenheit dringend notwendig schien. Er wird gewiss von seinem Vater und Major Bachmann die besten Ratschläge mitgenommen haben. Leider waren sie erfolglos. Zwei Bataillone des Regiments meuterten im folgenden Sommer. Es ist das einzige Beispiel von Verletzung der Treue seitens der Schweizertruppen während der französischen Revolution, wozu sie sich durch Hetzereien der Jakobiner verleiten ließen, und streng wurde sie von uns gerächt. Nach dem Gesetz unseres Landes wurde Kriegsgericht über die Schuldigen gehalten. Der Hauptrădelsführer wurde zum Rad, 22 zum Strang und 41 zur Galeere verurteilt. Das entsetzliche Drama verleidete meinem Freund den Dienst in dem unglücklichen Regiment; mit Zustimmung des Vaters nahm er seinen Abschied und kehrte Ende 1791 in die Heimat zurück.

Eine Verlobung

Ohne bedeutendere Zwischenfälle verflossen mehrere Wochen. Da erhielt ich ein Briefchen von Verena, worin sie mir mitteilte, sie habe von zuverlässiger Seite erfahren, dass ich um die Hand eines sehr schönen und sehr vornehmen Fräuleins werbe. Es habe ihr diese Nachricht zwar sehr leid getan, doch werde sie mit Gottes Hilfe dieses Opfer bringen und überlege jetzt ernstlich, ob sie nicht nach Frauenthal ins Kloster gehen solle, da sie die Nichtigkeit und Treulosigkeit dieser Welt nunmehr genugsam erfahren habe.

Das arme Vreneli! Ich glaubte es vor mir zu sehen, wie es mit Tränen in den Augen und schmerzlich zuckenden Lippen dieses Gemisch von Zorn und Großmut niederschrieb. Nein, das war kein kokettes Schmollen; es war ihr wirklich ernst mit dem Opfer, das sie mir, dem vermeintlich Treulosen, bringen wollte. Sie war mir lieber denn je. Sie war mir tausend Mal teurer, auch wenn sie ein armes Mädchen gewesen wäre, als die junge Marquise von Valdouleur, deren Vermögen ich auf eine halbe Million hatte schätzen hören.

Sofort setzte ich mich hin und schrieb an Verena, sie sei

falsch berichtet; ich hätte ihr die Treue bewahrt und zähle auf ihre Treue; sie solle sich die einfältigen Klostergedanken aus dem Kopf schlagen. Liebesgram sei überhaupt noch lange kein Klosterberuf; sonst würde sie am Ende auch aus mir noch einen Kapuzinerbruder machen.

Als ich den Brief eigenhändig auf die Post gegeben hatte, eilte ich in das Hôtel de Malte, um jeder weiteren Versuchung dadurch die Spitze abzubrechen, dass ich Isabella die Zeilen Verenas zeigte.

In den Gassen fiel mir eine eigentümliche, außergewöhnliche Aufregung des Volkes auf. Lafayette sei mit Truppen nach Vincennes, hieß es, wo der Pöbel das Schloss zerstören wolle, und gleichzeitig sei in den Tuilerien ein Anschlag auf das Leben des Königs verübt worden.

Die Nachricht über den Kampf in Vincennes machte mir wenig Sorgen. Umso ernster aber schien mir die Kunde eines Attentats in den Tuilerien. Dorthin also eilte ich. Auf dem Weg begegnete ich Männern, die in die gleiche Richtung eilten. Man erkannte sie auf den ersten Blick als Adelige. Ich dachte schon, wir würden Schwierigkeiten haben, ins Schloss zu gelangen. Aber die Wache, Nationalgarden, ließ uns passieren. Die Treppenhalle, die Vorsäle, die Galerie der Gesandten, alles wimmelte von Menschen, die unter ihren Kleidern hervor Degen, Dolche und Pistolen zogen und lebhaft durcheinander redeten. Natürlich traf ich unter den Anwesenden auch den Marquis von Valdouleur, der trotz der Kälte - es war der letzte Hornung* 1791 - auf die erste Nachricht von einer Gefahr für den König herbeigeeilt war. Mit einer Hand stützte er sich auf seinen Stock, in der anderen hielt er seinen Degen und machte ein umso grimmigeres Gesicht, als er nur mit Mühe den Schmerz in seinem Fuß verwinden konnte. Als er mich sah, rief er: „Mein lieber Bär, geschwind, holen Sie Ihre tapferen Schweizer! Die Schufte von Sansculotten wollen dem König ans Leben! Wir werden ihn so lange mit unserem Leib decken, bis Hilfe kommt, oder mit ihm sterben!“

* Februar

Aber da kam d'Hervilly mit dem Marschall des Palastes, dem Herzog von Villequier, die Treppe herab und verkündete, der König sei heil und gesund; man habe allerdings einen Edelmann, der sich verdächtig benahm, irrtümlich verhaftet; doch es habe sich herausgestellt, dass der Verdacht ganz unbegründet war; der König danke seinen getreuen Edelleuten für den bewiesenen Eifer und bitte sie, in Ruhe das Schloss zu verlassen.

Die meisten verließen daraufhin die Tuilerien, nicht aber der alte Valdouleur. Es blieb mir schließlich nichts anderes übrig als zu gehen. Ich wollte wenigstens seine Töchter beruhigen. In dem Augenblick aber, als ich um die Ecke der Rue Saint Nicaise bog, die vom Schlossplatz zur Rue Richelieu führt, sah ich Lafayette an der Spitze seiner Abteilung der Nationalgarde an mir vorüber zu den Tuilerien eilen. Was sollte das? Er schien mir sehr erregt, und ich glaubte zu verstehen, dass er den Leuten zurief, sie sollten ihm das Schloss säubern. Ich kehrte also auf den Karussellplatz zurück, um zu sehen, was es gebe, und allenfalls dem alten Marquis helfen zu können.

Wirklich hatte Lafayette durch Gouvion, der die Schlosswache befehligte, von einer außerordentlich zahlreichen Ansammlung von Adeligen in den Vorzimmern des Königs Nachricht erhalten, als er eben mit vielen Gefangenen von Vincennes zurückkehrte. Ob er nun darin einen Handstreich der Hofpartei vermutete, dem König zur Flucht zu verhelfen, oder ob ihm das nur die erwünschte Veranlassung bot, durch einen Streich gegen den Adel die Popularität wiederzugewinnen, die sein Einschreiten gegen das Volk soeben gefährdete - ich hatte ihn nicht missverstanden -, er hatte in der Tat den Befehl zur Entwaffnung der „Chevaliers" gegeben.

Die Nationalgarden waren schon lange den „Dolchrittern" spinnefeind und vollzogen den Befehl Lafayettes nicht nur mit Freude, sondern mit Rohheit. Die Edelleute sollten ihre Waffen abgeben; sie weigerten sich und taten es nur auf Befehl des Königs, manche nur der Gewalt weichend. Es regnete dabei Püffe auf sie; man stieß sie die Treppe hinab, warf sie gewaltsam in den Hof hinaus, versetzte ihnen Kolbenstöße, ja einigen sogar

Bajonettstiche und überließ sie, elend zugerichtet, der Wut des Pöbels, der sich rasch auf dem Karussellplatz ansammelte.

Vergebens forderte ich die Wache auf, die Unglücklichen zu schützen, die blutend und mit zerrissenen Kleidern die Stufen der Freitreppe hinabgestoßen wurden. Der Offizier zuckte die Achseln, und die Soldaten riefen, es geschehe diesen Aristokraten ganz recht, die lauter Feinde des Vaterlandes seien.

In diesem Augenblick sah ich den alten Valdouleur im Streit mit ein paar Gardisten unter dem Portal erscheinen. Er mag ihnen keine Schmeicheleien gesagt haben; das sah ich seinem erregten Gesicht und seinen Fäusten an, die er zürnend gegen die Soldaten hob. Ich glaube sogar, dass er einen geschlagen hat; denn ich sah einen zusammenzucken. Aber da fielen sie mit Kolben und Bajonetten über ihn her, und mit einem Stich in die Seite und einem Stoß vor die Brust stürzte er rücklings über die Stufen hinab und blieb bewusstlos in seinem Blute liegen.

Ich sprang hinzu und meinte anfangs, er sei tot; doch sah ich bald, dass er noch atmete. So nahm ich ihn wie ein Kind auf meine Arme und trug ihn aus dem Getümmel zu einem Wundarzt, der in der Nähe des Schlosses wohnte. Sein marktschreierisches Schild, das ein vor dem Doktor fliehendes Totengerippe vorstellte, war mir schon oft aufgefallen.

Der Chirurg hatte alle Hände voll zu tun; denn es waren schon eine ganze Anzahl Verwundeter da, die verbunden sein wollten. Als er aber Valdouleur sah, ließ er alles andere liegen und stehen. „Hier haben wir, was ich so zu nennen pflege, einen mehr oder weniger schweren Fall!“, rief er. „Der Mann ist so gut wie tot; aber ich hoffe doch noch, den Tod in die Flucht zu schlagen. Seite - möglicherweise die Milz - getroffen; Quetschung der Brust; eine Rippe entzwei, und das Schlimmste: der Sturz auf den Hinterkopf mit gefährlicher Hirnerschütterung. Ein Aderlass ist durchaus nötig, ferner Schröpfköpfe auf die Brust und Blutegel in den Nacken; sonst ist der Mann verloren!“

Ich war nun freilich der Meinung, der Greis habe schon genug Blut verloren; denn die Wunde am Hinterkopf blutete heftig. Aber der Chirurg, dem ich das sagte, blickte mich nur verächtlich von der Seite an und brummte: Odi profanum*! So ließ ich ihn in Gottes Namen gewähren und eilte in das nahe Hôtel de Malte, um seinen Töchtern die Schreckensnachricht von dem Unfall zu bringen, der ihren Vater betroffen hatte.

Das war ein harter Gang! Mein Erscheinen und Aussehen verkündete ihnen übrigens, dass ein Unglück geschehen war. „Mein Gott! Sind Sie verwundet!“, rief Isabella erbleichend.

„Nicht ich - aber es hat im Schloss eine Rauferei gegeben und -“

„Und der Vater ist erschlagen!“, rief Martha.

„Nicht erschlagen. Aber verwundet ist er freilich. Hoffentlich nicht schwer. Man wird ihn sofort bringen. Ich bin vorausgeeilt, damit Sie nicht erschrecken und alles vorbereiten können, dessen man für einen Verwundeten bedarf. Haben Sie einen guten Hausarzt? Man wird ihn sofort bestellen müssen. Denn der Chirurg, der den ersten Verband anlegt, scheint mir ein Quacksalber zu sein.“

„Ach Gott, wir kennen gar keinen Arzt in Paris!“, rief Martha.

Ich erinnerte mich, dass der Arzt, der mich in Courbevoie behandelt hatte, jetzt unserer Kaserne in der Rue Poissonnière zugeteilt war. Dorthin eilte ich also rasch und war so glücklich, ihn zu treffen. Als ich mit ihm ins Hôtel de Malte kam, hatte man den Verwundeten eben gebettet, und der Wundarzt war gerade daran, noch einen Aderlass vorzunehmen, weil das Bewusstsein noch nicht zurückgekehrt war. Davon wollte unser Doktor nichts wissen, und die beiden gerieten hart aneinander. Um den unangenehmen Auftritt zu beenden, machte ich kurzen Prozess und stellte den Wundarzt trotz aller Proteste einfach vor die Tür. Er ging endlich, mich, als einen Aristokraten, mit der Rache der Freiheit bedrohend und dem Verwundeten unter der Behandlung dieses Militärarztes den sicheren Tod prophezeiend.

Ich half dann unserem Doktor. Martha leistete ebenfalls Beistand, während Isabella ganz in Tränen aufgelöst war. Der Dok-

* lat. Ich hasse das gemeine Volk

tor konnte nicht allzu große Hoffnung geben. Ich bot mich an, bei dem Kranken zu wachen; aber davon wollte Fräulein Martha nichts wissen, und so ging ich mit dem Doktor. Vor dem Haus fragte ich ihn um seine Meinung über den Zustand des Verwundeten. Die Hoffnung sei nur gering, sagte er, und ich solle morgen auf gute Art dem Fräulein, das uns so mutig geholfen habe, von der Gefahr Mitteilung machen, damit er mit den heiligen Sakramenten versehen werde.

Dass ich an jenem Abend mit Isabella nicht über Verenas Brief sprechen konnte, brauche ich nicht zu sagen. Ich selbst hatte bei dem aufgeregten Zwischenfall ganz vergessen, weshalb ich ursprünglich ins Hôtel de Malte gehen wollte. Auch die nächsten Tage konnte ich darüber kein Wort sprechen. Der Marquis schwebte zwischen Leben und Tod. Ich führte P. Secundus zu ihm, der ihm die heiligen Sakramente reichte. Auch brachte er eine erfahrene Krankenschwester, die den beiden Töchtern bei der Pflege half. Täglich machte ich zwar meine Besuche, wenn mich der Dienst nicht verhinderte, und lernte so die beiden Fräulein immer besser kennen und hochachten. So verschieden sie waren, so zärtlich liebten beide ihren Vater, und jede Aufmerksamkeit, die ich ihm erwies, wurde mir von den beiden mit huldreichem Dank vergolten. Ich wäre aber blind gewesen, wenn ich in den Augen Isabellas nicht etwas mehr als bloße Dankbarkeit gelesen hätte, und mein Gewissen mahnte mich, das brave Kind endlich davon zu unterrichten, dass ich nicht mehr frei war.

Aber von Tag zu Tag harrte ich vergebens auf eine günstige Gelegenheit. Da kam ein Brief aus Zug. Mit großer Freude öffnete ich ihn; denn die Adresse zeigte Verenas Hand. Aber wie bitter wurde ich enttäuscht. Mein letzter Brief an sie fiel mir ungeöffnet aus dem Umschlag entgegen. Auf einem Blättchen standen die Worte: „Lieber Damian! Ich habe mein Opfer gebracht. Weshalb umsonst die Wunde wieder aufreißen? Ich bitte Dich, schreibe mir nicht mehr. V."

In meinem Ärger war ich nun ungerecht und unterstellte Verena einen Beweggrund, der vielleicht bei ihrem Vater, aber sicherlich nicht bei ihr ins Gewicht fallen mochte. „Seit es mit dem Vermögen meines Götti so schlimm aussieht, bin ich ihnen keine wünschenswerte Partie mehr“, sagte ich zu mir. „Der schöne Zurlaubenhof wird am Ende die Beute der Gläubiger, und das kleine Häuschen meiner Mutter ist wohl für eine Prinzessin aus dem Frauenstein nicht fein genug! Nun, Damian, sei kein Narr; wenn sie es über sich bringt, so musst auch du es verwinden können.“ Und doch wollte es mir fast das Herz abdrücken.

Als gerade dieser Aufruhr in meinem Inneren tobte, erhielt ich ein Billet von Martha Valdouleur, das mich auf den Nachmittag zu ihrem Vater bat. Er fühle sich heute etwas besser und wünsche sich mit mir über eine Angelegenheit zu besprechen, die ihn sehr beunruhige. Martha fügte bei, sie glaube, die Wünsche ihres Vaters würden mit den meinigen zusammenstimmen, und die Angelegenheit werde beide Seiten beglücken und dadurch nicht wenig zur Genesung ihres Vaters beitragen. Jedenfalls dürfe ich ihrem Vater nicht widersprechen; ein Zornausbruch, zu dem er von Natur geneigt sei, würde ganz gewiss die schlimmsten Folgen haben. Was konnte das nur für eine Angelegenheit sein? Ich zerbrach mir den Kopf darüber, während ich mich umkleidete und zum Hôtel de Malte ging.

Im Vorzimmer des Kranken empfing mich Isabella. Sie errötete, als ich ihr die Hand zum Gruß reichte, und fragte, ob mich der Brief ihrer Schwester nicht etwas überrascht habe. Allerdings, sagte ich, enthalte dieser ein kleines Rätsel, auf dessen Lösung ich einigermaßen gespannt sei. Ob ich gar nicht erraten habe, worum es sich handle, fragte sie verlegen, und wurde noch röter. Da zuckte mir eine Ahnung durch die Seele. Bevor ich aber auch nur Zeit hatte, den Gedanken ganz zu fassen, öffnete sich die Tür des Krankenzimmers, und Martha winkte mir einzutreten.

Der Kranke lag elend genug in den Kissen; aber der Blick war noch voll Feuer und Leben. Er reichte mir die abgezehrte Hand und sagte: „Mein lieber Bär, Sie haben mir einmal das Leben gerettet und ein zweites Mal es wenigstens redlich versucht. Ich danke Ihnen für Ihren guten Willen. Ich wäre eigentlich lieber an der Treppe der Tuilerien gestorben, als hier erst noch wochenlang die entsetzlichsten Schmerzen auszustehen und dann doch den Wunden zu erliegen, die diese Schufte von Nationalgarden einem alten wehrlosen Mann beibrachten. Saubere Heldentat das! Aber was verschlägt's? Pro Deo et Liliis*! Ich habe meine Wunden für meinen König erhalten und sterbe also in seinem Dienst, wie die meisten Valdouleur, deren glorreiches Geschlecht mit mir erlischt.

Und ich bin auch ganz zufrieden damit. Mit Gott habe ich meinen Frieden gemacht; ich hoffe, ich werde in Gnaden aufgenommen. Mit der Welt, wie sie jetzt geworden ist, mag ich nichts zu schaffen haben. Für Martha ist gesorgt. Baron Reding wird ein guter Gatte sein. Bleibt noch Isabella. Nun, Martha sagt mir, Ihr zwei liebtet euch. He, Sie brauchen nicht rot zu werden! Ich weiß wohl, dass es eigentlich an Ihnen wäre zu werben, und nicht an dem Vater, die Hand der Tochter anzutragen. Aber die Verhältnisse sind nun einmal außerordentlich. Unterbrechen Sie mich nicht! Ich weiß ganz wohl, was Sie sagen wollen. Sie seien nicht adeliger Herkunft, wollen Sie einwenden. Ich ehre diesen Grund, der Ihnen verbot, um die Hand Isabellas zu bitten. Aber nach reiflicher Überlegung will ich sie Ihnen dennoch zur Frau geben. Keine Widerrede! Wenn ich mich über diese Schwierigkeit mit Rücksicht auf das Glück meiner Tochter hinwegsetzen will, so ist das meine Sache. Also, mein lieber Bär, komm, küsse mich, sei mir ein braver Sohn und mache meine liebe Isabella glücklich! Ah, ça! Wie mich der Bajonettstich wieder brennt! Geschwind, gib mir von den Tropfen und rede jetzt kein Wort - Du tötest mich sonst."

Der gute Mann krümmte sich vor Schmerzen auf seinem Lager, und ich hatte nicht den Mut, ihm zu widersprechen. Ich glaube noch heute, es wäre sein Tod gewesen, wenn ich seinen Antrag abgewiesen hätte. Und war ich nun eigentlich nicht glücklich zu nennen, dass an demselben Tag, an dem Verena mir den Abschied gegeben hatte, ein so schönes, gebildetes, her-

* lat. für Gott und die Lilien, d.h. den König von Frankreich

zensgutes Wesen wie Isabella Valdouleur mir beschieden war? Dennoch war es mir nicht wohl zumute.

Martha und Isabella kamen nun. Der Vater legte Isabellas Hand in die meinige und gab uns seinen Segen. Wir küssten ihn und uns, und Isabella vergoss Tränen bei dieser traurigen Verlobung am Bett des schwerkranken Vaters. Auch die Augen Marthas waren nass, und ich selbst war von widerstreitenden Gefühlen so bewegt, dass ich kaum meine Fassung bewahrte.

„Es ist gut“, sagte der Marquis. „Jetzt kann ich ruhig sterben. Meine Kinder sind versorgt.“ Er war jetzt ganz heiter und zufrieden und scherzte sogar, als ich mich von ihm verabschiedete: „Höre, wenn dich der König doch noch zum Chevalier macht, musst du den Bären in dein Wappen nehmen.“

Die Flucht nach Varennes

Reding machte große Augen, als ich ihm mitteilte, dass wir Schwäger sein würden. Sobald ich ihm aber die Sache erklärt hatte, wünschte er mir von Herzen Glück. Er kenne zwar Fräulein Keyser nicht persönlich, könne sich aber kaum denken, dass sie nicht in jeder Beziehung von meiner Braut übertroffen würde. Dann kamen wir überein, dass wir die Sache vor unseren Kameraden geheim halten wollten, da ja doch die Hochzeit noch auf lange Zeit hinausgeschoben war. Sollte ich auch dem Großrichter ein Wort über meine Verlobung mitteilen? Das wäre mir sehr peinlich gewesen, und so sagte ich mir, es sei vorderhand auch gar nicht nötig.

Politische Ereignisse nahmen jetzt wieder meine ganze Zeit in Anspruch. Anfang April 1791 war Mirabeau gestorben, auf dessen Hilfe der Hof die letzte Hoffnung gesetzt hatte, die Monarchie für Frankreich zu retten. Man hatte ihm mit großem Pomp eine Leichenfeier gehalten, und es sah aus, als gelte sie dem französischen Königtum. Wie Mirabeau den Ausschweifungen und Lastern seiner Jugend vorzeitig erlegen war, so sank auch die königliche Würde durch die Sünden und Verschwendungen der vergangenen Zeit zu Tode getroffen ins Grab.

Diese Bemerkung machte ich zu einem jungen schwedischen Grafen, den ich bei der Soirée Diesbach kennen gelernt hatte, als wir zusammen nach Schluss der Trauerfeierlichkeiten über die Notre-Dame-Brücke gingen. Er gab mir recht. Dann sagte der Graf, er möchte gern mit mir und Reding, der mit uns ging, über eine Sache sprechen, die man nicht gut auf offener Straße verhandeln könne. Der schwedische Graf hieß Axel Fersen und stand bei Hof in hoher Gunst. Man munkelte, er sei mit einem geheimen Auftrag vom Kaiser an die Königin gesandt worden.

Als wir in meiner Stube waren, bat Fersen mich, die Tür abzuschließen, und nachdem er gefragt hatte, ob wir vor Lauschern sicher seien, begann er mit aller Vorsicht von einem neuen Fluchtplan der königlichen Familie zu sprechen. Die Königin habe ihm gesagt, dass Reding und ich bei einem früheren Fluchtplan beteiligt waren, und es sei ihr Wunsch, dass wir auch zu diesem Unternehmen unsere Hand bieten.

Dann entwickelte er den Plan. Es galt, unbemerkt Châlons zu erreichen. Vor dort an glaubte man der Sache sicher zu sein, da der Weg durch den Argonnerwald von den Husaren des Regiments Lauzun gedeckt würde, auf deren Offiziere man sich verlassen konnte. In der Nähe von Varennes stehe Bouillé mit treuen Regimentern. Die Hauptschwierigkeit sei natürlich, Paris unbemerkt zu verlassen und einen solchen Vorsprung zu gewinnen, dass der Wagen von der Reiterei Lafayettes nicht mehr eingeholt werde. Fersen sagte, wir müssten mit einer Anzahl ganz zuverlässiger Leute unseres Regimentes zwei Punkte besetzen: Ein Haus in der Nähe der Barriere von Saint-Martin, wo der Pass kontrolliert werde, und ein Haus in der Nähe der Tuilerien. Diese Leute dürften nicht in Uniform sein, sondern müssten ähnlich gekleidet sein wie die Sansculotten und bewaffnet. Ihre Aufgabe sei es, wenn sich bei der Abfahrt von den Tuilerien oder an der Barriere seitens der Nationalgarde Schwierigkeiten erhöben, ein Ablenkungsmanöver zu machen und entweder die Aufmerksamkeit der Wachen auf eine andere Kutsche zu lenken oder auch mit Gewalt die Durchfahrt für die Kutsche des Königs zu öffnen.

Das war in mehr als einer Beziehung eine heikle Aufgabe. Aber wir sagten zu und beschlossen, die passenden Lokale sofort zu suchen. An der Porte Saint-Martin kannte ich ganz in der Nähe der Wohnung des Großrichters eine Schenke, die uns passend schien. Schwieriger war es, in der Nähe der Tuilerien etwas Geeignetes zu finden. Endlich entschieden wir uns für eine Weinstube an der Ecke des Karussellplatzes selbst, die freilich von Nationalgarden besucht wurde, aber schließlich noch die beste Lage hatte. Dann verabschiedeten wir uns von Fersen und versprachen, sofort die übrigen Vorbereitungen zu treffen.

Aus der Kompagnie Colonelle, die ihre Kaserne in der Rue Poissonnière hatte, wählte sich jeder von uns zweien ein Dutzend handfester und zuverlässiger Leute. Ohne ihnen genau zu sagen, worum es sich eigentlich handelte, ließen wir sie bei den Trödlern Zivilanzüge kaufen und nahmen bald den einen, bald den andern, bald mehrere zugleich mit uns in eine der ausgesuchten Schenken. So machten wir sie mit dem Schauplatz vertraut, ohne auffällig zu werden.

Wir konnten also Fersen mitteilen, dass unsere Vorbereitungen getroffen seien. Aber es vergingen Wochen, und wir warteten vergebens. „Es ist wieder nichts“, sagte ich zu Reding. „Der König wird im gegebenen Augenblick nicht zum Handeln zu bewegen sein!“

„Warten wir“, sagte Reding. „Sie treiben es dem König zu arg. Sie nötigen ihn zur Flucht. Er kann die Konstitution*, so wie sie jetzt wird, nicht annehmen.“

Wir warteten also, und es wurde Mai und Juni. Mit dem Frühling war der Zustand des Marquis Valdouleur bedeutend besser geworden. Bald konnte ihn unser Doktor außer Gefahr erklären; ein ruhiger Aufenthalt auf dem Lande, meinte er, müsste ihn völlig herstellen. Martha überredete ihn also, auf diesen Rat ein-

* Verfassung

zugehen. Sie hatten etwa eine Stunde von Etampes entfernt ein schönes, von ruhigen Wäldern umgebenes Landgut, dessen Pächter Menard noch nicht von den Ideen der Revolution angesteckt war. Dahin wollte Martha ihren Vater und ihre Schwester bringen, und der Genesende willigte endlich ein. Reding und ich begleiteten den Wagen vor die Stadt bis nach Sceaux. Da schüttelten wir uns noch einmal die Hände und schieden. Es war um die Mitte des Brachmonats* und herrliches Sommerwetter. Himmel und Erde schienen vor Freude zu strahlen, und doch wollte sie in mein Herz, das vom Zwiespalt der Gefühle gequält war, keine Einkehr halten. Auch Reding hatte wieder eine seiner schwermütigen Stunden, und so ritten wir schweigsam in die Stadt zurück, über deren Häusermeer die gewohnte Dunstschicht lag.

Ein Bote Fersens erwartete uns mit einem Zettel, der die Worte enthielt: „Morgen Abend!“

„Also doch!“, sagte Reding. „Es ist ein Glück, dass wir der Bitte Valdouleurs, ihn bis auf sein Landgut zu begleiten, nicht gefolgt sind.“

Wir losten um den Posten, und mich traf es, bei den Tuilerien die Abfahrt zu decken. Ich suchte Fersen auf, und er konnte mir jetzt die Stelle zeigen, wo der Wagen in einem stillen Gässchen vorfahren sollte. Die Schwierigkeit war, die königliche Familie ungesehen aus dem Palast zu dem Gässchen zu bringen. Zu diesem Zweck hatte man zwischen dem Pavillon der Flora, an den die königlichen Gemächer stießen, und dem ersten Torbogen der „Galerie des Louvre“ die Eisenstangen eines Fensters im Souterrain heimlich entfernt, sodass es als Tür dienen konnte. Von da aus, glaubte Fersen, würden die Fliehenden unbemerkt den Wagen erreichen können.

Ich merkte mir jeden Schritt zwischen diesem Fenster und der Rue du Doyen. Um eine Laterne zu umgehen, hielten wir es für besser, dass die Fliehenden den Weg durch den nächsten Torbogen über den Quai bis zum dritten Tor nehmen sollten. Sie

* Juni

mussten dann um die Kapelle des hl. Ludwig herum den Wagen erreichen. Das war ein Umweg, aber er schien uns sicherer; als Zeitpunkt der Flucht nannte Fersen den folgenden Abend zwischen elf und zwölf Uhr.

Es war Sonntag, den 19. Brachmonat. Um 9 Uhr abends war es ziemlich hell, als ich mit einem Dutzend Leute beim Hafen Saint-Nicolas zusammentraf. Der Quai, die Brücke, der Fluss selbst waren noch sehr belebt. Man genoss die Abendkühle nach einem warmen Sommertag. Wagen rasselten über das Pflaster, Kähne glitten die Seine hinauf und hinab. Im Hôtel de Mailly auf dem gegenüberliegenden Quai der Theatiner tönte fröhliche Tanzmusik aus den geöffneten, hell erleuchteten Fenstern. „Recht so“, dachte ich mir; „je mehr Leben auf dem Quai und in den Durchgängen, desto weniger Gefahr, dass die Posten der Nationalgarde die Fliehenden aufhalten werden.“

Ich hatte natürlich meinen Leuten im Allgemeinen gesagt, wir wollten Lafayette und der Nationalgarde einen Streich spielen, und die meisten ahnten, worum es sich eigentlich handelte. Als es dunkel genug war, verteilte ich meine Leute. Sie hatten alle ihre Weisungen. Ein lauter Pfiff von mir konnte sie in einer Minute vereinigen. Es schlug halb elf. Da kam Graf Fersen und sagte mir: „Es ist auf Morgen verschoben. Etwas Unvorhergesehenes ist dazwischen gekommen; eine der Kammerfrauen ist krank geworden. Morgen um dieselbe Stunde, so Gott will!“

Man kann sich denken, dass wir beide schlechter Laune waren. „Alles war hier so gut vorbereitet!“, brummte ich.

„Hier - das fällt nicht ins Gewicht“, sagte er. „Aber auf dem ganzen Weg bis nach Montmedy, wo überall Postpferde bestellt sind und die Husaren die „Kriegskasse“, die sie decken sollen, für die angekündigte Stunde erwarten! Ich muss sofort einen reitenden Boten absenden, dass alles um 24 Stunden verschoben sei. Aber was will man machen? Hier - das kann als eine Generalprobe für Morgen gelten. Halten Sie die Leute nur bei gutem Mut und sorgen Sie, dass nichts verraten wird!“

Ich bestellte also meine Leute auf den nächsten Abend und

entließ sie mit einem guten Trinkgeld. Dann eilte ich zur Porte Saint-Martin, um auch Reding von dem Aufschub des Unternehmens zu verständigen. Ich brauche nicht zu sagen, dass wir beide ärgerlich genug waren.

Am nächsten Abend waren wir wieder rechtzeitig auf unserem Posten. Es wollte mir scheinen, als seien zahlreichere Schildwachen in den inneren Höfen aufgestellt.

Schlag halb elf kam Graf Fersen wieder; zuerst erkannte ich ihn nicht. Er war als Kutscher gekleidet und spielte seine Rolle vorzüglich. „Sie kommen!“, flüsterte er mir ins Ohr und bestieg dann den Bock, laut im besten Pariser Kutscherjargon über die schlechten Geschäfte wetternd, welche die Lohnkutscher jetzt in der Stadt machten. Einer seiner Kollegen in der Nähe stimmte ihm bei, und die beiden schimpften zusammen, dass es eine Lust zu hören war. Ich schlenderte langsam zum Posten am Torbogen. Da kam ein Mann mit einer Frau und zwei kleinen Mädchen. Der Posten ließ sie ruhig passieren und sie gingen rasch auf den Wagen Fersens zu. Ob er die Dame mit den Kindern zum Park von Monceaux fahren wolle, wurde gefragt. „Gewiss - für die doppelte Taxe und ein Trinkgeld“, lautete die Antwort. Sie stiegen ein; Graf Fersen knallte mit der Peitsche und die Kutsche rollte davon.

Es war die Herzogin Tourzel mit den beiden königlichen Kindern; man hatte den Dauphin als Mädchen verkleidet. Fersen kutschierte mit ihnen durch einige Straßen und kam dann noch vor elf Uhr von einer anderen Seite auf seinen Standort zurück. Es sah so aus, als sei er ein richtiger Fiaker.

Nun erwarteten wir den König und die Königin. Aber da, als es elf Uhr schlug, fuhr ein mit Fackeln beleuchteter Wagen durch den mittleren Torbogen auf die Place du Carrousel. „Lafayette!“, sagte Fersen leise zu mir. „Er macht seinen Abendbesuch im Schloss, um zu sehen, ob sein Gefangener noch da sei. Wenn der König nur nicht vorzeitig seine Gemächer verlassen hat!“

„Es geht in der Stadt schon ein Gerücht von dem Unternehmen um“, bemerkte ich. „Man scheint mir auch schon die Wachen verstärkt zu haben“.

„Auch ich habe von meinem Friseur etwas Ähnliches gehört; solche Gerüchte waren übrigens schon oft im Umlauf und haben schließlich ihre Wirkung verloren. Wenn aber heute nichts daraus wird, so gebe ich es auf und reise noch diese Nacht nach Flandern.“

Wir warteten. Es schlug die Viertelstunde, die Halbestunde und noch immer hielt Lafayettes Wagen, von Fackeln hell beleuchtet, am großen Eisengitter des Tuilerienhofes. Ich stand an der Ecke der Place du Carrousel, von wo aus ich den Wagen und den ersten Torbogen beobachten konnte. Jetzt sah ich denselben Mann, der Madame Tourzel und die Kinder gebracht hatte, mit einer Dame aus dem Schatten des hohen Gebäudes hervortreten und durch den Torbogen auf den Quai hinausgehen. „Es ist die Königin!“, sagte ich mir, und das Herz klopfte laut in meiner Brust. Gleich darauf erschien ein wohlbeleibter Herr, der, ebenfalls von jemand begleitet, dem vorangehenden Paar folgte. „Der König!“, dachte ich. Der Posten hielt sie nicht an.

Da kamen durch den mittleren Torbogen drei Männer. Zwei davon erkannte ich beim Schein der Laterne, die über diesem Bogen angebracht war, auf den ersten Blick: Danton und Camille Desmoulins.

Sie blieben stehen und schauten zum Schloss. „Es ist alles ruhig“, sagte Danton, „es wird ein blinder Alarm sein, Fréron“.

„Man hat es mir aber so bestimmt berichtet - ich holte euch deshalb aus dem Klub“, antwortete der mit „Fréron“ Angeredete.

„He da, Bürger, was ist das für ein Wagen mit den Fackelträgern?“, rief mich Desmoulins an. „Lafayettes“, antwortete ich und machte, dass ich an ihnen vorüberkam.

„Was ist das für ein Bursche? - Er kommt mir bekannt vor“, sagte Danton.

„Einerlei! Ihr seht, Lafayette ist im Schloss und wird schon dafür sorgen, dass der Vogel nicht entwischt. Meiner Treu, man würde ihn dafür beim Kopf nehmen! Wir können ruhig in den

Klub zurückkehren. Der tolle Marat wird die Sache geträumt haben; der sieht immer Gespenster."

Nach zwei Minuten waren die Dame und der Herr in dem Wagen. „Gott sei Dank", seufzte ich erleichtert und erwartete nun, dass Fersen abfahren werde.

Aber nein! Der Wagen blieb stehen! Ich schlich mich an den Bock und fragte leise: „Worauf warten Sie denn noch?"

„Auf Toinette!"

„Ist sie denn nicht eben eingestiegen?"

„Das war Elisabeth - ich wollte, sie käme. Ich habe in meinem Leben nicht so auf glühenden Kohlen gesessen."

Elisabeth, die Schwester des Königs! An die hatte ich gar nicht gedacht. Und ich hatte meine Leute am ersten Torbogen schon fortgeholt. Wie nun, wenn der Posten durch die wiederholten ähnlichen Paare Verdacht geschöpft hatte und die Königin anhielt?

Da sah ich sie gerade aus dem Schatten des Gebäudes hervortreten, und im selben Augenblick musste Lafayettes Wagen mit den Fackeln seinen Weg auf den Torbogen zu nehmen, alles ringsum hell erleuchtend! Ich zitterte wie Espenlaub. Glücklicherweise bedeckte ein großer, breitrandiger Hut ihr Gesicht; auch zog sie ihr Begleiter etwas in den Schatten einer Halbsäule. Lafayette hielt unter dem Torbogen und redete mit dem Wachtposten. Das kam mir verdächtig vor, und ich hielt es nicht für geraten, die Königin denselben Weg nehmen zu lassen, als der Wagen endlich auf den Quai hinausgerollt war. Auch die Laterne am mittleren Bogen wollte ich vermeiden. So trat ich auf die Königin zu, die erschrocken noch im Schatten des Pilasters stand, und sagte: „Madame, Sie sind nicht auf dem rechten Weg. Vertrauen Sie sich meiner Leitung an!"

Ihr Begleiter wollte zwar Einspruch erheben. Aber die Königin, die mich erkannte, nahm sofort meinen Arm, und ich führte sie quer über die Place du Carrousel, um die kleine Rue du Doyen von der andern Seite her zu erreichen. Ich hatte mir zwar bei Tage das Gewirr der Gässchen, in das ich mich jetzt wagte, genau angesehen; aber im Dunkel der Nacht glaubte ich nur zu bald, den Weg verloren zu haben. Der kalte Schweiß brach mir aus, als ich an meine Verantwortung dachte, und ich betete zum Schutzengel, dass er mir helfe. Endlich kam ich auf dem Platz vor dem Louvre heraus, und nun fand ich bald St-Louis und die Kutsche Fersens. Der König und alle hatten Todesangst ausgestanden. Kaum war Marie Antoinette eingestiegen, so rollte der Wagen von dannen.

Ich entließ meine Leute mit einem Trinkgeld. Dann ging ich rasch zur Porte Saint-Martin. Auch dort war alles nach Wunsch gelaufen. Man hatte zwar nach dem Pass gefragt. Dieser war vom russischen Gesandten ausgestellt und vom Maire unterschrieben; Reding stand neben dem Beamten, als dieser den Pass genau betrachtete; er lautete auf eine Madame Korff mit Begleitung nach Frankfurt. Als aber der Beamte mit seiner Laterne in den Wagen hineinleuchten wollte, war diese, er wusste nicht wie (Reding hätte es ihm erklären können), plötzlich erloschen, und Fersen wetterte auf seinem Bock derart, dass der Mann ganz erschrocken den Schlagbaum in die Höhe zog. Der Schwede knallte mit der Peitsche, und hinaus waren sie. Jenseits des Kanals Saint-Martin hatte die große, mit sechs Pferden bespannte Reisekutsche gestanden, und sie mussten jetzt bereits auf der Poststraße nach Meaux fahren.

Die Nacht war wunderbar schön. In ruhiger Pracht schauten die Sterne vom Himmel auf die Stadt hinab. Wir beschlossen, Fersen bis Pantin entgegen zu gehen. Reding war so voll guter Hoffnung, wie ich ihn niemals gesehen hatte. „Jetzt kann noch alles gut werden“, meinte er. „Der König wird, sobald er in Freiheit ist, alle die ungerechten Gesetze widerrufen, welche die Nationalversammlung erlassen hat. Er wird einem neuen, kräftigen, auf Gesetz und Gerechtigkeit gegründeten Königtum, das Frankreich beglücken wird, zum Sieg verhelfen. Denn Frankreich braucht einen König; das leichtlebige Volk der Franzosen wird sich ja niemals selbst regieren können wie wir Schweizer. Und wir werden unsern bescheidenen Anteil an dieser glücklichen Neugestaltung haben!“

So sprach Reding. Etwas hinter Pantin kam uns Fersens Kabriolett, das er bis Claye vorausgeschickt hatte, entgegen, und wir stiegen ein. Alles war nach Wunsch gegangen. In Claye, mehr als drei Stunden von Paris, hatte sich der Graf von der königlichen Familie getrennt; diese musste jetzt Meaux bereits erreicht haben und konnte kurz nach Mittag in Châlons eintreffen. „Wenn der Kurier den Herzog von Choiseul, der die erste Husarenabteilung befehligt, nicht verfehlt, so ist alles in Ordnung und es wird eine neue Zeit für Frankreich und ganz Europa anbrechen“, sagte der schwedische Graf. „Für mich wird es aber inzwischen geraten sein, Paris auf einige Zeit zu verlassen. Auch Ihnen möchte ich dasselbe raten. Doch will ich mich noch einmal versichern, dass man an keine Verfolgung des Königs denkt.“

Der frühe Sommertag, es war der 21. Brachmonat, der längste Tag des Jahres, war inzwischen angebrochen. Wir fuhren am Stadthaus vorüber, an der Mairie vorbei, zurück über den Pont-Neuf und Quai des Louvre hinab durch den Torbogen und über die Place du Carrousel an den Tuilerien vorbei - alles ruhig. Am Hause Lafayettes waren noch alle Läden geschlossen und der Posten stand ganz verschlafen vor dem Tor des Generals der Nationalgarde.

„Sie werden ihn nicht mehr einholen!“, sagte Fersen triumphierend. Dann reichte er uns die Hand und schied mit freundlichen Worten.

Folgen

Nach den Aufregungen der Nacht hatte ich mich in meinen Kleidern zu kurzer Ruhe niedergelegt. Gegen acht Uhr weckte man mich, und mein Hauswirt rief mir schreckensbleich zu: „Der König ist entflohen.“

„Meinetwegen! Man hat es ihm toll, genug gemacht“, gab ich zur Antwort.

„Aber er wird an der Spitze der Österreicher wiederkommen!

Er wird Paris dem Erdboden gleichmachen! Ein schrecklicher Bürgerkrieg wird ausbrechen, und wir alle werden in unserm Blut den Tod finden“, jammerte der Mann.

„Ach was, lassen Sie mich schlafen! Der König ist viel zu gut, als dass er auch nur einen Tropfen Blut vergösse!“

Aber an Schlaf war kein Gedanke mehr. Ganz Paris tobte auf den Straßen. Die Alarmkanone wurde abgefeuert; der Generalmarsch rollte durch die Straßen; alle Sektionen bewaffneten sich; Santerre schickte von Saint-Antoine 2000 Pikenmänner. Es war ein Treiben, als ob der König in der Tat schon mit einer Armee von 100 000 Mann vor den Toren stände.

Ich eilte in unsere Kaserne; denn es schien mir sehr wahrscheinlich, dass unser Regiment marschieren müsse. Dort traf ich bereits schon Major Bachmann und die Mehrzahl der Offiziere. Bachmann drückte mir die Hand und flüsterte mir einen Glückwunsch zu. Er erwarte Befehl von Oberst d'Affry, sagte er. D'Affry sandte uns aber keine andere Ordre, als die Leute ruhig in den Kasernen beisammen zu halten.

Am Nachmittag brachte eine Zeitung das Manifest an die Nationalversammlung, das der König hinterlassen hatte. Der Major hielt im Kasernenhof eine Ansprache über die Flucht des Königs und las den Soldaten dessen Manifest vor. Dabei wurde manches Auge nass, und aufs Neue gelobten alle, den Fahneneid zu halten und mit dem alten Wahlspruch der Schweizer „Tapfer und Treu“ zum König zu stehen, wohin er sie auch rufen werde!

Derselbe Auftritt und dieselben Erklärungen der Soldaten erfolgten am Nachmittag in den Kasernen von Courbevoie und Rueil, wohin ich den Major begleitete. Dann eilte ich nach Paris zurück, wo ich dem Großrichter Keyser behilflich war, das Archiv des Regimentes zu verpacken.

Bei dieser Gelegenheit fühlte mir die alte Blanchet etwas auf den Zahn, wie es denn um meine Liebe zur Tochter des Großrichters stehe, und ich erzählte ganz offen, dass ich von Verena einen förmlichen Absagebrief erhalten habe. Sie schüttelte den Kopf und meinte, davon wisse der Großrichter gewiss nichts. Ich solle nur nach einiger Zeit wieder an das Fräulein schreiben, als ob gar nichts vorgekommen wäre, und ich würde gewiss eine huldreiche Antwort erhalten. Ich antwortete der guten Alten, dass ich mir das überlegen wolle; denn ich mochte ihr von meiner Verlobung mit Isabella Valdouleur nichts sagen.

Anstatt nach Zug schrieb ich aber am folgenden Morgen nach Etampes einen ziemlich langen Brief voll politischer Neuigkeiten über die Flucht des Königs und die Beteiligung von „Damian“ und „Rudolf“ daran. Ich suchte den Brief so abzufassen, dass er uns nicht schaden konnte, wenn er geöffnet wurde, und unterzeichnete auch nur mit D. M.; denn man war jetzt nirgends sicher, ob nicht ein jakobinischer Postbeamter die Briefe öffnete. Derartige politische Liebesbriefe schrieb ich in der Folge noch mehrere an Isabella; denn sie enthoben mich der Verlegenheit, zu ihr von einer Liebe zu reden, die trotz der Liebenswürdigkeit des Mädchens immer noch nicht in meine Brust eingezogen war. Ich mochte dagegen kämpfen, wie ich wollte, mein ganzes Herz hing an Verena Keyser. Was sollte das werden? Durfte ich so Isabella die Hand zur Ehe bieten? Ich blickte dem Tag, den jeder andere Bräutigam herbeiwünscht, mit einer Art Schrecken entgegen und hoffte, ein günstiger Zwischenfall möchte mich von meinem zu rasch gegebenen Wort entbinden.

Mit diesen Gedanken trug ich meinen Brief selbst zur Post. Vor dem Gebäude hatte sich eine große Menschenmenge versammelt, die in außergewöhnlicher Aufregung war. Als ich näher kam, hörte ich die Leute rufen: „Sie haben ihn!“ „Sie bringen ihn zurück!“

„Wen?“, fragte ich.

„Den König natürlich! Die Post, die eben von Châlons eintraf, meldet, dass in der ganzen Gegend des Argonnerwaldes die Nacht hindurch Sturm geläutet worden sei, und ein reitender Bote aus St-Menehould habe die Kunde gebracht, der König sei erkannt und werde verfolgt. Ihn verfolgen ist so viel wie ihn ergreifen. In allen Dörfern haben die Jakobiner ihre Brüder. Es leben die Jakobiner, die wahren Freunde der Freiheit! Nieder mit dem Tyrannen! Ha, wie wir ihn empfangen werden!“

Ich machte mich von dem Schwätzer los und eilte mit der

Trauernachricht zum Großrichter Keyser, wo ich um diese Zeit den Major Bachmann zu finden hoffte. Sie saßen tatsächlich beisammen und waren durch meine Nachricht wie vom Blitz getroffen. Ich sagte, es sei bis jetzt nur ein Gerücht, das sich hoffentlich nicht bestätigen werde.

„Wir müssen auf alles gefasst sein. D'Affry soll sich sofort von der schweizerischen Tagsatzung für alle Fälle Verhaltungsmaßregeln erbitten. Am besten wäre es, die Schweiz würde uns ohne Säumen zurückrufen", meinte Keyser.

„Nicht, solange Ludwig XVI. auf dem Thron sitzt", rief Bachmann. „Ihm haben wir Treue geschworen, und es wäre Feigheit, Ehrlosigkeit, ihn in dieser äußersten Not zu verlassen. Noch stehen etwa 14000 Schweizer unter seinem Befehl, und alle, mit einziger Ausnahme des unseligen Regimentes Chateauxvieux in Nancy, haben bis jetzt ihre Treue glänzend bewährt - trotz aller Verlockungen der Jakobiner. Unsere Abberufung in dieser kritischen Zeit wäre der Todesstoß für das Königtum. Ich hoffe noch immer, dass es dem König gelungen ist, das Lager von Montmedy zu erreichen, und dass wir Befehl erhalten, zu ihm zu stoßen."

„Ganz recht", gab Keyser zur Antwort. „Solange auch nur ein Schimmer von Hoffnung da ist; müssen wir auf unserem Posten aushalten, und wäre es unser aller Tod. Das verlangen Treue und Ehre! Aber wenn wir der Sache des Königs auch mit unserem Tod nicht helfen können, wäre es da nicht erlaubt, dass die Schweiz den König bäte, uns aus seinen Diensten zu entlassen, anstatt nutzlos das Leben so vieler hundert tapferer Männer zu opfern ?"

„Ja, wenn das Opfer unseres Lebens sicher nutzlos wäre", entgegnete der Major. „Aber davon ist jetzt noch keine Rede. Auch würde es mir widerstreben, dass Oberst d'Affry oder überhaupt einer unserer Offiziere einen solchen Antrag stellte."

Der Großrichter schwieg eine Weile. Dann sagte er: „Ich möchte noch über einen Punkt Ihr Urteil vernehmen; verehrter Freund. Das Archiv unseres Regiments, für das ich verantwortlich bin, macht mir große Sorge. Es wäre von unberechenbarem

Schaden, wenn es verloren ginge. Von anderen Rücksichten abgesehen, enthält es ja den Nachweis für die Pensionen, die wir zu fordern haben, und deren Ausbezahlung wohl zu hoffen ist, wenn einmal in Frankreich wieder geordnete Zustände herrschen. Gesetzt nun, die Nachricht von der Gefangennahme des Königs bewahrheitet sich und wir werden hier von der Revolution erdrückt, - wie können wir das Archiv retten? Schon einmal, am Tage des Bastillensturmes, wäre es beinahe verloren gegangen, wenn nicht unser junger Freund hier noch eben rechtzeitig Hilfe gebracht hätte."

Da fiel mir Huwilers Keller ein. Ich erzählte den beiden Herren von der Möglichkeit, die er biete, und beide beschlossen sofort, das Haus miet- oder kaufweise zu erwerben. Wirklich pachtete es der Großrichter am folgenden Morgen zu ganz günstigen Bedingungen, da es jetzt für unseren unternehmenden Landsmann seinen besonderen Wert verloren hatte. „Sobald aber eine vernünftigere Regierung den Einfuhrzoll für Paris wiederherstellt", ließ sich Huwiler versprechen, „muss mir die Benutzung von Keller und Garten wieder zustehen".

Inzwischen bestätigte sich die unglückselige Nachricht von der Gefangennahme des Königs. Es ist bekannt, wie sie erfolgte. Der Sohn des Postmeisters Drouet, ein eifriger Jakobiner, erkannte Ludwig XVI., sprengte während der Nacht durch den Argonnerwald voraus, alarmierte in Varennes die Bürgerwehr und ließ den König durch den Maire Sausse anhalten. Ein Teil der Husaren, welche die Bedeckung der königlichen Familie bildeten, ging zur Bürgerwehr über, und Bouillés Truppen, die nur ein paar Stunden entfernt standen, kamen zu spät. Gewalt wollte der König wieder nicht anwenden lassen, und so brachten sie nun den gutmütigsten aller Fürsten als Gefangenen unter Schimpf und Hohn nach Paris zurück.

In der Nähe der Drehbrücke, die den Platz Ludwigs XV. mit dem Tuileriengarten verbindet, sah ich dem schmachvollen Zug zu, der eher der Ausführung eines allgemein verhassten Verbrechers zur Richtstätte als dem Empfang eines Königs glich, dessen einziger Fehler seine übergroße Güte war. Wir, Reding, Dürler, Keyser, Gibelin, Diesbach, Maillardoz, Erlach und sonst noch ein Dutzend unserer Offiziere, hatten uns in Zivil, aber mit Pistolen und Stockdegen bewaffnet, an diesem gefährlichen Platz aufgestellt, um mit unserem Leib den König zu decken, wenn ein Attentat auf ihn beabsichtigt war, wie wir fürchteten. Es unterblieb. Aber beim Anblick und Anhören der Schmach, die diese Menschen der Königin noch mehr dem König antaten, übermannte mich der Zorn, und ich machte einige laute Bemerkungen nicht sehr schmeichelhafter Art über diese Gemeinheit.

Da drehte sich ein breitschultriger Mann um, der ein paar Schritte vor mir im Volk gestanden hatte - Danton! Der Mann mit dem Bulldoggengesicht war nicht zu verkennen. Und er erkannte mich auch. Er rollte seine Augen und fuhr wie ein wildes Tier auf mich los. „Hier ist einer der Schurken“, schrie er, „die dem meineidigen König zur Flucht verhalfen. Haltet ihn, den großen, blonden Kerl dort! Er muss an den Galgen, so wahr ich Danton heiße!“

Reding, Dürler und Gibelin rissen mich zurück und stellten sich vor mich, eben als ein Mensch mich beim Kragen fassen wollte. „Lauf“, raunte mir Reding zu, „du bist sonst verloren“.

Ich duckte mich, und durch den Kreis meiner Kameraden gedeckt, gelang es mir zu entkommen. Die Aufmerksamkeit des Pöbels war glücklicherweise auf den Wagen des Königs gerichtet, der eben über die Drehbrücke in den Garten der Tuilerien fuhr. Mit einigen Sprüngen hatte ich die Ecke der Rue Royale erreicht und war in Sicherheit.

Ich hielt es für gut, mich einige Tage verborgen zu halten und zwar in dem Häuschen im Faubourg Saint-Martin, in das der Großrichter tags zuvor mit seiner Habe, natürlich auch mit der Kiste, die das Archiv enthielt, übersiedelt war. Ich benutzte die Zeit, um mich mit Hilfe Huwilers etwas in den unterirdischen Gängen zurechtzufinden. Er zeigte mir da einige Kunstgriffe, durch die man etwaige Verfolger täuschen und in falsche Gänge locken konnte, und dann stiegen wir wieder in das Haus empor. „Ach“, jammerte er, „es sind schlimme Zeiten. Ich hatte einen so leichten und sicheren Verdienst unter dem Königtum! Hoffentlich wird es bald besser, Herr Muos. Man kann jetzt kaum mehr einen Sou verdienen und Weib und Kind ehrlich ernähren."

Das nannte der Mann: ehrlich ernähren! Beinahe hätte ich wieder Streit mit ihm bekommen wie damals, als er mir Knall und Fall mein Logis kündigte.

Nun, mit der besseren Zeit hatte es gute Weile. Es gärte in Paris wie in einem Hexenkessel. Der König wurde einstweilen aller seiner Befugnisse enthoben und förmlich als Gefangener in den Tuilerien bewacht. Wachen standen in allen Gängen, an allen Türen. Viele Ausgänge wurden mit dem dreifarbenen Bande versiegelt. In den Gärten und Höfen sah es wie in einem Kriegslager aus. Doch wagte man noch nicht, ihn förmlich abzusetzen. Als die Jakobiner dies durch einen Volksauflauf erzwingen wollten, verlas Bailly dem Pöbel auf dem Marsfeld das Kriegsgesetz und forderte die Menge auf, auseinander zu gehen. Gewohnt, dass man niemals Ernst gegen sie mache, verhöhnte sie nur die Behörde und warf mit Steinen nach den Soldaten. Da ließ Lafayette endlich Feuer geben; einige Hundert fielen, und die Erklärung der Republik war für diesmal gescheitert.

Das geschah am 17. Heumonat* 1791, also fast genau ein Jahr nach dem Bundeseid und auf den Stufen desselben „Altares des Vaterlandes". Die Führer Danton, Santerre, Robespierre und ähnliche Helden hatten sich wohl gehütet, auf dem Platz zu erscheinen.

Wenige Tage vorher, am 11. Heumonat, war Paris Zeuge eines gottlosen Aufzuges - der Apotheose Voltaires -, und ein paar Wochen später folgte ihr der Triumph Rousseaus. Beide Väter der Revolution wurden in die Kirche der hl. Genoveva übertragen, die jetzt Pantheon hieß. Sechzehn Pferde zogen Voltaires Triumphwagen. In heidnischem Kostüm folgte die Nationalversammlung diesem Popanz. Hymnen ertönten, Weihrauchwolken

* Juli

stiegen empor - und wer noch einen Funken Glauben und Sitte hatte, wandte schamrot sein Antlitz ab von diesem Gräuel.

Auf Urlaub

Es war in der Nationalversammlung der Antrag gestellt worden, den König für seinen Fluchtversuch zu bestrafen. Diesen hatte die Mehrzahl zwar abgelehnt, weil Ludwig XVI., solange er noch König, auch unverletzlich war. Dafür war aber der Beschluss gefasst worden, alle diejenigen, die ihm hilfreiche Hand geboten hatten, als Verräter an der Konstitution und am Vaterland vor Gericht zu stellen.

Als mir der Großrichter Keyser diesen Beschluss aus der *Gazette de France* - der einzigen Zeitung, die er in sein Haus ließ, weil sie noch etwas konservativ war - am Abend vorlas, sagte er: „Das geht auch Euch an, Vetter. Danton, der Euch erkannte, wird Euch schon aufzufinden wissen. Und bei einem solchen Hochverratsprozess wird man über unser Privileg eigener Gerichtsbarkeit einfach hinwegschreiten. Und wenn man Euch einmal hat, so gebe ich keinen alten Glarner Batzen für Euren Kopf. Ihr solltet für einige Zeit aus Paris fort."

Während wir noch darüber redeten, kam ein Bote Redings, der mir einen Urlaubsschein und einen Zettel dazu brachte, worin er mich einlud, ihn auf den Meierhof Menard bei Etampes zu begleiten. Der Großrichter wusste um mein freundschaftliches Verhältnis zu den Valdouleurs; er hatte auch davon gehört, dass ich dem schönen jungen Frauenzimmer den Hof mache, hatte aber die Sache keineswegs ernst genommen. Von meiner Verlobung wusste er nichts. Dennoch wollte ihm dieser Besuch nicht recht gefallen.

„Ich möchte Euch einen anderen Vorschlag machen, den ich mir schon all diese Tage überlegt habe", sagte er. „Ich hätte einige Aufträge in der Schweiz zu besorgen, Briefe, die ich nicht gerne der Post übergebe. Ich will Euch mit dem Hauptinhalt vertraut machen. Ihr erinnert Euch an unser Gespräch mit Major

Bachmann, dass Oberst d'Affry Verhaltungsmaßregeln unserer Regierungen für die verschiedenen Fälle verlangen solle, denen wir hier entgegensehen. Nun, der alte Mann ist zu nichts zu bewegen, und es handelt sich doch um das Leben unserer Soldaten! Ich nehme mir natürlich nicht heraus, mich direkt und, was man so nennt, „offiziell" an die Tagsatzung zu wenden; dazu habe ich keinen Auftrag. Aber ich kann die Sache durch gute Freunde und einflussreiche Personen bei unseren „gnädigen und gestrengen Herren" in Anregung bringen. - Wie wäre es, wenn Ihr Euren Urlaub zu einem Ausflug in die Schweiz benutztet? Ihr könntet so uns allen den größten Dienst erweisen. Die Reise würde zunächst nach Bern gehen, wo ich auf die Hilfe des Generals von Erlach und des Schultheißen Steiger rechne. Dann aber auch nach Luzern und Zug, wo neben einem politischen Schreiben an Zurlauben auch ein Briefchen an meine Tochter abzugeben ist."

Ich fing Feuer! Die Schweiz, Zug; meine Mutter wiedersehen - das gefiel mir! Auch Verena - doch das gestand ich mir nur ganz im Hintergrund meines Herzens und mit einem bittern Beigeschmack. Aber jedenfalls lieber nach Zug als nach Etampes! Ich sagte sofort zu.

Schon am folgenden Tag ritt ich los. Die Briefe Keysers hatte die alte Blanchet sorgfältig in das Futter meines Rockes eingenäht. Mit Geld war ich reichlich versehen; auch das Etui mit der Perlenschnur der Königin hatte ich in einem geheimen Fach meines Mantelsackes verborgen, der überdies einen Farbenkasten, Pinsel und mein Skizzenbuch enthielt. Ich sollte als Maler reisen, und der Pass, den mir der Großrichter zu verschaffen wusste, lautete auf Damian Menier, *Peintre artiste**.

Das Wetter war in den ersten Tagen freundlich; die Gegend, durch die ich kam, im Allgemeinen auch, ohne dass sie größere landschaftliche Reize besaß: viel Wald- und Hügelland. Die Ernte war vorbei, und ein früher Herbst färbte schon die Wälder.

* franz. Maler

Als Herbergen wählte ich Wirtshäuser in kleineren Ortschaften oder auch einen gastlichen Bauernhof. Größere Orte, in denen ich Jakobinerklubs vermutete, vermied ich. Unter der Landbevölkerung fand ich noch viel frommen Sinn und Königstreue. In mehr als einem Hause wurde des Abends der Rosenkranz für die armen Seelen gebetet und ein besonderes Vaterunser für den guten König.

Schlimmer wurde es, als ich in die Franche Comté kam oder, wie die Gegend jetzt hieß, das Departement Doubs. Da waren auch die Bauern schon sehr verhetzt; die Ruinen vieler Schlösser, die sie niedergebrannt hatten, bezeugten es. Besançon umritt ich in einem weiten Bogen, dann sah ich die wilden Berge des Jura vor meinen Blicken auftauchen. „Morgen oder übermorgen", sagte ich mir, „bin ich auf Schweizerboden."

Es war ein ungewöhnlich heißer Tag für den Herbstmonat, der bereits begonnen hatte. Mein Pferdchen warf den Kopf unruhig hin und her und suchte mit dem Schweif sich der Bremsen zu erwehren; die Berge traten infolge des Wasserdunstes unnatürlich nahe. „Wir werden ein Gewitter bekommen", sagte ein Bäuerlein, das ich grüßte. „Seht nur, wie die Höhen von Lomont die Hauben anziehen."

„Wird's bald losbrechen?", fragte ich.

„Hm, ich denke vor Vesperbrot. Ihr könnt aber das Dorf noch erreichen. Weiterzureiten, würde ich Euch nicht raten. Es ist noch weit bis Le Bussey, und schlimmer Weg! Freilich, bei uns werdet Ihr es auch nicht ganz ruhig haben."

„Was gibt's denn in Eurem Dorf? Ist Kirchweih oder Hochzeit?"

„Ja, eine saubere Art Kirchweih! Die Bürger-Deportierten* von Besançon sind gekommen, mit großen Federhüten und weiß-rot-blauen Tüchern um den Bauch, die ihnen wie Schwänze herabhängen. Ich habe wohl etwas nicht recht gesagt, dass Ihr so schmunzelt, Herr?"

* Richtig müsste es heißen Deputierte (= Abgeordnete). Deportierte sind zur Strafe Verbannte.

Ich sagte, er habe alles recht passend gesagt, und fragte, was denn die „Deportierten“ im Dorf wollten.

„Was sie wollen? Hm, ich weiß nicht, Herr, wie Ihr darüber denkt; aber kurios ist's, wie's heutzutage in der Welt hergeht. Da haben wir seit mehr als fünfzig Jahren einen Pfarrer im Dorf, der nichts als Gutes und Frommes getan hat. Alle Armen unterstützt er, und wenn ein Kranker im Sommer oder im Winter, bei Tag oder bei Nacht, bei Sturm oder bei Regen ihn zu sich bat, so ist der alte *Curé* zu ihm gelaufen bis in die wildesten Berge hinauf. Nun haben sie in Paris drin eine Konstruktion gemacht, oder wie sie das Ding nennen, und unser Pfarrer sagt, die Sache tauge nichts, und hat das auch in einer Predigt haarklein bewiesen. Ich habe ein schlechtes Gedächtnis für so was; aber meine Frau, die Margret, kann sie fast auswendig und kann sie Euch mit dem richtigen Konfekt vortragen.

Nun sollte der alte *Curé* diese nichtsnutzige Konstruktion beschwören. Und er sagt: Das darf ich nicht und das tu ich nicht! Und gerade so sagen die anderen Geistlichen in der Gegend, einige wenige abgerechnet, vor denen kein Mensch den Hut zieht und die auch besser ehrliche Schneider oder Schuster geworden wären als Geistliche, wie meine Alte sagt.

Also unser Pfarrer sagt: Ich schwöre nicht. Darauf hat ihn der Schwerenöter von Schullehrer, den doch unser guter Herr auf eigene Kosten studieren ließ, in Besançon bei der Regierung verklagt, und jetzt sind die Bürger-Deportierten da, um den guten alten Mann mit Gewalt aus dem Pfarrhaus zu vertreiben. Und deshalb sagte ich, Ihr würdet's heut im Dorf nicht ruhig haben. Aber geht in die ‚Krone'. Der Wirt ist ein guter Kerl, wenn er auch etwas mit den Wölfen heult und sein Wirtshaus hat umtaufen lassen.“

Ich dankte dem Bäuerlein für seine freundliche Auskunft und ritt davon mit dem Entschluss, mich im Dorf nicht aufzuhalten, um nicht mit diesen Herren „Deportierten“ Ungelegenheiten zu bekommen.

Ich sah das Wirtshaus zur Krone und musste lachen, als ich bemerkte, dass unter den Worten „*à la Couronne*“ mit Zinnober auf einem darunter genagelten Brett zu lesen stand: *civique* - „Zur Bürgerkrone" also! Der Mann wusste das Neue und das Alte zu verbinden!

Als ich um die Ecke bog, lag das Dorfkirchlein und daneben die bescheidene Pfarrerswohnung vor mir. Da erwartete mich ein trauriger Auftritt. Eine ganze Schar, meist Frauen und Kinder, wenige Männer, drängte sich vor dem Haus und es war ein Jammern, dass es einen Stein hätte erbarmen mögen, als jetzt von zwei Gendarmen geführt, der ehrwürdige Pfarrer auf der kleinen Freitreppe erschien.

„Weinet nicht um mich, Kinder", sagte der Greis mit Silberlocken und den freundlichen, unschuldigen Kinderaugen. „Habe ich euch nicht gepredigt, dass der Herr gesagt hat: ‚Wer um meines Namens willen Vater, Mutter, Weib, Kind, Haus und Hof verlässt, soll es hundertfältig zurückerhalten und das ewige Leben dazu?' Es wird also nicht mein Schaden sein, wenn ich jetzt um Gottes und um meines Gewissens willen euch verlassen muss."

„Was, dieser alte Heuchler, dieser Vaterlandsverräter, dieser Feind der heiligen Freiheit und Gleichheit und Brüderlichkeit predigt euch noch?" So unterbrach ihn ein vierschrötiger Bursche, den die dreifarbige Binde als einen Beamten kennzeichnete, und hatte die Frechheit, den ehrwürdigen Greis an seinem priesterlichen Gewand zu fassen und zu schütteln. Da erhob sich aber ein Schrei der Entrüstung unter der Menge; im Nu hatten sich zwei stämmige Bäuerinnen auf den Frechen gestürzt und fuhren ihm mit den Fingernägeln ins Gesicht und hätten ihn schlimm zugerichtet, wenn nicht der Pfarrer den Frauen Einhalt geboten hätte. Als es ihm gelungen war, die Ruhe wiederherzustellen, gab er allen noch einmal seinen Segen, und ließ sich dann von den Gendarmen ruhig fortführen.

„Seltsames Volksglück, das im Namen der Freiheit gebracht wird. Ich wollte, Salis hätte das gesehen", sagte ich zu mir und ritt weiter.

Noch war ich keine halbe Stunde vom Dorf entfernt, als das Unwetter losbrach. So ungern ich es tat, ich musste zurück. Bis auf die Haut durchnässt, erreichte ich die „Bürgerkrone". Der Wirt, ein kleines Männchen, kugelrund und kahlköpfig, aber mit klugen Augen, nahm mich nicht unfreundlich auf. Als wir zusammen das Pferd in den Stall führten, abrieben und mit einer warmen Decke versahen, sagte er mir: „Haben Sie Pässe? Es ist nicht meinetwegen, dass ich frage, sondern dieser Bürgerkommissare wegen, die in meiner Gaststube zechen."

„Die allerbesten Pässe", antwortete ich. „Ich habe übrigens gar keine Lust, mit diesen Herren zusammen zu speisen. Führen Sie mich auf mein Zimmer, wo ich mich umkleiden und mit einem Trunk heißen Würzwein zur Ruhe legen will."

„Hm, das ist die zweite Schwierigkeit", sagte der Gastwirt. „Ich habe eigentlich nur zwei wirklich gute Gastzimmer mit Betten, und diese werden die Bürgerkommissare belegen wollen."

„Haben sie diese schon belegt? Noch nicht? Gut. Ich belege eines davon. Haben Sie nur keine Sorge. Ich hoffe mit den Bürgerkommissaren schon fertig zu werden."

Er leuchtete mir also auf mein Zimmer, das klein, aber reinlich war, und ging dann, den Gewürzwein zu bestellen. Ich hatte mich eben etwas umgekleidet, da kamen schwere Tritte die Treppe herauf. Man pochte an meine Tür, mit Kolben, wie mir schien, und rief: „Im Namen des Gesetzes! Wenn nicht sofort geöffnet wird, so stoßen wir die Tür ein." Ich öffnete. Es waren zwei Gendarmen, beide offenkundig angetrunken.

„Der Bürgerkommissar verlangt, dass Sie sofort vor ihm erscheinen."

„Entschuldigen Sie mich beim Bürgerkommissar. Ich war eben im Begriff, mich zu Bett zu legen, um einem Schnupfen zuvorzukommen; denn ich bin bei diesem Unwetter ganz nass geworden."

„Sie sollen sich aber hier nicht zu Bett legen, *cré-bleu*! Der Bürgerkommissar will sich in dieses Bett legen."

„Ach was! Wir leben jetzt im Reich der Gleichheit! Wenn der

Bürgerkommissar zuerst dieses Zimmer belegt, gehört es ihm; wenn ich der Erste bin, gehört es mir. Haben Sie die Güte, ihm dies zu melden."

„Bastian, du bist ein Schafskopf! Das mit dem Bett hättest du gar nicht sagen sollen!", sprach jetzt der zweite Gendarm seinen Kameraden an, der bis jetzt gesprochen hatte. „Sehen Sie, Bürger Reisender, Sie sind verdächtig; erstens, weil Sie überhaupt verdächtig sind; zweitens, weil jede Person insbesondere verdächtig ist, die sich in das Bett eines Bürgerkommissars legen will; drittens, weil Sie verdächtig sind, ein *Ci-devant* zu sein. Sehen Sie jetzt wohl ein, dass Sie verdächtig sind?"

Was wollte ich tun? Ich folgte also den Gendarmen in die Gaststube hinab. Da saßen der Oberkommissar und seine beiden Kollegen mit einem spindeldürren, schielenden Menschen - dem Schullehrer, der den alten Pfarrer verklagt hatte -, an einer wohlgedeckten Tafel. Ich sah auf den ersten Blick, dass sie schon tüchtig gezecht hatten und beschloss, sie durch ein kühnes Auftreten zu erschrecken.

„Hm", sagte ich, „die Bürgerkommissare lassen sich's gut schmecken. Wenn der tugendhafte Robespierre, der Cato unseres Staates, das sähe -"

„Sind Sie Jakobiner?", rief der Schullehrer, und ließ vor Schrecken das Glas fallen.

„Ich bin im Klub der Freunde der Verfassung zu Paris nicht unbekannt. Ich kenne seine hervorragendsten Leiter, und sie kennen mich. Ich rühme mich, eine der effektvollsten Reden im Klub gehalten zu haben. Wenn ich das nächste Mal bei den Jakobinern spreche, werde ich kaum in der Lage sein, über das Benehmen der Bürgerkommissare von Besançon einen günstigen Bericht zu erstatten. Der Klub wünscht, dass die Eid verweigernden Priester entfernt und durch vereidigte ersetzt werden. Aber das muss nicht in der rohen Weise geschehen, wie ich das hier sah. Sie werden dafür zur Verantwortung gezogen werden!"

Mit Donnerstimme hatte ich die letzten Worte gesprochen, und sie jagten dem sauberen Trio mitsamt dem Schulmeister einen bleichen Schrecken ein. Solche Maulhelden sind ja selten mutig, und bei den allmächtigen Jakobinern in Ungnade fallen, war für sie nicht angenehm.

„Das ist noch nicht alles", fuhr ich fort. „Man hat seine Vollmacht als Kommissar missbrauchen wollen, um sich des Zimmers eines Reisenden, der mit den besten Pässen versehen ist, zu bemächtigen. Was wird der strenge Robespierre, was der tugendhafte Pétion sagen, wenn ich das im Jakobinerklub erzähle?"

Das schlug ein. Sie stotterten von ihrem guten Willen; sie entschuldigten sich; sie wollten mich nötigen, an ihrem Tisch Platz zu nehmen. Es widerstrebte mir, ein Tischgenosse dieser Sippe zu sein, und so zog ich mich mit der kühlen Bemerkung zurück, ein echter Freund des Vaterlandes sei kein Freund solcher Gelage. Morgen, wenn sie etwas nüchterner seien, würde ich ihnen vielleicht einige Eröffnungen zu machen haben. Damit zog ich mich auf mein Zimmer zurück.

Der kleine dicke Wirt von der „Bürgerkrone", der im Hintergrund der Gaststube diesen Auftritt mit angeschaut hatte, folgte mir auf dem Fuß und sagte, nachdem er die Zimmertür hinter sich zugezogen hatte, schmunzelnd zu mir: „Das haben Sie vorzüglich gemacht. Doch rate ich Ihnen, wenn Sie nicht wirklich ein Gesandter der Jakobiner sind, morgen in aller Frühe abzureisen."

Das war auch meine Absicht. Beim Frühstück bat ich den Wirt: „Trommeln Sie mir sofort den Bürger Schullehrer aus dem Bett. In zehn Minuten muss er hier sein!" Wirklich war der Jammermensch in der gegebenen Frist zur Stelle, freilich nur halb bei Besinnung. Er habe mich sofort nach Le Bussey zu begleiten, erklärte ich kategorisch; unterwegs hätte ich ihm ein wichtiges Geheimnis anzuvertrauen und eine Unterweisung zu geben.

Als der Weg nach einer guten Viertelstunde aus den Stoppelfeldern in einen dichten Busch einbog, sprang ich plötzlich aus dem Sattel und packte den elenden Denunzianten seines väterlichen Wohltäters am Kragen. Vor Schrecken schrie er auf und sank auf die Knie: „Mordet mich nicht!"

„Fällt mir nicht ein - der Teufel wird deine Judasseele noch früh genug holen. Aber ein Geheimnis habe ich dir versprochen und eine Unterweisung. Nun, das Geheimnis wirst du teilweise schon erraten haben, nämlich, dass ich kein Jakobiner bin. Ich habe das übrigens auch gestern Abend gar nicht gesagt. Nein, ich bin ein ehrlicher Schweizer, der sich über das Zerrbild genug geärgert hat, das die Jakobiner aus der Freiheit gemacht haben. Die Unterweisung ist pädagogischer Art, wie du sie wohl deinen ungezogenen Buben angedeihen lässt, wenn sie sich schlecht aufführen."

Damit riss ich eine Rasenscholle aus der Erde, schob sie dem Menschen in den Mund, damit er nicht etwa durch sein Geschrei unzeitige Zuschauer herbeilocke, und begann mit meiner Reitpeitsche die Kehrseite des Schurken zu bearbeiten, bis er sich wie ein Wurm im Straßengraben wälzte und mein Arm müde war.

„So", sagte ich, „da hast du einen Vorgeschmack von dem, was du verdient hast. Jetzt grüße mir die Bürgerkommissare! Damit der Gruß aber nicht gar zu früh ankomme, will ich dich etwas an diesen Baum festbinden."

Dann schwang ich mich in den Sattel und ritt stramm voran; denn es war jetzt hohe Zeit für mich, über die Schweizergrenze zu kommen.

Bei der Mutter

Am Abend des folgenden Tages war ich in Bern bei General von Erlach, dem ich einen Brief des Großrichters Keyser übergab. Der General, bereits ein Greis von ehrwürdigem Aussehen, wollte mich unbedingt längere Zeit bei sich behalten; aber mich drängte es nach Zug, und so ritt ich, nachdem ich einen Tag gerastet und dem alten Herrn viel über die Pariser Ereignisse erzählt hatte, durch das Entlebuch Luzern zu. Auch da hatte ich mich einen Tag aufzuhalten und Briefe abzugeben. In Luzern wie in Bern war man einmütig der Meinung, die Schweiz müsse uns zurückrufen, sobald Ludwig XVI. entthront würde; so lange aber noch ein Schimmer von Hoffnung vorhanden sei, dem König Krone und Leben zu bewahren, müssten wir auf unserem Posten ausharren.

Spät abends erreichte ich am 15. Herbstmonat* das Städtchen Zug. Ich hatte eigentlich vor, gleich zum Zurlaubenhof hinaus zu reiten, wo ich auch mein Pferd einstellen konnte, um die Mutter so spät abends nicht mehr zu stören. Als ich aber an ihrem Häuschen vorbeikam und sah, dass in der Stube noch Licht brannte, band ich mein Tier an den Gartenzaun und war mit zwei Sprüngen über den Steg an der Haustür.

Einen Augenblick später kniete ich am Lager meiner Mutter und bedeckte ihr liebes Gesicht mit Küssen. Sobald ich ihr versichert hatte, mein Kommen bedeute kein neues Unglück, lachte und weinte sie vor Freude. „Du armer Bub“, sagte sie. „Was hast du alles durchmachen müssen! Nein, als ich das gelesen habe, wie sie dich degradierten und wie alle an deine Schuld wenigstens halb und halb glaubten - nur ich nicht und ‘s Vreneli Keyser -, hab’ ich gemeint, es bringe mich ins Grab! Wie hast du das nur ertragen können? Und bist du mir auch brav geblieben?“ - und dabei schaute sie mir forschend in die Augen - „ja? Gott sei Dank! Wenn du auch nichts von Paris zurückbringst als dein unschuldiges Herz, hast du mir einen überaus großen Schatz gerettet! Doch jetzt wirst du müd und hungrig sein. Morgen ist auch noch ein Tag zum Reden und Erzählen. Geschwind, Vronek, lauft in den Ochsen hinab und seht, dass Ihr einen guten Imbiss und einen Schoppen Markgräfler bekommt!“

Da erinnerte ich mich an mein Pferd, das samt dem Mantelsack draußen am Weg stand, und eilte trotz allen Protestierens der alten Magd hinaus, um den Mantelsack abzuschnallen und das Pferd selbst zum Stall des Gasthofes zum Ochsen zu führen; wir hatten ja keinen.

Als ich zurückkam, war der Tisch neben dem Lager meiner Mutter schon gedeckt und ich musste essen und trinken. Dann wollte mich die Mutter in mein Kämmerchen zur Ruhe schicken

* September

Als ich aber sagte, schlafen könne ich doch noch nicht, musste ich erst dies und das ausführlicher erzählen, was ich in meinen Briefen nur kurz erwähnt hatte. Dann auf einmal stellte sie die Frage, wie es denn jetzt um meine Liebe zu Vreneli Keyser stehe.

Auf der ganzen Reise hatte ich mich vor dieser Frage und vor dem Zusammentreffen mit Vreneli gefürchtet. Jetzt erzählte ich der Mutter alles. Als ich geendet hatte, streichelte sie mir die Hand, die auf ihrer Bettdecke lag und sagte: „Armer Bub! Armer Damian!“, und nach einer Pause: „Nun, Damian, gräme dich nicht! Lass deine Mutter denken und sorgen! Das muss sich in irgendeiner Weise wieder einrichten lassen! Geh jetzt ruhig zu Bett, mein Kind, und schlaf wohl! Morgen reden wir mehr davon.“

Ich kniete an ihrem Lager nieder, und sie machte mir ein Kreuzchen auf die Stirn, wie in den Tagen meiner Kindheit. Um vieles ruhiger, stieg ich dann in mein kleines Kämmerchen hinauf und schlief, bis der Küster der nahen St. Oswald Kirche zur Frühmesse läutete. Und auch da konnte ich mir noch nicht recht den Schlaf aus den Augen reiben, sodass ich kaum rechtzeitig zur Schulmesse kam.

Als ich durch das Seitenportal an der Frauenseite eintreten wollte, stieß ich unter der Tür fast mit Vreneli Keyser zusammen. Was war in diesen dreieinhalb Jahren aus dem Mädchen eine schöne Jungfrau geworden! Mit sittsam gesenkten Augen stand sie am Weihwassergefäß und tauchte eben ihren Finger ein, als ich eintrat. Da ich ihr Kleid in dem engen Durchgang streifen musste, schlug sie ihre Augen zu mir auf, erkannte mich und erschrak freudig. Aber sofort nahm ihr Antlitz, entweder weil sie sich der Heiligkeit des Ortes entsann oder weil sie das Band zwischen uns für gelöst betrachtete, einen ernsten, schier strengen Ausdruck an. Mit gesenkten Augen und festgeschlossenen Lippen reichte sie mir flüchtig das Weihwasser und huschte an mir vorüber zur Tür hinaus.

Vreneli, Vreneli, was hast du mir an selbigem Morgen die Andacht verdorben!

Nach dem Frühstück eilte ich in den Zurlaubenhof hinaus. Da sah noch alles genau so aus wie bei meinem Abschied. Aber der stattliche Herr war nicht mehr derselbe. Die kurze Frist hatte ihn um zehn und mehr Jahre älter gemacht.

Zurlauben begrüßte mich herzlich, und ich hatte ein langes Gespräch über die politische Lage von Frankreich mit ihm. Dann kam er auf seine Privatverhältnisse zu sprechen. Seit dem Ausbleiben der großen Jahrespension hatte er kaum mehr zu leben. Der Zurlaubenhof war schon lange mit schweren Hypotheken belastet, deren Zinsen er nicht aufbringen konnte. So musste er neue Darlehen aufnehmen. Eine Anzahl flüchtiger französischer Adeliger hatten auch nach Zug den Weg gefunden und gaben dort durch Mangel an Religion und Sitte, wie überall, dem Volk ein ärgerliches Beispiel. Dennoch war Zurlauben durch seinen Namen und seine früheren Beziehungen zu manchen französischen Familien gezwungen, an den Emigrierten, die sich ja wirklich in größter Not befanden, weit über seine Kräfte Gastfreundschaft zu üben. Das brachte ihn noch tiefer in die Schulden.

Der alte Mann, der noch vor wenigen Jahren nichts von solchen Sorgen wusste, tat mir herzlich leid. Ich sagte, an mich solle er gar nicht denken; ich würde mich mit Gottes Hilfe wohl durchs Leben schlagen, auch ohne den Zurlaubenhof. Auch bot ich ihm die tausend Louisdors, die mir Marie Antoinette geschenkt hatte, von ganzem Herzen an, hoffend, dass sie ihn aus seinen Schwierigkeiten befreien könnten. Er schüttelte den Kopf und sagte, mir herzlich die Hand drückend: „Damian, ich danke dir für deinen guten Willen. Nein! Dieser Notpfennig, den du dir sauer genug verdient hast, soll meinen Gläubigern nicht in den Rachen fallen. Es wäre auch nutzlos, denn es ist nicht genug. Du kannst mir aber doch helfen. Wie, will ich dir sagen. Es wird dich ein Opfer kosten, aber zu deinem und meinem Besten."

Ich hatte eine Ahnung, was kommen würde, und erschrak. Er räusperte sich und fuhr fort: „Damian, du musst ein reiches Mädchen heiraten. Ich weiß, dass du es kannst, wenn du nur willst. D'Hervilly, der seine Ohren überall hat, hat mir von deiner Eroberung geschrieben. Es freut mich, Damian, ich gratuliere! Heirate sie, bringe sie mir hierher als liebe Tochter. Ich werde es durch d'Hervilly durchsetzen, dass du meinen Namen und mein Wappen mit der üblichen Änderung erbst, und dann soll das neue Reis auf dem alten Zurlaubenstamm fröhlich weiter grünen und blühen, und der Zurlaubenhof soll der schönste Edelsitz in unserem lieblichen Ländchen bleiben! Du brauchst mir jetzt nicht zu antworten; überlege dir die Antwort ein paar Tage. Dann hoffe ich, dass sie vernünftig ausfallen werde."

Eigentlich hätte ich hierauf in den Frauenstein müssen, um Verena das Briefchen ihres Vaters abzugeben. Doch ich musste erst das Gleichgewicht meiner Seele wiedergewinnen, das der so dringend vorgebrachte Wunsch meines Götti arg zerstört hatte. Ich suchte einen einsamen Weg und sagte mir: „Pflicht und Verstand an erster Stelle; Herz und Gefühl an zweiter. Mich verpflichtet die Dankbarkeit, meinem guten Götti, der mich auf seine Kosten erziehen ließ und mich immer wie seinen Sohn betrachtete, in seiner Not zu helfen, so viel ich es kann. Auch der lieben Mutter kann ich ein viel besseres Los bereiten. Sie soll es gut haben in ihren alten Tagen. Sie soll schön wohnen im Zurlaubenhof. Und Isabella Valdouleur wird sie ebenso liebevoll auf den Händen tragen wie Verena Keyser - ich hoffe es wenigstens. Damian, folge also der Stimme der Pflicht und der Vernunft."

So suchte ich das klagende Herz in mir niederzukämpfen, und als ich glaubte, den Sieg errungen zu haben, ging ich zum Frauenstein.

Die Kathri öffnete und las mir schon im Hausgang die Leviten, da doch 's Vreneli den ganzen Tag auf mich gewartet habe; jetzt sei es ausgegangen. Ich suchte auf gute Weise von ihr loszukommen, und fragte, ob denn die „Gotte" nicht zu Hause sei.

Nach ihrer Gewohnheit saß diese strickend in ihrem alten Lehnstuhl in der Fensternische. Ich musste mit ihr eine Tasse Kaffee trinken und ein Stück Gugelhopf essen, und wir warteten noch eine Zeitlang; aber Vreneli kam nicht zurück. Ich verabschiedete mich endlich, und sie gab mir beim Scheiden das Zeugnis, dass ich lange nicht so schlecht sei, wie mich die Leute bei ihr gemacht hätten, und dass es sie recht gefreut habe, mich am Morgen bei St. Oswald in der heiligen Messe zu sehen.

Der Tag neigte sich, und es war hohe Zeit, endlich zur Mutter heimzukehren. Ich fand niemand anders bei ihr als Vreneli.

Wie alle Tage, war sie auch heute zur Kranken gekommen, um ein Stündchen bei ihr zu „lismen“ (stricken) und mit ihr zu plaudern. Als ich eintrat, erhob sie sich rasch und streckte mir beide Hände entgegen.

„Damian“, sagte sie, mit den Tränen kämpfend, „die Mutter hat mir alles gesagt. Verzeih’ mir! Die Schuld ist auf meiner Seite. Ich hätte niemals glauben sollen, was man von dir verleumderisch sagte, obgleich Karli-Franz auf meine Anfrage das Gerede bestätigte, das mir von anderer Seite zu Ohren gekommen war. Ich hätte wenigstens mit deiner Mutter reden und deinen Brief lesen sollen. Ich muss jetzt und will auch die Strafe dafür tragen. Du bist durch dein Versprechen gebunden, und ferne sei es von mir, dass ich dir dessen Erfüllung schwer machen will. Sei glücklich, Damian! Und jetzt lebe wohl! Ich will für dich beten! Für dich und deine Braut! Ich weiß, auch dein Herz blutet! Aber Gott und seine heilige Mutter werden einen Balsam für unsere wunden Herzen finden!“

Damit gab sie mir plötzlich einen schwesterlichen Kuss auf die Stirn, während eine heiße Träne aus ihrem Auge auf mein Gesicht fiel, und riss sich los. „Lebe wohl! Gott sei mit dir! Suche mich nicht mehr auf; es würde mir nur neuen Schmerz machen. Sei glücklich!“

Mit diesen Worten eilte sie, die Tränen rasch trocknend, aus dem Haus. Vergebens wollte ich sie zurückhalten. Ich schaute ihr ganz verwirrt nach, bis sie in der Kirchtür von St. Oswald verschwand. Ich bewunderte sie mehr denn je. Wie entschieden hatte sie ihr Herz zusammengepresst und das Opfer gebracht, an das ich so zaudernd herangetreten war!

Die Mutter weinte auch, als ich an ihr Bett zurückkehrte. „Ich habe es gut machen wollen und habe alles verdorben“, jammerte sie. „Aber sei ruhig, Kind! Gott wird Mittel und Wege wissen, dass dir dieser Edelstein doch nicht verloren geht.“

Siebtes Buch: Die Tuilerien

Die Katastrophe naht

In der ersten Woche des Weinmonats* kam ein Brief des Großrichters Keyser und bestätigte mir, was ich schon in der Bürkli-Zeitung gelesen, aber nicht geglaubt hatte, dass der König feierlich die neue Verfassung angenommen habe. „Er hat das offenbar getan, um größeres Übel zu vermeiden, durch sein Vetorecht manchem Unheil vorzubeugen, und in der Hoffnung, nach und nach die ungerechten Gesetze gegen die Kirche beseitigen zu können", fügte Keyser dem Bericht bei. Die Annahme der Verfassung und die Rede, die er dabei gehalten, habe dem König großen Beifall eingebracht; er sei jetzt wieder in alle seine Befugnisse eingesetzt, und es habe den Anschein, dass sich für die nächste Zukunft die Lage in Paris friedlicher gestalten werde. Die Nationalversammlung sei jetzt aufgelöst, und an ihrer Stelle trete am 1. Weinmonat die Legislative zusammen. Es sei auch augenblicklich kein Grund vorhanden, die Zurückberufung der Schweizerregimenter zu betreiben. Endlich sagte Keyser, ich könne nun nach Belieben den Urlaub abkürzen, da die Nationalversammlung zum Schluss mit anderen Gnadenakten auch allen denjenigen Amnestie erteilte, die bei der Flucht des Königs mitgeholfen hätten.

Ich beschloss also zum Regiment zurückzukehren und erreichte ohne Zwischenfall Paris, wo ich dem Großrichter einen ausführlichen Bericht über die Ansichten Erlachs und der andern Staatsmänner erstattete.

Bald traf ich auch mit Reding zusammen, der mir viel vom Pachthof Menard bei Etampes erzählte. Ich schrieb in den ersten Tagen einen ausführlichen Brief über meine Reise an Isabella und legte zwei Aquarelle bei, Zug mit dem See und dem herrlichen Bergkranz als Hintergrund und den Zurlaubenhof mit

* Oktober

seinem Garten, von Süden gesehen. Brief und Bilder wurden mit viel Dank aufgenommen; Isabella schrieb mir, der Vater habe sich fast krank gelacht über die Art und Weise, wie ich den Jakobiner gespielt und den Schulmeister gezüchtigt habe. Die Landschaft von Zug sei wunderschön, der Zurlaubenhof freilich nicht sehr großartig. Aber sie denke, für die Flitterwochen sei dieser „alte Kasten" ganz gemütlich. Sie schloss mit gar lieben Grüßen und der Einladung, den Vater und sie auf dem stillen Waldhof bei Etampes zu besuchen, da sie sich noch nicht entschließen könnten, ihre traute Waldeinsamkeit mit dem Lärm von Paris zu vertauschen.

Nun, daran war einstweilen nicht zu denken; ich konnte doch nicht unmittelbar nach dem eben abgelaufenen Urlaub einen zweiten verlangen. Dass Isabella das Schlösschen meines Götti einen „alten Kasten" nannte, ärgerte mich doch etwas.

Der Winter verging in Erfüllung meines Dienstes. Mit der leidigen Politik befasste ich mich wenig. In der gesetzgebenden Versammlung bildete die Rechte, die aus königstreuen und konstitutionell gesinnten Abgeordneten, den so genannten Feuillants, bestand, von Anfang an die Minderheit und wurde täglich schwächer. Der Rest der Versammlung, d. h. ihre übergroße Mehrzahl, waren Republikaner, die ganz unverhohlen auf die Absetzung des Königs und die Einführung der Republik hintrieben. Sie zerfielen in gemäßigte Republikaner, welche die Ebene (*la plaine*) bildeten und auch Girondisten genannt wurden, und in die radikalen Republikaner, die den Berg (*la montagne*) ausmachten und für die „eine und unteilbare Republik" schwärmten.

Die Macht lag zu Anfang des Frühjahres 1792 in den Händen der Girondisten, aus deren Mitte die Minister genommen waren. Diese zwangen den König Ende April, an Österreich, das sich mit Preußen verbunden hatte, den Krieg zu erklären. Nun wollte uns der Kriegsminister an die Grenzen schicken. Das war schon längst die Absicht der Umsturzmänner, uns gänzlich aus der Umgebung des Königs zu verbannen, damit dieser ohne jede Hilfe ihrer Gewalt preisgegeben sei. Wir ließen uns aber nicht an die Grenzen schicken, sondern bestanden auf dem mit der Schweiz geschlossenen Vertrag, kraft dessen das Garderegiment nur ins Feld rücken musste, wenn der König persönlich mitzog.

In die Karwoche 1792 fällt ein Auftritt, den ich nicht übergehen mag. Bekanntlich wird die Dornenkrone unseres lieben Heilandes in der Sainte Chapelle aufbewahrt, die Ludwig der Heilige für diese kostbare Reliquie erbaute. Es war nun eine alte, fromme Sitte der Könige von Frankreich, dieses Heiligtum alljährlich am Karfreitag zu besuchen und zu verehren. Ludwig XVI. wollte auch dieses Jahr diesen Brauch nicht unterlassen, und so begab er sich, obschon es für ihn nicht ohne Gefahr war, die Straßen von Paris zu betreten, dennoch mit dem kleinen Gefolge zur Sainte Chapelle.

Mit Major Bachmann und anderen Offizieren stand ich am Eingang des Heiligtums, das wohl eines der schönsten und ehrwürdigsten der Welt ist. Was die Schätze eines heiligen Königs, was der Kunstsinn und die Frömmigkeit mittelalterlicher Meister vermochten, hat sich hier vereinigt, um das herrlichste Kleinod der gotischen Baukunst zu schaffen - einen Reliquienschrein in Stein statt in Erz. Der zierlichste, emailähnliche Schmuck in Ranken und Blumengewinden, Wappen und Heiligenbildern bedeckt die Säulen, die Gurten, die Wände, das Gewölbe, und durch die Farbenpracht der Glasgemälde fällt das Licht wie vom Himmel in diesen geweihten, der Erde entrückten Ort. Da war auf dem goldschimmernden Altar, von einem Meer von Kerzen umstrahlt, die heilige Dornenkrone, die der König des Himmels und der Erde für uns am ersten Karfreitag trug, zur Verehrung ausgesetzt.

Es ergriff mich mächtig, als der Nachfolger des hl. Ludwig, der arme König von Frankreich, dem die Krone schon nahezu vom Haupt gerissen war, vor dem Heiligtum niederkniete und es demütig verehrte. Lange betete er auf dem mit goldenen Lilien bestickten Betpult, das ihm ein Diener vor den Altar gerückt hatte. Endlich winkte der fromme Fürst. Da hoben zwei Kapläne die heilige Dornenkrone vom Altar und traten damit zum König hin, der sie küsste und sich mit ihr segnen ließ. Auch wir empfingen den Segen und durften das Heiligtum küssen. Dabei sah ich es ganz deutlich: Die Krone ist aus dünnen, fast weißen Ranken geflochten; so viel ich sah, waren aber zu meiner Verwunderung keine Dornen daran. Ich hörte, sie seien abgebrochen und an viele hundert Kirchen verteilt worden.

Der Tag ist mir in heiligem Andenken geblieben. Noch heute sehe ich in der Erinnerung den unglücklichen König vor der Dornenkrone. Wie bald nachher musste er auch die seinige tragen!

Am selben Karfreitag hob die Legislative auch die letzten Orden auf, die sich mit Erziehung und Krankenpflege beschäftigten, und die man vor zwei Jahren noch verschont hatte. So fielen die barmherzigen Schwestern der neuen „Freiheit" zum Opfer. Gleichzeitig wurde die klerikale Tracht verpönt, die Klostergebäude verboten und schließlich die Deportation aller Priester beschlossen, die den Eid auf die Verfassung verweigerten. Über 50.000 Geistliche sollten also im Namen der „Freiheit" ins Elend geschickt werden. Aber der König stellte diesem ungerechten Beschluss mutig sein Veto entgegen. Da verlangte die Legislative die Versammlung von 20.000 Freiwilligen (Föderierten) in Paris, in der nur zu verständlichen Absicht, den König zur Nachgiebigkeit zu zwingen oder ihm Thron und Leben zu rauben. Unter den 20.000, die alle Kantone Frankreichs als Abgesandte für eine Erneuerung des Bundesfestes senden sollten, waren wenigsten 19.000 Jakobiner zu erwarten. Der König war verloren, wenn er den Jakobinern eine solche Heeresmacht in Paris zur Verfügung stellte. Wie gegen die Verbannung der Priester erhob also Ludwig XVI. auch gegen das Lager der Föderierten am 19. Juni sein Veto.

Die Antwort darauf gab der 20. Juni, als Santerre und Saint-Huruge ihre Pikenmänner in die Legislative und in die Tuilerien führten. Mehr als vierzehn Bataillone Nationalgarden verteidigten das Schloss und den Garten; aber sie waren so wenig zuverlässig, dass der Pöbel dennoch den Eintritt ertrotzte, stundenlang heulend und tobend und die Piken schwingend am König und an der Königin vorüberzog, ihr Leben bedrohte und sie mit den gröbsten Schmähungen überhäufte. Der König musste eine schmutzige rote Jakobinermütze aufsetzen und auf das Wohl der Nation trinken. Der Metzger Legendre nannte ihn ins Gesicht hinein einen Verräter. Der Pöbel brüllte: „Nieder mit dem Veto!" Aber es gereicht dem König zum Ruhm, dass er sich durch die Wutausbrüche nicht bewegen ließ, sein Veto zurückzuziehen.

Nachrichten vom Kriegsschauplatz steigerten die Aufregung in Paris. Schon die Eröffnung des Feldzuges gegen die Österreicher in Belgien war für Frankreich schmachvoll gewesen. Jetzt rückte der Herzog von Braunschweig an der Spitze von 70.000 Österreichern und Preußen über die Grenze. Dazu kam ein Heer von 21.000 Emigrierten unter dem Befehl der beiden Brüder des Königs, der dadurch natürlich in den Augen des Volkes zu einem Feind Frankreichs gestempelt wurde.

Am 11. Juli erklärte die Legislative „das Vaterland in Gefahr". Brissot aber behauptete, dann sei es aus dem einzigen Grund in Gefahr, weil ein Mann die Kräfte der Nation lähme. Statt sich vor den Königen von Preußen und Ungarn zu fürchten, solle man einen Schlag gegen die Tuilerien führen und man werde jene auch treffen. Das war deutlich genug gesprochen: Erst die Feinde im Innern, den König und alle, die zu ihm stehen, und dann den äußeren Feind vernichten. So lautete von nun an der Wahlspruch.

Das Bundesfest vom 14. Juli bot den Anlass, von allen Seiten Bewaffnete heranzuziehen, begrüßt von der Hoffnung, sie würden das Schweizerregiment entwaffnen und den Schlag gegen die Tuilerien führen.

Am selben Abend begab sich eine Deputation des Offizierskorps, zu der auch ich gehörte, zu Oberst d'Affry zum Faubourg Saint-Germain. Auf dem ganzen Weg wurden wir vom Pöbel verfolgt und mussten beinahe von der blanken Waffe Gebrauch machen. Namentlich waren es einige betrunkene Marseiller, die uns mit dem Ruf verfolgten: „Tod den Schweizern! Tod den Tyrannen! Nieder mit dem dicken Veto! An die Laterne mit allen Aristokraten!" Auch Steinwürfe folgten uns nach.

Der Oberst empfing uns sehr ungnädig. Zu seiner Entschuldigung sei gesagt, dass Alter und Kränklichkeit ihn für den Posten, den er noch immer inne hatte, unfähig machten. Aber er galt auch als Freund der Jakobiner. Er machte eine klägliche Figur, wie er in einem schlottrigen Schlafrock vor dem strammen, breitschultrigen Major Bachmann stand und mit keifender Stimme uns zunächst ausschalt, dass wir durch unseren höchst überflüssigen Aufzug das Volk aufgeregt und vor sein Haus gelockt hätten. Bachmann ließ sich aber nicht einschüchtern und setzte ihm klar unsere Lage auseinander. Das Regiment sei bereit, für den König zu sterben; sich aber wehrlos von diesem Gesindel in den Kasernen hinmetzeln zu lassen, habe keinen Sinn. Es sei die Pflicht des Obersten, uns mindestens ausreichende Munition zu verschaffen.

Aber es war mit dem alten Griesgram nichts anzufangen. Wir hätten ihn über seine Pflichten nicht zu belehren. Er sei durch seine Verbindung mit den leitenden Männern (den Jakobinern!, brummte ich halblaut) besser über die Lage unterrichtet als wir. Der König habe nichts zu befürchten und das Garderegiment auch nicht, wenn wir uns nur ruhig verhielten. Eine so politisch unkluge Forderung aber wie diese um mehr Munition müsste das Volk aufreizen, und er werde sie deshalb nicht unterschreiben. Damit waren wir entlassen.

Was nun? Wir beschlossen selbst zu handeln. Aber beim Kriegsdepot, wo wir Munition verlangten, erhielten wir die Antwort, der ganze Vorrat müsse an das Heer gesandt werden, während man an das Bataillon der Marseiller scharfe Patronen verteilte! Mit Not erhielten wir ein paar tausend Platzpatronen, kauften nun Blei und ließen in aller Eile und Stille in den Kasernen Kugeln gießen.

Am nächsten Tag begleitete ich den Major nach Courbevoie und Rueil. Er ließ die Bataillone in den Kasernenhöfen antreten und hielt eine Rede an sie, worin er unsere gefährliche Lage ohne Hehl darlegte. Alle müssten stündlich bereit sein, für ihren Fahneneid Blut und Leben daranzusetzen. Wer dazu den Willen nicht habe, solle sich melden; er wolle ihn lieber beurlauben, als dass ein Makel auf die Treue und Tapferkeit des Schweizer Garderegimentes falle, die sich jetzt wieder einmal bewähren müssten. Zum Tode sollen sie sich vorbereiten; denn er sage es ihnen offen: Dem Tod seien sie geweiht, fast noch sicherer als ihre Väter in der Schlacht von Marignano, wo Ammann Steiner von Zug angesichts der Überzahl der Feinde drei Erdschollen über sein Häuflein hingeworfen und gerufen habe: „Im Namen des Vaters und des Sohnes und des Heiligen Geistes - hier soll unser Kirchhof sein!“

Bachmanns Rede wurde mit Begeisterung aufgenommen. Auch nicht einer bat um den angebotenen Urlaub. Er schritt die Reihen ab und schaute jedem Einzelnen in die Augen. Jedem sagte er ein Wort und schüttelte ihm die Hand. Das war nicht nach militärischem Brauch, aber Major Bachmann behandelte seine Landsleute, die ihn alle wie einen Vater liebten, wie seine Kinder. Zuletzt trat der Major auch an die Spielleute heran. Unter den Tambouren befanden sich einige, die fast noch Kinder waren. Da waren z. B. die beiden Brüder Jost aus Graubünden, die Waisenkinder eines braven Soldaten, der vor kurzem gestorben war. Der ältere, der etwa 15 Jahre alt sein mochte, hieß Benedikt, der jüngere Joseph und zählte erst zehn Jahre, ein frischer und munterer Bursche, bei allen im Regiment beliebt.

An diesen Knaben wandte sich jetzt Bachmann und sagte: „Sepp, du gehst natürlich mit deinem Bruder nach Graubünden heim.“

Der aber antwortete mit blitzenden Augen: „Mein Bruder kann tun und lassen, was er will; aber ich bitte Euch, lasst mich bei meinen Kameraden! Ich will Appell schlagen und Sturm - nur Retraite* nicht, wenn's sein kann. Und dann kann ich den Schützen die Büchsen laden, dass sie doppelt so viele Marseiller über den Haufen schießen. Gelt, Herr Major, ich darf bleiben?“

„Bravo, Seppi!“, riefen seine Kameraden, und auch sein Bruder erklärte, er wolle lieber mit seinen Landsleuten sterben, als sie verlassen.

* franz. Rückzug

„Nun gut!“, sagte Bachmann, „ihr sollt bleiben. Wir wollen alle auf unserem Posten ausharren. Wer mich oder einen anderen Offizier in der Stunde der Not den König verraten sieht, der hat das Recht, ihn auf dem Fleck niederzustoßen. Die Jakobiner werden vielleicht von uns verlangen, die Waffen niederzulegen; dann wollen wir sie teuer verkaufen! Unsere Fahnen aber, die mit Schweizerblut in so vielen Schlachten geweiht wurden, soll das Gesindel der Marseiller und Sansculotten auch nicht unseren erstarrten Händen entreißen und durch seine unreine Berührung entehren. Wir wollen sie vergraben, bis bessere Tage wieder erlauben werden, sie zum Siege zu entfalten. Tamboure, den Fahnenmarsch!“

Da rollten die Trommeln in feierlich ernster Weise. Die Fähnriche traten vor die Front und ließen die sieggewohnten Zeichen im Sonnenstrahl fliegen: weiß mit goldenen Lilien das Hauptbanner des Regimentes, rot und blau geflammt, mit dem weißen Schweizerkreuz geschmückt, die Fahnen der Bataillone. Dreimal schwenkten die Fähnriche sie.

„Tapfer und treu bis in den Tod!“, rief der Major.

„Tapfer und treu bis in den Tod!“, wiederholten Offiziere und Soldaten. Dann senkten sich die Fahnen, wurden zusammengerollt und in eine Kiste, wie in einen Sarg, verschlossen. Dumpf, wie bei einem Begräbnis, wirbelten die Trommeln, während die Kiste mit den Fahnen in einem Gewölbe vergraben und vermauert wurde.

Unter den Waffen ergraute Soldaten sah ich wie Kinder weinen.

Noch ein Fluchtplan

Am folgenden Tag hatte ich mit Hauptmann von Erlach und anderen Kameraden Dienst in den Tuilerien. Wir standen in dem großen, prachtvollen Saal des Oeil de Boeuf, unmittelbar vor den Gemächern des Königs.

D'Hervilly trat aus der anstoßenden Galerie der Gesandten

auf uns zu und flüsterte uns allerlei traurige Neuigkeiten ins Ohr. Schon gleich nach dem letzten Bundesfest hatten die Abgesandten von Marseille den Antrag auf Absetzung des Königs eingebracht. Er war jetzt durch die Jakobiner auch den revolutionären Sektionsausschüssen von Paris vorgelegt und sollte dieser Tage in der Legislative zur Verhandlung kommen. Ferner sei ein Manifest des Herzogs von Braunschweig eingetroffen, das die Erbitterung aufs Äußerste steigern werde. Die Marseiller verlangten jetzt nicht nur die Absetzung des Königs, sondern dessen Gefangennahme als Geisel; ja die Königin, der man den Einmarsch der Österreicher vor allen zuschreibe, solle in einem Käfig durch die Straßen von Paris in den Kerker La Force geführt werden.

„Wenn der König abgesetzt wird, so ist unser Eid gelöst", sagte Erlach. „Dann werden uns die schweizerischen Regierungen sofort zurückrufen. Es fällt uns nicht ein, für diese niederträchtigen Jakobiner unsern Degen zu ziehen."

„Aber der König wird sich nicht absetzen lassen. Er wird, er muss diesmal den Kampf für seinen Thron, ja für sein Leben wagen," sagte d'Hervilly.

„Umso besser", antwortete Erlach. „Wir werden für ihn kämpfen, und wenn es sein muss, für ihn sterben."

„Sie werden nicht allein in der Bresche stehen. Ich und viele hundert Edelleute mit mir werden sich, zum Tode bereit, um die geheiligte Person Seiner Majestät scharen. Man hat 2000 Einlasskarten zum Verteilen vorbereitet, und keiner der Adeligen, an die ich sie zu versenden gedenke, wird sich dem Ruf seines Königs entziehen. A propos, Herr Muos! Marquis von Valdouleur ist gestern Abend ebenfalls eingetroffen und mit seinen Töchtern in seinem alten Quartier, dem Hôtel de Malte, abgestiegen. Man wird Sie dort erwarten, sobald Sie dienstfrei sind. Trotz seines noch immer elenden Zustandes hat sich der wackere Edelmann auf die Kunde der Gefahr von Etampes hergeschleppt, um noch einmal das Leben für seinen König einzusetzen."

Wir redeten noch zusammen, als Oberstleutnant Maillardoz

und Major Bachmann in den Vorsaal traten und bald darauf durch d'Hervilly, der sie beim König meldete, in das kleine Empfangszimmer Ludwigs XVI. geführt wurden. Es dauerte nicht lange, so wurden Erlach und ich in das Kabinett befohlen zur nicht geringen Verwunderung unserer Kameraden.

Der König und die Königin saßen an einem mit kostbarem Mosaik ausgelegten Tisch, auf dem Pläne, Karten und Papiere bunt durcheinander lagen. Der König sagte, Major Bachmann habe ihm soeben erzählt, mit welcher Hingabe sich unser Regiment gestern für ihn und seinen Thron, wenn es sein müsste, dem Tod geweiht habe. Er sei von unserer Treue tief ergriffen und habe uns in sein Gemach rufen lassen, um auch vor uns, als den Stellvertretern des Offizierkorps, seinen königlichen Dank auszusprechen, wie er schon den Herren von Maillardoz und von Bachmann gegenüber getan habe.

„Wenn wir es vermeiden können", fuhr der König fort, „so soll unsertwegen kein Tropfen Blut fließen. Eben darüber verhandeln wir. Herr von Hervilly ist zwar noch immer der Ansicht, dass wir die Revolution niederschlagen könnten, wenn ich mich doch entschlösse, den Jakobinerklub zu umzingeln und diese Erzempörer zu züchtigen, wie sie es verdienten. Aber das Unheil ist zu groß geworden; ich mache mir kein Hehl daraus. Und dann, welch ein Blutbad müsste entstehen! Ich kann mich nicht dazu entschließen. Es zu vermeiden, bleibt entweder eine Abdankung oder ein abermaliger Versuch, mich diesen Gewaltmenschen durch die Flucht zu entziehen. Käme es auf mich an, so würde ich ganz gerne der Krone entsagen, die mir in den letzten Jahren wahrlich wenig Freude gebracht hat, und die mir sowieso meine aufrührerischen Untertanen bald vom Kopf reißen werden. Aber sie sind damit nicht zufrieden, sie drohen, mich und meine Gemahlin und meine unschuldigen Kinder einzusperren, vielleicht zu misshandeln und als Geiseln zu töten.

So bleibt nur noch ein neuer Fluchtversuch, wie entmutigend auch der des letzten Jahres endete."

Der König hatte das alles mit großer Ruhe und Klarheit dargelegt. Sein Antlitz drückte dabei ernste Fassung aus. Man hat ihm diese ruhige Ergebung oft als Phlegma* vorgeworfen; ich glaube mit Unrecht. Es war Güte, mit Schwäche gemischt. Was ihm fehlte, war nicht der Mut sich selbst, sondern andere zu opfern.

Die Königin hatte ruhig zugehört, bis er den Entschluss eines neuen Fluchtversuchs äußerte. Da machte sie eine abwehrende Handbewegung und rief: „Sire, lieber den Tod als noch einmal die entsetzliche Verdemütigung von Varennes."

Der König blickte sie mit seinen großen Augen traurig an und sagte: „Wir müssen bereit sein, für unsere Kinder und unsere Getreuen nicht nur den Tod, sondern auch Verdemütigungen auf uns zu nehmen".

Marie Antoinette schlug die Hände vor ihrem Antlitz zusammen und sagte: „Mein Gott, wie werde ich so Schreckliches ertragen? Lieber zehnfachen Tod, aber die Kinder, unsere Kinder! Wie wäre es denn, wenn wir sie allein durch einen dieser tapferen Offiziere in Sicherheit brächten? Aber freilich, ich würde sterben vor Angst, wenn ich mich von ihnen trennen müsste."

„Gut", sagte der König, „reisen Sie mit den Kindern! Wenn ich nur Sie und den Dauphin und meine liebe Tochter in Sicherheit weiß. Um mich ist mir nicht bange."

Aber die Königin war nicht zu bewegen, sich von ihrem Gemahl zu trennen. „An Ihrer Seite, Sire, ist mein Platz im Leben und im Tod! Wir wollen zusammen bleiben, ob Sie nun die Gefahr einer Flucht beschließen, oder es hier zur blutigen Entscheidung kommen lassen."

Die Fluchtwege sollten diesmal durch die Normandie genommen werden, und wir unter dem Vorwand, eine Getreidezufuhr für die Stadt zu decken, die Hauptpunkte von Paris nach Evreux besetzen. In der zweitfolgenden Nacht werde an der Seinetreppe, neben dem Garten der Königin, ein großes Frachtschiff bereit liegen; wir müssten dafür sorgen, dass der Posten an dieser wenig beachteten Stelle von Leuten unseres Regiments besetzt sei. Man würde dann ruhig die Seine bis in die Gegend

* Trägheit, Gleichgültigkeit

von St. Cloud hinabgleiten, dort solle ein Wagen bereit stehen, der die königliche Familie über St. Germain nach Evreux bringen werde.

Der Plan war nicht übel ausgedacht und konnte glücken. Sobald der König St. Germain erreicht hätte, sollten wir mit dem ganzen Regiment ihm folgen. Mit Freuden versprachen wir unsere Hilfe zu diesem Rettungsversuch und wurden von den beiden Majestäten auf das huldreichste entlassen.

D'Hervilly führte uns eine Treppe hinab in ein Gemach des Zwischengeschosses, wo wir über die Ausführung weiter ratschlagten. „Ich fürchte nur eines“, sagte Bachmann, „dass der König den Fluchtplan im entscheidenden Augenblick doch wieder fallen lässt. Und dann ist unser ohnehin nicht zahlreiches Regiment, wenn es zum Kampf kommt, durch das Detachement für die Normandie noch mehr geschwächt.“

„Oh, Se. Majestät werden diesmal von dem gefassten Plan nicht abgehen“, meinte d'Hervilly.

„Wir wollen alle Anordnungen treffen, aber das Detachement erst nach Evreux abmarschieren lassen, wenn Se. Majestät endgültig den Befehl dazu gibt“, entschied Oberstleutnant Maillardoz.

Der Major diktierte mir dann die nötigen Befehle. Ritter von Karrer aus Solothurn sollte den Oberbefehl des dreihundert Mann starken Corps erhalten. Er fragte mich, ob ich mit Karrer nach Evreux marschieren wolle; ich bat ihn aber, mich beim Gros des Regimentes zu lassen; denn ich teilte im Geheimen seine Ansicht, dass es doch zu einem entscheidenden Kampf um die Tuilerien kommen werde, und mochte für die Stunde der Gefahr mich nicht gewissermaßen in Urlaub schicken lassen.

„Gut“, sagte Bachmann, „Sie bleiben bei uns. Hoffen wir, dass dieser letzte Rettungsversuch gelingt. Sonst wird auch mancher von uns das Ende der nächsten Woche nicht erleben.“

Sobald ich abgelöst war, eilte ich von den Tuilerien zum Hôtel de Malte, um meine Braut und deren Vater zu begrüßen. Im Wohnzimmer traf ich Reding mit den beiden Schwestern. Nach der ersten Begrüßung zogen sich Rudolf und Martha in die eine, Isabella und ich in die andere Fensternische zurück. Ich ließ mich auf ein niederes Taburett neben sie nieder, küsste ihre Hand und nannte sie mit Kosenamen, was ich bisher sogar in den Briefen vermieden hatte. Sie lachte, patschte scherzend meine Wangen und fragte, ob der Schweizergletscher endlich schmelze, von dem ihre Schwester behaupte, dass ich ihn in der Brust herumtrage. Wenn sie mir inzwischen untreu geworden wäre, so hätte ich das ganz allein mir zuzuschreiben. Ich solle nicht glauben, dass ihr die Versuchung nicht gekommen sei. Der junge Chevalier von Montpierre, ein entfernter Verwandter, sei das ganze Frühjahr über bei ihnen gewesen und habe um sie geworben.

„Montpierre!“, rief ich. „Einen Montpierre traf ich bei meinem Paten, dem Baron Zurlauben“.

„Ganz richtig, und das ist ein Onkel Henris. Und ich will dir nur gestehen, Damian, dass dieser einen hässlichen Brief über dich an den Vater geschrieben hat; Vater war so bös auf dich, dass er sofort jede Verbindung mit dir abbrechen wollte. Er hat es sowieso halb bereut, dass er uns verlobte, und würde Henri schon um seines Adels willen den Vorzug geben, hätte er nicht sein Wort verpfändet“.

Ich runzelte die Stirn und sagte: „Gut, ich werde dem Marquis sein Wort zurückgeben“.

Sie tat einen leisen Schrei, hielt mir mit der Hand den Mund zu und sagte: „Bösewicht! Das wirst du nicht tun! Ich mag dich viel lieber als Henri. Henri ist hässlich, ein kleines, pockennarbiges Scheusal. Ich will dich nicht eitel machen, Damian, aber du bist viel, viel schöner. Weißt du, ich kann nun einmal nichts Hässliches sehen. Henri ist sonst ein ganz guter Kerl; aber wenn ich sein verhageltes Gesicht sehe - puh!“

Mir fuhr der Gedanke durch den Kopf: „Und wenn ich nun auch die Blattern bekäme? Was würde dann aus unserer Liebe? Ich glaube nicht, dass die Blattern Verena und mich hätten trennen können!“ Das dachte ich und schwieg.

„Was ist dir, Damian?“, fuhr Isabella fort. „Was brütest du plötzlich vor dich hin?“

„Es fuhr mir durch den Sinn, ob du mich auch noch lieben würdest, wenn die Pocken mein Gesicht etwas entstellten, oder wenn mich dieser Tage eine Kugel zum Krüppel schösse?“, antwortete ich und blickte sie fragend an.

„Hu! Rede doch nicht so Entsetzliches!“ gab sie zusammenschauernd zur Antwort. „Ich mag an so etwas nicht einmal denken. Ich glaube, ich würde ins Kloster gehen, wenn es in Frankreich noch ein Kloster gäbe. Keine Silbe mehr davon; sage mir lieber, wie war das - hattest du wirklich in Zug eine andere Braut, der du um meinetwillen entsagtest, wie Montpierre an Vater geschrieben hat?“

Offen und ehrlich erzählte ich ihr die kurze Geschichte meiner Jugendliebe und verhehlte keineswegs, dass ich den Vorschlag ihres kranken Vaters nur angenommen habe, weil ich der Meinung war, Verena wolle nichts mehr von mir wissen. Isabella war bei dieser Erklärung bleich geworden. Sie schwieg eine Zeitlang. Dann sagte sie und heftete ihre Augen forschend auf mich: „So wird wohl auch das andere wahr sein, was Montpierre dem Vater berichtete: Dass lediglich mein Vermögen der Beweggrund sei, weshalb du mich dieser Mamsel Keyser vorzögest?“

Ich wurde unwillig und stand auf. Aber sie hielt mich am Arm fest und verlangte Antwort. „Als mich dein Vater hierher beschied, hatte ich nicht einmal eine Ahnung, dass du wohlhabend seiest. Ich meinte damals, die Juwelen, die Martha beim Schlossbrand rettete und die Reding versetzte, seien euer ganzes Vermögen.“

„Sieh da, das dachte ich mir. Ich habe dich nie für selbstsüchtig gehalten. Auch Martha sagte dem Vater, Montpierre verleumde dich. Er hat nämlich behauptet, du wolltest mich nur heimführen, um mit meinem Geld die Schulden deines Paten zu bezahlen und die alte Baracke von Schlösschen etwas wohnlicher einzurichten, die du ja ganz schön gemalt hast, die aber, mit unserem alten Valdouleur verglichen, doch ein elendes Ding sein muss."

Der Zorn gegen den gemeinen Ränkeschmied kochte in mir. „Das hat dieser Chevalier geschrieben, während er unter dem Dach meines Paten weilt und dessen Brot isst!", brach ich los. „Und was für einen elenden Beweggrund hat er dabei, als dein Vermögen an seinen Herrn Neffen zu bringen? Gerade denselben, den er mir unterschiebt."

„Kinder, zankt euch nicht!", rief Martha aus der nächsten Fensternische.

„Wir zanken uns nicht", antwortete Isabella.

Da öffnete sich die Tür des Marquis, und der alte Valdouleur führte einen Herrn, der Notar und Rechtsanwalt war, ins Zimmer. „Herr de la Picoterie", wandte er sich an das kleine Männlein, dessen runzliges Gesicht fast zur Hälfte von einer ungeheuren Hornbrille mit blauen Gläsern verdeckt wurde, „ich stelle Ihnen hier meine beiden zukünftigen Schwiegersöhne vor, den Herrn Baron Rudolf von Reding-Biberegg, Hauptmann der Schweizergarde Sr. Majestät, der vom Tage seiner Verbindung mit meiner ältesten Tochter Martha den Namen Reding-Valdouleur und das entsprechende Wappen führen soll, wie es der Wappenherold Sr. Majestät bestimmen wird" (hier machte der Rechtskundige eine so tiefe Verbeugung, dass die Brille einfach in der Luft baumelte) „und den Herrn - hm - Muos, Aide-Major in der Schweizergarde Sr. Majestät, dem wir in nächster Zeit bei der Neuordnung der Dinge in Frankreich mit Rücksicht auf seine großen Verdienste einen Adelsbrief zu erwirken hoffen." (Herr de la Picoterie machte eine sehr mäßige Verbeugung gegen mich, sodass diesmal die Brille in gar keine Gefahr kam, ihren Stützpunkt zu verlieren). „Chevalier von Muos, wie wir ihn jetzt schon nennen können, wird meine jüngere Tochter Isabella an den Altar führen."

Nach dieser feierlichen Vorstellung nahmen wir am Tisch

Platz, oben der Marquis, ihm gegenüber unten der Rechtsgelehrte und zu den beiden Seiten je ein Paar. Herr de la Picoterie legte nun seine Papiere auseinander und begann ein endloses Dokument in dem verschrobensten französischen Kanzleistil der alten Schule des Chatelet vorzulesen. So sehr ich die Ohren spitzte, ich konnte die Sache kaum halb verstehen. Es handelte sich um eine Art Fideikommiss, das der Marquis zu Gunsten seiner älteren Tochter, beziehungsweise Redings, errichten wollte. Isabella sollte mit einer Aussteuer von 100.000 Livres und einer Leibrente abgefunden werden, unsere Kinder bestimmte Apanagen* beziehen, ich selbst nur den Nießbrauch der Leibrente meiner Frau haben, meine Verwandten aber unter keinen Umständen etwas erhalten. Das alles war, wie gesagt, mit so viel Formeln und Klauseln verquickt, dass ich erst nach manchen Fragen den Sinn erfasste.

Herr de la Picoterie konnte sich nicht genug wundern, dass ich sein im Chatelet als klassisch anerkanntes Französisch nicht verstehe, und der Marquis wurde über meine vielen Fragen ungeduldig.

„Ich glaube, du verstehst den Sinn wohl, bist aber etwas enttäuscht, wie?“, rief er. „Du hast wohl gemeint, du bekommest so glatt weg die Hälfte und könnest dann damit außer Landes gehen, wie? Das ist aber nicht meine Absicht. Du sollst im Dienst des Königs bleiben, und meine Isabella soll Frankreich nicht verlassen.“

Ich entgegnete etwas gereizt, ich hätte freilich gedacht, die Teilung würde etwas billiger ausfallen.

„Wie? billiger?“, rief Valdouleur und seine Stirnader schwoll. „Billiger? Ich behandle Martha wie einen ältesten Sohn und Isabella wie einen nachgeborenen Sohn. Ist das unbillig? Noch ein Wort, und ich erkläre die Verlobung für aufgelöst.“

Ich war drauf und dran, das Wort zu sprechen. Aber Isabella stieß mich an und blickte mit ihren schönen Augen so bittend empor, dass ich das Wort hinunterwürgte und sagte: „Ich bitte

* finanzielle Ausstattung oder Abfindung eines Mitglieds einer adligen Familie

um Verzeihung. Ich glaubte, diese Bemerkung im Interesse meiner zukünftigen Frau machen zu müssen. Wenn nun aber die Umstände sich so gestalten sollten, dass die Errichtung eines Fideikommiss in Frankreich unmöglich wäre und dass überhaupt von einer Stellung im Heer des Königs nicht mehr die Rede sein kann?"

Der alte Marquis fiel fast vom Stuhl. „Wie?", rief er, „du wagst es, auch nur den Gedanken zu äußern, dass die geheiligte Sache Sr. Majestät des Königs unterliegen könnte? Herr Hauptmann, Sie haben mir zwar das Leben gerettet, aber ich werde an ihrer Gesinnung irre."

Trotzdem bestand ich darauf, dass es nur vernünftig sei, auch einen Fall, den er für höchst unwahrscheinlich halte, ins Auge zu fassen. Und hierin unterstützten mich sowohl Reding als auch Herr de la Picoterie. Er bat sogar um Verzeihung, dass er diesen wichtigen Punkt nicht genug bedacht hatte, und wollte die diesbezüglichen Wünsche des Herrn Marquis in einem eigenen Kodizill den beiden Eheverträgen beifügen.

Valdouleur wollte sich ärgerlich erheben und schmähte halblaut meine Dummheit, die dem Federfuchser Gelegenheit zu neuer Arbeit und neuen Sporteln* gegeben habe. Da machte Reding noch einen sehr merkwürdigen Vorschlag. „Ich glaube, wir gehen hier einem blutigen Entscheidungskampf entgegen, bevor es dem Herzog von Braunschweig gelingen wird, Paris zu erreichen. Wie es dabei uns ergehen mag, steht in Gottes Hand. Ich möchte also bitten, die Unterschrift des vorgelegten Vertrags erst nach der Ankunft des Herzogs und der Niederschlagung der Revolution vorzunehmen."

Aber damit war der Marquis keineswegs einverstanden. Gerade weil er es als sehr wahrscheinlich annehme, diesmal im Kampf für den König zu fallen, wolle er vor seinem Tod alles geordnet sehen. „Übermorgen", schloss er, „werden Sie mit ihrem Kodizill fertig sein, Herr de la Picoterie. Dann erfolgt hier abends 8 Uhr die Unterschrift, und gleich darauf soll die Hoch-

* Gebühren

zeit geschlossen werden. So will ich es. Herr de la Picoterie hat mir erklärt, dass beim Schweizerregiment ein Kapuziner als Militärgeistlicher angestellt ist, der keinen Eid auf die gottlose Verfassung abzulegen brauchte. Die Ehen, die von den Soldaten des Regiments vor ihm geschlossen werden, sind bürgerlich und kirchlich gültig. Er soll euch also hier einsegnen. Und damit Punktum!“

Der Marquis erhob sich, und wir trennten uns, denn es war spät geworden. Mein Abschied von Isabella fiel etwas kühl aus. Ich hatte meine noch sehr jugendliche Braut von einer ganz neuen Seite kennen gelernt und wollte es mir doch noch überlegen, ob ich so urplötzlich mich mit ihr durch unauflösliche Bande verbinden dürfe.

Die nächsten Tage

Da wir jeden Augenblick eines Alarms gewärtig sein mussten, durften wir Offiziere die Nacht nicht mehr in unseren Privatquartieren in der Stadt zubringen, sondern hatten uns in die Kaserne zu verfügen. So ging ich zur Rue Grange Batelière, wo Major Bachmann jetzt wohnte. Ich hatte vom Hôtel de Malte nur die Rue Richelieu bis an den Boulevard hinaufzugehen; gleich jenseits stand die Kaserne.

Reding begleitete mich. Ich wünschte ihm herzlich Glück zu dem glänzenden Los, das ihm in den Schoß gefallen war. Er schüttelte mir die Hand und sagte: „Damian, ich weiß, dass du es ehrlich meinst. Aber das Glück, das mir Valdouleur zuwenden will, ist nicht für mich. Ich habe die bestimmte Vorahnung, dass ich den Sturm, der jetzt losbricht, nicht überleben werde. Ich will mit ihm reden, dass er im Falle meines Todes das Fideikommiss auf Isabella und dich überträgt.“

„Unsinn mit deinen Ahnungen!“, gab ich zur Antwort. „Die entsetzliche Schwüle, die über der Stadt brütet, erweckt in dir trübe Stimmungen. Und von einem Übertragen des Fideikommiss auf Isabella kann keine Rede sein; der Marquis wird sich nie dazu entschließen, das Recht, von dem er glaubt, dass es der älteren Tochter zukommt, der jüngeren zuzuwenden. Überdies will ich dir im Vertrauen mitteilen, dass ich noch keineswegs so fest entschlossen bin, Isabella zu ehelichen, jedenfalls so rasch und plötzlich nicht."

„Damian, hat also doch die Erbteilung -"

„Du tust mir unrecht, Rudolf! So lieb mir eine runde Summe mit Rücksicht auf meine kranke Mutter und meinen Götti wäre, der sich in Geldverlegenheit befindet, wird diese Rücksicht für mich doch nie die entscheidende sein. Aber das Ansinnen, auf die Rückkehr in die Schweiz zu verzichten, mich für mein Leben an den Dienst des Königs zu binden und mich bleibend hier anzusiedeln - ich weiß noch nicht, ob ich darauf eingehen werde!"

„Was denkst du also zu tun?"

„Vorläufig den Abschluss der Ehe etwas hinauszuschieben. Ich muss mir vor allem über den Charakter Isabellas klarer werden. Ich hatte eigentlich noch kaum Gelegenheit, sie näher kennen zu lernen."

„Sie ist gut und unschuldig - so weit verbürge ich mich für sie. Ich glaube, sie wird dir eine liebevolle und treue Gemahlin werden, wenn auch ihr Gemüt vielleicht nicht so tief ist wie das meiner Martha. Dann musst du bedenken, dass Valdouleur mit seinem heftigen Charakter es als eine Beleidigung ansehen wird, wenn du ohne ganz zwingende Gründe einen Aufschub verlangst. Er wird glauben, du wollest dich zurückziehen, weil dir der Ehevertrag nicht behagt."

„Das ist mir das Unangenehmste an der Sache! Aber mag er schließlich denken, was er will; ich kann mich nicht entschließen, mich bleibend hier niederzulassen, und ich muss wenigstens von Isabella die Zusage haben, dass sie auch mit den bescheidenen Verhältnissen zufrieden sein will, die ich ihr in der Schweiz bieten kann. Wer weiß, wie lange die Herrlichkeit hier überhaupt noch dauert! Ich denke, ich will ihr morgen in diesem Sinn einen Brief schreiben, und es wäre mir lieb, wenn du ihn persönlich überbrächtest und Martha ans Herz legtest, dass sie ihn befürworte."

Reding erklärte sich bereit. Nun aber fielen schwere Tropfen klatschend auf die Blätter der großen Rosskastanien, unter denen wir hin und her gegangen waren. „Es bricht los“, sagte Reding, „wir müssen uns sputen“.

In wenigen Sätzen hatten wir die Kaserne erreicht. Da prasselten auch schon die Schlossen auf die Dächer, und rauschte der Regen hernieder, senkrecht erst. Dann auf einmal erhob sich ein Heulen in den Lüften, als ob die Hölle losgelassen worden wäre. Der Orkan fuhr in die Kronen der nächsten Bäume, zauste sie, drehte sie, und krachend stürzten sie zu Boden. Regen und Hagel flogen jetzt fast waagrecht, untermischt mit Ziegeln und Kaminsteinen. Der Blitz zuckte nicht einzeln, sondern es war ein beständiges Flammen und Leuchten; dazu krachten und knatterten die Donnerschläge, als ob der Himmel in seinem Grimm die Stadt Paris vernichten wollte.

Die Soldaten, die mit uns in diesen Aufruhr der Elemente hinausblickten, sagten alle entsetzt, so etwas hätten sie in ihrem Leben nicht gesehen. Selbst Brunner war diesmal die Lust zum Scherzen vergangen. Erst als nach mehr als einer Stunde der Hauptsturm vorüber war, kam ihm der Leichtsinn wieder. Man meldete, dass der Blitz an vielen Orten in der Stadt gezündet habe; da sagte der Brunnerli: „Wenn er nur in die richtigen Klöster eingeschlagen hat - bei den ‚frommen' Jakobinern und bei den nicht minder ‚heiligen' Cordeliers nämlich.“

Wir stiegen jetzt hinauf, um aus den Dachfenstern nach den Brandstätten zu sehen, und zählten wenigstens 40 bis 50 Stellen allein in Paris, von denen die Flammen zum Nachthimmel emporlohten. Es war das schrecklichste Gewitter seit Menschengedenken. Wir meinten wirklich, die Zeit der Gnade sei abgelaufen, und der Herr wolle mit der sündigen Stadt ins Gericht gehen, bevor der kommende Tag eine neue entsetzliche Schuld auf ihr Gewissen laden würde.

Der 4. August, der jetzt anbrach, war nämlich der Tag, an dem das himmelschreiende Gesetz gegen die Frauenklöster vollstreckt werden sollte, das die Legislative am Karfreitag beschlossen hatte. Mit der rohesten Gewalt ging man zu Werk. An 50.000 edle Frauen, die sich aus christlicher Liebe dem Unterricht der Jugend und dem Dienst an den Kranken gewidmet hatten, wurden unter Hohn und grober Misshandlung aus ihren Klöstern vertrieben und buchstäblich auf die Straße geworfen. Viele waren alt, krank und gebrechlich. Sie baten vergebens, dass man sie in Frieden in ihren armen Zellen sterben lasse. Wer keine Verwandten hatte, bei denen er Zuflucht fand, musste betteln gehen.

Als ich an jenem Morgen durch die Rue des Bons Enfants ging, war ich Zeuge einer ähnlichen Szene, wie ich sie schon bei der Räumung des Kapuzinerklosters erlebt hatte. Nur war sie noch rührender, weil hier eine Schar von mehreren hundert Waisenkindern, die die Ursulinen in einem Waisenhaus verpflegt hatten, sich mit lautem Weinen und Jammern an die Nonnen wie an ihre Mütter klammerten. Mit Schimpfworten und Schlägen rissen Gendarmen und Pikenmänner die armen Kinder von ihnen los, während eine Abteilung Bürgerwehr die Straße sperrte. „Es lebe die Freiheit!“, schrie der Pöbel. „Wir brauchen keine Nonnen! Fort mit diesen Sklavinnen des Fanatismus!“

Unter den Zuschauern kamen doch manchen Tränen in die Augen; aber sie standen feige da und wagten nicht einmal offen ihre Missbilligung auszusprechen. Nur als die Kinder geschlagen wurden, erhoben einige Frauen ihre Stimme, und als man schließlich ein paar kranke Nonnen auf Tragbahren herausbrachte, ging ein Murren durch die Reihen des Volkes. „Wo bringt man diese Bürgerinnen hin?“, fragte ein Krämer einen Sergeanten der Bürgerwehr.

„Nach Sainte-Pélagie - die Nation wird gnädig für sie sorgen“, lautete die Antwort.

„Nach Sainte-Pélagie?“, rief eine stämmige Frau. „Nach Sainte-Pélagie, wo man die schlechten Dirnen einsperrt? Diese Engel zu den Teufelinnen von Sainte-Pélagie - ich wundere mich nur, dass das Gewitter heute Nacht in diesem Babylon noch einen Stein auf dem anderen gelassen hat.“

„Ja, nach Sainte-Pélagie, wohin du schon lange gehörst! Und

wenn du noch lange so fortkrächzt, wird man dich auch dorthin bringen. Die Nation ist nicht gewillt, die weisen Anordnungen, die sie im Namen der Freiheit trifft, von jedem Weibsbild bemängeln zu lassen!“

Ich ging traurig weiter. Als ich auf meinem Weg zum Großrichter Keyser über die nahe Place des Victoires ging, sah ich eine der vertriebenen Nonnen weinend an dem dortigen Brunnen sitzen. Eine kleine Gruppe mitleidiger Seelen hatte sich um sie gebildet, und sie erzählte ihnen, wie sie ihr ganzes Leben im fernen Kanada in der Mission der Huronen zugebracht habe. „Erst dieses Frühjahr“, sagte sie, „schickten mich meine Oberen nach Frankreich zurück, dass ich in heimatlicher Luft von schwerer Krankheit genese, die mir das raue Klima in den Forsten am Lorenzstrom verursachte. Ach, wäre ich dort geblieben und gestorben! Kaum in das liebe Frankreich nach fast fünfzig Jahren zurückgekehrt, sehe ich mich aus meinem Kloster auf die Straße hinausgestoßen und weiß nicht, wohin ich mich wenden soll! Eltern und Geschwister sind ja schon lange tot! Hier an diesem Brunnen will ich bleiben und abwarten, wie Gott für mich sorgt, der gesagt hat: ‚Suchet zuerst das Reich Gottes und seine Gerechtigkeit, und alles andere wird euch beigegeben werden.‘“

Ich reichte der Greisin, deren schlichten Worte mich tief ergriffen, die geringe Barschaft, die ich gerade bei mir hatte. Da hörte ich hinter mir eine bekannte Stimme, die zu der Nonne sagte: „Kommt, Mutter, mit mir! Ihr sollt nicht vergebens auf Gottes Vorsehung vertraut haben.“ Ich schaute mich um; es war Martha Valdouleur. Unter dem Beifall der Menge bot sie der Greisin ihren Arm und führte sie zum Hôtel de Malte. Sie errötete, als sie mich erkannte, und bewundernd blickte ich ihr nach.

Ob ihre Schwester auch einer solchen edlen und mutigen Tat fähig wäre? Wenn ich das nur wüsste, dachte ich, während ich meinen Weg weiter verfolgte.

Bald darauf saß ich im Kabinett des Großrichters in ein ernstes Gespräch vertieft. Ich hatte den neuen Fluchtplan des Königs und die Beteiligung unseres Regiments an ihm im Auftrag des Majors zu melden. Ob er das Regiment begleiten oder ob er in Paris verbleiben wollte, blieb ihm überlassen. Nach reiflicher Überlegung entschloss er sich für Letzteres. Ihm liege die Rettung des Archivs ob, sagte er, und er halte es einstweilen in Paris für sicherer als in den Gefahren eines Zuges in die Normandie. Und dann glaube er auch nicht, dass die Flucht überhaupt bewerkstelligt werde. „Nein, in den Tuilerien wird es zur Entscheidung kommen, und zwar in wenigen Tagen“, schloss er. „Ich habe sichere Nachricht, dass der Sturm im Cadran bleu, und zwar letzte Nacht während des Gewitters, beschlossen wurde. Ein Schreiber Westermanns*, den ich ein wenig spionieren lasse, hat es mir eben gemeldet. Wenn Bachmann freie Hand und genügende Munition hat, halte ich die Sache des Königs noch keineswegs für hoffnungslos. Wird der Angriff kräftig abgeschlagen, so sollt Ihr sehen, wie dieser Robespierre und alle die Jakobinerhelden sich verkriechen werden. Wenn wir nur vierzehn Tage standhalten können! Inzwischen wird es gut sein, dass ihr mir helft, die Kiste mit dem Archiv in das Gewölbe unter dem Keller zu bringen.“

Das taten wir sofort zusammen. Als wir hernach bei einem guten Glas alten Bordeaux noch etwas plauderten, sagte der Großrichter: „A propos! Was habt Ihr denn meinem Töchterchen für Flausen in den Kopf gesetzt? Ich meinte, Ihr seid einig, und nun schreibt meine Schwester, seit Eurem Besuch in Zug sei das Mädchen fest entschlossen, ins Kloster zu gehen. Verena sei neulich in Frauental gewesen, und die Äbtissin habe auf ihr dringendes Bitten endlich eingewilligt, sie auf Allerheiligen ins Noviziat aufzunehmen, wenn sie bis dahin nicht andern Sinnes werde.“

Diese Nachricht fuhr mir wie ein Pfeil durch meine Seele. „Am Ende verliere ich hier meine Braut und dort das brave Mädchen, das ich so viele Jahre geliebt habe!“, sagte ich mir, und klarer als jemals fühlte ich, wie sehr ich doch immer noch an Verena hing.

Auf seine Frage beschloss ich, dem Großrichter die ganze

* François-Joseph Westermann, 1751-1794, aus dem Elsass stammender General

Sache klar und offen mitzuteilen. Er machte große Augen. Es sei ihm zwar so etwas schon vor einiger Zeit zu Ohren gekommen, sagte er, aber er habe es nicht recht glauben wollen. Nun sehe er, dass Verena mit ihrer raschen Absage mitschuld an dem Zerwürfnis zwischen uns sei, und wolle mich nicht tadeln. Doch wäre es besser gewesen, ich hätte ihm ein Wort gesagt, da er mir doch stillschweigend zu verstehen gegeben habe, dass er meine Werbung um die Hand seiner Tochter billige. Endlich sagte Keyser, er müsse mir ja gratulieren, da ich mit dieser Marquise Valdouleur eine weit glänzendere Partie mache als mit seinem Töchterchen.

„Eine glänzendere Partie“, antwortete ich, „aber kaum eine glücklichere. Ich bin noch nicht entschlossen, die Hand Fräulein von Valdouleurs anzunehmen. Wenn sie sich nicht bereit erklärt, mit mir in die Schweiz zu ziehen und in bescheideneren Verhältnissen zu leben, werde ich wahrscheinlich unsere Verlobung lösen. Ich kann meine alte kranke Mutter nicht so verlassen. Was raten Sie mir als väterlicher Freund?“

Keyser wollte nicht recht mit der Sprache heraus. Doch stimmte er mir darin zu, dass eine so plötzliche und rasche Heirat, wie Marquis Valdouleur sie wünsche, ihm nicht ratsam erscheine. So schieden wir. Er drückte mir wärmer die Hand, als es sonst seine Gewohnheit war, und sagte, es freue ihn, dass ich an meine Mutter denke, und dass das Geld bei mir nicht den entscheidenden Ausschlag gebe.

Am Nachmittag schrieb ich den Brief an Isabella und wollte ihn eben durch Reding bestellen lassen, der mir versprach, meine billige Forderung auch mündlich bei Martha und dem Vater zu befürworten, als Befehl kam, das Regiment für die Besetzung der Tuilerien bereit zu machen, Ich sprengte nach Courbevoie und Rueil, um die dortigen Bataillone zu alarmieren. Unsere Soldaten freuten sich, dass es jetzt endlich in den Kampf ging. Sie hatten ihre Säbel geschliffen und die Bajonette geschärft. Mit Einbruch der Nacht traf das ganze Bataillon von Rueil in Courbevoie ein, und alle drei Bataillone marschierten nun miteinander durch die Porte Maillot und die Elyseischen Felder zu den Tuilerien, wo wir unser erstes Bataillon trafen. Unter den Waffen verbrachten wir die Nacht. Es war ein blinder Alarm gewesen; der Angriff erfolgte nicht, und wir mussten die Truppen bei Tagesanbruch wieder in die Kasernen zurückführen.

Sonntag, den 5. August, schien sogar noch einmal dem König ein Hoffnungsstrahl zu leuchten. Zwei Sektionen protestierten gegen den Antrag auf Absetzung des Königs. Bei Hof war zum letzten Mal Sonntagsempfang. Viele Adlige drängten sich in den Galerien, um den König ihrer Treue bis in den Tod zu versichern, gleichzeitig aber auch, um ihre Not zu klagen. Der König verteilte in seiner Güte so viel Geld unter sie, dass er sogar die für die Flucht bereit liegende Summe angreifen musste.

Aber schon am folgenden Tag zog sich wieder schwarzes Gewölk über den Tuilerien zusammen. Der Stadtrat von Paris beschloss, dass die tägliche Wache des Schlosses aus allen Bataillonen der Bürgerwehr zusammengesetzt sein sollte, damit jede Sektion ihre Angehörigen in den Tuilerien habe. Außerdem sollte den Schweizern die Wache im Schloss ganz entzogen und ein Lager rings um die Tuilerien errichtet werden, um dem König jeden Fluchtversuch unmöglich zu machen. Jetzt war es die letzte Stunde, die Rettung des Königs zu versuchen. In der Tat erhielten wir den Befehl, das Detachement nach Evreux abzusenden.

Am Morgen des 7. August marschierten also 300 Mann mit acht Offizieren in die Normandie ab. Wir drückten ihnen bewegt die Hand und sagten „Auf Wiedersehen!“ und glaubten doch nicht recht daran. Andere Abteilungen wurden in der Stille nach Saint-Cloud, nach Saint-Germain und an andere Punkte den Weg entlang geschickt, um die Flucht des Königs zu decken. Ich begab mich zeitig zu den Tuilerien, um mit zuverlässigen Leuten den Posten an der Gartenterrasse zu beziehen. Aber wie erschrak ich, als ich den Quai an der Seine betrat! Er wimmelte von Nationalgardisten, Föderierten und Pikenmännern, und man hatte sogar Wachtfeuer angezündet, die hell lodernd die Terrassenmauer und den Fluss beleuchteten.

An ein geheimes Entweichen war da nicht zu denken. Ich suchte den Major Bachmann auf, um ihm eine gewaltsame Entführung der königlichen Familie vorzuschlagen.

„Das war auch mein Gedanke“, sagte er. „Ich komme gerade aus den Tuilerien, wo ich den König zu einem solchen Unternehmen überreden wollte. Es ist umsonst. Er will von keiner Gewalt hören. Nun gilt es, in aller Eile die verzettelten Truppen wieder in den Kasernen zu vereinen. Morgen Abend muss das ganze Regiment in die Tuilerien; denn der Angriff des Gesindels auf die Tuilerien ist nun eine sicher beschlossene Tatsache. Reiten Sie sofort nach Courbevoie und Rueil und sorgen Sie dafür, dass die Bataillone möglichst stark für morgen Abend bereit sind.“

Ich warf mich also auf ein Pferd und sprengte in der Nacht noch nach Courbevoie und Rueil.

In die Tuilerien!

Am Abend des 8. August waren die zerstreuten Posten in Courbevoie versammelt; das Detachement nach Evreux war natürlich nicht mehr zu erreichen gewesen. Ich stand bei Einbruch der Nacht mit P. Secundus vor der Kaserne und hörte von ihm, dass er auf den vergangenen Abend in das Hôtel de Malte gebeten war, um dort in aller Eile zwei Ehen einzusegnen.

„Ich hatte keine Zeit dazu“, sagte er. „Beichten ist jetzt wichtiger als Heiraten! Nun, unsere katholischen Soldaten haben das begriffen, und ich habe in diesen drei Tagen fast alle Beicht gehört. Ich wollte nur, die Herren Offiziere wären ebenso brav wie die Soldaten. Aber da heißt es auch wieder: ‚Den Armen wird das Evangelium verkündet!‘ Außer Ihnen und Reding und ein paar von den Luzernern ist fast keiner zur Beicht gekommen. Nun, sie werden mir beim Jüngsten Gericht nicht sagen können, dass ich sie nicht einlud. Mehr tut für gewöhnlich auch der Herrgott nicht. Ich werde übrigens das Regiment nicht verlassen, wenn es zum Kampf kommt, und hoffe vielleicht noch das eine oder andere Schäflein retten zu können. Seht nur, wie prächtig ich mich ausstaffiert habe, - einen kaffeebraunen Rock, den mir der Major geschenkt hat, und eben solche Beinkleider! Ich habe nun einmal eine Vorliebe für die braune Farbe von der Kutte her. Und dann seht einmal, mein feines Jabot - erst vor acht Tagen frisch gewaschen und gefältelt. Und dann statt der großen Kapuzinertonsur meine Perücke. Die Pracht! Wenn der alte Bruder Paphnuzi im Zugerklösterli mich in diesem Aufzug sähe, ich glaube, er würde ersticken vor Lachen."

So plauderte P. Secundus in seiner gemütlichen Weise, als auf der Pariserstraße Hufschlag ertönte und der Aide-Major Anton von Glutz angeritten kam.

„Lasst sofort Alarm schlagen!", rief er. „Das ganze Regiment muss vor 3 Uhr morgens in den Tuilerien sein."

„Wohl wieder ein blinder Alarm", sagte ich.

„Nein, diesmal wird's ernst. Für Morgen steht die Verhandlung über die Absetzung des Königs auf der Tagesordnung, und die Jakobiner werden ganz gewiss die Stimme der Linken durch einen Putsch unterstützen."

Die Trommeln wirbelten also. Die beiden Bataillone stellten sich in Reih und Glied. Die vorrätige Munition wurde verteilt; nur etwa 30 Patronen auf den Mann, und sobald das Bataillon aus Rueil eintraf, marschierten wir ab. Da wir erwarteten, dass man versuchen werde, uns den Durchmarsch zu sperren, marschierten wir wie in Feindesland mit Vorhut und Plänklern. Doch wir erreichten ohne Kampf den Tuileriengarten, wo wir unser erstes Regiment aufgestellt fanden. Oberstleutnant Maillardoz und Major Bachmann waren uns bis zur Porte Maillot entgegengeritten. Im Tuileriengarten hielten sie eine kurze Musterung; wir mochten etwa 900 Mann stark sein; das Regiment hatte seit drei Jahren keine Rekruten mehr erhalten und war jetzt durch das Detachement in die Normandie und die verschiedenen Wachen um mehr als ein Viertel geschwächt.

Und so sollten wir das Leben Ludwigs XVI. und seiner

Familie verteidigen! Eine schwere Aufgabe, wenn es den Angreifern wirklich ernst war, und wenn sich an dem Ansturm des Pöbels die Bataillone der Bürgerwehr beteiligen sollten!

Bei Tagesanbruch versammelte Galiot de Mandat, der zeitweilige Oberbefehlshaber der Nationalgarde, ein tapferer und entschlossener Mann, die Offiziere zu einer Art Kriegsrat und entwickelte uns seinen Plan, die Aufständischen gar nicht bis vor das Schloss kommen zu lassen, sondern sie auf ihrem Anmarsch zu zersprengen. Zu diesem Zweck wollte er die Seinebrücken durch Artillerie sperren, um so die Vereinigung der Vorstädte Saint-Marceau auf dem linken und Saint-Antoine auf dem rechten Seineufer zu verhindern. Die Hauptmacht sollte auf dem Grèveplatz, wo die Straße Saint-Antoine mündet, dem Zug Santerres die Spitze bieten, andere geschickt verteilte Posten ihn von den Seitenstraßen aus in der Flanke und im Rücken fassen. Der Plan war gut und versprach Erfolg, wenn Mandat auf seine Leute rechnen konnte. Darin aber lag die Schwierigkeit, wie sich schon im Laufe des Tages zeigen sollte. Und selbst von den 2000 Adeligen, an die man Einlasskarten verteilt hatte, kamen jetzt in der Stunde der Gefahr kaum 200. Unter ihnen erblickte ich als einen der ersten den braven Marquis Valdouleur. Auf einen Stock gestützt, hinkte er mühselig die Treppe hinauf. Ich eilte auf ihn zu und bot ihm den Arm.

„Ah, Bär“, sagte er. „Du brauchst dich nicht zu entschuldigen. Der Dienst des Königs! Der Kapuziner ist auch nicht gekommen.“

„Und was wollen denn Sie hier?“, fragte ich ihn. „Sie können ja kaum aufrecht stehen!“

„Ist nicht nötig für mein Vorhaben, Bär! Du suchst mir einen Stuhl - wenn möglich einen Lehnstuhl - und stellst ihn neben die Tür des Königs. In den Lehnstuhl setze ich mich hinein und lege meine beiden Doppelpistolen in meinen Schoß und den Stockdegen blank über meine Knie. Und dann soll diese Canaille kommen! *Pro Deo et Liliis*! Nur über mindestens sechs Leichen - fünf von ihnen und dann über meine - geht ihr Weg in das Zimmer des Königs! A propos, Bär! Ich habe auch einen Brief für dich in der Tasche da, - nimm ihn selber heraus - so eine Art Billetdoux von Bella. Die hast du schon ans Greinen gebracht mit deinem Geschreib! Pfui, Bär, wer wird die Schweizerberge dem schönen Frankreich vorziehen? So! Hier sind wir zur Stelle. Hier will ich, wenn es Gottes Wille ist, für meinen König sterben. Und hörst du, Bär, ich vertraue auf deine und Redings Ehre, dass ihr meinen Willen achtet, ob er nun unterschrieben und untersiegelt ist oder nicht, und dass ihr meine Kinder glücklich macht! Jetzt geh deinen Pflichten nach!"

Ich ließ ihn also auf einem Sessel im Oeil de Boeuf, den Privatgemächern des Königs gegenüber, und zog mich zunächst in eine Fensternische zurück, wo ich Isabellas Briefchen las. Sie nannte mich darin ihren lieben Bösewicht und sagte, wenn sie mich nicht so schrecklich gern hätte, so würde sie auf meinen hässlichen Brief gar nicht geantwortet haben. Aber sie wolle mir einen Kompromiss vorschlagen, weil sie mich so riesig gern habe. Wenn der König wirklich abgesetzt würde, und diese abscheulichen Menschen dauernd Frankreich regierten - was natürlich eine ganz unsinnige Annahme sei -, so wolle sie in Gottes Namen Frankreich verlassen und in der Schweiz in meinen Armen am Heimweh sterben. Wenn aber der König siege und die liebe alte Ordnung wieder aufrichte, was ja ganz gewiss bald geschehen werde, dann müsse ich ihr das Opfer bringen und mit ihr in Paris oder Versailles leben.

Ich schob den Brief in meine Brusttasche. War sie auf meine Forderung eingegangen? Nur für den Fall, den sie selbst naiv genug als unmöglich bezeichnete. Ich glaubte nun freilich, dass dieser Fall eintreffen werde. Und dann werde ich ihr die Freiheit geben müssen; denn ich könnte sie doch nicht zwingen wollen, mir in Verhältnisse zu folgen, in denen sie sich nach ihrem eigenen Geständnis unglücklich fühlen würde.

Diese Gedanken gingen mir durch den Sinn, während ich mich zum Wachtlokal neben der großen Treppenhalle begab. Zu meinem Staunen traf ich dort den Oberst d'Affry. Er hatte sich in einer Sänfte hertragen lassen, und schärfte den anwesenden Offizieren und Mannschaften ein, nur auf schriftlichen Befehl des Königs oder auf Weisung des Kommandanten der Nationalgarde oder der Stadtbehörden irgend etwas Feindseliges zu unternehmen und auch in diesem Fall nicht allein zu kämpfen, sondern nur die Nationalgarde zu unterstützen.

Etwas ärgerlich bemerkte Hauptmann Erlach, die Regierung von Bern habe vorgestern geschrieben, sie hätten zu tun, was das Wohl des Königs und die Ehre des Regiments erfordere. Man sehe ja, wie die Nationalgarde und sogar der Adel den König verrate. Etwas Ähnliches solle man von dem Schweizerregiment nie sagen. Wenn niemand anders den König verteidige, so wollten doch sie treu ihren Fahneneid halten. Ähnlich erklärten sich die übrigen Offiziere. Wir waren froh, dass der alte Mann, der es mit keiner Partei verderben wollte, sich endlich entfernte, weil wir fürchteten, er verwirre unsere vortrefflich gesinnten Soldaten.

Der Tag verging unter tausend aufregenden Nachrichten über die Verhandlungen der Legislative, über die Abstimmung der 48 Sektionen von Paris, über die Bewegung in den beiden großen Vorstädten, von denen der Angriff erwartet wurde. Gegen Abend verteilten wir die Posten. Eine Reserve von 300 Mann stand im Hof der Schweizer und in dem angrenzenden Hôtel de Brionne. Die übrigen bewachten die große Treppenhalle und die Treppe der Königin. Nach 11 Uhr begleitete ich noch den Major Bachmann von Posten zu Posten, und wir fanden alles in Ordnung. Als wir in den Oeil de Boeuf kamen, fanden wir den guten Marquis Valdouleur noch auf seinem Posten. Er drückte mir die Hand und fragte: „Kommen sie bald aus den Vorstädten?"

Unser Oberbefehlshaber Galiot de Mandat kam jetzt mit Maillardoz und einigen Herren die Treppe herauf. Maillardoz forderte Bachmann, den Aide-Major von Glutz, mich und einige andere Offiziere auf, sie zu begleiten. So begaben wir uns in den Saal, wo die ganze königliche Familie mit Ausnahme der beiden Kinder sich versammelt hatte.

Mandat und Röderer traten an den Tisch und berichteten über die Lage. Beide beschwerten sich über Pétion, den Maire von

Paris, dass er für die Sicherheit des Schlosses ungenügend gesorgt habe. Doch meinte Mandat, er werde auch so mit dem Gesindel der Vorstädte fertig. Der König wiederholte seinen Wunsch, nach Möglichkeit jedes Blutvergießen zu vermeiden.

Endlich kam Pétion, an den Mandat wiederholt Nachricht geschickt hatte, seine Anwesenheit sei in den Tuilerien erforderlich. Er begegnete keinen freundlichen Blicken, wie man sich denken kann.

„Es scheint, die Aufregung ist groß in der Stadt", sprach ihn der König in nicht sehr freundlichem Ton an.

„Ja, Sire", sagte Pétion und fügte dann hinzu, er habe es daher für seine Pflicht gehalten, sich persönlich in die Nähe des Königs zu begeben, um für dessen Sicherheit zu sorgen.

Mandat bemerkte, das wäre besser dadurch geschehen, dass er ihm die verlangten 10.000 Mann Bürgerwehr verschafft hätte; kaum ein Fünftel davon sei gekommen und diesen fehle die Munition. „Wie kommt es", fuhr er den Maire an, „dass meine Leute kaum 4 bis 5 Patronen erhielten, einige gar keine, während man den Marseillern Schießbedarf in Fülle ausgeteilt hat?"

Pétion wischte sich den Schweiß von der Stirn. Das müsse ein Missverständnis sein, stammelte er. Dann sagte er, es sei in dem Saal „sehr schwül", und bat um die Erlaubnis, sich entfernen zu dürfen. Ich hatte erwartet, der König würde den Menschen, der zwischen der Revolutionspartei und ihm ein feiges Doppelspiel trieb, sofort verhaften lassen. Aber er ließ ihn gehen.

Übrigens war es auch noch anderen „Helden" der Revolution in dieser Nacht „schwül" geworden. Barbaroux trug Gift bei sich; Robespierre verkroch sich; Marat hatte bei Danton ein Versteck in einem Keller aufgesucht, nachdem er vergebens Barbaroux gebeten hatte, ihn als Jockei verkleidet nach Marseille zu senden. Santerre selbst musste von Westermann mit gezücktem Säbel zum Aufbruch gezwungen werden; sie fürchteten alle die Handvoll Schweizer!

Kurz vor Mitternacht, als sich die königliche Familie zurückgezogen hatte, gab mir Bachmann den Befehl, die Posten auf der Gartenseite zu inspizieren. Ich tat es mit Gibelin und einem kleinen Trupp unserer Grenadiere. Alles war in Ordnung. Ein Offizier vom französischen Adel sagte mir noch: „Sie wagen nicht zu kommen!“ Da schlug es 12 Uhr, als wir die Stufen vor dem Mittelbau hinanstiegen. Eine schrilltönende Glocke schallte durch die Nacht.

„Das ist die Sturmglocke von Saint-Roche!“, sagte Gibelin. Und sofort stimmten die Glocken von vielen, vielen Kirchen ein und riefen statt zum Opfer des Friedens zu blutigem Aufruhr.

„Da läutet man mehr als einem von uns zu Grabe“, sagte Reding, der seinen Posten in der Treppenhalle hatte.

„Immer der gleiche Schwarzseher“, gab ich ihm zur Antwort.

Jetzt schlugen auch unsere Trommler Generalmarsch. Die beiden Brüder Jost wirbelten so kräftig und munter neben ihren älteren Kameraden, als ginge es zu einer festlichen Parade. Seppi warf mir mit schalkhaftem Lachen einen kecken Blick zu, als ich an ihm vorüber zum großen Portal ging, als wollte er sagen: „Gelt, ich fürchte mich ebenso wenig wie die anderen!“

Alles trat unter die Waffen. Der Posten am Königstor wurde verstärkt. Man lud die Gewehre. Trommelwirbel, das Wiehern der Pferde, das dumpfe Rollen der Kanonen, das Geschrei einer unzähligen Menge und über alles hin das wimmernde Läuten der Glocken von fast allen Kirchtürmen der Stadt tönte durch die Nacht. Es war grauenhaft schön. Und dabei blickten vom Himmel, als ob auf Erden nichts als Frieden und Eintracht sein könnten, tausend und tausend Sterne in einer milden Pracht hernieder auf die Tausende und Tausende, die sich zu blutigem Kampf rüsteten.

Aber noch vergingen Stunden, bis der Kampf begann. Das war erst das Sammelzeichen für den Feind. In ruhiger Erwartung standen unsere Leute in Reih und Glied. Im Schloss war fast alles wach geblieben. Die Adligen hatten sich in zwei Kompagnien geordnet. Marquis Valdouleur, den ich von Zeit zu Zeit besuchte, saß noch immer auf seinem Posten. Mandat und seine Offiziere sahen diese Freiwilligen nicht gern und suchten sie aus dem Schloss zu entfernen; denn sie fürchteten, die schlecht bewaffneten Herren würden mehr Verwirrung verursachen als Hilfe bringen.

Der Tag brach endlich mit einem blutfarbenen Morgenrot an. Bote auf Bote kam und verlangte Mandat dringend aufs Stadthaus. Endlich gab er dem Verlangen nach, in der Hoffnung, die „Kommune“, die jetzt als Revolutionsbehörde die „Munizipalität“ ersetzte, zum Frieden bewegen zu können. Gleichzeitig wurde in unserem Wachtlokal eine Adresse an die Legislative zur Unterschrift aufgelegt, die um deren Vermittlung nachsuchte. Es zeigte sich immer mehr, wie unzuverlässig die Nationalgarde war. Besonders die Kanoniere waren wenig vertrauenswürdig. In letzter Stunde nämlich hatte man sechs Kanonen gebracht; sie standen abgeprotzt im Königshof, die Mündung dem Karussselplatz zugewendet. Aber ihre Bedienung zeigte sich dem König gegenüber so feindselig, dass Bachmann Befehl gab, zahlreiche Posten vor ihnen aufzustellen, um zu verhindern, dass die Geschütze nicht dem Feind in die Hand gespielt würden.

Um die Nationalgarde mit einem besseren Geist zu erfüllen, beschloss der König, persönlich die Truppen zu besichtigen. Zunächst zeigte er sich auf dem Balkon über dem großen Portal, das zum Karusselplatz zeigte. Lautes Vivat begrüßte ihn. Hierdurch ermutigt, stieg er in den Hof hinab. So trat er zwischen die Reihen der Bürgerwehr, die anfangs begeistert den König hochleben ließ. Aber bald trat eine schlimme Wendung ein. Je weiter der König seine Revue fortsetzte, desto öfter wurde er mit dem trotzigen Ruf „Es lebe die Nation!“ empfangen.

Mit der ihm eigenen Ruhe wandte sich der König ab und unseren Truppen zu, die ihn, militärisch grüßend, in strammer Haltung empfingen. Dann begab er sich zur Gartenseite, von wo wir bald ähnliche Rufe, selbst Drohungen gegen sein Leben herüberschallen hörten. Er wurde vom Pöbel, der durch das offene Tor der Reithalle, worin die Legislative tagte, immer zahlreicher in den Garten eindrang, gezwungen, die Revue abzubrechen. Die Revue hatte die Bürgerwehr nicht umzustimmen vermocht; sie hatte nur noch deutlicher gezeigt, dass auf die Mehrzahl der Gardisten kein Verlass war.

Und nun kam aus dem Stadthaus die Nachricht, dass der Oberkommandant Mandat dort meuchlings niedergeschossen worden sei, auf Dantons Anstiftung, wie er sich später rühmte. Die „Kommune" hatte Mandat als „Feind des Volkes" abgesetzt und verhaftet; dann wurde er auf der Treppe neben seinem Söhnchen ermordet und die Leiche sofort in die Seine geworfen. Die neue revolutionäre Behörde verlieh Santerre den Oberbefehl über die Bürgerwehr.

Damit war der letzte Zweifel geschwunden, dass der Angriff wirklich erfolgen würde. Die beiden Munizipalräte Leroux und Borie, die in den Tuilerien waren, verlasen das Kriegsgesetz bei den einzelnen Truppenteilen und übergaben Lachesnaye, Mandats Stellvertreter, den Befehl, die das Schloss angreifenden Volksmengen mit Gewalt zurückzuwerfen.

Da wurde zum ersten Mal der Gedanke ausgesprochen, die königliche Familie aus dem Kampf, der jetzt unmittelbar bevorstand, in die Legislative zu flüchten. Ich glaube, er ging von dem Stadtrat Leroux aus und wurde von Röderer, dem Generalprokurator des Departements, kräftig unterstützt. Meiner Ansicht nach meinten es diese Leute gut; aber sie waren keine Soldaten. Bachmann sagte ganz richtig: „Der König ist verloren, wenn er sich ergibt." Nach einigem Sträuben entschloss sich der König wirklich dazu, wiederum von dem ihm eigenen Gedanken veranlasst, so vielleicht noch das Blutvergießen verhindern zu können und das Leben seiner Gattin und Kinder sicherer zu retten.

Wir mussten also rasch eine Bedeckungsmannschaft für die königliche Familie zusammenstellen. Sie wurde aus treuen Grenadieren und aus Schweizern gebildet; rechts stellten sich jene, links die unsrigen, von Erlach kommandiert, in doppelter Reihe auf. Von seinem Hofstaat durften nur die Königin, die beiden königlichen Kinder und Madame Elisabeth dem König folgen.

Großer Lärm vom Karusselplatz rief mich an ein Fenster, und ich sah, wie jetzt der Hauptzug der Aufständischen auf diesen einbog. Die einen brüllten das neue Lied der Marseiller, die anderen heulten: „Nieder mit dem König! Tod den Rotrüben!" Im Nu war der Platz von ihnen überschwemmt. Und sie führten eine große Anzahl Kanonen mit sich, deren Mündung sie auf das Portal richteten. Dann schrien sie, man solle augenblicklich das große Eisengitter öffnen, und ohne auch nur eine Antwort abzuwarten, suchten sie es mit Gewalt zu sprengen. Laut dröhnten, von kräftigen Armen geschwungen, Schmiedehämmer dagegen, und schon begannen rechts und links vom Tor Waghälse die Hofmauer zu erklimmen.

Gleichzeitig sah ich zu meinem Schrecken, wie die Bataillone der Nationalgarde ihre Posten verließen. „Der König ist fort", sagten sie, „wir haben hier nichts mehr zu tun."

Viele gingen einfach zum Feind über, allen voran die Kanoniere, die ihre Geschütze sofort gegen das Schloss wendeten. Da brachen klirrend die beiden Flügel des großen Tores aus den Angeln zu Boden, und schreiend wälzte sich die Menge in den Königshof.

„Wir sind verloren", sagte ich und eilte zur großen Treppe, Valdouleur noch einmal zurufend, dass er sich rette. Er war, als der Lärm die Ankunft der Rebellen verkündete, zu mir ans Fenster gekommen. Statt einer Antwort spannte er seine Pistolen und legte sie stumm vor sich auf die Fensterbank.

Als ich in der Treppenhalle ankam, hatte eben Marschall de Boissieu den Schweizern und den wenigen Nationalgarden, die noch auf ihren Posten geblieben waren, Befehl gegeben, die Höfe zu räumen und sich ins Schloss zurückzuziehen. Mit knapper Not war das Hauptmann Dürler und seiner Abteilung gelungen. Schulter an Schulter stellten sie sich jetzt auf der Freitreppe vor dem Portal, in der Treppenhalle, auf dem Absatz, wo die Tür der Kapelle ist, und an allen Fenstern des Erdgeschosses und der oberen Stockwerke auf. Selbst die hohen Balkone und die Dachbalustraden waren mit Schützen besetzt. De Boissieu gab Dürler den Befehl, sich nicht aus der Stellung vertreiben zu lassen. Die feste Haltung unserer Leute, die blitzenden Bajonette und Gewehrläufe hielten die Rebellen eine Weile zurück; sie wagten nicht, die Feindseligkeiten zu eröffnen. Wir benutzten die Frist, um die Treppe mit Balken zu verrammeln.

Noch einmal versuchte Marschall de Boissieu zu unterhandeln. Aber das Geschrei des Pöbels, der Einlass in das Schloss verlangte, übertönte seine Worte. Nun gingen auch die Gendarmen, die noch in der Treppenhalle waren, zum Feind über. Unsere Leute knirschten mit den Zähnen, empört über diese Verräterei. Jetzt schrieen die Sansculotten, wir sollten dem Beispiel der Gendarmen folgen, und als ihnen keine Antwort zuteil wurde, schoss ein Marseiller seine Pistole auf eines der Fenster ab. Sergeant Lendi schlug sofort an und wollte diese Herausforderung erwidern. Hauptmann Dürler wehrte es ab; denn niemand mochte das Blutbad, das nun kommen musste, beginnen.

Jetzt trat Westermann, der Führer der Kolonne von Saint-Antoine, vor uns hin. Der frühere Gemeindeschreiber aus Hagenau im Elsass ergriff Dürlers Hand und sagte: „Schließt euch uns an! Ihr müsst euch der Nation ergeben!"

Mit Entrüstung lehnte Dürler das Ansinnen ab; ebenso wir anderen Offiziere, die wir in der Nähe standen. Da zog der Elsässer seinen Säbel, schimpfte und drohte. Ruhig sagte Dürler zu dem Soldaten neben ihm auf Deutsch: „Schlägt er auf mich ein, so schieß ihn nieder!"

Westermann verstand das und senkte seinen Säbel. Dann wandte er sich, ebenfalls in deutscher Sprache, an unsere Leute und forderte sie auf, die Waffen zu strecken; jeder Kampf sei ja erfolglos. Der Wachtmeister Blaser gab ihm stolz zur Antwort: „Wir sind Schweizer, und die Schweizer geben ihre Waffen nur mit ihrem Leben. Eine solche Schmach lassen wir uns nicht bieten. Will man unser Regiment nicht mehr im Dienst haben, so verabschiede man es gesetzlich. Unsere Posten aber verlassen wir nicht und strecken auch nicht unsere Waffen."

Wütend wandte sich Westermann von uns ab und bald darauf begannen die Feindseligkeiten. Die Mauer entlang schlichen sich etliche Marseiller und suchten mit Schiffshaken von der nahen Seine unsere Posten vom Portal wegzureißen. Da spaltete der Grenadierleutnant Kastelberg aus Disentis, ein Hüne von Gestalt, einem Pikenmann den Kopf; nun fielen vom Karussellplatz her die ersten Schüsse, und der blutige Tanz begann. Zu Tode getroffen fiel Philipp von Glutz neben mir; eine Kanonenkugel zerschmetterte Kastelberg den Fuß. Da knallte es auch aus den Fenstern des Schlosses, und eine wohlgezielte Salve aus der Treppenhalle tat ihre Wirkung. Heulend flohen die Marseiller und Westermanns Leute. Rasch ordneten sich unsere Reihen zu einem Ausfall; Dürler an der Spitze brachen wir mit gefälltem Bajonett in den Königshof vor. Hei, wie die Helden vor uns die Fersen schwangen! Im Nu waren die sechs Kanonen im Hof in unserer Hand. Sie waren uns leider nutzlos, denn wir hatten keine Munition. Die beiden Luzerner, der Vater Emanuel und der Sohn Alexander von Zimmermann, waren so glücklich, in den anderen Höfen drei noch geladene Kanonen zu erobern. Bei diesem Ausfall machten wir etwa zwei Dutzend Marseiller zu Gefangenen. Die Kerle hatten sich auf den Boden geworfen und stellten sich tot. Dürler schenkte ihnen das Leben und ließ sie laufen.

Gleichzeitig mit uns machte Hauptmann Heinrich von Salis-Zizers auf der Gartenseite einen Ausfall und drang kühn bis zum Tor der Reithalle vor, wo er ebenfalls drei Kanonen eroberte. Aber seine Abteilung erlitt dabei durch das Feuer von der Terrasse starken Verlust. Er schickte um Unterstützung, um die erbeuteten Geschütze zurückbringen zu können. Wir hatten auf unserer Seite soweit mit den Burschen aufgeräumt, dass Reding, Anton von Glutz, Gibelin und ich mit etwa hundert Mann ihm zu Hilfe kommen konnten. Da rief Reding: „Mein Arm!“ Eine Kugel hatte ihm den Oberarm zerbrochen. Ich stützte ihn. Er aber sagte: „Es tut nichts! Gebt ihnen eine Salve, Freunde!“ Die Salve krachte, und die Gegner stoben auseinander. Ich wollte Rudolf dorthin führen, wo unsere Feldschere hantierten. Aber er ließ es nicht zu: „Binde mir das Taschentuch recht fest um den Arm! So! Nun kann ich doch noch mit der Linken fechten.“

Bis dahin waren wir auf allen Seiten siegreich. Aber der Feind erholte sich von seinem Schrecken und rückte wieder vor. Und uns begann es an Munition zu fehlen. Die Patronentaschen der Gefallenen und Verwundeten wurden durchsucht, und der Inhalt an unsere besten Schützen verteilt.

Der Feind umringte jetzt das Schloss von allen Seiten. Vom Karusselplatz aus wurde mit Kartätschen auf uns gefeuert. Vom Pont Royal schlugen die Vollkugeln durch das Erdgeschoss des Flora-Pavillons und töteten die Chirurgen samt den Verwundeten. Vom Café der Feuillants und den andern Gebäuden jenseits der Terrasse aus überschüttete der Feind die Gartenseite mit Geschossen: Das Ende konnte nicht mehr fern sein.

Da kam mitten durch den Kugelregen ohne Hut und atemlos der alte Marschall d'Hervilly gelaufen. Er winkte, er rief, er schwenkte ein Papier in der Hand.

„Auf Befehl des Königs!“, keuchte er. „Rasch! Die Schweizer sollen zu ihm in die Nationalversammlung! Eilt Euch! Rettet den König!“ So und ähnlich lauteten die Worte, die er mit heftigen Gestikulationen nach rechts und links wiederholte. Was konnte uns angenehmer sein als dieser Befehl? Versuchen den König zu retten und dabei zu sterben - das hatte doch einen Sinn! In den Tuilerien war unser Tod ganz nutzlos.

Ich erhielt den Auftrag, die in den oberen Stockwerken Verteilten rasch zu sammeln und als Nachhut dem Kommando von Salis nachzuführen. Der kleine Jost wurde mir als Trommler mitgegeben. Eine der geladenen Kanonen, die Zimmermann erobert hatte, und eine Anzahl guter Schützen sollten den Rückzug decken. Ich gab ihnen Befehl, das Geschütz erst loszubrennen, wenn Westermann einen Sturm auf die Treppenhalle wage, und eilte mit dem kleinen Seppi hinauf in die oberen Stockwerke. Von allen Seiten stürmten unsere Leute auf den Schall der Trommel herbei, die dumpf durch die Säle und Korridore wirbelte. Was mir entgegenkam, schickte ich hinab, um den Posten in der Treppenhalle zu verstärken.

Jetzt traten wir in den Oeil de Boeuf. Da und dort lagen an den Fenstern Tote und Verwundete, von den Kugeln des Feindes hingestreckt. Auch manche Adelige erblickte ich in ihrem Blut neben unseren Leuten. Mein Blick suchte den Platz, wo ich vor einer Stunde den alten Marquis Valdouleur zurückgelassen hatte, und mit einem Wehruf stürzte ich zur Stelle. Der Greis lag mit durchschossener Brust auf dem Boden, und neben ihm kniete P. Secundus, ihm die heilige Ölung spendend. Noch einmal öffnete der Sterbende die Augen. „*Pro Deo et Liliis*!“, murmelte er, erkannte mich und reichte mir die Hand. - „Tue deine Pflicht und grüß’ mir meine Kinder“, sagte er mit brechender Stimme. In der Tat hatte ich keinen Augenblick zu verlieren und eilte voran, P. Secundus bittend, dass er mit uns das Schloss verlasse. „Wenn ich mit meiner Arbeit fertig bin“, sagte er ruhig und schritt weiter, um noch anderen Sterbenden den Trost der Religion zu spenden.

Unter dem Dach, hinter den Balustraden des Daches, überall fand ich von unseren Leuten; sie schossen noch tapfer auf den Feind. Graf Hubert Diesbach, der letzte Offizier, den ich auf dem höchsten Balkon traf, ermunterte eben seine Leute, ihre letzten Patronen ausschließlich auf die Kanoniere zu verwenden, als ich ihm den Befehl brachte, das Schloss zu verlassen. „Schade“, sagte er, „wir sollten doch noch erst diese Taugenichtse von Kanonieren wegputzen - aber wie befohlen!“

Noch eilte ich auf die andere Seite, wo ebenfalls Schützen die Dachbalustraden besetzt hielten, da hörte ich unter uns die Kanone abfeuern, die den Zugang zur Treppenhalle verteidigte.

„Sie stürmen“, sagte ich zu meinem kleinen Gefährten, der noch immer neben mir die Trommel rührte. „Jetzt müssen wir hinab, wenn wir nicht im Schloss sterben wollen.“

„Geht nur hinab“, antwortete der tapfere Knabe. „I will da obe nu es bitzeli trumle und die Schwyzer, die öbbe nu do obe sind, scho abe schicke.“

„Du verdienst ein Ludwigskreuz, Seppi“, sagte ich. „Aber jetzt ist es genug. Sie konnten es alle hören, und wir haben keinen Augenblick zu verlieren.“

In der Tat war es schon zu spät. Als wir die Treppe des zweiten Stockes erreichten, kamen uns ein paar fliehende Leute von dem Zug Diesbach entgegen. „Hier kommen wir nicht durch“, sagten sie. „Die Halle und das Treppenhaus sind erstürmt. Der Hauptmann und unsere Kameraden sind erschlagen. Die Treppe, die Kapelle, die Halle liegen voll Leichen! Kommt mit, Herr! Wir wollen uns unter dem Dach verstecken, bis das Morden ein Ende hat.“

Ich wollte mit Gewalt die Treppe hinab. Doch sie hielten mich fest. „Ihr rennt ganz nutzlos in den Tod!“, sagte Brunner, der einer der Fliehenden war. „Denkt an Eure Mutter und rettet Euch und uns, wenn's möglich ist.“

Er hatte recht. Wir flüchteten zunächst auf den höchsten Balkon der Gartenseite und versperrten hinter uns die kleine Tür.

Zwischen Himmel und Erde

Der Balkon, den wir betraten, bildete die Plattform des um einige Klafter vorspringenden Portalbaues, der in drei riesig hohen Stockwerken bis an den Fuß der Kuppel emporsteigt. Ihr vierseitiges, gewölbtes Dach erhob sich unmittelbar hinter uns, umfasst von einer ziemlich hohen Balustrade, sodass man ohne Gefahr rund um die Kuppel herumgehen und den entsprechenden Balkon auf der Hofseite erreichen konnte. Die Dächer des nördlichen und südlichen Flügels lagen mehrere Klafter tief unter uns und ihre Firsten schlossen auch unmittelbar an den Mittelbau, sodass es unmöglich schien sie zu erreichen, im Falle wir verfolgt wurden.

„Da sind wir jetzt zwischen Himmel und Erde“, sagte ich, nicht ohne Schauder in die schwindelnde Tiefe hinabblickend. „Wie wollen wir ausweichen, wenn die Mordbuben uns hier hinauf nachkommen?“

„Nun zuerst werden sie unten noch zu tun haben“, sagte Brunner. „Ich denke nämlich, sie wollen nicht nur morden, sondern auch rauben. Und dass es da unten allerlei zu mausen gibt, ist klar. Auch glaube ich, sie werden zuerst in den Keller gehen, bevor sie aufs Dach kommen. Wenn sie aber einmal ordentlich getrunken haben, möchte ich ihnen nicht raten, hier auf dem Dach herumzuklettern. Und ist es Nacht, so werden wir uns wohl die Treppe hinabschleichen können."

Das schien in der Tat der einzige Weg zur Rettung. Wir verrammelten also die Balkontür so gut wie möglich und stellten eine Wache davor; dann gingen wir die Balustrade entlang auf den Balkon der Hofseite und taten dort dasselbe. Jetzt hatten wir Zeit, zwischen den Säulchen der Balustrade hindurch in die Höfe und in die Gärten hinabzuspähen und uns die blutigen Erlebnisse des Morgens zu erzählen.

Auf der Gartenseite sahen wir die große Allee bis zur Drehbrücke hin mit Toten und Verwundeten in der roten Schweizeruniform übersät; wir sahen, wie Männer und Weiber mit Piken und Säbeln mordeten, was noch lebte. Über die Drehbrücke hinaus auf dem Platz Ludwigs XV. Schießen, Schreie, Reiterei mit blitzenden Säbeln.

„Was soll denn der Kampf dort?", fragte ich.

„Unsere Brüder werden niedergemacht", antwortete Wirz aus Unterwalden.

„Es ist ja ein Bote mit dem Befehl des Königs gekommen, dass das Regiment in die Kasernen nach Courbevoie zurück solle. Dass das unmöglich ist, lag auf der Hand. Und nun werden sie elendiglich erschlagen."

„Gott verzeih es dem König!", brummte der Sergeant Christen. „Er hat es, wie immer, gut gemeint, aber schlecht getroffen."

„Sollen wir nicht ein Gegrüßet seist du Maria beten für ihre armen Seelen? Und mein Bruder ist auch dabei!", fragte Sepp Jost mit Tränen in den Augen, und ich antwortete ihm, er habe recht.

Wir knieten also nieder und beteten mit ausgespannten Armen fünf Vater unser und Ave Maria mit dem „Herr, gib ihnen die ewige Ruh'", wie es bei einem Toten katholischer Brauch ist.

Aber unser Gebet hatte eine schauerliche Begleitung. Schießen, Fluchen, Todesschreie nicht nur im Garten, in den Höfen, auf den Terrassen, unmittelbar unter uns, sondern in den Korridoren und Gemächern des Schlosses, in dem die Rasenden alles mordeten, was sie trafen: Verwundete und sterbende Schweizer und Adelige, Diener und Lakaien des Königs, sogar, wie ich später hörte, einen zehnjährigen Küchenjungen, den die Scheusale lebendig in einem Kessel sotten. Durch die zertrümmerten Fenster wurden Leichname und Lebendige in die Tiefe geschleudert; bald folgten ihnen Kommoden, Tische, Spiegel, und die Trümmer der kostbarsten Möbel wurden zu Haufen aufgetürmt und angezündet. Dann schleiften die Furien unsere erschlagenen Brüder herbei und warfen sie in die Flammen, und, trunken von Blut und Wein, begannen Weiber und Männer um diese Feuer zu tanzen, mit heiseren Stimmen das *Ça ira** heulend. Es war ein wahres Bild der Hölle. Entsetzt wandten wir unsere Augen ab.

Der heiße Augusttag, der kein Ende nehmen wollte, neigte sich endlich dem Abend zu, und die Sonne, die so entsetzliche Gräuel geschaut hatte, sank hinter die Bäume der Elysäischen Felder hinab. Doch die Gräuelszenen setzten sich beim Schein der Feuer in die Nacht hinein fort. Und nun ergriffen die Flammen die Stallungen und Holzbaracken im Hof der Schweizer. „Um Gottes willen“, rief ich, „wir sind verloren. In einer Viertelstunde wird das Schloss brennen. Was wird dann aus uns?“

Erschrocken blickten meine Gefährten nach dem rasch zunehmenden Brand. Dem vielen Heu, das in den Stallungen aufgespeichert war, entstieg ein erstickender Qualm, und der Wind trieb die schwarze Rauchsäule gerade auf uns zu. „Wir werden in einer Viertelstunde erstickt sein, wenn wir hier bleiben“, sagte Brunner.

„Wir müssen sehen, wie wir davonkommen“, nickte Wirz. „Hier ist unseres Bleibens nicht länger.“

Nach kurzem Kriegsrat beschlossen wir, den kleinen Sepp, der sich mutig dazu angeboten hatte, als Vorhut die Treppe hinabzusenden. Wir zogen ihm seinen Waffenrock aus, damit er nicht sofort erkannt wurde, räumten die Steine, mit denen wir

* franz. so wird's gehen

die Balkontür verrammelt hatten, rasch bei Seite und ließen den Knaben vorsichtig auf die Treppe schlüpfen. Mit angehaltenem Atem lauschten wir. Aber schon nach wenigen Augenblicken kehrte Sepp zurück. „Sie kommen", flüsterte er. „Wenigstens zwanzig Mann mit Fackeln und Eimern."

„Da bleibt nur mehr ein Ausweg, über den ich schon nachgedacht habe", sagte Brunner. „Geschwind mir nach auf die andere Seite!"

Wir folgten ihm, und schon wurde von innen an der Balkontür geklopft und gerüttelt.

„Bis sie geöffnet ist", sagte Brunner, „sind wir tot oder gerettet."

Auf der anderen Seite angelangt, erklärte uns der findige Bursche seinen Plan. Unmittelbar unter dem Balkon befand sich ein großes dreieckiges Giebelfeld, das den Abschluss der in drei Ordnungen sich übereinander erhebenden Säulenstellung des Portalbaues bildete. Die zwei sich schräg treffenden oberen Gesimse dieses Giebelfeldes führten auf den obersten Architrav der Säulen, und auf diesem schien es nicht unmöglich, die Balustraden zu erreichen, die das Dach der beiden großen Flügel umfassen. Aber freilich, Schwindel durfte man nicht haben. Das Gesimse war knapp drei Schuh breit.

„Es geht ganz gut", sprach uns Brunner Mut zu. „Wenn wir da drunten auf dem ebenen Sims sind, ist es ja kinderleicht! Er ist ja so breit wie ein Fahrweg. Ihr dürft nur nicht in die Tiefe schauen. Wendet das Gesicht der Mauer zu, und wer nicht aufrecht zu gehen wagt, der kriecht!"

Wirz und Christen waren gleich bereit. Sie hatten zu Hause auf der Gemsjagd manchen schlimmeren Grat überklettert. Auch der kleine Sepp hatte keine Angst. Mir kam es schon etwas gefährlich vor, und die beiden letzten, ein Aargauer und ein Entlebucher, schüttelten die Köpfe und meinten, das gehe doch nicht. Der Aargauer sagte, er wolle lieber den paar Klafter tiefen Sprung aufs Dach wagen.

„Da hilft kein langes Beraten", sagte ich. „Frisch gewagt ist halb gewonnen! Macht ein kräftiges Kreuzzeichen und empfiehlt euch dem Schutzengel, und voran! Es gilt ja unser Leben!“

Schon hatte sich Brunner auf die Balustrade geschwungen und ließ sich auf die Spitze des Giebelfeldes hinab. Diese erste Stelle war an sich wohl die gefährlichste des halsbrecherischen Weges; denn man konnte die Spitze des Giebelfeldes mit dem Fuß noch nicht erreichen, wenn man, mit den Händen ein Säulchen der Balustrade umklammernd, sich außen hinabließ, sondern musste sich wohl zwei Schuh tief fallen lassen. Aber eine riesige Krone aus vergoldetem Kupfer, die von zwei Genien über die Spitze des Giebels hinaus gehalten wurde, bildete gerade hier eine Art Geländer, so dass man sich schwindelfreier fühlte.

Brunner wagte den kleinen Sprung und rief: „Ich stehe hier ganz sicher. Reicht mir den Sepp hinab.“

Ganz mutig wollte der Knabe springen, aber wir ließen ihn nicht, sondern reichten ihn an den Armen in die Tiefe. „Gut!“, tönte es herauf. „Jetzt ist aber für keinen Dritten mehr Platz hier. Ich will voraus und den Weg hinter diesen Figuren suchen. Sepp folgt mir, und wenn ich rufe, so lasst euch nur ohne Furcht auf das Sims hinab. Und schaut nicht in die Tiefe!“

Die aus weißem Marmor gemeißelten Genien, wohl drei- oder viermal so groß wie ein Mensch, welche die riesige Krone hielten, lagen zum Teil auf dem Gesimse, zum Teil schwebten ihre Glieder in der freien Luft. Sie waren durch eiserne Klammern und Stangen, die man von unten nicht sehen konnte, mit der Mauer verankert.

„Jetzt!“, rief Brunner.

Ich empfahl mich der seligsten Jungfrau und dem heiligen Schutzengel und stand nach einigen bangen Minuten auf der Spitze des Giebelfeldes. Hätte die Krone mir nicht einen Stützpunkt geboten, ich glaube, ich wäre in die Tiefe gestürzt. Ich musste mich erst etwas zusammenraffen. Dann kletterte ich über die Eisenstangen des einen Genius und unter seinen hochgehobenen Flügeln durch. Dieser Teil des Weges war nicht schwierig; denn die Figur deckte mir den Blick in die Tiefe. Jetzt aber, als ich ihr unteres Ende erreicht hatte, kam eine gefährliche

Stelle. Etwa zwei Klafter weiter endete das schräge Gesims des Giebelfeldes zugleich mit der Front des Portalbaues. Dort hieß es, um seine vorspringende Ecke auf den Architrav überzusteigen, der nun die Schmalseite des Vorbaues, dann das rechte Drittel des Mittelbaues entlang lief und endlich um dessen Ecke herum das Dach des Palastflügels traf.

Zagend hielt ich den Fuß des Genius umklammert, und auch das ermunternde Zureden Sepps und Brunners hätten mich kaum überzeugt, weiter zu gehen. Da kam mir Wirz zu Hilfe. Der unerschrockene Gemsjäger konnte kaum begreifen, was denn da gefährlich sei. Er bot mir die Hand, und während er selber den Fuß der Figur ergriff, den ich jetzt losließ, erreichte ich, von ihm gestützt, glücklich das ebene und ziemlich breite Kranzgesimse des Architravs. Ebenso halfen Wirz und Christen dem Entlebucher, den sie in die Mitte genommen hatten, über diese Stelle. Der Aargauer hatte sich zu der gefährlichen Reise nicht entschließen können.

Schon atmete ich auf und meinte, die Schwierigkeiten seien überwunden; denn es war wirklich nicht so halsbrecherisch, kriechend und mit der Mauer zugewandtem Gesicht voranzukommen, und wir erreichten ohne Unfall die rechte Seite des Mittelbaues.

„Halt“, hörte ich hier Brunner sagen. „Da steht uns eine dieser dummen Figuren im Weg. ‘s ist aber nit so g’fährlich. Setz’ deinen rechten Fuß auf das Postament, fass ihren Arm und schwing dich hinüber, so! Ich will dir’s vormachen.“

„Da bin ich schon drüben“, rief der Knabe. „Kommt nur herzhaft nach, ‘s ist gar nit g’fährlich!“

„Die Karyatiden!“, sagte ich erschreckend. Ich hatte diese Figuren, die rechts und links neben dem Portalbau des Mittelpavillons das oberste Geschoss schmücken, oft genug von unten betrachtet; jetzt aber waren sie mir nicht eingefallen; ich hätte sonst kaum den Schritt gewagt. Aber umkehren war nun nicht möglich, und ich hatte das Gefühl, dass ich den gefährlichsten Schritt umso weniger wagen würde, je länger ich ihn überlegte. „Also voran in Gottes Namen!“ Ich richtete mich auf, setzte meinen Fuß auf das Postament, fasste den gebogenen Arm der übermenschlich großen Figur, welche die Hände in die Seite stemmte, und kam klopfenden Herzens auf die andere Seite. Ich wusste, dass noch eine zweite Karyatide den Weg versperrte und beeilte mich, dieses letzte Hindernis ebenfalls zu überwinden.

Da aber erlebte ich einen Augenblick, bei dessen bloßer Erinnerung ich erbebe. Eben hatte ich die Karyatide erreicht, als ich Stimmen auf dem Balkon hörte.

„Da klettern die ver... Rotrüben, die uns die Balkontür vor der Nase verrammelten, auf den Gesimsen herum!“, rief einer, „Wir wollen sie wie die Dohlen, die sonst hier nisten, herunterschießen.“

Auf dieser Seite der Figur war ich ihren Kugeln ausgeliefert; ja sie konnten mich auf so geringe Entfernung kaum verfehlen. Rasch setzte ich also den Fuß auf die Kante und schwang mich um die Figur herum. Aber als ich diese Bewegung ausführte, pfiffen mir zwei Kugeln am Kopf vorbei, während eine dritte das Marmorbild traf, dessen schützende Seite ich glücklich erreicht hatte. Sie hatten nur mich gesehen. Brunner und Sepp waren schon auf die andere Seite des Pavillons herumgestiegen, und die beiden Unterwaldner standen mit dem Entlebucher so unmittelbar unter ihnen, dass sie diese nur sehen konnten, wenn sie sich über die Balustrade vorbeugten.

Als die Schüsse fielen, hatte Wirz das erste Standbild eben hinter sich und wollte mit Christen dem Entlebucher über diese schwierige Stelle hinweghelfen. Da ließ ihn gerechter Zorn einen Augenblick die Klugheit vergessen. „Duckt euch ein wenig an die Mauer“, hörte ich ihn zu den beiden Gefährten, die noch jenseits der Karyatide waren, leise sagen, „ich will doch den Sapperlöttern da oben, die auf zehn Schritt keinen Mann treffen, ein Wörtlein ins Ohr sagen.“ Damit riss er die Flinte, die er nach Art der Gemsjäger um die Schultern geworfen hatte, herunter, legte an, und bevor ich ihm auch nur zurufen konnte, er solle es um Gottes willen bleiben lassen, krachte sein Schuss. Er hatte natürlich getroffen, wie der gelle Todesschrei seines Opfers verkündete. Aber die Schar auf dem Balkon eröffnete nun ein wahres Rottenfeuer auf uns, und auch ihre Spießgesellen im Hof schauten jetzt herauf und schickten aufs Geratewohl ein paar Kugeln nach uns.

„Christen, reich mir dein Gewehr herüber; du kannst sie von dort aus nicht treffen", rief Wirz, und gleich krachte der zweite Schuss, ebenfalls mit tödlicher Wirkung. Da zog ich meine Doppelpistole und feuerte rasch beide Läufe auf unsere Verfolger. Es scheint, dass auch meine Kugeln trafen, jedenfalls bewirkte unser rasches Feuer, dass die Rotte fluchend von der Balustrade wich.

„Jetzt schnell herüber, bevor die feigen Kerle uns eine neue Salve nachjagen!", rief ich den Gefährten zu und spähte um meine Karyatide herum, wie die braven Unterwaldner den Entlebucher, dem das Geschrei und Schießen aus dem Hof herauf den Schwindel noch verstärkten, an dem Marmorbild vorbeibringen würden. Wirz wollte ihm die Hand hinüberreichen und Christen ihn stützen. Aber der biedere Mann sagte: „Nein! Wenn mir etwas passiert, so reiß ich euch beide nutzlos in die Tiefe. Ich muss es selber probieren." Noch sah ich ihn den Fuß auf das Postament setzen, dann hörte ich ihn halblaut sagen: „Herr, sei meiner armen Seele gnädig!" - und gleich darauf stürzte er lautlos in die schwindelnde Tiefe! Ob eine Kugel vom Hof aus ihn getroffen, ob ein plötzlicher Schwindelanfall ihn übermannte, ich weiß es nicht. Aber sein Sturz erschreckte mich so, dass ich ihm sicher nachgestürzt wäre, wenn ich nicht den Arm um die Karyatide geschlungen hätte. Ich zitterte wie Espenlaub. Wären die beiden Unterwaldner mir nicht zu Hilfe gekommen, ich glaube heute noch, ich hätte das Los des armen Entlebuchers geteilt. Sie nahmen mich zwischen sich und brachten mich glücklich hinter die schützende Balustrade des Daches.

Brunner und Sepp warteten dort bereits auf uns. Auch der Aargauer schleppte sich mit einem verstauchten Fuß herbei; denn er hatte wirklich den Sprung von der Balustrade aufs Dach gewagt.

Wir erreichten jetzt den Teil des Palastes, den die königliche Familie bewohnt hatte. „Hier müssen wir eine Dachluke zu finden suchen und nötigenfalls das Dach durchbrechen“, sagte ich. „Denn wenn irgendwo, so muss sich hier eine Nebentreppe befinden, die uns einen Ausweg bietet.“

Brunner und die beiden Unterwaldner suchten und hatten bald eine jener Luken gefunden, die wohl die Dachdecker benutzten. Sie war natürlich von innen verschlossen; aber die Kolben der Unterwaldner öffneten sie rasch. Jetzt betraten wir einen großen Estrich. Unsere Augen mussten sich erst an die Dunkelheit gewöhnen. Dann tappten wir vorsichtig voran.

Nach kurzer Zeit tat der kleine Sepp einen Angstschrei; er war über etwas gestrauchelt und rief: „Ich glaube, es liegen hier Tote.“ So war es. Der Kampf und das Morden hatte sich bis in diesen Bodenraum fortgesetzt. Eine Anzahl Bedienter des Königs waren hier getötet worden. Aber nicht ohne Kampf waren sie gefallen, wie mehrere Sansculotten bezeugten, die zwischen ihren Opfern hingestreckt lagen.

Brunner schlug vor, dass wir unsere Waffenröcke mit den blutigen Kitteln der erschlagenen Feinde vertauschen und ihre roten Mützen aufsetzen sollten; so allein werde es uns gelingen, mit dem Leben aus dem Schloss zu entrinnen. Der Vorschlag war gut; ich hatte das Gleiche geplant. Aber jetzt, da ich die blutigen Leichen vor mir sah, ging es mir fast wie dem kleinen Sepp, der sich nicht in einen Kittel der Toten stecken lassen wollte. Schließlich ließ ich mich doch bewegen, wenigstens eine Bluse über meinen Waffenrock anzulegen und eine der roten Mützen aufzusetzen.

In einem Zimmer unter uns hörten wir verworrenen Lärm. „Betrunkene, die am Zechen sind“, sagte Brunner, der das Ohr auf den Boden gelegt hatte. „Hört nur, wie sie mit heiserer Stimme das Lied der Marseiller brüllen! Ich habe stark vor, den Burschen einen Besuch zu machen; denn seit heute Morgen ist kein Tropfen durch meine Kehle geflossen, und ich sterbe fast vor Durst.“

„Ja“, sagte auch Christen, „es geht mir wie dem Zuger, und wenn das Wirtshaus just am Weg liegt, so könnte man ihnen ja einen wohlverdienten Schluck aus barer Hand bezahlen“. Dabei zeigte er mit seinen Fäusten, wie er das meinte.

Noch bevor ich eine Gegenbemerkung machen konnte, hatte Brunner eine Treppe entdeckt, die zu den Zechbrüdern führte. Und richtig, er öffnete die Tür und trat mit den beiden Unterwaldnern ein. Ich blieb mit Sepp und dem hinkenden Aargauer auf der Treppe stehen.

„Vive la Nation!“, brüllten die Sansculotten.

„Vive la Ration!“, antwortete Brunner und ergriff ohne weiteres eine Flasche vom Tisch, aus der er einen tüchtigen Zug tat. Dann reichte er sie den beiden Unterwaldnern und tat dabei die Dummheit, auf gut Schweizer Deutsch zu sagen: „Es besseres Tröpfli als Walchwiler oder vo der Rote-Trotte.“

Die Sansculotten und Marseiller, die noch nicht alle völlig betrunken waren, spitzten die Ohren und riefen durcheinander: „Was? Keine Franzosen! Am Ende gar noch einige von den verfl… ‚Betteraves‘? Ja seht nur - dem schauen ja die feinsten Gamaschen unter seiner gestohlenen Karmagnole hervor!“ Und im Nu brach der Tanz los.

Natürlich konnte ich meine Landsleute nicht im Stich lassen. Ich kam ihnen also mit gezücktem Degen zu Hilfe. Es mochte wohl ein Dutzend gegen uns sechs sein - ich rechne den kleinen Sepp mit; denn er hat sich so tapfer geschlagen wie einer von uns. Aber vom Feind waren manche vom Wein überwunden, und wir sahen uns bald im Vorteil. Da auf einmal fällt mich ein baumlanger Kerl mit einer Flasche in der Faust von der Seite an. Der Schlag, den er nach meiner Schläfe führte, wäre unzweifelhaft tödlich gewesen, hätte nicht gerade im Augenblick des Schlages der kleine Sepp den Gegner zu Fall gebracht. Aber die Flasche traf mich doch noch schlimm genug. Sie traf das Nasenbein, die Augenbraue und zersplitterte über meinem linken Auge. Blutüberströmt und mit einem Schmerzschrei taumelte ich an die Wand. Ich glaubte sicher, das Auge sei verloren; einen solch wahnsinnigen Schmerz empfand ich und erblickte Feuer und Flammen.

Meine Gefährten kamen mir zu Hilfe. Die Marseiller und der Sansculotte, der mich geschlagen hatte, wurden kampfunfähig gemacht. Die anderen baten um Pardon und erhielten ihn. Hinter unseren besiegten Feinden schlossen wir die Tür ab. Dann gingen wir die Wendeltreppe hinunter. Ich stützte mich auf Christens Arm, der mich notdürftig verbunden hatte. Glücklich erreichten wir das Erdgeschoss und stiegen aus einem der Fenster auf die Gartenterrasse hinaus, so das große Portal und den Hof vermeidend, wohin der Brand die Menge gelockt hatte.

„Wohin sollen wir jetzt?“, fragten die Gefährten.

„Ihr geht alle in den Faubourg Saint-Martin zum Großrichter Keyser. Mich aber geleite einer zu meinem Quartier in der Rue Saint-Honoré.“

Achtes Buch: Abtei Saint-Germain

Zwei verschiedene Schwestern

Über beraubte und grässlich verstümmelte Leichen gelangten wir endlich zur Orangerie. An dem Eisengitter, das sie umschließt, lehnte eine Frauengestalt. Als sie unsere Jakobinermützen und zerlumpten Kittel im fahlen Mondlicht erkannte, wollte sie hinter die hohen Oleanderbüsche entweichen, die dort in riesigen Kübeln am Fuß der Terrasse standen. Aber im selben Augenblick hörte sie mich Brunner einen Auftrag an den Großrichter geben und erkannte meine Stimme.

„Damian!“, rief sie, rasch auf uns zutretend, „dich senden Gott und seine gebenedeite Mutter! Hilf mir Rudolf nach Hause bringen!“

Es war Martha Valdouleur.

Als die Kanonen donnerten und das Gewehrfeuer von den Tuilerien herüberknatterte, war ihr tapferes Herz nicht mehr zu Hause zu halten. Sie hatte Verbandszeug in einen Armkorb gepackt und war allein auf den Kampfplatz geeilt; denn ihre Schwester, die wohl weinte und jammerte, hatte nicht den Mut gehabt, sie zu begleiten.

Als sie zur Stelle kam, war der eigentliche Kampf bereits beendet, und das grässliche Morden der Wehrlosen und Verwundeten hatte begonnen. Vergebens versuchte sie, ins Schloss einzudringen. Man brachte viele Verwundete an ihr vorüber, lauter Sansculotten und Soldaten der Bürgerwehr, auch einige wenige Marseiller, und sie sah sich gezwungen, ihnen Samariterdienste zu weihen, so sehr das rohe Wesen und die Sache, für die diese Menschen ihre Wunden empfingen, ihrem Innersten zuwider waren.

Stundenlang wurde sie so in einem Erdgeschoss der Rue Saint Nicaise festgehalten. Erst am späten Nachmittag gelang es ihr, unter dem Vorwand, neues Linnen zum Verbinden zu holen, die Verwundeten zu verlassen. Ein Offizier der Nationalgarde half ihr; sonst hätten die rohen Gesellen die „schöne Bürgerin“ mit Gewalt zurückgehalten. Und dann hatte sie ihre liebe Not, den Offizier, der sich als ihr Beschützer aufspielte, loszuwerden. Sie wusste ihm endlich zu entwischen und versuchte nun wieder ins Schloss zu kommen. Durch Blutlachen und über Leichen kam sie tatsächlich in die große Treppenhalle. Die Treppe selbst war von Toten förmlich gesperrt; denn an die 80 Schweizer waren dort Schulter an Schulter gefallen. Sie hatte jetzt schon so viel Grässliches gesehen, dass sie es wagte, den toten Offizieren ins Angesicht zu schauen, bei jedem neuen befürchtend, es könnte ihr Bräutigam sein. Sie wusste, dass ihr Vater im Vorzimmer des Königs zu suchen war, und so nahm sie sich den Mut, die bluttriefenden Stufen zu ersteigen. Aber sie fand ihn nicht und erhielt erst durch mich die sichere Nachricht von seinem Heldentod.

So war sie denn mit der Hoffnung, er möge sich gerettet haben, in den Garten hinabgestiegen, und begann da unter den Toten nach ihrem Bräutigam zu suchen. Es dunkelte schon, als sie ihn endlich fand. Zwei unserer Soldaten waren über ihm zusammengebrochen und hatten ihn teilweise bedeckt. Aber die Hand, die krampfhaft den Degen festhielt, hatte am Finger den Verlobungsring, den sie sofort erkannte. Martha hielt ihren Bräutigam anfangs für tot und warf sich weinend neben ihm zu Boden. Als sie aber das Blut von seiner Stirn wegwischte und die bleichen Lippen küsste, fühlte sie, dass er noch lebte. Martha hatte dann vergeblich versucht, Reding fortzubringen. Mit Not war es ihr geglückt, den Todschwachen hinter den Oleanderbüschen zu verstecken, wo wir zusammenkamen.

Martha war so von der Not ihres Bräutigams eingenommen, dass sie erst jetzt meinen Zustand gewahrte. Aber es war weder Zeit noch Ort, lange Reden zu halten. Rasch hatten die beiden Unterwaldner aus einigen Stangen, die sonst der Gärtner für Ziersträucher verwendete, und Weiden eine Art Tragbahre gefertigt und Reding, dem Brunner seine Karmagnole überwarf, darauf gebettet, Dann wagten wir uns durch das Pförtchen der Orangerie und erreichten die schief gegenüber liegende Gasse Saint-Florentin und schließlich das Hôtel de Malte.

In dem Zimmer, das sonst der alte Marquis bewohnt hatte, wurde für Reding das Bett bereitet. Ich legte mich auf ein Sofa neben ihn; denn mein Auge schmerzte mich so, dass ich mich nicht mehr auf den Beinen halten konnte. Brunner und den kleinen Sepp behielten wir zu Dienstleistungen bei uns; die übrigen schickten wir mit einem Zettel an den Großrichter Keyser.

Meine Braut Isabella war über den Tod ihres Vaters und auch wohl über meine und Rudolfs Verwundung so außer sich vor Schmerz, dass ich nichts als Klagen und Jammern von ihren Lippen hörte. Ganz anders benahm sich die seelenstarke Martha. Auch sie weinte still vor sich hin, ließ aber kein Wort der Klage hören; statt dessen sorgte sie für unsere Wunden, so gut sie es konnte, bis ein Arzt kam, nach dem sie sofort gesandt hatte. Zunächst wusch sie vorsichtig die Säbelwunden Rudolfs. Dann kam ich an die Reihe. Während Martha auch meine Wunde wusch, hörte ich Isabella jammern und stöhnen: Man kenne mich ja nicht mehr wieder; das sei nicht ihr Damian, den sie geliebt habe; ein so entstelltes Gesicht könne sie ja nicht einmal ansehen. Martha suchte ihre Schwester zu entschuldigen. Sie sei ein Kind und werde sich morgen für ihre Schwäche schämen. Ich lächelte bitter vor mich hin und sagte, ich könne mir schon denken, dass mich der Schlag auf das Auge nicht zu meinem Vorteil verändert habe, und werde Fräulein Isabella auch niemals zwingen, einen Einäugigen zu heiraten.

Während ich dies sagte, kam der Doktor. Es war der Quacksalber, der seinerzeit dem Marquis Valdouleur den ersten Verband angelegt hatte. Man hatte keinen andern Arzt finden können. Das kleine Kerlchen pustete und kollerte wie ein Puter über die Behandlung, die man ihm früher in diesem selben Zimmer habe angedeihen lassen. Nur reine Liebe zur Menschheit, nicht christliche Liebe, - denn der große Voltaire, der jetzt im Pantheon ruhe, habe mit dem Christentum aufgeräumt - also pure Menschenliebe sei es, die ihn veranlasse, in diesem Zimmer noch einmal der leidenden Menschheit seine hohe Kunst zur Verfügung zu stellen. Als er uns aber erblickte, rief er: „Wie? Das sind wohl Schweizer? Aber wie kann man von mir verlangen, dass ich diese Menschen, diese Mörder, sollte ich sagen, die auf das tugendhafte Volk geschossen haben, durch meine Kunst am Leben erhalte? Das wäre ein Frevel an der Nation!“

„Nun, das tugendhafte Volk hat zuerst geschossen und nachher an Wehrlosen und Sterbenden und Leichen Gräuel verübt, deren sich die Irokesen schämen würden“, gab ich zur Antwort.

Fräulein Martha aber wusste den Mann viel besser zu widerlegen. Sie legte ein Tischchen neben dem Bett zwei Louis und sagte: „Was nützt das Streiten, Doktor? Ihre reine Menschenliebe wird gewiss über die Nationalität hinwegsehen und in diesen Verwundeten nur Menschen sehen, die Ihre Hilfe brauchen.“

Der Doktor neigte sich tief vor Martha und sagte: „Wenn Sie mich von dieser Seite fassen, schönes Fräulein, so unterliege ich. Man soll niemals im Namen der Menschlichkeit vergebens an mich appellieren.“ Dann schob er die beiden Goldstücke in seine Westentasche und schmunzelte: „Und nun an die Arbeit!“

Er streifte die Ärmel seines Rockes zurück und begann Redings Wunden zu untersuchen. Die Kopfwunde fand er nicht absolut tödlich. Er nähte sie mit ein paar Stichen zusammen und verklebte sie mit Heftpflaster. Der Arm war schlimmer. Der Knochen war gebrochen und vielleicht gesplittert. Er versuchte ihn einzurenken, was dem armen Rudolf die heftigsten Schmerzen verursachte, weil alles geschwollen und entzündet war. Endlich legte er Schienen um den Arm und schnürte sie fest.

Dann untersuchte der Quacksalber mein Auge. Er bereitete mir entsetzliche Schmerzen, indem er mit aller Gewalt versuchte, das verschwollene und verwundete Lid anzuheben. Einmal meinte er, es sei ihm gelungen, und er fragte mich, ob ich etwas sehe. „Keine Spur!“, sagte ich.

„So ist das Auge verloren“, antwortete er. Ich hörte, wie Isabella im Nebenzimmer laut aufschrie. Darauf empfahl sich der Doktor.

Ich wollte mich nun von Brunner in meine Wohnung führen lassen, aber Martha Valdouleur bat mich zu bleiben. Es seien noch zwei Zimmer im oberen Stock, sagte sie, welche die Wirtin mir und meinen Gefährten überlassen werde. Und da auch

Reding bat, wir mögen in seiner Nähe bleiben, nahm ich den Vorschlag an.

Es war lange nach Mitternacht, als ich endlich in der Kammer über Reding auf meinem Bett lag. Heftige Schmerzen, die ich durch kalte Umschläge zu lindern suchte, ließen mich keinen Schlummer finden; auch störte mich das Stöhnen Redings, das ich ganz deutlich hören konnte. Und welche Gedanken zogen durch meine Seele! All die Gräuel des schrecklichen Tages; dann die Unsicherheit meines Loses. Werde ich die Heimat wiedersehen? Einäugig - blind? Natürlich ohne Isabella Valdouleur! Und dann wird Verena im Kloster sein! Würde auch sie den Einäugigen nicht mehr lieben können, wenn sie sich Gott noch nicht verlobt hatte? Ich konnte es mir nicht denken! Aber auch Isabellas ersten Eindruck betrachtete ich nicht als das wahre Gefühl ihres Herzens: Ich wollte mit ihrer Schwester annehmen, dass sie sich wiederfinden, dass sich ihre Liebe zu mir, an die ich doch geglaubt hatte, verklären, veredeln würde. Es schmerzte mich, dass sie mich nur um meiner Gestalt und meines glatten Gesichts willen geliebt haben sollte. Wie verschieden hatte sich doch heute Marthas Liebe zu Reding bewährt; wie tief stand Isabella unter ihrer seelenstarken Schwester!

Und dann erinnerte ich mich an meine braven Kameraden, die wohl fast alle den Tod gefunden hatten, und ich schämte mich, dass ich inmitten des entsetzlichen Unglücks, dem unser schönes und tapferes Regiment zum Opfer gefallen war, mich mit mir selbst befassen konnte. Was war aus meinem väterlichen Freund, dem Major Bachmann geworden? Was aus dem braven Hauptmann Dürler? Was aus dem fröhlichen Gibelin? Was aus all den schönen, jungen Offizieren, die gestern Morgen noch voll Mut neben mir gestanden hatten? Man sagte, alle oder doch fast alle seien niedergemacht. Da erpressten Zorn und Schmerz mir bittere Tränen, bis ich endlich nach dem Rosenkranz griff, den mir die Mutter mitgegeben hatte, und im Gebet für die noch Lebenden wie für die Toten etwas mehr Ruhe und Ergebung fand.

Im Laufe des folgenden Tages ließen die Schmerzen bedeutend nach, sodass ich mehrere Stunden ziemlich ruhig schlafen konnte. Als ich gegen Abend aufwachte, fühlte ich mich so wohl, dass ich Reding besuchen konnte. Es ging ihm verhältnismäßig gut; trotzdem war er in seiner melancholischen Stimmung und sprach von seinem nahen Tod, als Martha uns einen Augenblick allein ließ.

Brunner hatte mir schreckliche Nachrichten mitgeteilt. Die Wachen, die wir in unseren drei Pariser Kasernen zurückgelassen hatten, waren vom Pöbel überwältigt und alle niedergemacht worden. Gleiches Schicksal hatte die Besatzungen von Rueil und Courbevoie, sowie die Wachen von Saint-Cloud und anderer königlicher Schlösser getroffen. Die Wut des Pöbels war so groß, dass niemand, der den Namen eines Schweizers trug, seines Lebens sicher war.

In diesen Tagen, da es lebensgefährlich für uns war, die Straße zu betreten, leistete uns der kleine Jost gute Botendienste. Durch ihn schickte ich dem Großrichter Keyser Nachricht von unserem Befinden. Dieser hatte die Güte - und bei seiner großen Vorsicht rechnete ich ihm diese mutige Tat doppelt an, - in der darauffolgenden Nacht persönlich zu uns ins Hôtel de Malte zu kommen. Nachdem er in seiner etwas umständlichen Weise herzliche Teilnahme an unserem Zustand, aber gleichzeitig auch seinen Glückwunsch zu unserer fast wunderbaren Rettung ausgesprochen hatte, erzählte er uns, was er von dem Schicksal unserer Kameraden in Erfahrung gebracht hatte. Es waren also fast die Hälfte aller Offiziere im Kampf gefallen, und etwa ein Dutzend befand sich in Kriegsgefangenschaft. Auch die ganze königliche Familie hatte man in den Temple, das alte Tempelherrenschloss, in strenge Gefangenschaft geführt. „Die Sache des Königs ist verloren“, schloss Keyser seine Erzählung. „Auch wenn der Herzog von Braunschweig siegreich in Paris einzieht, werden sich die Franzosen diesen König nicht mehr gefallen lassen. Es fehlt ihm an der nötigen Entschiedenheit für so unruhige Zeitläufe. In ruhigen Tagen wäre er ja der beste König, den sich Frankreich nur wünschen könnte. Die Folge für uns wird sein, dass die schweizerischen Regierungen uns abberufen; ja vielleicht wird die Legislative noch vorher die Schweizerregimenter entlassen. Dann erhalten auch die kriegsgefangenen Offiziere und Mannschaften ihre Freiheit. Für sie ist mir nicht bange. Auch für mich nicht. Ich gedenke, in Ruhe und Verborgenheit unsere Abberufung oder Entlassung abzuwarten. Dann müssen sie uns Pässe ausstellen, und wir werden unter sicherem Geleit und unter dem Schutz des Völkerrechts Frankreich verlassen. Aber für einen fürchte ich doch - für meinen Freund Major Bachmann. Er ist den Jakobinern persönlich verhasst. Robespierre, Marat, Danton fordern seinen Kopf, und deshalb bin ich zu euch gekommen."

Reding und ich blickten ihn erwartungsvoll an. Er schwieg jedoch eine Weile, nach seiner Weise eine Dose zwischen den Fingern drehend. „Major Bachmann!", rief ich endlich. „Es ist kein Mann im Regiment, der nicht mit Freuden Blut und Leben für ihn einsetzte! Aber was können wir in unserer jetzigen Lage für ihn tun?"

„Etwas, das ich nicht tun kann", antwortete der Großrichter. „Ihr zwei, namentlich Ihr, Herr Muos, könnt einen mächtigen Fürsprecher für ihn werben, der sich gerade jetzt hier in Paris aufhält, den Hauptmann von Salis-Seewis!"

Salis-Seewis! Jetzt fiel mir ein, dass kurz vor Beginn des Kampfes Major Bachmann mit dessen Vetter, dem Hauptmann von Salis-Zizers, über ihn gesprochen hatte. Die Sache war mir in dem Wirrwarr des Kampfes und der folgenden Ereignisse völlig entfallen.

„Man sagt, er sei auf Eure Klage hier, Herr Großrichter, um sich wegen des Bruchs des Treueides, den er dem König geleistet hat, vor einem Kriegsgericht zu verantworten", bemerkte ich.

„Das ist nicht richtig!", erwiderte Keyser. „Ich habe ihn nicht verklagt. Es ist freilich so etwas Ähnliches vorgefallen, aber schon vor einem Jahr; damals, als man den unglücklichen König von Varennes zurückbrachte, unterzeichnete Salis-Seewis einen von seinen Logenbrüdern vorgelegten „Eid der Treue gegen die Nation“, in dem der König nicht erwähnt war. Nein, nicht als Angeklagter, sondern als Kläger kam er nach Paris. Oberstleutnant Bachmann, der Bruder unseres Majors, hat ihn und einige seiner gleichgesinnten Kameraden wegen dieser Freiheitsschwärmerei vor dem Regiment zur Rede gestellt. Und nun kommt Salis und will es bei d'Affry durchsetzen, dass ihm der Oberstleutnant öffentlich Genugtuung leiste.“

„Und da sollen wir ihn bitten, sich für den Bruder desjenigen zu verwenden, den er als seinen Todfeind betrachtet?“, sagte Reding. „Das heißt viel von ihm verlangen.“

„Zu viel von den meisten anderen, nicht zu viel von Salis-Seewis“, rief ich. „Ich kenne Gaudenz. Er ist eine durch und durch edle Natur. Sein Verstand ist durch die neuen Ideen geblendet und kann irren, sein Herz nicht.“

„So denke ich auch von ihm“, schloss Keyser. „Darum kam ich her und bitte nun Euch, lieber Muos, ruft seine Hilfe für den guten Major Bachmann an.“

Damit wollte sich Keyser verabschieden. Ich fragte ihn aber noch über das Schicksal verschiedener Kameraden. Auch erkundigte ich mich nach P. Secundus Loretan, den ich zuletzt bei dem sterbenden Marquis Valdouleur in den Tuilerien gesehen hatte.

„Der brave Kapuziner hat sich wie durch ein Wunder retten können“, erzählte Keyser. „Als der Abzug der letzten großen Abteilung aus den Tuilerien auf Befehl des Königs erfolgte, tröstete er Sterbende in der Treppenhalle. Da nahmen ihn unsere Soldaten in die Mitte und entrissen ihn so fast gewaltsam dem sicheren Tod. Als sie dann auf dem Platz Ludwigs XV. schier bis auf den letzten Mann zusammengeschossen und niedergesäbelt wurden, ließen ihn die Mörder laufen, weil er keine Uniform trug und sie ihn daher für einen zufällig in das Handgemenge geratenen Bürgersmann hielten. Ich kenne sein Logis in der Rue de Grenelle.“

Zu unserer Verwunderung bat Fräulein Martha um die Adresse des Paters. Dann begleitete sie den Großrichter an die Treppe und schien draußen noch etwas Wichtiges verhandelt zu haben; denn es dauerte längere Zeit, bis sie zurückkehrte. Ich setzte mich sofort hin und schrieb einen Brief, in dem ich Salis-Seewis dringend bat, uns am kommenden Abend zu besuchen. Diesen Brief ließ ich am nächsten Morgen - es war der 15. August, also Mariä Himmelfahrt - durch den kleinen Jost zustellen.

Mit der Abenddämmerung kam Salis. Geschrieben hatten wir uns wohl von Zeit zu Zeit, aber gesehen hatte ich ihn seit mehr als drei Jahren nicht mehr. Er war wenig verändert. Dieselbe hochgewachsene, schlanke Gestalt, dasselbe feingeschnittene, bleiche Gesicht mit den geistreichen Zügen und den melancholischen Augen. Er trug natürlich keine Uniform, aber seine bürgerliche Tracht war bei aller Einfachheit vornehm und verriet den Edelmann. Salis erkundigte sich natürlich zuerst nach Redings und meinem Befinden. Dann erzählte er auf unsere Bitten seine jüngsten Erlebnisse. Er sprach mit großer Bitterkeit von der Behandlung, die er von seinem Chef erfahren hatte. Aber seine Schritte bei d'Affry waren ohne Erfolg geblieben.

Jetzt wende er sich ans Kriegsministerium, und wenn es sein müsse, an die Legislative, in der er gute Freunde habe. Er werde alle Hebel in Bewegung setzen, um eine Hauptmannsstelle bei der französischen Armee zu erhalten. Zum Regiment Salis-Samaden lasse er sich nicht zurückschicken, wie d'Affry wolle. Als er seinem Unmut Luft gemacht hatte, legte ich ihm Keysers und unsere Bitte vor. „Du hast Gelegenheit, glühende Kohlen auf das Haupt des Oberstleutnants zu sammeln, wenn du das Leben seines Bruders rettest", sagte ich zum Schluss. „Gleichzeitig verdienst du unser aller herzlichsten Dank; denn Major Bachmann wird vom ganzen Regiment wie ein Vater geliebt und geachtet."

Salis stutzte einen Moment, dann siegte sein Edelmut. „Major Bachmann ist ein Ehrenmann", sagte er. „Weiß Gott, ich möchte ihn retten, wenn ich es könnte! Aber es wird unmöglich sein! Jeder ist jetzt verdächtig, der Begnadigung eines Mannes verlangt, der die Volkswut gereizt hat."

Hierauf schwieg Salis eine Weile und schaute traurig vor sich hin. Mit dem Ausdruck des tiefsten Schmerzes sagte er dann: „Die Ideale, denen ich nachgegangen bin, sind eitle Irrlichter, wie ich fürchte! An dem schrecklichen 10. August, als man Erlachs Kopf und die Köpfe noch mancher meiner Freunde an meinem Fenster vorbeitrug, fing es an, wie Schuppen von meinen Augen zu fallen! Ich hatte mir die fränkische Freiheit so schön, so edel gedacht! Sie sollte Glück und Frieden bringen. Sie hat bis jetzt nur Blut und Elend und schwere Sklavenketten gebracht. Ihr reines Bild ist zerstört, von blutgierigen Händen besudelt, und ich wage kaum zu hoffen, dass sie sich aus dem Schmutz erheben werde, in den unsere Freiheitsmänner mit den Jakobinermützen sie gestürzt haben. Ja, ja Frankenfreiheit wird immer mehr cromwellisch*!"

Endlich raffte er sich wie aus einem Traum auf und sagte: „Ich will es dennoch versuchen, Bachmann zu retten. Es soll mir die letzte Probe sein, ob meine ‚Brüder' unter den Freiheitsmännern etwas mehr können als zerstören und aus dem Weg räumen."

Salis wollte sich verabschieden. Aber Reding bat ihn, noch einige Augenblicke zu verweilen, da er einen Besuch erwarte und ihn als Zeugen bei einer wichtigen Handlung wünsche. Ich meinte, er habe einen Notar bestellt, um sein Testament zu machen; denn obschon es ihm im Ganzen nicht übel ging, verfolgten ihn immer und immer wieder seine trüben Ahnungen.

Die beiden Schwestern, die zu Anfang unseres Gesprächs über Bachmann sich zurückgezogen hatten, traten nun wieder ein. Sie hatten zu meiner Verwunderung die Trauerkleider abgelegt und im Wohnzimmer durch Brunner und den kleinen Jost den Tisch decken lassen. Backwerk, feingeschliffene Gläser und Flaschen standen darauf. Was sollte das?

Reding löste das Rätsel. Da er offenbar noch für lange Zeit bettlägerig sein werde und einer pflegenden Hand bedürfe, sagte

* Oliver Cromwell herrschte nach dem Sturz des englischen Königs Karl I. (1625-1645) wie ein Diktator und führte ein grausames Regiment.

er halb scherzend, habe er beschlossen, sich das Recht auf eine solche zu erwerben. Mit einem Wort - Martha Valdouleur sei bereit, sich mit ihm zu verehelichen und zwar in dieser Stunde noch, sobald P. Secundus komme. Wohl wisse er, dass die Zeit so rasch nach dem Tod des Vaters seiner lieben Braut an sich wenig passend sei. Aber es sei des Verstorbenen ausdrücklicher Wunsch gewesen, dass sein Tod die von ihm dringend gewünschte Verbindung um keinen Tag verschiebe.

Salis und ich hatten nicht viel Zeit, unserem Staunen Ausdruck zu verleihen und unsere Glückwünsche auszusprechen. Der gute P. Secundus kam und nahm die Trauung vor, nachdem er die Brautleute erst Beicht gehört hatte. Denn zum würdigen Empfang der heiligen Ehe und um der Gnaden dieses Sakramentes teilhaftig zu werden, sei es viel nötiger, dass die Seele mit dem hochzeitlichen Gewand geschmückt sei als der Leib.

Nach der heiligen Handlung traten wir heran und reichten den Neuvermählten herzlich die Hand. Dann füllten wir die Gläser und stießen mit ihnen auf Glück und langes Leben an und wollten uns so fröhlich, wie die traurigen Umstände dieser Hochzeit es erlaubten, um den Tisch setzen, den Brunner in die Nähe des Bettes rückte. P. Secundus sagte aber, er habe noch andere wichtige Gänge zu machen, und ließ sich keine Minute länger halten.

Ungebetene Gäste

Es war mein Glück, dass P. Secundus sich nicht zurückhalten ließ!

Als ich ihn mit Martha - nein Frau Menard muss ich sagen; denn Reding und sie waren übereingekommen, bis zur Wiederkehr besserer Zeiten den bürgerlichen Namen Menard zu führen - an die Treppe geleitete, hörten wir unten raue Stimmen: „Im Namen des Gesetzes! Man verbirgt hier Schweizer Offiziere. Wenn Sie uns diese nicht sofort ausliefern, so wird es Ihnen schlimm ergehen, Bürgerin !“

„Oho, was kommen da für ungeladene Hochzeitsgäste!“,

sagte der Kapuziner. „Geschwind, Herr Muos, tretet mit mir in diesen dunklen Winkel, bis sie vorüber sind. Und Ihr, liebe Frau, sucht Euern Mann und Herrn Salis zu retten."

Statt dem guten Rat des P. Secundus zu folgen, stürzte ich mit Martha ins Zimmer zurück, dessen Tür hinter mir verriegelnd. Mit fliegenden Worten meldete ich die nahe Gefahr. Was war zu tun? Den Verwundeten zu verbergen war unmöglich!

„Rette dich", sagte Salis zu mir. „Mich lassen sie morgen laufen, auch wenn sie mich heute verhaften sollten. Und den Verwundeten werden sie auch nicht anzutasten wagen."

Brunner nahm mich einfach und schob mich in das Schlafzimmer der beiden Schwestern, die Tür rasch hinter sich abschließend. „Haltet Euch ruhig, versteckt Euch, wenn sie die Tür einschlagen, unter das Bett oder in den Kleiderschrank, schließt die andere Tür von innen ab, und wagt Euch nicht auf den Gang hinaus. Denn die Kerle werden Gang und Stiege gewiss besetzen", sagte Brunner.

Ich konnte hier jedes Wort verstehen, das gesprochen wurde. Man klopfte jetzt laut und forderte im Namen des Gesetzes Einlass. Ich hörte, wie man die Tür öffnete. Salis empfing die Eintretenden mit der Frage, wer sie seien und was sie wünschten.

Redings und mein Name wurde genannt; wir waren also verraten worden, vermutlich vom Quacksalber vom „Fliehenden Tod". Reding liege an seinen Wunden schwer darnieder, wie sich die Bürgerkommissare überzeugen könnten, Muos sei nicht anwesend. Es sei nicht daran zu denken, den Verwundeten aus seinem Bett oder gar aus dem Haus zu entfernen. Übrigens wolle er für ihn bürgen, sagte Salis.

Dieses Anerbieten wurde mit Hohn aufgenommen, und der erste Kommissar bestand auf der Vollstreckung des Befehls. „Wer wird mit diesem Schurken von Schweizer so viele Umstände machen?", rief er, auf den Tisch schlagend. „Tot oder lebendig kommt er heute hinter Schloss und Riegel. Bürger, packt an! Tragt den Menschen da meinetwegen mit der Matratze, auf der er liegt, die Treppe hinab, und fort mit ihm!"

Jetzt erhoben die beiden Schwestern lautes Klagen. Martha

musste mit Gewalt von dem verwundeten Gatten losgerissen werden. Salis war außer sich und drohte mit einer Klage beim Ministerium, bei der Legislative, mit Brandmarkung einer solchen barbarischen Rohheit in den öffentlichen Blättern. Es half nichts. Ich sah und hörte, wie die Häscher den armen Reding auf seiner Matratze zur Tür hinaus schleppten. Dann vernahm ich ein lautes Gepolter von der Treppe her und einen durchdringenden Schmerzensschrei. Die Unmenschen hatten ihren Gefangenen aus Unvorsichtigkeit oder absichtlicher Bosheit von der Matratze auf die Stufen fallen lassen, wobei sein wunder Arm zum zweiten Mal brach.

Ich geriet so außer mir, dass ich durch die Tür, die auf den Gang führte, an die Treppe stürzte und den Kommissaren, die ebenfalls aus dem Zimmer geeilt waren, in die Hände lief. Der eine, der sich durch seine Rohheit Salis gegenüber ganz besonders ausgezeichnet hatte, fasste mich am Arm und wollte mich verhaften. Aber da kam er an den Unrechten! Was kümmerte mich seine dreifarbige Binde? Ich hob ihn einfach in die Höhe und warf ihn in meinem Zorn die Treppe hinab, die eben wieder frei geworden war. Er wird wohl etliche Rippen gebrochen haben, wenigstens brüllte er wie ein Stier vor Wut und Schmerz. Nun, sein Kollege, den Brunner ihm sofort nachwarf, und der etwas weicher auf ihn fiel, konnte ihn trösten. Der dritte schrie um Gnade; denn Brunner und ich wollten ihn eben desselben Weges befördern. Aber Salis legte sich ins Mittel und rief: „Was tust du, Unseliger? Du machst dich und uns alle unglücklich".

Ich sah die Unklugheit ein, zu der mich mein Zorn über Redings Behandlung verleitet hatte. Aber jetzt ließ sich nichts mehr ändern. Ich sagte dem Kommissar, der noch auf den Knien vor mir lag, dass mein Freund und die beiden Frauen an der Behandlung seiner Kollegen gänzlich unschuldig seien, was er zu beschwören versprach. Dann zog mich Brunner am Arm und flüsterte mir zu: „Es ist hohe Zeit für uns zwei!"

Wirklich hörte ich die Häscher auf das Geschrei der beiden Kommissare die Treppe hinauf stürmen. Aber mit der Örtlichkeit besser vertraut als unsere Verfolger, erreichte ich mit Brunner die Hintertreppe und durch Schuppen und Stallungen, die sich auf der Rückseite des Hôtels befanden, gelangten wir schließlich durch ein Gewirr von kleinen Gässchen in die Rue Sainte-Anne und auf den Boulevard. Nach einer Stunde waren wir in dem Häuschen des Großrichters geborgen und erzählten ihm und vielen andern Landsleuten, die dort Unterkunft gefunden hatten, von Redings grausamer Behandlung und unserem glücklichen Entkommen.

Die nächsten Tage blieben wir ohne Nachricht von Reding, Salis und den beiden Schwestern. Am 18. August aber brachte der kleine Jost ein Briefchen von Salis, des traurigen Inhalts, dass er vergeblich Schritte bei Danton getan habe, um Reding zu befreien.

Auch von Martha brachte Jost einige Zeilen. Sie hatte mit ihrer Schwester eine andere Wohnung, ganz in der Nähe der Abtei, in der Rue de Bussi, bezogen, einmal, weil das Hôtel de Malte für sie kein sicherer Aufenthaltsort mehr sei, und dann, weil sie möglichst nahe bei ihrem lieben Mann sein wolle. Salis sei ihr bei der Suche nach diesem Logis behilflich gewesen. Sie lobte ihn ungemein wegen seines ritterlichen Sinnes und konnte nicht genug bedauern, dass dieser edle Mann mit so viel Herz und Geist sich von den tollen Ideen der Zeit so habe umstricken lassen. In einer Nachschrift - Frauen bringen immer die Hauptsache in der Nachschrift an - bat sie, ihr wenn möglich meinen Diener, der so gute Einfälle habe, für ein paar Tage zuzuschicken. Sie möchte einen kleinen Plan mit ihm besprechen. Wenn ich mitkommen könnte, wäre es ihr freilich lieber; aber ich solle mich ja keiner Gefahr aussetzen. Wie es mit meinem Auge gehe?

Nun, mit meinem Auge ging es bedeutend besser. Ich hatte nämlich beim Großrichter unseren Regimentsarzt Trioson getroffen, der mich sofort in Behandlung nahm. Binnen zwei Tagen war die Geschwulst so weit zurückgegangen, dass es dem Arzt, gerade als der kleine Jost Marthas Brief brachte, gelang, das Augenlid etwas zu heben. Und, o Jubel! Ich sah, wenn auch das einfallende Licht mich schrecklich schmerzte. Trioson war sehr zufrieden; das Auge sei zwar noch heftig entzündet, aber er hoffe, es retten zu können, sagte er. Sollte ich diese Hoffnung an Isabella berichten? - Ich überlegte es mir und beschloss, erstmal damit zu warten.

Die Nachrichten, die uns in diesen Tagen erreichten, lauteten verzweifelt. - Das Revolutionstribunal war am 17. August eingesetzt worden, und man hatte schon tags zuvor auf dem Karusselplatz die Guillotine aufgestellt. Dieses Ausnahmetribunal sollte alle „Verräter" mit einem summarischen Verfahren in den Tod senden. Als „Verräter" galten alle Aristokraten, alle Eid verweigernden Priester, alle, die zum gefangenen König hielten und von denen man glaubte, sie würden den Preußen und Österreichern die Hand bieten. Schlimme Nachrichten vom Kriegsschauplatz steigerten noch die Wut Marats, Robespierres, Dantons und der ganzen Rotte. Collenot d'Angremont war das erste Opfer; Laporte, der Intendant der königlichen Zivilliste, und Durosoy, der in der *„Gazette de Paris"* die Sache des Königs verteidigt hatte, folgten ihm. Als vierter sollte unser braver Major Bachmann an die Reihe kommen.

Salis hatte berichtet, dass alle seine Bemühungen hoffnungslos gescheitert seien. „Man will jetzt durch Ströme von Blut die Aristokraten schrecken, damit sie bei den bevorstehenden Wahlen nicht etwa eine Mehrheit in die Nationalversammlung schicken, welche die Republik erklären soll. Sie fürchten sehr, im Wahlkampf zu unterliegen; denn die Sache des Königs hat noch starke Wurzeln im Herzen des eigentlichen Volkes. Mit Schauder wende ich mich von Paris ab, wo ich die Ideale zurücklasse, für die ich schwärmte. - Statt eines von den alten Missbräuchen gereinigten, auf einer freisinnigen Verfassung gegründeten Reiches mit dem König als dem Vater des Volkes an der Spitze, lasse ich eine Rotte blutdürstiger Tyrannen zurück, die Frankreich in schwerere Ketten schlagen, als es jemals zu tragen hatte".

„Ja, ja", sagte der Großrichter, als er mir diesen Brief vorgelesen hatte. „Und Salis und seine Logenbrüder haben diese schweren Ketten geschmiedet, während sie die leichteren der von Gott gewollten Ordnung zu sprengen suchten. Meine letzte Hoffnung beruht nun darauf, dass einer der Gefängniswärter uns einen Gefallen erweist. Ein goldener Schlüssel hat schon mehr als ein Gefängnis geöffnet. Ich gehe nicht von Paris fort, bis Bachmann entweder frei oder tot ist."

Da brachte Blanchet die Nachricht nach Hause, dass während der kommenden Nacht in der ganzen Stadt eine allgemeine Haussuchung nach Waffen und Verdächtigen vorgenommen würde. Von 4 Uhr abends an müsse jedermann zu Hause sein. Kein Wagen dürfe fahren, niemand die Stadt verlassen. „Es gibt eine allgemeine Mordnacht", jammerte die gute Alte. „Man sagt es laut auf der Straße, alle königlich Gesinnten würden gemordet. Und die rote Babette hat mir mit der Faust gedroht und gesagt, man wisse schon, dass mein Herr und andere Feinde des Volkes hier verborgen seien, und man werde sie finden".

Keyser tröstete sie und sagte, man werde uns nicht entdecken. Alles Verdächtige hatte er schon längst in dem unterirdischen Schacht verborgen, und wir alle wollten mit Anbruch der Nacht hinabsteigen.

Am Nachmittag kam Brunner aus der Rue de Bussi zurück. Der schlaue Bursche sagte, er habe gerochen, dass es bei uns ein gutes Mauseloch gebe, und da in der künftigen Nacht alle Kater von Paris aufs Mausen gehen wollten, habe er es für besser gehalten, bei uns zu nächtigen. Die beiden Damen würden ohne ihn heute Nacht besser fertig werden. Da sie dort unter dem Namen „Schwestern Menard" ganz bescheiden lebten, werde man sie wohl in Ruhe lassen. So erzählte der Bursche und erwähnte dabei, dass er Martha wiederholt zu Reding begleitet habe.

Das ließ mich aufhorchen, und ich fragte ihn über diese Besuche aus, und nun vernahm ich eine kaum glaubliche Mär! Martha hatte für sich und Brunner zwei Uniformen der Bürgerwehr bei einem Trödler gekauft, und mit einem Erlaubnisschein, den ihnen Salis verschafft hatte, in dieser Verkleidung wiederholt das Gefängnis der Abtei betreten. Ich konnte es zuerst kaum glauben und meinte, Brunner erzähle mir eine seiner Schnurren. Aber nein, es war so. Und in der Tat, das sah auch dem Mut und der treuen Hingabe Marthas ganz ähnlich. Was mir zuerst unweiblich schien, fand ich dieser heldenmütigen Frau durchaus würdig.

Brunner erzählte mir dann, wie sie Reding gefunden hatten. Er lag auf einem Strohsack elend im Winkel eines gewölbten Raumes, der als Sakristei einer Nebenkapelle gedient hatte, als die Benediktiner die Abtei Saint-Germain noch bewohnten. Es ging ihm nicht so übel; die Kopfwunden waren beinahe geheilt, und auch der Arm, der wieder eingerichtet war, verursachte ihm keine übermäßigen Schmerzen. Seine Schwäche freilich, eine Folge des starken Blutverlustes, war noch recht groß.

„Wenn er den Arm nur etwas gebrauchen könnte“, sagte Brunner, „so wäre es keine Hexerei, ihm zur Flucht zu verhelfen. Das Sakristeifenster liegt nicht sehr hoch über einem Hof, in den man aus einem angrenzenden Garten mittels einer Leiter gelangen kann. Eine gute Feile haben wir ihm bereits zugesteckt. Aber wir müssen noch etwas zuwarten, bis er sich mit dem Arm auch nur ‚es bitzeli, bitzeli‘ helfen kann“.

Das war also der Plan Marthas und Brunners! Das war der Beweggrund, der Redings Frau zu dem gefährlichen Spiel der Verkleidung bewogen hatte, und nicht ein bloßer Besuch!

Aber sie mussten mit der Ausführung „zuwarten“! Und wer konnte dafür bürgen, ob ihnen auch nur eine Woche, ja ein Tag zur Verfügung stand, bevor die immer drohender heranrückende Katastrophe hereinbrach?

In der Rue de Bussi

Die Schreckensnacht vom 29. auf den 30. August war jetzt angebrochen. Patrouillen zogen durch die Straßen der Stadt. Von Haus zu Haus gingen die Abgeordneten der Sektionen in Begleitung von Bewaffneten; wo auch nur ein Schein von Verdacht gegen die Bewohner vorlag, wurde alles drunter und drüber geworfen, Türen mit Kolben eingeschlagen, Kisten und Kasten aufgebrochen und trotz des Weinens von Frauen und Kindern jeder „Verdächtige“ ins Gefängnis gebracht. Wessen Namen die Sektionsausschüsse auf den Listen mit einem Kreuz bezeichnet hatten, der war auch für den beschlossenen Mord bestimmt. Die eine Nacht reichte aber nicht aus, und so wurden Hausdurchsuchungen auch noch den ganzen 30. und während der Nacht auf den 31. August fortgesetzt. Nahezu 8.000 Personen wurden ins Gefängnis geworfen, von denen in den nächsten Tagen der größte Teil den Tod erlitt.

Während dieser Schreckenszeit weilten wir in dem unterirdischen Gewölbe, bereit zur Flucht, wenn man durch einen Zufall die Falltür des Kellers entdecken sollte. Am 1. September endlich, als Paris scheinbar ruhiger geworden war, wagten wir uns wieder in den Keller und schließlich ins Haus hinauf. Was uns die gute alte Blanchet da zu erzählen hatte! Wie sie vor Schreck schier gestorben sei, als kurz nach Mitternacht Kolbenschläge an die Tür polterten, und man sie mit dem blanken Säbel bedrohte, wenn sie nicht sofort den alten Schweizer und dessen Sippe ausliefere, die hier verborgen seien. Aber sie habe sich genau an die Worte gehalten, die ihr der Herr Großrichter eingeprägt hatte, und die Kommissare durch alle Räume und Winkel geführt; alles sei drunter und drüber geworfen worden, und im Keller habe sie erst recht Todesangst ausgestanden; denn da hätten sie einen alten Uniformknopf mit dem Namenszug des Königs gefunden und ihr deshalb eine schreckliche Szene gemacht. Ihr Leben habe nur an einem Haar gehangen. „*Mon Dieu, mon Dieu*!*“, rief sie ein übers andere Mal. „Wenn ich hundert Jahre alt werde, wovor mich Gott in dieser bösen Zeit bewahren möge, so werde ich diese Nacht nie vergessen!“

Am gleichen 1. September, einem Samstag, wagte ich den kleinen Jost auf Kundschaft in die Rue de Bussi zu senden. Spät abends kam er zurück und zwar nicht allein. Zu unser aller Freude brachte er seinen um etliche Jahre älteren Bruder mit, den er seit dem Kampf in den Tuilerien nicht mehr gesehen hatte. Er

* franz. mein Gott, mein Gott

hatte immer gesagt, er werde ihn wiederfinden; denn er bete alle Tage zum hl. Joseph, dass er ihm den Verlorenen suchen helfe. „Und ich wusste, dass er mein Gebet erhört“, jubelte er jetzt. „Als ich über den Pont St-Michel ging und gerade wieder ein Vaterunser zu meinem heiligen Patron betete, der den Jesusknaben ja auch so schmerzlich gesucht und so freudig wiedergefunden hat, kam mir der Benedikt entgegen. Ha, was haben wir ein Freudengeschrei vollführt, dass die Leute stehen blieben und sagten: Zwei Savoyarden, die sich verloren hatten! Haha - sie hielten unser Romanisch für Savoyardisch.“

Und nun musste Benedikt seine Schicksale erzählen. Trotz seiner Jugend wollte man ihn niederstoßen, obschon er mit aufgehobenen Händen und kniefällig um sein Leben bat. „Auch er ist ein Schweizer! Auch er muss sterben!“, schrien die Unmenschen. „Aber ein braver Mann namens Tasset entriss mich mit eigener Lebensgefahr den Mördern, und ein Perückenmacher nahm mich aus Barmherzigkeit als Lehrjungen an“, erzählte Benedikt.

Die Freude über das Wiedersehen der beiden Brüder ließ mich einen Augenblick vergessen, nach den Nachrichten aus der Rue de Bussi zu fragen. Die beiden Schwestern waren bei der Haussuchung unbehelligt geblieben. Sepp brachte mir Briefe von beiden. Ich öffnete zuerst den Marthas. Sie bat mich dringend, mit Einbruch der Nacht meinen „klugen Diener“ zu senden oder, wenn es möglich wäre, selbst zu kommen. Ihr Anliegen leide keinen Aufschub; der beigefügte Ausschnitt aus dem „*Ami du peuple*“ beweise das. Darin forderte Marat das Volk auf, alle Verdächtigen, alle Aristokraten, alle Eid verweigernden Pfaffen und vorab alle Schweizer in den Gefängnissen zu ermorden. Die Alarmkanone werde das Zeichen dazu geben.

An einer anderen Stelle des Blattes wurde mitgeteilt, dass der Erzverräter Major Bachmann am 2. September - also am nächsten Tag schon - vor das Revolutionstribunal gestellt werde. „Der Altar der Rache, die Guillotine, erwartet diesen verruchten Massenmörder mit Sicherheit“.

Ich zeigte diese Stelle dem Großrichter. Er nickte traurig. „Ich erwarte eine Rettung noch immer von einer scharfen Note unserer Regierung; aber ich fürchte jetzt, die Note kommt nicht, oder zu spät, so dringend ich nach Bern geschrieben habe. Und auch der andere Plan ist hoffnungslos. Der Gefängniswärter, den ich durch meinen Agenten gefunden habe, verlangt Vorausbezahlung von 10.000 Livres in Gold. Gern wollte ich die Summe für meinen Freund wagen; aber selbst mein Agent sagt mir, der Mensch würde das Geld einstecken und uns ein Schnippchen schlagen. Es wäre einfach eine Tollheit. Ein Handgeld von 50 Louisdor will ich ihm als letztes Angebot machen."

Keyser hatte recht. Es war nichts anderes zu machen.

Ich fragte ihn dann nach seiner Meinung über die Angelegenheit, die mich in die Rue de Bussi rief. Da Redings Frau bereits Zutritt zu ihrem Mann erhalten habe, sei dort eher Hoffnung, meinte er. Er rate aber, auch dort lieber einen Wärter zu kaufen, als einen gefährlichen Fluchtversuch zu wagen. Wie es übrigens mit meinem Auge gehe?

Gut. Ausgezeichnet. Die letzten 14 Tage, seit es in der Behandlung Triosons war, hatten Wunder gewirkt. Die Wunden waren geschlossen, die Geschwulst fast ganz verschwunden. Nur schimmerte die Haut noch in allen Farben des Regenbogens. Aber das musste sich von selbst verlieren. Die Hauptsache, wofür ich Gott nicht genug danken konnte, war, dass ich sehen konnte, und gerade an jenem Tag glückte es mir zum ersten Mal, ohne äußere Hilfe das Lid ein paar Augenblicke zu öffnen.

Keyser wünschte mir von Herzen Glück dazu und meinte, nun würde Fräulein Valdouleur auch keine weiteren Schwierigkeiten machen, meine Frau zu werden.

„Sie vielleicht nicht, aber ich", gab ich zur Antwort. „Sie hat mir so deutlich gezeigt, dass sie mich nur um rein äußerlicher und nichtiger Eigenschaften willen erwählte - liebte, mag ich nicht sagen -, dass ich ganz entschlossen bin, auf diese Verbindung zu verzichten".

„Ich kann Euch nicht ganz unrecht geben", sagte der Großrichter. „Auf der anderen Seite fällt aber doch das Vermögen der Braut in die Waagschale. Überlegt Euch das."

„Das habe ich. Ich hoffe doch noch ein anderes Mädchen zu

gewinnen, das meiner würdiger ist - Ihre Tochter, mein verehrter väterlicher Freund.“

Keyser drückte mir bewegt die Hand. „Ich fürchte, Ihr kommt zu spät. Ich habe gleich nach dem 10. August nach Hause geschrieben, dass Ihr ein Auge verloren habt. Und es soll mich nicht wundern, wenn diese Nachricht den Eintritt Verenas ins Kloster beschleunigt.“

„Hoffentlich nicht“, antwortete ich. „Aber auch in diesem Fall könnte ich mich nicht entschließen, Fräulein Valdouleur die Hand fürs Leben zu bieten. Sie hat mir übrigens durch den kleinen Jost ein Briefchen geschickt.“

Ich hatte es über der wichtigen Mitteilung ihrer Schwester ganz vergessen und überflog es rasch. Es enthielt mit viel Ach! und Oh! über das Unglück, das uns betroffen, in zierlich gewundenen Redensarten die Bitte an mich, sie ihres Eheversprechens zu entbinden, da sie sich nicht entschließen könne, mir außer Landes zu folgen, und da u.s.w.; ich las das Geschreibe gar nicht zu Ende, sondern übergab den Brief dem Großrichter mit der Bemerkung, Fräulein von Valdouleur erleichtere mir den beschlossenen Bruch. Eilig nahm ich Abschied von Keyser, trug ihm Grüße an die Mutter, den Götti und Verena auf, wenn mir etwas Menschliches zustoßen sollte, und stürmte von dannen. Erst nachher fiel mir ein, dass es heute just Verenas Namenstag, der 1. Herbstmonat, war.

Brunner und ich hatten uns als rechte Sansculotten gekleidet. Eine zerlumpte Karmagnole, die unvermeidliche rote Jakobinermütze, dazu ein nicht sehr reines rotes Taschentuch, das mein verbundenes Auge und mehr als die Hälfte des Gesichtes bedeckte, machten uns unkenntlich. In den Händen trugen wir ein paar derbe, eisenbeschlagene Knüttel, und waren ganz entschlossen, von ihnen im Notfall Gebrauch zu machen und jedenfalls unsere Haut so teuer wie möglich zu verkaufen.

Ohne Abenteuer erreichten wir die Notre Dame-Brücke, wo eine Gruppe Kerle, gekleidet wie wir, uns anrief, welcher Sektion wir angehörten. „Butte-des-Moulins“, antwortete Brunner mit einem derben Schimpfwort.

„Diantre!*“, antwortete einer. „Das ist ein braver Kerl! Aber was ist denn das für eine Sektion?“

„He - Palais Royal!“, antwortete ihm einer aus der Schar. „Die braven Bürger dieser Sektion haben nach dem 10. August sich den alten abscheulichen Namen „Royal“ verbeten, wie auch unsere Sektion nicht mehr „Place Louis XIV.“, sondern „du Mail“ heißt. - Aber, Bürger Sansculotten, ihr habt ja eure Piken nicht bei euch?“

„Nun, dafür diese Keulen - vortrefflich zum Schädel einschlagen“, brummte Brunner und schwang seinen Stock, dass es zischte, und zog mich mit sich fort.

In der Rue de Bussi hatten wir erst Schwierigkeiten, zu den beiden Schwestern zu gelangen. Die Pförtnerin wollte uns gar nicht einlassen. Erst als Brunner sein Gesicht in den Lichtkreis der Lampe brachte, erkannte ihn die Frau. „O, der nichtsnutzige Lakai der beiden Fräulein!“, rief sie, „der letzte Woche laufen ging. Und was bringt er denn da für einen langen Kameraden mit sich? Die Fräulein werden ja zu Tode erschrecken ob dieser Vermummung“.

Nun, sie meldete uns und wir wurden vorgelassen. Martha empfing mich sehr herzlich, Isabella sehr verlegen. Ich glaube, sie würde ihre Absage zurückgenommen haben, wenn ich ihr mitgeteilt hätte, wie es um mein Auge stand. Aber ich hielt es für besser, darüber zu schweigen, und so sagte ich ihr nur mit kurzen, höflichen Worten, dass ich ihre Bitte gerne gewähre. Denn es sei mir nie eingefallen, ihren Gefühlen Gewalt anzutun. Sie stammelte etwas wie eine Bitte um Verzeihung, brach in heftiges Weinen aus und zog sich in das Nebenzimmer zurück.

Martha wollte mich trösten, indem sie sagte, Isabella habe sich selbst ein größeres Leid zugefügt als mir.

Salis' Ankunft unterbrach dieses Gespräch. Brunner wurde nun auch ins Zimmer gerufen, und wir hielten zusammen Rat, wie man Reding in letzter Stunde vielleicht doch noch retten könne. Der Befehl zur Ermordung der Gefangenen sei von der

* franz. zum Teufel

Kommune im Einverständnis mit dem Justizminister Danton ausgefertigt, die Mörder seien bereits bestellt und bezahlt - daran lasse sich nichts ändern. Bestechung der Wärter war schon darum zweifelhaft, weil diese, wie Salis gehört hatte, gerade durch die gedungenen Mörder der Kommune ersetzt werden sollten. Was war also zu tun?

Nach langem Hin und Her fassten wir folgenden Plan, den Redings Frau vorlegte und der findige Brunner in einigen Punkten verbesserte. Wie Salis in Erfahrung gebracht hatte, würde die Alarmkanone das Zeichen zum Morden geben. Sobald der Schuss fiel, sollten wir uns kühn bei Redings Wärtern melden und vorgeben, wir hätten den Auftrag, den Verwundeten sofort in den Justizpalast zu führen, wo er als Zeuge in dem Prozess gegen Major Bachmann vernommen werden müsse. „In dem schrecklichen Durcheinander, das beim Beginn des Mordens in dem Gefängnis herrschen muss, wird niemand unsere Vollmacht genauer untersuchen“, sagten wir uns. „Das Gelingen hängt von unserem Auftreten ab; je kühner und unverfrorener wir handeln, desto mehr Aussicht haben wir“.

Jetzt hieß es die Rollen verteilen. Dann trennten wir uns für die Nacht. Für Brunner und mich war im Hause selbst Quartier gemacht. Salis, der für Pferd und Wagen, sowie für ein Papier „mit großem Siegel und unleserlicher Unterschrift“ sorgen sollte, suchte seine Wohnung auf. Frau Menard aber nähte in der Nacht noch die nötige dreifarbige Schärpe.

In der Abtei

In meinem Leben hat mir niemals ein Sonntag von seinem ersten Grauen an einen traurigeren Eindruck gemacht als dieser 2. September. Kein frommer Glockenton von den vielen Kirchen in Paris läutete ihn ein. Nur Sturmglocken sollte es mehr in Frankreich geben! So lastete eine dumpfe Ruhe über der Stadt wie vor dem Ausbruch eines schrecklichen Gewitters.

Endlich war es Mittag, und endlich kam Salis mit der Meldung, der Wagen stehe bereit. Wir rüsteten uns jetzt: als Brunner einen grünen Rock von Salis und darüber die dreifarbige Binde angelegt und den Hut mit der großen Nationalkokarde aufgesetzt hatte, fühlte er sich in der richtigen Laune. Das Papier mit dem großen Siegel ließ er zwei Finger breit aus dem Rock hervorschauen. Dann warf er sich in Positur und ging so gravitätisch im Zimmer auf und ab, dass selbst über Marthas ernstes Gesicht ein wehmütiges Lächeln huschte.

Da schlug es 2 Uhr, und die Alarmkanone dröhnte. „Voran in Gottes Namen!“, sagte Martha.

Der Fiaker stand vor der Haustür. Martha und Brunner stiegen ein, Salis schwang sich als Kutscher auf den Bock, und der Wagen rollte die krumme Rue de Bussi hinab und um die Ecke herum zur Rue Saint-Benoit. Ich in meiner Karmagnole und mit dem schweren, eisenbeschlagenen Stock schlenderte einen kürzeren Weg durch enge Gässchen zu dem bezeichneten Tor und kam dort fast gleichzeitig mit dem Wagen an. Der Platz vor dem alten Benediktinerkloster mit den altertümlichen romanischen Türmen war bereits voll Menschen aus dem Abschaum der Stadt, und noch immer strömte unzähliger Pöbel herbei. Alles drängte zum Haupteingang; die Nebentüren, auch diejenige, die zur Sakristei führten, waren geschlossen.

Das schien unseren Plan von vornherein unausführbar zu machen; denn der Haupteingang wurde von einer ganzen Schar Pikenmänner umlagert. Jetzt kamen die von der Kommune als „Richter“ bezeichneten Mörder an und wurden von der Menge mit „Tod den Pfaffen! Tod den Aristokraten! Tod den Schweizern! Es lebe die Nation!“, begrüßt.

Als sie das Kloster betraten, drängte ihnen eine große Anzahl mit Säbeln und Piken bewaffneter Sansculotten nach. Rasch entschlossen gesellte ich mich diesen Unmenschen zu. Ich hörte meinen Vordermann zur Wache: „*La Force*!“ sagen und begriff, dass dies das Losungswort war. „*La Force*“, sagte also auch ich und gelangte ohne Schwierigkeiten durch die Pfortenhalle in den Hauptflügel des Klosters.

In dem prächtig gewölbten Remter (Speisesaal) setzten sich

der Präsident und seine sauberen Mitrichter an den Abtstisch, gerade unter das große, auf Goldgrund gemalte Kruzifix. Die Richter stritten miteinander, ob sie beginnen sollten oder nicht; denn es fehlten noch mehrere Kommissare. Endlich sagte einer: „Was kümmert es uns, ob der eine oder andere fehlt? Die Rache des Volkes ist uns anvertraut. Ein Haufen Verbrecher an der Nation ist hier eingesperrt! Machen wir mit den Pfaffen den Anfang; sie sind die schuldigsten!“

Man brüllte Beifall, und auf einen Wink des Präsidenten ging ein Teil der Pikenmänner, die gefangenen Priester zu holen. Ich schloss mich dieser Rotte an; denn ich hatte gehört, dass die meisten Priester in der kleinen Kapelle eingesperrt waren, neben der Reding gefangen lag.

Es war ein schrecklicher Gang für mich; denn ich dachte jeden Augenblick, mein Zorn würde mich übermannen, weil die Schandbuben unterwegs mit ihren Piken nach jedem frommen Bilde schlugen und stießen. Als schließlich einer, der neben mir am Schluss des Zuges ging, nach einer wunderschönen schmerzhaften Muttergottes stach, fasste ich ihn so plötzlich mit meinen beiden Händen um den Hals und drückte ihm die Gurgel zu, dass er auch nicht einen Laut von sich geben konnte. Der Korridor machte gerade bei diesem Bild eine Wendung nach rechts, und da die Rotte schon um die Ecke gebogen war, konnte ich den Heiligtumschänder auf diese Weise züchtigen, ohne entdeckt zu werden. Ich stieß den Menschen in eine leere Zelle, versetzte ihm noch einen tüchtigen Faustschlag ins Gesicht und ließ ihn betäubt liegen. Die Tür hinter ihm abschließend, eilte ich seinen Kameraden nach und holte sie eben ein, als man die Kapelle erreichte.

Schon vor ihr erhoben die Unmenschen ihr Mordgeheul. Die Tür tat sich auf, und nun bot sich ein erschütternder Anblick. Mehr als hundert Priester lagen auf den Knien und empfingen von einem ehrwürdigen Greis in Silberlocken die letzte Lossprechung. Auf den ersten Blick erkannte ich ihn: Es war der ehrwürdige Pfarrer von Saint-Jean-en-Grève, den ich so oft beim Maler Perpignan gesehen hatte. Selbst die Mörder stutzten einen Augenblick; bald aber drangen sie mit wildem Geheul in die Kapelle, um die Priester wie eine Herde Opfertiere zum Remter zu treiben, wo sie das schon beschlossene Todesurteil erwartete.

Bei dem entsetzlichen Wirrwarr, der entstand, war es mir leicht, in die angrenzende Sakristei zu gelangen. Dort fand ich Reding halb aufgerichtet auf seinem Strohsack.

„Gebt mir hier den Tod, hier zu Füßen des Gekreuzigten!“, rief er mir zu. „Wozu mich erst vor diese ‚Richter‘ schleppen, die doch weder Gerechtigkeit noch Erbarmen kennen?“

„Nicht den Tod, sondern die Freiheit möchte ich dir bringen, Rudolf. Nur weiß ich noch nicht, wie.“

„Du, Damian! Um Gotteswillen! Du opferst nutzlos dein Leben!“

„Ich hoffe nicht. Lass mich einmal diese Tür hier untersuchen.“ Ich schob die schweren Eisenriegel zurück und konnte sie öffnen. Einige Stufen führten in einen kleinen Hof, aus dem ich einen Durchgang in den großen Garten und zum Kreuzgang fand. Von da war es nicht mehr weit zur Pforte. Aber ich traute mich nicht, den Freund ohne einen Ausweis an der dort stehenden Wache vorüberzutragen. So kehrte ich zu Reding zurück, hieß ihn guten Mutes sein, und sagte, ich würde in Kürze mit meinem Gefährten zurückkehren und hoffe ihn dann zu befreien; seine treue Frau warte draußen.

Rudolf beschwor mich, mein und meiner Freunde Leben nicht umsonst zu opfern. Er habe heute noch bei einem der Priester gebeichtet und sei so gut vorbereitet, dass er den Tod nicht fürchte. Aber ich war entschlossen, seine Rettung zu wagen.

Die Tür, die von der Sakristei in die Kapelle führte, hatte ich gleich anfangs verriegelt. Ich war also ziemlich sicher, dass die Mörder, denen es an anderen Opfern nicht fehlte, Reding vorläufig in Ruhe lassen würden. Darauf gründete sich meine Hoffnung; denn ich musste die Nacht abwarten, um den neuen Plan durchzuführen.

Neben einem Gartenhäuschen fand ich einen Platz, wo sich

die Klostermauer an einem Spalierbaum leicht erklettern ließ. Von oben spähte ich in das zwischen Mauern vorüberführende Gässchen und ließ mich in einem günstigen Augenblick hinabgleiten. Mit einem Stein bezeichnete ich die Stelle und eilte dann um das Kloster herum zur Ecke der Rue Saint-Benoit, wo ich den Wagen fand und Salis ein Zeichen gab, voranzufahren. Der Pöbel drängte sich jetzt zum großen Eingang und dem Pförtnergarten; denn dort hatte die entsetzliche Schlächterei bereits begonnen.

In einer etwas entfernten Straße verständigten wir uns und kehrten dann auf getrennten Wegen in das Haus der Rue de Bussi zurück, wo wir in Gottes Namen den Einbruch der Dunkelheit abwarten mussten. Es waren schreckliche Stunden. Die Todesschreie der Opfer drangen bis zu uns herüber. Und schon rollten ganze Karren voll blutiger Leichen an unserem Fenster vorüber!

Endlich war es dunkel. Brunner und ich suchten die Stelle zwischen den Gartenmauern auf und stiegen glücklich in den Garten. Einige Minuten später waren wir in der Sakristei, und ich hatte den armen Rudolf, der noch immer nicht gehen konnte, auf meine starken Arme genommen. Er war so abgezehrt, dass ich ihn tragen konnte wie ein Kind.

Wir durchschritten die Kapelle, die jetzt ganz leer und verlassen war. Eine Kerze vom Altar bot uns ein spärliches Licht. Brunner, der vor mir herschritt, suchte sie mit der Hand gegen den Nachtwind zu schützen, der stoßweise durch die zertrümmerten Fenster blies. Da auf einmal mitten in einem dunklen Gang wurde der Windzug so heftig, dass die Kerze erlosch.

„Um Gottes willen!“, seufzte ich, „wie sollen wir uns in den endlosen und winkligen Klostergängen bei dieser Finsternis zurechtfinden?“

„Ich habe ja gesagt, dass ihr euch meinetwegen fruchtlos opfert. Legt mich nieder und sucht euch zu retten“, bat Reding.

Da hörte ich auf einmal in einer nicht entfernten Zelle Poltern und Schreien. „Aha“, sagte ich, „da ist der Bursche, der das Bild der schmerzhaften Muttergottes durchstoßen wollte! Und jetzt finde ich mich im Dunkeln zurecht. Hier den langen Korridor hinunter, der uns in den Kreuzgang führt, wo der Mondschein hell genug einfallen wird!"

Wirklich erreichten wir ohne Schwierigkeit den nach einem freundlichen Binnengarten offenen Kreuzgang, und der Mond schien taghell zwischen den Säulenpaaren und romanischen Bogenfenstern durch.

„Jetzt noch durch den Remtergang und das Portal und wir sind gerettet. Mut, lieber Freund! Brunner, nun zeige dich mit deiner Schärpe!"

Rudolf sagte: „Ja, ich glaube, der Weg ist nicht mehr weit. Es geht durch ein dunkles Tor, und dann können uns die Menschen nichts mehr anhaben!"

Ich verstand ihn wohl. Er meinte das Tor der Ewigkeit.

Wir betraten den Remtergang, aus dem uns das wilde Geschrei der Menge entgegenhallte. Er war voller Menschen, die aus großen Krügen Wein tranken., und so oft aus dem offenen Speisesaal der Ruf ertönte: *À la Force*! In den brüllenden Ruf ausbrachen: *Vive la Nation*! Ein Fenster ließ mich in den Hof blicken, wo die so zum Tode verurteilten Opfer durch eine Seitentür des Refektors (Speisesaal) geschoben und sofort mit Säbelhieben und Pikenstößen ermordet wurden. Der Mond beschien ganze Haufen von Leichen; das Blut rieselte in kleinen Bächen eine Treppe hinab und stand unten in großen Lachen. Ich wandte Reding so, dass ihm der schreckliche Anblick verborgen blieb.

Bis an die Tür kamen wir. Da aber war das Gedränge übergroß, und Brunner suchte vergeblich, uns einen Weg zu öffnen. „Heda, Bürger, die dreifarbige Binde!", rief ich und suchte mit der freien Hand ein paar Betrunkene auf die Seite zu schieben.

„Wohin denn mit dem kranken Vogel?", lallte einer.

„In den Justizpalast. Er soll dort Zeugnis ablegen - gebt Raum, Bürger!"

„Ach, was brauchen sie dort Zeugnis!", lachte ein anderer. „Wir brauchen hier kein Zeugnis, und werden doch fertig, famos fertig, Brüderchen."

„Und was brauchst du dich an diesem Hund von Aristokraten müd zu schleppen, Kamerad?“, rief ein Dritter. „Ich will dir von der Last helfen. Du kannst ihnen melden, der Vogel habe ausgepfiffen, und sie könnten ihr Zeugnis selber pfeifen, ha, ha, ha! - Da!“

Und bevor ich auch nur eine Hand zur Abwehr erheben konnte, schnitt der Mordbube dem armen Rudolf den Hals durch.

Vor Schrecken war ich wie betäubt. Wäre Brunner nicht gewesen, oder vielmehr hätte mir mein Schutzengel nicht geholfen, ich würde mich ganz bestimmt verraten und so in den sicheren Tod geliefert haben. Brunner brachte mich, wie weiß ich selber nicht, mit dem toten Freund noch auf dem Arm in den Kreuzgang und den anstoßenden Klostergarten.

In einer stillen Ecke legte ich den lieben Toten auf den Rasen nieder. Das Gesicht war kaum entstellt. Meine Tränen tropften langsam auf es nieder. Wir knieten neben ihn hin und beteten ein Vaterunser für seine Seele. Dann aber mahnte mich Brunner, dass es hohe Zeit sei zur Flucht. Den Trauring zog ich Reding vom Finger und nahm sein blutbeflecktes Taschentuch als Andenken an mich.

Ohne angehalten zu werden, erreichten wir das Haus in der Rue de Bussi, wo man uns erwartete. Unser Aussehen und unsere Blicke sagten alles. Statt vieler Worte überreichte ich seiner Frau den Ring und sagte: „Er ist bei Gott!“

Zu gleicher Zeit wie in der Abtei wurden auch in allen anderen Gefängnissen die Opfer hingeschlachtet. Am schrecklichsten war der Priestermord bei den Karmeliten; binnen zwei Stunden schaffte man 185 Leichen heraus. In La Force erlitt die schöne Prinzessin Lamballe, die Großmeisterin der Frauenloge, mit anderen Damen des Hofes den Tod. In der Conciergerie wurden unser Oberstleutnant Maillardoz und die Leutnants Rudolf von Salis-Zizers, Ludwig von Zimmermann und andere erschlagen. Gleichzeitig stand der brave Major von Bachmann im Saal des hl. Ludwig vor den Blutrichtern und empfing das Todesurteil. Er sollte aber nicht im Gefängnis, sondern auf dem Schafott am nächsten Morgen sterben.

Salis-Seewis war ganz vernichtet durch alle diese Schreckensnachrichten, die Schlag auf Schlag über ihn hereinbrachen. Und Danton und Pétion, die Haupturheber dieser beispiellosen Massenmorde, waren seine Logenbrüder.

„Damian“, sagte er zu mir, „du hattest recht, als du dich damals geweigert hast, unserem Bund beizutreten! Er hat unsägliches Elend über Frankreich gebracht.“

Es wurde noch beschlossen, dass Salis die beiden Schwestern, sobald die Ruhe in Paris einigermaßen wiederhergestellt wäre, zu ihrem Waldhof bei Etampes begleiten sollte. Dann nahm ich von Martha Abschied. Isabella ließ mich durch ihre Schwester um Verzeihung bitten, hatte aber nicht den Mut, persönlich von mir Abschied zu nehmen. Dann kehrte ich in der Nacht noch mit meinem Begleiter in den Faubourg Saint Martin zurück.

Nachdem ich dem Großrichter die entsetzlichen Ereignisse geschildert hatte, deren Augenzeuge ich soeben gewesen war, erzählte er mir von der Gerichtsverhandlung gegen Bachmann, der er nicht ohne Lebensgefahr auf der Tribüne mitten unter dem gemeinsten Gesindel beigewohnt hatte.

„Unser Freund stand, wie es einem Helden ziemt, vor diesen Schurken, die den Namen ‚Richter‘ zum Gespött machen. Ohne eine Miene zu verziehen, nahm er ihren Spruch hin. Ich werde morgen mit P. Secundus, der ihm auf seinem Todesgang die letzte Lossprechung erteilen wird, seiner Hinrichtung beiwohnen. Euch bitte ich, unterdessen hier alles zur Abreise bereit zu halten; denn sobald ich mit P. Secundus zurückkomme, reisen wir ab.“

Ich bat ihn dringend, ihn begleiten zu dürfen. Er wollte aber nichts davon wissen und sagte, ich müsse im Hause bleiben und die Bewohner retten, wenn ihm etwas Menschliches zustieße. Für diesen Fall gab er mir, auf einem Blatt Papier sorgfältig notiert, genaue und ausführliche Weisungen; Pässe für uns alle lagen bereit; das nötige Geld für die Reise war verteilt; in Pantin stand seit mehreren Wochen ein Wägelchen, in dessen Sitz das Archiv des Regiments schon verborgen war. Die beiden Unterwaldner waren als Wachen dort. Und so hatte er nach seiner gewohnten Klugheit und Umsicht alles aufs beste geordnet.

Als Keyser am anderen Morgen zum Karussellplatz ging, sagte er: „Um 9 Uhr soll Bachmann sterben. Wenn ich bis 11 Uhr mit P. Secundus nicht hier bin, so verrammelt das Haus und begebt Euch mit allen Leuten in den Schacht. Wartet dann nicht länger auf uns, es sei denn, dass ich durch den Knaben andere Weisung sende, sondern rettet Euch und die Leute und das Archiv!"

So ging er mit dem kleinen Jost.

Langsam verstrichen die Stunden. Als es 9 Uhr schlug, beteten wir für unseren lieben Major gemeinschaftlich einen Rosenkranz. Eine Stunde später kam der kleine Jost zurück und erzählte mit Augen voller Tränen, wie Bachmann gestorben sei. „Sie hatten ihm einen roten Mantel angelegt, und darin stand er auf dem Gerüst so stramm da wie vor der Front des Regiments. ‚Ich sterbe unschuldig! Gott wird richten!', rief er. Dann machte er das Kreuz und ließ den Mantel fallen. Sie banden ihn auf das Brett, schoben es unter das Beil, das sogleich herabstürzte und ihn tötete. Die Leute aber, schrien: ‚Es lebe die Freiheit! Es lebe die Nation! Tod den Tyrannen!' Und der gute Major war doch gewiss kein Tyrann wie der Geßler, sondern ä fryne Ma!"

Gerührt hörten wir zu; dann aber fragte ich, wo denn Keyser und P. Secundus seien. „Keyser hieß mich vorauslaufen", sagte er; „sie werden wohl gleich kommen."

Aber es schlug 11 Uhr, und sie waren noch nicht da. Ich war in der qualvollsten Verlegenheit, ob ich des Großrichters Auftrag ausführen oder noch zuwarten sollte, da rasselte ein Fiaker heran. P. Secundus und Keyser sprangen heraus und stürzten in den Hausflur. „Geschwind! Wir werden verfolgt!", keuchte der Großrichter. Im Nu war die Tür verrammelt. Wir eilten in den Keller. Auf der Treppe hörten wir schon donnernde Schläge.

„Die Tür hält doch ein paar Minuten?", fragte P. Secundus.

„Doppelt und dreifach so lange wie wir brauchen, um in Sicherheit zu sein!", antwortete ich.

„Gott und seine liebe Mutter seien gepriesen! Gleich wollen

wir das Loblied miteinander beten, das die drei Jünglinge sangen, die der Herr zu Babylon aus dem Feuerofen befreite."

„Gern", sagte Brunner. „Aber erst die Leiter hinab! Dann sollen sie uns folgen."

Wieder in der Heimat

Vierzehn Tage später hatten wir glücklich die Schweizergrenze überschritten. Der Umstand, dass die Legislative alle Schweizertruppen in Frankreich entlassen hatte und mit Pässen versehen in die Heimat zurückschickte, erleichterte unsere Reise, die sonst kaum ohne große Gefahren abgelaufen wäre.

Bis Luzern machten wir die Reise zusammen. Dort verließen uns Wirz und Christen, um nach Unterwalden heimzukehren, vorher aber zur Mutter Gottes nach Maria Rickenbach hinaufzusteigen. Auch P. Secundus, der Großrichter und ich hatten beschlossen, die gelobte Wallfahrt zur Gnadenkapelle von Einsiedeln zu machen, bevor wir zusammen nach Zug zurückkehrten. Brunner und die beiden Brüder Jost begleiteten uns. Nach Steinen kam uns von Schwyz aus Herr Alois von Reding entgegen, der Bruder Rudolfs. Gern hätte er uns mit sich in sein gastliches Haus nach Schwyz genommen. Aber wir mochten die Heimkehr nicht länger hinausschieben und zogen weiter über den Berg, nachdem wir ihm vom ergreifenden Tod seines tapferen und edlen Bruders berichtet hatten. Auch im Kloster Einsiedeln versuchte es der Gnädige Herr umsonst, Keyser und mich einige Tage bei sich zu behalten. Es zog uns nach Zug. Nur die beiden Brüder Jost hielt der Gnädige Herr Abt bei sich zurück. Ein Pater wollte demnächst nach Disentis ins Bündnerland, und der wollte sie mit in ihre Heimat nehmen.

Es war ein wunderbar schöner Herbsttag, als wir zwischen grauen Stämmen und dem bunten Gezweig der Bäume hindurch, das in den Farben des Herbstes prangte, den blauen See und die schlanke Turmspitze von St, Oswald erblickten; es wurde nicht nur mir, sondern, wie ich merkte, auch meinem älteren Gefährten ganz eigentümlich zumute; selbst der muntere Brunner, der sonst immer etwas zu plaudern hatte, war still geworden. Er ging ruhig neben dem Kapuziner, der die Vesper betete, einige Schritte voraus. Da fasste ich mir ein Herz und sagte: „Herr Großrichter, bevor wir nach Hause kommen, habe ich eine Bitte an Euch. Ihr wisst schon, wie sie lautet. Erlaubt mir, förmlich um die Hand Eurer Tochter zu werben."

„Diese Bitte kommt mir nicht unerwartet", antwortete er. „Offen gestanden, als Ihr zuerst mit dieser Flause im Kopf nach Paris gekommen seid, war ich nicht geneigt, meine Zustimmung zu geben. Ihr habt Euch aber seither sehr verändert, und zwar zu Eurem Vorteil. Im Sturm der letzten Jahre seid Ihr ein Mann geworden, dem ich meine Verena wohl anvertrauen mag. Vorausgesetzt, sie will!"

Freudig ergriff ich Keysers Hand und dankte. „Was in meiner Macht steht, Verena glücklich zu machen, soll gewiss geschehen, und müsste ich Tag und Nacht arbeiten. Denn Glücksgüter habe ich ja keine mitgebracht aus dem unseligen Paris."

Keyser schmunzelte ganz sonderbar. Dann sagte er: „Aber wenn nun Verena, wie eine gewisse andere, den ‚Einäugigen' auch nicht mag?"

„Das ist nicht zu befürchten", entgegnete ich. „Übrigens ist mein Auge beinahe geheilt und hat, Gott sei Dank, nichts von seiner Sehkraft eingebüßt. Ich werde die Binde, die es noch schützt, noch vor unserem Einzug herunternehmen."

„Keineswegs! Ich wünsche, ja ich befehle, dass Ihr sie tragt und dass Ihr ‚einäugig' seid, bis ich gesehen habe, was das für einen Eindruck auf mein Töchterchen macht. Ich habe auch P. Secundus und Brunner gebeten, so lange reinen Mund zu halten."

Jetzt traten wir aus dem Wald und hatten die freundlich von breitästigen Nussbäumen beschattete Klause und das Kirchlein von St. Verena vor uns. Der graubärtige Waldbruder saß am Weg und flocht einen Bienenkorb. Er grüßte uns mit dem katholischen Lobspruch: „Gelobt sei Jesus Christ!". und, als P. Secundus, sein Brevier zuklappend, antwortete: „In Ewigkeit, Amen!

Bruder Antoni!“, tat er einen lauten Schrei vor freudigem Schreck und ließ den Bienenkorb fallen, dass er den Weg hinunter kollerte. Dann erkannte er uns und es gab eine freudige Begrüßung.

Auf einmal sagte der Klausner: „Herr Keyser, es sind einige Frauensleute in der Kapelle, und wenn ich mich nicht irre, ist auch Eure Tochter dabei. Ich will sie doch gleich holen.“

„Lasst das! Wir wollen sie nicht in der Andacht stören, sondern uns ein bisschen zu Euch aufs Bänklein setzen, bis sie aus der Kapelle kommen.“

Die erste, die dann heraustrat, war die Gotte mit ihrer gefältelten Haube; Verena folgte ihr und bot ihr den Arm. Die sinkende Sonne umspielte ihr goldblondes Haar; sie war schöner denn je. Einträchtig folgten die beiden alten treuen Mägde, die Kathri und die Vronek, den Voranschreitenden.

Schon lenkten sie, unter dem Vordach der Kapelle heraustretend, ihre Schritte in den Weg, ohne uns zu bemerken, da rief P. Secundus ihnen zu: „Da sind auch noch ein paar Wallfahrer, die mitwollen, - und wenn wir uns schön aufstellen und der Bruder Antoni das Kreuz vorausträgt, so gibt es eine ganze Prozession.“

Sie schauten auf, und die Kathri, die für ihr Alter noch ganz gute Augen hatte, rief: „Herr Jesses, der P. Secundus.“

Aber Vreneli hatte noch bessere Augen und erkannte uns gleich, obschon wir uns ein wenig im Hintergrund hielten, und rief: „Der Damian! Und der Vater!“, und sprang auf uns zu und wäre mir beinahe vor dem Vater um den Hals gefallen. Aber sie besann sich eben noch, grüßte den Vater unter Jubel- und Freudentränen, und dann reichte sie mir die Hand, nicht recht wissend, ob sie mich mit „Du“ oder „Ihr“ anreden sollte.

Ich beschloss, der Verlegenheit ein Ende zu machen, und sagte mit kurzen Worten, mein früheres Verlöbnis sei gelöst, und wenn sie mich jetzt, so wie ich vor ihr stehe, zum Mann haben wolle, so bitte ich vor diesen Zeugen um ihr Jawort.

Rasch fiel der Großrichter ein und sagte: „Kind, du wirst doch keinen Einäugigen zum Mann haben wollen?“

Da schaute sie mich mit ihren großen Augen so voll Mitleid

und Liebe an, dass es mir das Herz sprengen wollte, und sagte: „Hast du wirklich das Auge verloren? Armer Schelm! Was muss das für ein Schmerz gewesen sein!“

„Gelt, du magst mich jetzt nicht mehr haben, so einen Einäugigen, der noch dazu ohne Pension aus fremden Diensten heimkehrt?“

„Aber, Damian! Wenn du mein Mann wärest und hättest beide Augen verloren, so müsste ich dich doch lieben!“

„Ja, dann wärest du mit unauflöslichen Banden an mich gebunden. Aber noch bist du frei.“

„Ach, wenn du mich mit dem einen Auge immer so lieb und gut anschauen willst, werde ich dich doch wählen, falls der Vater es erlaubt.“

Da hielt ich mich nicht länger, riss die Binde ab, und sie lachte und weinte vor Freude und schalt mich, dass ich ihre Liebe auf eine so unnütze Probe gestellt habe.

Gerade vor Nacht erreichten wir das Törchen beim Pulverturm. Da ging meine Verena mit ihrem Vater, der Base und der Kathri links die Ringmauer hinab zum Frauenstein; P. Secundus aber, die Vronek und ich betraten das Städtchen. Den Brunner schickte ich zum Zurlaubenhof hinaus, dass auch der Götti gleich von unserer glücklichen Heimkehr erfahre. Drei Minuten später gingen wir über den Steg und betraten das Haus meines lieben Mütterleins. Ach, du großer Gott, was muss doch das Wiedersehen dereinst im Himmel für eine Freude sein, wenn es schon auf Erden das Herz mit solchem Jubel erfüllen kann! Wir lachten und weinten vor lauter Glückseligkeit, und als ich nun erst erfuhr, dass der junge Doktor Heß, unser Nachbar, ihr Hoffnung gebe, ihre Lähmung gänzlich zu heilen, und dass sie schon mit Hilfe eines Stockes ein paar Schritte machen könne, und als sie von mir hörte, wie mir Verenas Hand bereits zugesichert sei, und wie sich alles so glücklich für mich gewendet habe: da dankten wir miteinander Gott und seiner lieben Mutter für allen gnadenreichen Beistand, ohne den es nie zu einem so guten Ende gekommen wäre.

Zurlauben, dem ich tags darauf Bericht erstattete, sah ein, dass ich Fräulein Valdouleur gegenüber recht gehandelt hatte, und gab seine Einwilligung zu meiner Verbindung mit Verena Keyser. „Nur müsst Ihr sehen, wovon Ihr lebt", sagte er seufzend. „Der Verkauf meiner Bücher und kostbaren Handschriften an den Abt von St. Blasien ist so gut wie abgeschlossen. Ich werde von dem Erlös leben können; auch Ihr könnt, solange ich lebe, bei mir wohnen; aber nach meinem Tod wird nicht viel übrigbleiben. Nun, der Herr Großrichter wird für seine Tochter etwas tun, und es gelingt uns wohl, dich zum Stadtschreiber und später vielleicht zum Landschreiber zu machen und so zu Amt und Brot zu bringen."

Während wir noch redeten, meldete der alte Suter den Herrn Großrichter Keyser. „*Lupus in fabula*!*", rief Zurlauben und eilte meinem künftigen Schwiegervater mit Freuden entgegen. „Wir sprachen eben von Ihnen, Herr Vetter! Und von der glücklichen Verbindung der beiden jungen Leute. Und wie wir Damian zu Amt und Brot bringen müssen. Denn mit meinen Finanzen steht es schlecht, und der Schlingel hat aus Paris kaum seine Haut heil zurückgebracht."

„Nun, so ganz mittellos ist er doch nicht nach Hause gekommen", sagte zu meiner Verwunderung Keyser und zog sein Taschenbuch hervor. „Ihr scheint die 1000 Louisdor der Königin, die Ihr mir vor zwei Jahren in Verwahrung gegeben habt, ganz vergessen zu haben. Ich ließ sie nicht im Kasten rosten, sondern habe gar keine üblen Geschäfte damit gemacht, wie Ihr aus meiner Rechnung sehen könnt. Sie sind sehr einträglich angelegt und geben mit den bisherigen Zinsen und Zinseszinsen einen ganz hübschen jährlichen Ertrag, mit dem ein bescheidenes junges Pärchen auskommen kann, wenn noch das Gehalt des Stadtschreibers dazu kommt. Auch werde ich meiner Verena einen Notpfennig mitgeben. Und so sehe ich für die Verlobung kein Hindernis. Wenn es also dem Herrn Baron recht ist, so könnten wir das kleine Fest auf Michaeli feiern; bis dann wird

* lat. der Wolf in der Fabel; im übertragenen Sinn: wenn man vom Teufel redet

auch mein Karli-Franz zu Hause sein.“

Dabei blieb’s. Und am bald darauf folgenden Fest des hl. Michael vereinigte mein lieber Götti die ganze Sippe und den Freundeskreis zu einem Festmahl im großen Zurlaubensaal.

Die Umgebung der Tuilerien und ein Teil von Paris.

Aus einem alten Plan von 1785

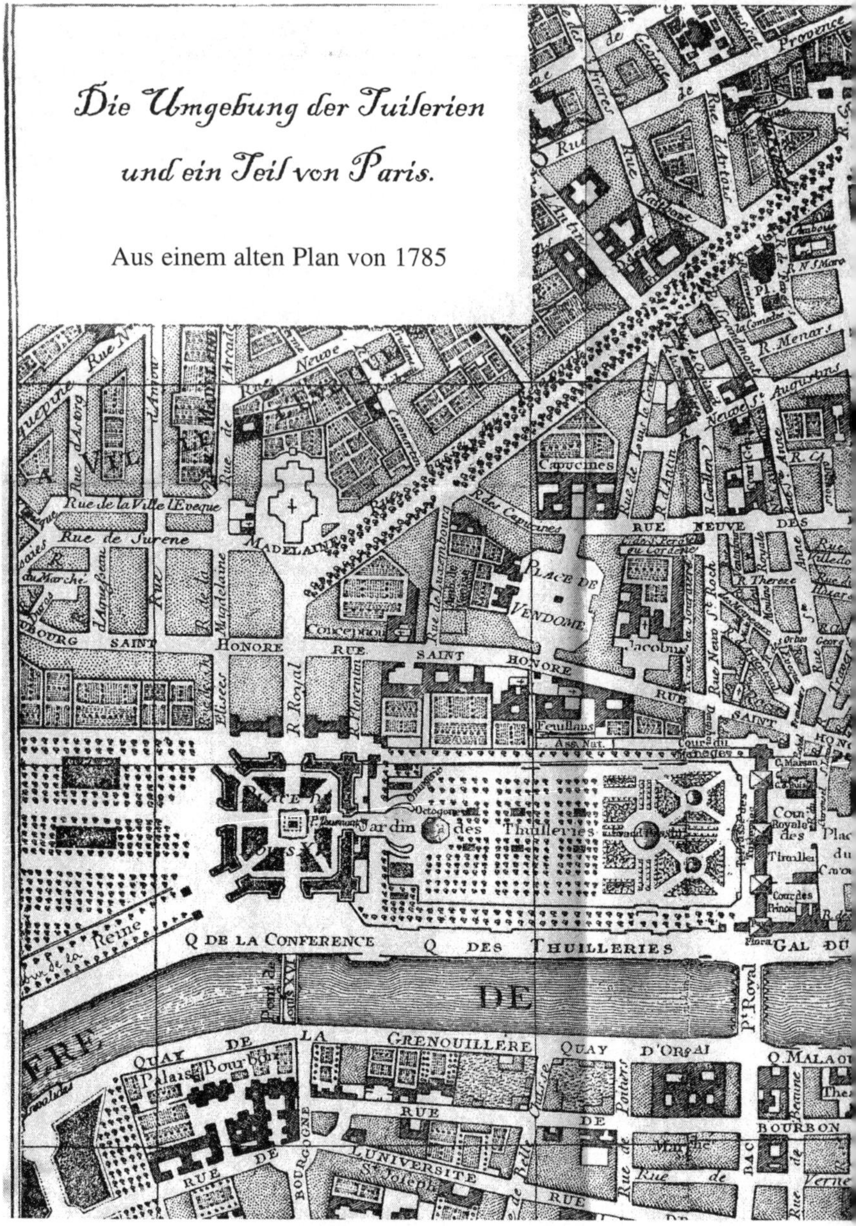

Rue Bergere
R. de Bondy
Porte
Opera
Rue de Meslai
TEMPLE
Rue St. Apoline
R. N.D. de Nazareth
R. Neuv. St. Denis
R. N. St. Martin
R. du Vert Bois
R. St. Roch
R. des Jeux neufs
R. du Croissant
R. des Fontaines
St. Martin des Champ
DENIS
MARTIN
SAINT
R. Phelipeaux
Halle a la Marée
Rue Thevenot
R. Jean Robert
R. des Gravilliers
Rue Chapon
Rue de Montmorency
St. Nicolas
St. Lazare
Michel le Comte
Andriettes
Halle aux Cuirs
Rue aux Ours
Rue Mauconseille
Place Victoires
R. de Brac
C. du Mort
Rue Coquilliere
S. EUSTACHE
Halle
Quincampoix
R. de Venise
Geof. langer
R. Maubue
Le Franc
R. Aubri bouche
R. Neuv
R. du Platre
Rue des Blancs Manteaux
N. Halle
Marché des Innocens
R. St. Croix
de la Bretonn.
SAINT
HONORE
Ferronnerie
R. des Lombards
Rue de la Verrerie
Oratoire
VIEUX LOUVRE
St. GERM. L'Auxerrois
R. de la Tixeranderie
Place de Greve
Q. DE L'ECOLE
Q. DE LA MEGISSERIE
R. de Gevre
Q. de Gevre
Q. PELLETIER
Port aux Ble
Nicolas
Q. DU LOUVRE
Pont Neuf
Pont au Change
Pont N. Dame
INE
Henri IV
Q. DE L'HORLOGE
Place Dauph.
P. Rouge
Q. DE CONTI
Q. DES ORFEVRES
R. St. Louis
R. de la Calandre
Marché Neuf
N. DAME
Archevesché
Q. DES AUGUSTINS
Dauphine
Rue de la Huchette
R. de la Bucherie
R. des G. Degrés
R. Pavée
Rue des Marais
Mazarine

Vom gleichen Autor:

Schatten über dem Reich der aufgehenden Sonne

Die Fürsten von Arima und von Hingo wollen durch die Heirat ihrer Kindern auf der Südinsel Japans ein christliches Großreich schaffen. So hoffen sie, dem Christentum zum Sieg zu verhelfen. Doch noch am Tag der Hochzeit kommt es zum Kampf gegen Iyeyas, den mächtigsten der heidnischen Fürsten. Der Fürst von Hingo gerät ebenso in Gefangenschaft wie Hime, die Tochter des Iyeyas. Seine Tochter Lucia ist nun nicht mehr die reiche Prinzessin, die ihrem Mann zwei Fürstentümer mit in die Ehe bringt. Und Prinz Michael von Arima ist längst den Reizen der verführerischen Hime erlegen. Auch politisch erscheint die Verbindung mit ihr vielversprechender. Doch eine Scheidung ist nicht möglich - solange Prinz Michael am christlichen Glauben festhält. So wird es Hime leicht, ihn zum Abfall zu bewegen. Während Prinzessin Lucia versucht ihre Ehe und die Seele ihres Mannes zu retten, verfolgt Safioye, der Gesandte des Iyeyas, der sich einst Hoffnungen auf Hime machte, seine eigenen finsteren Rachepläne.

broschiert, 380 Seiten

Im Vorbereitung

Im Schatten der Guillotine
Kaum mit heiler Haut nach Zug zurückgekehrt, stürzt sich Damian Muos erneut in Abenteuer. Zusammen mit dem treuen und findigen Brunner kehrt er nach Paris zurück, um erneut alles daran zu setzen, Marie Antoinette und ihre Kinder zu retten.